पर्वतारोहण पुस्तिका

Translated to Nepali from the English
version of The Mountaineering Handbook

Sanjai Banerji

Ukiyoto Publishing

सबै विश्वव्यापी प्रकाशन अधिकार द्वारा आयोजित छन्

Ukiyoto Publishing

2024 मा प्रकाशित

सामग्री प्रतिलिपि अधिकार © Sanjai Banerji

ISBN 9789364941952

सबै अधिकार सुरक्षित।

यस प्रकाशनको कुनै पनि अंश प्रकाशकको पूर्व अनुमति बिना कुनै पनि माध्यमबाट, इलेक्ट्रोनिक, मेकानिकल, फोटोकपी, रेकर्डिङ वा अन्यथा पुन: उत्पादन, प्रसारण, वा पुन: प्राप्ति प्रणालीमा भण्डारण गर्न सकिँदैन।

लेखकको नैतिक अधिकारलाई जोड दिइएको छ।

यो काल्पनिक काम हो। नामहरू, पात्रहरू, व्यवसायहरू, ठाउँहरू, घटनाहरू, स्थानहरू, र घटनाहरू लेखकको कल्पनाको उत्पादन हुन् वा काल्पनिक रूपमा प्रयोग गरिन्छ। कुनै पनि वास्तविक व्यक्ति, जीवित वा मृत, वा वास्तविक घटनाहरूसँग मिल्दोजुल्दो संयोग मात्र हुनेछ।

यो पुस्तक व्यापार वा अन्यथा, प्रकाशकको पूर्व स्वीकृति बिना, बाइन्डिङ वा कभरको कुनै पनि रूपमा यो जसमा छ त्यो बाहेक, उधारो, पुन: बिक्री, भाडामा वा अन्यथा वितरण गरिने छैन भनी सर्तमा यो पुस्तक बेचिन्छ। प्रकाशित।

www.ukiyoto.com

चेतावनी र अस्वीकरण

पर्वतारोहण र आरोहण चट्टान, हिउँ र बरफ स्वाभाविक रूपमा खतरनाक छन्। गम्भीर चोटहरू चिसो र अप्रत्याशित खतराहरूका साथै यस पुस्तकमा दिइएको निर्देशनलाई सही वा गलत तरिकाले पछ्याउने वा नगर्ने व्यक्तिको कार्यबाट हुन सक्छ। यो पुस्तक योग्य प्रशिक्षकहरूबाट प्रशिक्षणको लागि प्रतिस्थापन होइन।

लेखक र पुस्तक सल्लाहकार प्यानलका सदस्यहरू यो पुस्तक पढेर कसैलाई हुने कुनै पनि दुर्घटनाको लागि जिम्मेवार छैनन्।

समर्पण

यो पुस्तक पहिलो, सच्चा भारतीय पर्वतारोही गुरदियाल सिंहलाई समर्पित छ। गुरदियाल सिंहले सन् १९५१ मा स्वतन्त्र भारतको त्रिसुलमा पहिलो पर्वतारोहण अभियानको नेतृत्व गरेका थिए, जसलाई भारतीयहरूका लागि पर्वतारोहणको युगको सुरुवात मानिन्थ्यो।

1965 मा, उनी कप्तान मोहन सिंह कोहलीको नेतृत्वमा सगरमाथा आरोहण गर्ने पहिलो सफल भारतीय अभियान टोलीका सदस्य थिए। गुरदियाल सिंह 1945 मा द दून स्कूल, देहरादूनमा मास्टरको रूपमा भर्ना भए, र पर्वतारोहण गर्न अङ्ग्रेजहरू जोन मार्टिन, आरएल होल्ड्सवर्थ र ज्याक गिब्सनबाट प्रभावित भए। उनीहरुले सँगै बन्दरपञ्च, त्रिसुल, कामेत र नंदा देवी लगायतका धेरै चुचुरो आरोहण गरे ।

उनी अल्पाइन क्लबको सदस्य बन्ने पहिलो भारतीय थिए, जुन इङ्गल्याण्डको पर्वतारोहणमा समर्पित क्लब थियो।

पुरस्कारहरू

उनी 1965 मा अर्जुन पुरस्कार, 1967 मा पद्मश्री र 2007 मा भारतीय पर्वतारोहणमा योगदानको लागि जीवन-समय उपलब्धिको लागि तेन्जिङ नोर्गे राष्ट्रिय साहसिक पुरस्कार प्राप्तकर्ता थिए।

सत्तरीको दशकमा दून स्कूलमा गुरदियाल सिंहको भूगोलको कक्षामा विद्यार्थी हुन पाउँदा म निकै भाग्यमानी थिएँ। पर्वतारोहणको लागि उहाँ मेरो प्रमुख प्रेरणा हुनुहुन्थ्यो।

प्रस्तावना

सञ्जाई बनर्जीले आफ्नो टोम, 'द माउन्टेनियरिङ ह्यान्डबुक' मा संवेदनशीलता र समझदारीसँग व्यवहार गर्छन्। उनको दृष्टिकोण सैद्धान्तिक भन्दा व्यवहारिक थियो। शारीरिक तन्दुरुस्ती र अल्ट्रा म्याराथन धावक भएकाले सञ्जाईले चट्टान, हिउँ वा बरफमा कुनै पनि प्रकारको आरोहण गर्नुअघि शारीरिक रूपमा तन्दुरुस्त हुनुपर्नेमा जोड दिएका छन्। तालिमको ३ महिना भित्र १० किलोमिटर दौडन सक्ने उनको विस्तृत कार्यक्रम, स्थिरता सुधार गर्न र लचिलोपन र चपलता सुधार गर्न बलियो कोर विकास गर्न सचित्र अभ्यासहरू प्रशंसनीय छन्।

सञ्जाईको मानव सहनशीलताको सीमाको अध्ययनले उनलाई पर्वतारोहणका महत्वपूर्ण पक्षहरूमा जोड दिन मद्दत गरेको छ, जस्तै उच्च-उचाइको अनुकूलता, तीव्र माउन्टेन सिकनेस, चिसो चोटपटक, र पहाडमा बाँच्ने प्रविधिहरू, जुन धेरै विस्तृत छन्।

पहाडमा स्वच्छ वातावरणप्रति सञ्जाईको प्रतिबद्धताले उहाँलाई आफ्नो वरपरको परिवेशप्रति सम्मान गर्ने इमान्दार आरोहीका लागि विषयहरू लेख्न रुचाउँछ, जस्तै कुनै ट्रेस नछाड्ने सिद्धान्तहरू, पर्वतारोहणका गर्न र नगर्ने, जलवायु परिवर्तन, शिविर सरसफाइ जस्ता , र स्वच्छता।

चट्टान, हिउँ र बरफसँग सम्बन्धित आरोहणका धेरै प्राविधिक पक्षहरू छन्। बेलिङ, र्‍यापलिङ, एन्करिङ, जुमारिङ, हिउँको ढलानमा सेल्फ–अर्स्टिङ र ग्लिसिङ जस्ता प्रविधिमा सहजै बुझ्न सकिने गरी लेख्ने चुनौती सञ्जाईले लिएका छन् ।

पर्वतारोहण संस्थानहरूमा भर्ना सम्बन्धी सञ्जाईको अध्यायले संस्थानहरूको नाम, योग्यता सर्तहरू, भर्ना प्रक्रियाहरू, र चिकित्सा मापदण्डहरू सहित रोचक पढ्नको लागि बनाउँछ। उनले नक्सा पढाइ, मौसम, हिमाली सरसफाइ, वातावरण संरक्षण, आरोहण डोरीका प्रकार, रक्स्याकको

प्याकिङ, नदी तर्ने, भारतका हिमाल श्रृङ्खलालगायतका नौसिखिया आरोहीका व्यावहारिक आवश्यकताहरूबारे पनि विस्तृत जानकारी दिएका छन्। ।

यो पुस्तक पर्वतारोहणका विभिन्न पक्षहरू (अत्यन्त शाब्दिक) मा आउन खोज्ने जो कोहीको लागि राम्रो पढ्ने हो, चाहे त्यो ट्रेकर होस् वा एक नौसिखिया आरोही होस्, जो उच्च आरोहण गर्न चाहन्छन्, वा एक अनुभवी पर्वतारोही। मरुभूमि मा प्राविधिकता मा। यस पुस्तकले दुवै वर्गहरूलाई पूरा गर्नेछ।

अंकुर बहल
सगरमाथा आरोहण
8 शिखरहरू

प्रस्तावना

मैले सन्जाई बनर्जीलाई मार्च 2017 मा चलिरहेको कार्यक्रममा भेटें, जहाँ हामीले कार्यक्रम सुरु हुनु अघि एउटा स्टेज प्लेस साझा गर्यौं। मे २०१६ मा, मैले कठिन परिस्थितिमा ३१ वर्षको उमेरमा सगरमाथा आरोहण गरें। सन्जाईले सन् २०१६ को डिसेम्बरमा राजस्थानको जैसलमेरमा ५६ वर्षको उमेरमा ८० किलोमिटर दौड पूरा गरेका थिए।

दुई फरक पुस्ताका दुई व्यक्ति र दुई फरक साहसिक खेलकुदलाई एउटै प्लेटफर्ममा अभिनन्दन गरिँदै आएकोमा विडम्बनापूर्ण लाग्यो । हामी फरक तरिकाले गयौं, तर सधैं सम्पर्कमा रह्यौं। मैले दौडने कार्यक्रम आत्मसात गर्ने प्रयास गरें र हाफ म्याराथन दौडें। यसै क्रममा सञ्जाईले प्रख्यात पर्वतारोहण संस्थानबाट आधारभूत पर्वतारोहणको कोर्स गरे।

सञ्जय बनर्जीले आफ्नो पहिलो पुस्तक 'क्रसिङ द फिनिस लाइन' २०१९ मा लेखे, जुन उनको सजिलै बुझ्न सकिने तालिम पुस्तिकाका कारण धेरै लोकप्रिय भयो, जसले छ महिनामा हाफ म्याराथन दौडन सक्षम बनाइदियो। 'द माउन्टेनियरिङ बेसिक्स' मा, उनले चट्टान, हिउँ वा बरफमा आरोहण गर्न चाहने जो कोहीको बारेमा विस्तृत पुस्तकमा आफ्नो सीपहरू प्रतिकृति गरेका छन्। अमेरिकी र युरोपेली पर्वतारोहीहरूको पर्वतारोहणमा धेरै पुस्तकहरू छन्। तर त्यस्ता पुस्तकहरूले उजाडस्थानमा अन्वेषणका सबै साना तत्वहरू समावेश गर्दैन, जस्तै सीट हार्नेस परीक्षण, बादल हेरेर मौसमको भविष्यवाणी गर्ने, चिसो चोटपटकको निदान र उपचार, र जलवायु परिवर्तन।

'द माउन्टेनियरिङ बेसिक्स' आवश्यक पर्वतारोहण सीपहरूमा तीन सय भन्दा कम पृष्ठको रेडी-रेकनर हो, जुन कुनै पनि पर्वतारोहीलाई उजाडस्थानको अन्वेषण गर्न आवश्यक मानिन्छ, पेपरब्याक सजिलैसँग रक्सकमा फिट हुन्छ।

हिमालमा आरोहण मात्र होइन, बाँच्नको लागि पनि जोखिमपूर्ण व्यवसाय हो । यो पुस्तक पढ्दा त्यो जोखिम कम गर्न मद्दत गर्नेछ।

रत्नेश पाण्डे

सगरमाथा आरोहण

लेखकको नोट

हिमालहरूले साहसीका लागि चुनौती, रहस्यवादीलाई मुक्ति र खेलकुदका लागि मैदान प्रस्तुत गर्दछ। विभिन्न कारणले विभिन्न व्यक्तिहरू पर्वतारोहणतर्फ आकर्षित हुन्छन्। पर्वतारोहण जति आध्यात्मिक खोज हो, त्यति नै यो भौतिक हो। अक्सर तपाईले व्यक्तिगत आनन्द र उदासी, विजय र पराजयको अनुभव गर्नुहुनेछ, तर सधैं त्यो भावनाको विकास गर्नुहुनेछ जुन दुर्गमलाई जित्न चाहन्छ। थोरै मानिसहरू एक दिन पर्वतारोहण प्रयास गर्ने निर्णय गरेर उठ्छन्। प्रायः यो एक ट्रेकर वा चट्टान पर्वतारोहीको लागि उनीहरूको आनन्दलाई अझ पछ्याउनको लागि प्राकृतिक प्रगति हो।

28 दिनको आधारभूत पर्वतारोहण पाठ्यक्रम पूरा हुँदा मलाई दुई सान्दर्भिक बिन्दुहरूले प्रहार गरे। एक, प्रशिक्षार्थीहरूले सामेल हुनु अघि पाठ्यक्रम सामग्री पढ्ने मौका पाएको भए अझ राम्रो तयारी गर्न सकिन्थ्यो। दुई, पर्वतारोहणका सैद्धान्तिक पक्षहरूमा विस्तृत लिखित दस्तावेज भएको भए प्रशिक्षकहरूले सैद्धान्तिकभन्दा व्यावहारिक तालिममा बढी समय खर्चेर बहुमूल्य समय बचाउन सक्थे। तीनवटा पर्वतारोहण संस्थानका प्रशिक्षार्थीहरूसँग छलफल गरेपछि मैले पर्वतारोहणको आधारभूत विषयमा एउटा पुस्तक लेख्ने निर्णय गरें। मैले पर्वतारोहण पाठ्यक्रमहरूको पाठ्यक्रम पुनः सिर्जना गर्न, र मैले ठूलो भूल नगरेको सुनिश्चित गर्न छवटा पर्वतारोहण संस्थानहरूको वेबसाइटहरू मार्फत गएँ।

मैले यो पुस्तक लेख्नु अघि तीनवटा विभिन्न विश्वसनीय स्रोतहरूबाट पर्वतारोहणका विभिन्न पक्षहरूका तथ्यहरू जाँच गरें। मैले पक्का गरें कि पर्वतारोहण चरणहरू अमेरिकी वा युरोपेली भन्दा बढी भारत-केन्द्रित थिए। उदाहरणका लागि, 'जुमारिङ' लाई सान्दर्भिक शब्दको लागि 'जगिङ' भन्दा सजिलै बुझ्न सकिन्छ। रक क्लाइम्बिङ, स्नो क्राफ्ट, र आइस क्राफ्ट बाहेक, मैले पर्वतारोहणका आधारभूत कुराहरू जस्तै नट मेकिंग, रक्स्याक प्याकिङ, टेन्ट पिचिङ, हिमपहिरो उद्धार, ग्लेशियरहरू, उच्च-उचाइको

अनुकूलता, नक्सा-पठन, नेभिगेसन, मौसम, नदी पार गर्ने, पर्वतीय सरसफाई, वातावरण संरक्षण र भारतका महत्वपूर्ण पर्वतीय क्षेत्रहरू।

पुस्तकलाई रोचक बनाउन, मैले धेरै दृष्टान्त र फोटोहरू समावेश गरें।

पर्वतारोहण सम्बन्धी यो टोम विभिन्न पर्वतारोहण संस्थानहरूका **भारतीय पर्वतारोहण प्रशिक्षकहरूप्रति** मेरो विनम्र श्रद्धाञ्जली हो, जसले प्रशिक्षार्थीहरूलाई पर्वतारोहणको कला र विज्ञान दुवैको बारेमा अथक ज्ञान प्रदान गर्छन्। यो ज्ञान ग्रहण गरेर धेरै प्रशिक्षार्थीहरूले सगरमाथाको आशीर्वादले विश्वको सर्वोच्च शिखर आरोहणको सपना देखेका छन् र सफल भएका छन् । रवीन्द्रनाथ टैगोरलाई उद्धृत गर्न, जसले कवितामा लेखेका थिए, "त्यस स्वर्गमा, मेरो पिता, मेरो देश जाग्रुहोस्।"

पर्वतारोहण एउटा सीप हो जुन अभ्यास र ज्ञानको संयोजनबाट राम्रोसँग सिक्न सकिन्छ। म ज्ञान भाग मा एक साहसी प्रयास गरेको आशा छ।

बयानबाजी जस्तो देखिने बिना, म कुनै पनि अनजाने त्रुटिहरूको लागि पूर्ण जिम्मेवारी लिन्छु जुन भित्र आउन सक्छ।

सञ्जय बनर्जी

अगस्ट, २०२२

पुस्तक सल्लाहकार प्यानल

प्राविधिक

अंकुर बहल (सर्वोच्च शिखर सगरमाथा २०१६)

रत्नेश पाण्डे (आरोहण सगरमाथा २०१६)

संगीता बहल (सगरमाथाको आरोहण २०१८)

मेडिकल

नरेन्द्र छब्लानी डा

संगीता देशपाण्डे डा

मार्केटिङ

आशिष सिंह

पुस्तकमा शारीरिक अभ्यास

(भाग्यशाली) मेनका गुञ्जियाल

अभिषेक गायकवाड

पुस्तक समीक्षा

अनुराधा पल

कृतज्ञता

पर्वतारोहणका विभिन्न पक्षहरूमा ३५ अध्याय समावेश भएको पुस्तकको लागि सामग्रीको स्रोतलाई स्वीकार गर्नु स्वाभाविक हो। यद्यपि, लगभग सबै अध्यायहरूमा, मैले कम्तिमा तीनवटा स्रोतहरूबाट इनपुटहरू लिएको छु र त्यसपछि तिनीहरूलाई पाठक-मैत्री भाषामा व्यापक रूपमा पुनः लेखेको छु।

म भारतीय पर्वतारोहण फाउन्डेसन र निम्न छ पर्वतारोहण संस्थानहरूलाई सार्वजनिक डोमेनमा उनीहरूको आधिकारिक वेबसाइटहरूबाट जानकारी उपलब्ध गराउनको लागि अनन्त आभारी छु। योग्यता मापदण्ड, भर्ना प्रक्रिया, चिकित्सा मापदण्डहरू, र पाठ्यक्रमको यात्रा कार्यक्रम, र संस्थानहरू आफैंको विवरणहरू सहित पर्वतारोहण पाठ्यक्रमहरूको पाठ्यक्रम बुझ्नको लागि यो आवश्यक भयो।

1. नेहरू पर्वतारोहण संस्थान, उत्तरकाशी (उत्तराखण्ड)।

2. हिमालय पर्वतारोहण संस्थान, दार्जिलिङ (पश्चिम बंगाल)।

3. अटल बिहारी वाजपेयी पर्वतारोहण र सहयोगी खेलकुद संस्थान, मनाली (हिमाचल प्रदेश)।

4. जवाहर इन्स्टिच्युट अफ माउन्टेनियरिङ एण्ड विंटर स्पोर्ट्स, पहलगाम (जम्मू र कश्मीरको केन्द्र शासित प्रदेश)।

5. राष्ट्रिय पर्वतारोहण र सहयोगी खेलकुद संस्थान, दिरांग (अरुणाचल प्रदेश)।

6. भारतीय स्कीइङ र पर्वतारोहण संस्थान, गुलमर्ग, (जम्मु र कश्मीरको केन्द्र शासित प्रदेश)।

मेरो पहिलो प्रमुख आरोहणमा मलाई उहाँको टोलीमा स्वीकार गर्न र पर्वतारोहण र उच्च उचाइ अल्ट्रा दौडमा उहाँको प्रोत्साहन र मार्गदर्शनको लागि रिमो एक्सपेडिसनका पद्मश्री चेवाङ मोटुप गोबाप्रति म ऋणी छु।

म रफिक शेख (२०१६ मा सगरमाथा आरोहण गर्ने महाराष्ट्रका पहिलो प्रहरी) पर्वतारोहणमा सहयोग र मार्गदर्शनको लागि कृतज्ञ छु।

सगरमाथा आरोहण गर्ने प्राविधिक सम्पादक अंकुर बहल, रत्नेश पाण्डे र संगीता बहललाई अमूल्य सल्लाह दिनुभएकोमा म हार्दिक आभारी छु।

म मेरा दुई पर्वतारोहण सहकर्मी (लकी) मेनका गुञ्जियाल र अभिषेक गायकवाडले यस पुस्तकको लागि क्युरेट गरिएका अभ्यासहरूको मोडल गर्न सहजै सहमत भएकोमा बाध्य छु। लक्कीले निकै मिहिनेत गरेर राष्ट्रिय शीतकालीन खेलकुद र स्की पर्वतारोहण राष्ट्रिय च्याम्पियनसिपमा दुई स्वर्ण पदक जितेका छन् । पर्वतारोहण र स्कीइङ दुवैमा प्राविधिक रूपमा योग्य हुनुको अलावा, उनी एक कुशल योग शिक्षिका पनि हुन्। अभिषेक आठ-प्याक एब्स भएका एक कठिन पर्वतारोही हुन्!

मसँग आधारभूत पर्वतारोहण पाठ्यक्रम पूरा गर्ने मेरो साथी आशिष सिंहप्रति म आभारी छु, जसले मसँग CSR परियोजनाहरूमा काम गरेको छ, र पुस्तकको लागि मलाई राम्रो सुझावहरू दिनुभएको छ। उनी मोटरसाइकलका कट्टरपन्थी र इन्जिनियर हुन्, सौर्य ऊर्जा उपकरणहरूमा काम गर्छन्।

मसँग मेरो राम्रो आधा, संजुक्ता, जसको बिना, म धेरै हराएको थिएँ, को अमिट समर्थन र प्रोत्साहन को लागी कृतज्ञता व्यक्त गर्न को लागी कुनै शब्द छैन! तेतीस वर्षको एकताले मलाई अल्ट्रा-म्याराथन दौड्न, किताब लेख्न, हिमाल चढ्न र कर्पोरेट जीवनको आइडिसिंक्रेसीहरूबाट यात्रा गर्न सम्भव बनायो।

मेरो छोरा सुजाईले मलाई मेरो अघिल्लो पुस्तक 'क्रसिङ द फिनिस लाइन'का लागि राम्रो सल्लाह दिनुभयो र यसका लागि पनि त्यस्तै गर्नुभयो। उसको मार्केटिङ प्रविधिहरू शानदार छन् र म यसको लागि तिनीहरूलाई पछ्याउन चाहन्छु।

'जलवायु परिवर्तन र दिगो पर्वतारोहण' को अध्यायमा अमूल्य योगदानको लागि सुजाई बनर्जी र अनुभूति भटनागर दुवैलाई मेरो हार्दिक धन्यवाद।

लेखकको रूपमा मेरो यात्रा 10 वर्षको उमेरमा सम्पादकलाई स्कूल-केटाले पत्र लेख्दा सुरु भयो, प्रमुख समाचार पत्र र पत्रिकाहरूका लागि फिचर

लेखहरू र दुईवटा क्रमबद्ध रहस्य उपन्यासहरू चलाएर मेरो पहिलो पुस्तक 'क्रसिङ द फिनिस' मा परिणत भयो। रेखा' र 'द माउन्टेनियरिङ ह्यान्डबुक', मेरो दोस्रो पुस्तक।

मेरो स्वतन्त्र पत्रकारिता र लेखन कार्यको दौरान, त्यहाँ एक असाधारण व्यक्ति थिए, जसले मलाई मेरो किशोरावस्थादेखि अहिलेसम्म हरेक पाइलामा मार्गदर्शन गर्नुभयो, चाहे त्यो कथाको अवधारणा होस्, लेखको शीर्षक होस्, उपयुक्त पर्यायवाची होस्, रूपक होस् वा लगभग। केहि पनि, जसले मेरो लेखन कौशल सुधार गर्न सक्छ। म मेरो साथी, दार्शनिक र मार्गदर्शक अनुराधा पललाई अनन्त कृतज्ञ छु। थाहा छैन तिमि बिना म के गर्थे होला !

मेरो पुस्तकलाई सुन्दर ढंगले बाहिर ल्याएकोमा निम्न ब्लू रोज प्रकाशक टोलीलाई म कृतज्ञ छु:

1. आदित्य सिंह, वरिष्ठ प्रकाशन परामर्शदाता।

2. प्रणवी झा, प्रकाशन प्रबन्धक

3. प्रीति, सहायक प्रकाशन प्रबन्धक।

4. मुस्कान सचदेवा, ग्राफिक डिजाइनर।

5. मानसी चौहान, सम्पादकीय संयोजक।

6. पूजा, टाइपोग्राफी डिजाइनर।

जेठा भाइ अजय (दादा), भाउजु रीना (बौडी) र भतिजा रणजाईले गरेको प्रोत्साहन र आवश्यक परेको बेला सहयोगको लागि जयपुरमा रहेको मेरो ब्याकअप टोलीप्रति म सधैं ऋणी रहनेछु। उदय, कान्छो भाइले मलाई जोखिम मोल्न सदैव सचेत गराउनुभएको छ, तर म ती जोखिमहरू सचेत र हिसाबले लिन्छु।

मलाई सबैभन्दा धेरै आवश्यक परेको बेलामा सान्त्वना र हौसला प्रदान गर्नुहुने मेरा साथीभाइ, आफन्त र सहकर्मीहरूप्रति म सधैं कृतज्ञ रहनेछु। र अन्तमा सर्वशक्तिमान परमेश्वरलाई सधैं मलाई माया गर्ने र हानिबाट जोगाउनको लागि। तिमि बिना जिवनमा एक इन्च पनि हिड्ने थिएन !

सामग्री

1. पर्वतारोहणको परिचय — 1
2. पर्वतारोहण संस्थानहरूमा भर्ना — 6
3. शारीरिक प्रशिक्षण तयारी — 19
4. डोरी र गाँठहरूको परिचय — 39
5. रक्स्याकको प्याकिङ — 57
6. कुनै ट्रेस छोड्ने सात सिद्धान्तहरू — 65
7. पर्वतारोहण गर्ने र नगर्ने — 72
8. रक क्लाइम्बिङ उपकरण — 78
9. क्लाइम्बिङ एङ्करहरू निर्माण गर्दै — 89
10. कसरी Belay मा मुख्य चरणहरू — 95
11. Rappel कसरी गर्ने — 101
12. जुमारिङद्वारा कसरी आरोहण गर्ने — 108
13. सिट हार्नेस प्रयोग गर्दै — 110
14. शिविरको छनोट — 115
15. टेन्ट पिचिङ — 119
16. शिविर सरसफाई र स्वच्छता — 123
17. राम्रो प्रदर्शनको लागि पोषण — 126
18. रिभर क्रसिङ — 129
19. हिमालमा मौसम — 133
20. बादलका प्रकारहरू — 135
21. नेभिगेसन उपकरणको रूपमा नक्सा — 139
22. उच्च उचाइ अनुकूलता र तीव्र पर्वतीय रोग — 145
23. हिउँ शिल्प — 155

24. पहाडी खतराहरू	169
25. हिमपहिरो र हिउँ उद्धार	174
26. हिमनदीहरू	186
27. आइस क्राफ्ट	192
28. भारतका पर्वत शृङ्खला र चुचुराहरू	199
29. पहाडमा अस्तित्व	204
30. पहाडी दुर्घटनाबाट बच्न सावधानीहरू	212
31. चिसो चोटपटक, लक्षण, निदान र उपचार	215
32. सुधारिएको डोरी स्ट्रेचर	222
33. प्राथमिक उपचार किट	225
34. सगरमाथा सपना	231
35. जलवायु परिवर्तन र दिगो पर्वतारोहण	240
लेखकको बारेमा	265

Chapter 1
पर्वतारोहणको परिचय

प्राविधिक रूपमा जो कोही पनि हिमालको चुचुरोमा हिंड्न सक्छ, तर यसले उनीहरूलाई पर्वतारोही बनाउँदैन। पर्वतारोहणलाई कुनै पनि पहाड वा पहाडको आरोहणको रूपमा वर्णन गर्न सकिन्छ, जहाँ भू-भागको ढाँचा र गम्भीरताका लागि केही प्रकारको आरोहण र प्राविधिक उपकरणहरूको निरन्तर प्रयोग आवश्यक हुन्छ।

गर्मीमा हिउँ नभएको वातावरणमा, यो उपकरणमा हेलमेट, डोरी, हार्नेस, क्याराबिनर र सुरक्षात्मक आरोहण उपकरणहरू समावेश गर्न सकिन्छ र जाडोमा हिउँ वा बरफमा आरोहण गर्दा, यसमा क्र्याम्पोन, आइस एक्स, न्यानो कपडाको प्रयोग समावेश हुनेछ। र आइस क्लाइम्बिङ उपकरण।

पर्वतारोहणमा अनिवार्य रूपमा पहाडी हिड्ने अवधिहरू समावेश हुन्छन्, तर पर्वतारोहणलाई पदयात्राबाट फरक पार्ने कुरा के हो भने तपाईंले आफ्नो शिखरमा पुग्न प्राविधिक उपकरणहरू प्रयोग गर्न आवश्यक छ।

पर्वतारोहणका धेरै फाइदाहरू छन्। सबैभन्दा स्पष्ट फाइदाहरू तपाईंको शारीरिक शक्ति र हृदयको फिटनेस स्तर दुवै सुधार गर्दै एरोबिक व्यायामको माध्यमबाट शरीरको बोसो घटाउने हो। केही अन्य कम स्पष्ट फाइदाहरूमा तपाईंको आफ्नै व्यक्तिगत आत्मविश्वास र टोलीमा काम गर्ने सीपहरू धेरै सुधार गर्ने समावेश छ, जुन तपाईंले आफ्नो काम र व्यक्तिगत जीवनमा प्रयोग गर्न सक्नुहुन्छ यो महसुस नगरी पनि!

यदि तपाईंले अधिकांश पर्वतारोहणहरूलाई सोध्नु भयो भने, तिनीहरू किन खेलकुदलाई पछ्याउँछन् र धेरैले किन धेरै घण्टा, दिन र हप्ताहरू मूल रूपमा चट्टान र पृथ्वीको उचाइमा आरोहण गर्न खर्च गर्छन् भन्ने तर्कसंगत जवाफ पाउन संघर्ष गर्नेछन्। तर पहाडहरूले सधैं विभिन्न कारणहरूले गर्दा मानिसहरूको लागि पर्याप्त आकर्षण राखेका छन्।

हिमालहरूले साहसिकका लागि चुनौती, रहस्यवादीका लागि मुक्ति र खेलकुदका लागि मैदान प्रस्तुत गर्दछ। विभिन्न कारणले विभिन्न व्यक्तिहरू

पर्वतारोहणतर्फ आकर्षित हुन्छन्। पर्वतारोहण जति आध्यात्मिक खोज हो, त्यति नै यो भौतिक हो। अक्सर तपाईले व्यक्तिगत आनन्द र उदासी, विजय र पराजयको अनुभव गर्नुहुनेछ, तर सधैं त्यो भावनाको विकास गर्दै दुर्गमलाई जित्नको लागि। थोरै मानिसहरू एक दिन पर्वतारोहण प्रयास गर्ने निर्णय गरेर उठ्छन्। प्रायः यो एक ट्रेकर वा चट्टान पर्वतारोहीको लागि उनीहरूको आनन्दलाई अझ पछ्याउनको लागि प्राकृतिक प्रगति हो।

पर्वतारोहणको मार्ग केही घण्टाको आरोहण जत्तिकै छोटो हुन सक्छ जुन शिखरमा पुग्नको लागि तल ओर्लिन्छ। यो दिन-लामो वा बहु-दिन आरोहणहरूमा विस्तार गर्न सकिन्छ। अर्को चरम मा, माउन्ट एभरेस्ट जस्ता पर्वतारोहण मार्गहरू शाब्दिक रूपमा 45 दिन लाग्न सक्छ। तर, आरोहणको गुणस्तर आरोहणको उचाइले मात्र होइन, अन्य धेरै कारकहरूद्वारा निर्धारण गरिन्छ।

धेरै पर्वतारोहीहरू संसारका 8,000 मिटर अग्लो चुचुराहरू (सबै हिमालयमा अवस्थित) आरोहण गर्ने जुनूनमा हुन्छन्। केहि समान रूपमा चुनौतीपूर्ण, तर अधिक रमाइलो मार्गहरू संसारभरका अन्य धेरै चुचुराहरूमा फेला पार्न सकिन्छ। विश्वका केही हिमाली चुचुराहरूको सरासर दुर्गमताको अर्थ कुनै पनि यातायातले तपाईंलाई सजिलैसँग तपाईंको मार्गमा पुग्न सक्दैन जसको अर्थ त्यहाँ हप्ताको पैदल यात्रा वा आरोहणको मात्र बाटो हो।

एक पटक पहाडमा, उचाइमा आरोहणको अर्थ शरीरलाई कम अक्सिजन भएको पातलो वायुमण्डलमा काम गर्न मिलाउन र अनुकूल बनाउन समय पनि लिनुपर्छ (५,००० मिटरभन्दा माथिको कुनै पनि आरोहणलाई उचाइ-सम्बन्धित समस्याहरू निम्त्याउन पर्याप्त मान्न सकिन्छ)।

पर्वतारोहणमा प्रायः भावनाहरूको सम्पूर्ण स्पेक्ट्रम समावेश हुन्छ र कहिलेकाहीँ ती सबै एकैचोटि सँगै आउन सक्छन्। शब्दहरूले स्वतन्त्रताको भावनालाई वर्णन गर्न सक्दैन; जब तपाईं पहाड चढ्दै हुनुहुन्छ तब प्राप्त हुन्छ। यो साँच्चै एक आध्यात्मिक अनुभव हो जसले तपाईंलाई वास्तवमै जीवित महसुस गराउँछ। तपाईंले आफ्नो बारेमा धेरै कुराहरू पत्ता लगाउनुहुनेछ, केही भित्री शक्तिहरू जुन तपाईंलाई कहिल्यै थाहा थिएन अस्तित्वमा, साथै नयाँ शक्तिहरू विकास गर्दै।

कुनै पनि आरोहणमा, त्यहाँ राम्रो समय र खराब समयहरू हुनेछन् र यसले खेललाई व्यक्तिगत रूपमा चुनौतीपूर्ण र चरित्र निर्माण बनाउँछ। तपाईंले समयहरू अनुभव गर्न सक्नुहुन्छ, जब तपाईं आफैंलाई मैले किन यो गरिरहेको छु भन्ने कारण सोध्नु हुन्छ, तर ती क्षणहरू उपलब्धिको ठूलो अनुभूतिले प्रतिस्थापन गर्न सकिन्छ जुन तपाईंसँग सधैंभरि रहनेछ।

पर्वतारोहणको संसारमा प्रवेश गर्न कुनै वास्तविक उमेर बाधाहरू छैनन् (16 वर्ष मुनिका जो कोहीले स्पष्ट रूपमा योग्य वयस्क द्वारा पर्यवेक्षण गर्नुपर्छ)। पर्वतारोहणको लागि एकमात्र वास्तविक बाधा भनेको मध्यम स्तरको शारीरिक तन्दुरुस्तीको आवश्यकता हो, तर यो पनि विकास हुनेछ जब तपाईं खेलकुदमा प्रगति गर्नुहुन्छ र तपाईंको मार्गहरू कठिन र अधिक दिगो हुँदै जान्छ।

पर्वतारोहण एउटा खोज हो जुन नक्सा पढ्ने र नेभिगेसन सीपदेखि डोरीको काम र आरोहणका उपकरणहरू बुझ्न सम्मका विभिन्न पक्षहरूको राम्रो बुझाइ बिना कहिल्यै पनि गर्न सकिँदैन। साथीहरूले प्राय: एकअर्कालाई सिकाउँछन्, आफ्नो ज्ञान पास गर्दै, तर पाठ्यक्रममा लगानी गरिएको समय र पैसा राम्रोसँग खर्च हुन्छ। यस सन्दर्भमा, एक स्वीकृत संस्थानबाट पर्वतारोहण पाठ्यक्रम पर्वतारोहणमा गम्भीर जो कोहीको लागि धेरै उपयोगी हुन सक्छ।

पर्वतारोहणका विभिन्न शैली वा विधिहरू वर्षौंदेखि विकसित भएका छन्। पर्वतारोहणको शैलीमा यस विकासको पछाडि मुख्य प्रेरणा पर्वतारोहण उपकरणमा भएको ठूलो प्रगति हो।

कडा हल्का प्लास्टिक, कार्बन फाइबर, अत्यन्त बलियो, तर हल्का तौल धातु मिश्र, पूर्व-प्याकेज उच्च-ऊर्जा खाना, सुधारिएको चुलो र पाल, सबैको आगमनले पुरानो वर्षका ठूला र ढिलो अभियान-शैलीको आरोहणलाई बाटो दिइरहेको छ। छिटो हल्का आरोहण। कुनै समय पुरानो उपकरण र आरोहण विधि प्रयोग गरेर दिन लाग्ने रुटहरू अब केही घण्टामै आरोहण भइरहेका छन्!

पर्वतारोहण मूलतः तीन प्रकारका हुन्छन्:

अल्पिनवाद

अल्पाइनवाद एक प्रकारको पर्वतारोहण हो, जुन मूल रूपमा अल्पाइन गाइडहरूद्वारा विकसित गरिएको थियो, तर अब 'तल्लो तह' मार्गहरू (५,००० मिटरभन्दा तल) आरोहण गर्न व्यापक रूपमा प्रयोग गरिन्छ। विश्वभरका अधिकांश पर्वतारोहण मार्गहरू यस वर्गमा वर्गीकृत छन्। अघिल्लो आरोहण पुस्ताले धेरै उपकरण बोकेका थिए र धेरै दुर्घटनाहरू किटको सरासर वजन र आरोहणको ढिलो प्रगतिले जन्माएको थियो। अल्पाइन शैलीको आरोहणको सार भनेको न्यूनतम आरोहण सुरक्षात्मक उपकरण र क्याम्पिङ गियर बोकेर छिटो हिँड्नु, तौललाई न्यूनतम राख्नु र 'छिटो सुरक्षित छ' भन्ने मनोवृत्ति अपनाउनु हो। अल्पिनवादले पार्टीका सबै सदस्यहरूलाई गति र क्षमताका साथ कठिन भूभागमा जान सक्षम हुन आवश्यक छ।

उच्च उचाइ पर्वतारोहण

5,000 मिटरभन्दा माथिको पर्वतारोहण उचाइ, मौसम, पहुँच र हिउँ र बरफमा निरन्तर आरोहणबाट प्रभावित हुन्छ। उच्च उचाइ पर्वतारोहणको लागि दृढ संकल्प, धैर्यता, निडरता, सावधानी, सावधान योजना तर सबैभन्दा महत्त्वपूर्ण कुरा, छिटो निर्णय लिने क्षमताको मिश्रण चाहिन्छ। परम्परागत रूपमा, यस प्रकारको पर्वतारोहणले ठूलो मात्रामा क्याम्पिङ उपकरण र खाना बोक्न अभियानको प्रयोग गरेको छ, र आरोहणमा विभिन्न उचाइहरूमा शिविरहरू स्थापना गर्न आवश्यक छ, पार्टीका सदस्यहरूलाई उचाइमा हुने परिवर्तनहरूसँग मिलाउन अनुमति दिन आवश्यक छ। अल्पाइन-शैलीको आरोहण अब उच्च उचाइ पर्वतारोहणको संसारमा छिर्न थालेको छ र धेरै दिन लामो मार्गहरू अब केही घण्टामा आरोहण गर्न सकिन्छ। तर, छिटो र हल्का तौलको आरोहण कसैद्वारा गर्न सकिँदैन किनभने धेरैजसो मानिसहरू उचाइमा द्रुत लाभको शिकार हुन्छन्। साथै हल्का तौल आरोहणले उच्च जोखिमहरू चलाउँछ यदि केहि गलत हुनुपर्दछ।

अल्ट्रा लाइटवेट पर्वतारोहण

धेरै निडर पर्वतारोहीहरूका लागि आरक्षित, जहाँ आरोहीहरूले धेरै छोटो समयमा आधुनिक हलुका उपकरणहरू प्रयोग गरेर उच्च उचाइ चुचुराहरू चढ्छन्।

यो अल्पाइन पर्वतारोहणको साथ सुरु गर्न सिफारिस गरिन्छ, किनकि गहिरो छेउमा डुब्दा केही गम्भीर प्रतिकूल प्रभाव हुन सक्छ। सजिलो मार्गहरूको साथ तल्लो उचाइहरूबाट सुरु गर्नुहोस्, र बिस्तारै आरोहीको रूपमा परिपक्व हुँदै आफ्नो बाटो बनाउनुहोस्।

विश्वका अग्लो शिखरहरू

1. सगरमाथा ८,८४९ मिटर (२९,०३५ फिट)।
नेपाल तर्फबाट वा चीन तर्फबाट सम्पर्क गर्न सकिन्छ।

2. K2 8,611 मिटर (28,251 फीट)।
कश्मीरको गिलगिट-बाल्टिस्तानमा अवस्थित छ।

3. कञ्चनजङ्घा ८,५८६ मिटर (२८,१६९ फिट)।
सिक्किम र नेपालको सिमानामा अवस्थित छ।

4. ल्होत्से ८,५१६ मिटर (२७,९४० फिट)।
नेपाल र तिब्बतको सिमानामा अवस्थित

5. मकालु ८,४६३ मिटर (२७,७६६ फिट)।
नेपाल र तिब्बतको सिमानामा अवस्थित

6. चो ओयु ८,२०१ मिटर (२६,९०६ फिट)।
नेपाल र तिब्बतको सिमानामा अवस्थित

7. धौलागिरी ८,१६७ मिटर (२६,७९५ फिट)।
नेपालमा अवस्थित छ।

8. मनास्लु ८,१६३ मिटर (२६,७८१ फिट)।
नेपालमा अवस्थित छ।

9. नङ्गा पर्वत ८,१२६ मिटर (२६,६६० फिट)।
कश्मीरको गिलगिट-बाल्टिस्तानमा अवस्थित छ।

10. अन्नपूर्ण ८,०९१ मिटर (२६,५४५ फिट)।
नेपालमा अवस्थित छ।

Chapter 2
पर्वतारोहण संस्थानहरूमा भर्ना

परिचय

पर्वतारोहणको संसारमा स्वागत छ। तपाईंले यो पुस्तक पढ्न सुरु गर्नुभएको तथ्य नै पर्वतारोहणका आधारभूत कुराहरू वा अझ सटीक हुने तपाईंको इच्छाको प्रमाण हो। पर्वतारोहणमा सामेल हुन र सफलतापूर्वक एक पाठ्यक्रम पूरा गर्न तर्फ गुरुत्वाकर्षण। यस पुस्तकले पर्वतारोहण सीपहरू बुझ्न मुख्य ज्ञान प्रदान गर्नुका साथै; पर्वतारोहण पाठ्यक्रम तयार गर्ने, सामेल हुने र पूरा गर्ने प्रक्रियाको बारेमा पनि सिक्ने कुरा हो।

यो पुस्तक हातले तपाईलाई समात्छ र पर्वतारोहणको बारेमा विभिन्न सूक्ष्मताहरू सरल शब्दहरूमा सिकाउँछ, जसले तपाईंलाई भारत वा विदेशबाट कुनै पनि पर्वतारोहण संस्थानबाट पर्वतारोहण पाठ्यक्रम पूरा गर्न सक्षम बनाउँछ।

मैले विभिन्न सरकारी, अर्ध-स्वायत्त र निजी (गैरसरकारी) पोर्टल र वेबसाइटहरूबाट प्राप्त विवरणहरूका आधारमा भारतीय पर्वतारोहण प्रतिष्ठानद्वारा स्वीकृत भारतीय पर्वतारोहण संस्थानहरूको नाम मात्र उल्लेख गरेको छु। पुस्तक लेख्न र छापिएको समयावधिका कारण पर्वतारोहण संस्थानको सङ्ख्या र उनीहरूले सञ्चालन गर्ने पाठ्यक्रमहरूमा परिवर्तन आएको हुन सक्छ।

यस क्षेत्रका सबै आरोहण, उच्च उचाइ पदयात्रा र आरोहणलाई इन्डियन माउन्टेनियरिङ फाउन्डेसन (IMF) भनिने नयाँ दिल्लीमा मुख्यालय रहेको सर्वोच्च निकायद्वारा सञ्चालित छ। भारतका सबै पर्वतारोहण संस्थानहरू आईएमएफसँग आबद्ध छन्। उचित र जिम्मेवार पर्वतारोहण नैतिकता र ज्ञानले आफूलाई सुसज्जित बनाउन यी संस्थानहरूले उपलब्ध गराएको कुनै पनि पाठ्यक्रम (योग्यता सर्तहरूको अधीनमा) मा जो कोहीले भर्ना गर्न सक्छन्। सिटहरू सधैं पहिलो-सह-पहिलो-सेवाको आधारमा सेवा गरिन्छ, त्यसैले तपाईंको आवेदनमा छिटो हुनु बुद्धिमानी छ। यहाँ आधारभूत पर्वतारोहण

पाठ्यक्रम गर्न विचार गर्न केही पर्वतारोहण संस्थानहरू छन्, कुनै विशेष क्रममा आवश्यक छैन:

A)। नेहरू पर्वतारोहण संस्थान, उत्तरकाशी (उत्तराखंड)

नेहरू पर्वतारोहण संस्थान (NIM) लाई भारतको उत्कृष्ट पर्वतारोहण संस्थानहरू मध्ये एकको रूपमा मूल्याङ्कन गरिएको छ र यसलाई एशियाको महत्त्वपूर्ण पर्वतारोहण संस्थान पनि मानिन्छ।

भारत सरकारको रक्षा मन्त्रालय र उत्तर प्रदेश सरकारले सन् १९६४ मा उत्तरकाशीमा पर्वतारोहण संस्थान बनाउने प्रस्ताव राखेको थियो। उत्तरकाशीलाई विशेष रूपमा NIM को घरको रूपमा चयन गरिएको थियो, मुख्यतया पश्चिमी गढवालको गंगोत्री क्षेत्रसँग यसको निकटताको कारण, जसमा निस्सन्देह भारत र सायद विश्वमा उत्कृष्ट पर्वतारोहण र प्रशिक्षण क्षमता छ। भागीरथी नदीको पूर्वी किनारमा कछुवा पछाडिको पहाडमा सुन्दर ढंगले बसेको, संस्थानले उत्तरकाशीको सम्मानित शहर र भागीरथीसँग इन्द्रावतीको संगमलाई हेराई गर्दछ। नोभेम्बर 2001 मा एक ऐतिहासिक विकासमा, नवगठित राज्य "उत्तरांचल" (अहिलेको उत्तराखण्ड) अस्तित्वमा आउँदा, उत्तराखण्डका मुख्यमन्त्री संस्थानको उपाध्यक्ष बने।

यो अहिले लडारी रिजर्भ फरेस्टमा समुन्द्री सतहबाट करिब ४,३०० फिट उचाइमा, घना पाइन जंगलको बीचमा, पवित्र नदीलाई हेरेर अवस्थित छ। यसको फराकिलो क्याम्पस छ, लगभग सात हेक्टेयर प्राइम वन जमिनमा फैलिएको छ। 2001 मा, Tekhla Rocks को लगभग 3.5 हेक्टर चट्टान र ढुङ्गा को क्षेत्र को संस्थान को घर जग्गा मा थपियो। क्याम्पस धेरै राम्रो संग राखिएको छ। एनआईएमका वर्तमान अध्यक्ष र उपाध्यक्ष क्रमशः भारतका रक्षामन्त्री र उत्तराखण्डका मुख्यमन्त्री छन्।

B)। हिमालय पर्वतारोहण संस्थान, दार्जिलिङ (पश्चिम बंगाल)

हिमालयन पर्वतारोहण संस्थान (HMI) विश्वको प्रमुख पर्वतारोहण संस्थानहरू मध्ये एक हो। भारत के प्रथम प्रधानमन्त्री पंडित जवाहरलाल नेहरू द्वारा [4]

नोभेम्बर, 1954 को स्थापना। संस्थान दार्जिलिङको रमणीय हिल स्टेशनमा अवस्थित छ।

सर एडमन्ड हिलारीसँगै सगरमाथाको सर्वोच्च शिखरमा पाइला टेक्ने पहिलो मानव शेर्पा तेन्जिङ नोर्गे फिल्ड ट्रेनिङका निर्देशक थिए। HMI अब दार्जिलिङको प्रमुख स्थलचिन्ह र पर्यटक आकर्षणको केन्द्र हो। यहाँबाट विश्वको तेस्रो अग्लो चुचुरो कञ्चनजङ्घा हिमालको भव्य दृश्य देख्न सकिन्छ।

HMI ले धेरै प्रतिष्ठित प्रकाशकहरूको वंशको गर्व गर्दछ। तेन्जिङ नोर्गे एचएमआईसँग जून १९५४ देखि मे १९७६ सम्म फिल्ड ट्रेनिङ निर्देशकको रूपमा सम्बद्ध थिए। दुई पटक सगरमाथा आरोहण गर्ने पहिलो व्यक्ति बनेका नवाङ गोम्बु सन् १९५४ मा स्थापना भएदेखि नै HMI मा प्रशिक्षक थिए। HMI ले आफ्ना प्रशिक्षार्थीहरूलाई अत्याधुनिक सुविधाहरू प्रदान गर्दछ। HMI सँग देशको सबैभन्दा पुरानो पर्वतारोहण संग्रहालय छ, जुन 1957 मा स्थापित भएको थियो। यसले प्रशिक्षार्थीहरू र अनुसन्धान विद्वानहरू दुवैका लागि पर्वतारोहण गतिविधिहरूमा शैक्षिक अनुसन्धानको केन्द्रको रूपमा काम गर्दछ र प्रसिद्ध पर्वतारोहीहरूसँग सम्बन्धित मोडेलहरू, चित्रहरू, मूर्तिकलाहरू, फोटोहरू, पाण्डुलिपिहरू, अटोग्राफहरू, पुस्तकहरू र पर्वतारोहण उपकरणहरूको समृद्ध संग्रह छ।

HMI का वर्तमान अध्यक्ष र उपाध्यक्ष क्रमशः भारतका रक्षामन्त्री र पश्चिम बंगालका मुख्यमन्त्री छन्।

C)। अटल बिहारी वाजपेयी पर्वतारोहण र सहयोगी खेलकुद संस्थान, मनाली (हिमाचल प्रदेश)

हिमाचल प्रदेशको साहसिक खेलकुद र पर्यटन गतिविधिहरू बढाउने उद्देश्यले 1961 मा स्थापित अटल बिहारी वाजपेयी पर्वतारोहण र सहयोगी खेलकुद संस्थान, मनाली (ABVIMAS) को सहयोगमा साहसिक खेलकुद र साहसिक पर्यटनको क्षेत्रमा हिमाचल प्रदेश अगाडि बढेको छ। यस संस्थान मार्फत, राज्य सरकारले पर्वतारोहण र अन्य साहसिक खेलहरूमा विशेष प्रशिक्षण पाठ्यक्रमहरू उपलब्ध गराउँदै आएको छ।

ABVIMAS को मुख्यालय मनाली सहर नजिकै ब्यास नदीको बायाँ किनारमा २० एकड जङ्गल जमिनमा फैलिएको समुद्र सतहबाट ६,०८२ फिटको उचाइमा अवस्थित छ। यसको क्याम्पस अग्लो देवदार रूखहरूले घेरिएको छ। सबै भवनहरू स्थानीय वास्तुकलालाई ध्यानमा राखी र प्राकृतिक वातावरणलाई ध्यानमा राखी निर्माण गरिएको हो।

ABVIMAS भारतका प्रथम प्रधानमन्त्री पंडित जवाहरलाल नेहरूको गतिशील नेतृत्वमा [१६] सेप्टेम्बर, १९६१ मा "पश्चिमी हिमालयन पर्वतारोहण संस्थान" नामको सुरम्य कुल्लु उपत्यकाको मनालीको प्राकृतिक भौगोलिक वातावरणमा स्थापना भएको थियो। BVIMAS ले वातावरणीय र सांस्कृतिक प्रभावको परिमाणलाई मान्यता दिन्छ। त्यहाँ तालिम समूहहरूद्वारा स्थानीय भू-भागबाट गुज्रने क्रममा "लीभ नो ट्रेस" यात्रा र क्याम्पिङ प्रविधिहरूको कडा पालना गरिएको छ।

संस्थानले हिमाचल प्रदेशको राज्य सरकारलाई हिउँले ढाकिएको ढलानमा खोजी र उद्धार कार्यहरू सञ्चालन गर्न र चिसो अवस्थाहरूमा विश्वासघाती पदयात्रा मार्गहरू सञ्चालन गर्न मद्दत गर्दछ किनभने तिनीहरूसँग उच्च उचाइको पहाडी इलाकामा उद्धार कार्यमा प्रशिक्षित दक्ष जनशक्ति छ। पदयात्री वा पर्यटक बेपत्ता हुँदा संस्थानका सेवाहरू माग गरिन्छ।

D)। जवाहर पर्वतारोहण र शीत खेलकुद संस्थान, पहलगाम (जम्मू र कश्मीरको केन्द्र शासित प्रदेश)

संस्थान 1983 मा अरु, पहलगाम, जम्मू र कश्मीर (अहिले जम्मु र कश्मीरको केन्द्र शासित प्रदेश) नजिकै एकै ठाउँमा धेरै साहसिक गतिविधिहरू उपलब्ध गराउने उद्देश्यले स्थापना भएको थियो। ७,९२० फिटको उचाइमा रहेको अरु पर्यटकीय गन्तव्य हो ।

यसले ट्रेकरको स्वर्ग भएकोमा गर्व गर्दछ र रक क्राफ्ट, आइस क्राफ्ट, स्ट्रिम क्रसिङको लागि सुविधा प्रदान गर्दछ र नजिकैको ग्लेशियर र हिउँदमा स्कीइङका लागि ढलानहरू छन्। संस्थानलाई अगस्ट १९९० मा बनिहालको जम्मु तर्फबाट बटोटेमा सारिएको थियो। संस्थान अक्टोबर 2003 मा पहलगाम नजिकै सारियो।

दुवै राष्ट्रिय र अन्तर्राष्ट्रिय फोरमहरूमा अपील बढाउनको लागि, संस्थानले पर्यटन विभाग, जम्मू र कश्मीर सरकारको साथमा धेरै राज्यहरूमा यात्रा र व्यापार मेलाहरूमा भाग लिनको लागि नयाँ पहल सुरु गर्यो।

संस्थालाई कार्यकारी परिषद् मार्फत प्रशासित गरिन्छ, जसका सदस्यहरू केन्द्र शासित प्रदेश र केन्द्रबाट पनि तानिएका हुन्छन्।

E)। राष्ट्रिय पर्वतारोहण र सहयोगी खेलकुद संस्थान, दिरांग (अरुणाचल प्रदेश)

भारत सरकारले अरुणाचल प्रदेशमा उन्नत खेलकुद प्रशिक्षण संस्थान स्थापना गर्न २०१२ मा जनादेश पारित गरेपछि, राष्ट्रिय पर्वतारोहण तथा सहयोगी खेलकुद संस्थान (निमास) ले ३० मे, २०१३ देखि काम गर्न थाल्यो।

५२ एकड क्षेत्रफलमा फैलिएको निमास अरुणाचल प्रदेशको पश्चिम कामेङ जिल्लामा अवस्थित छ। 6,000 देखि 7,000 फिट बीचको उचाइमा रहेको पहाडमा अवस्थित यस संस्थानले दिराङ सहर र सेला पासलाई हेर्छ। दिराङ दुबै तवाङबाट पहुँचयोग्य छ, जहाँ अधिकांश पर्वतारोहण गतिविधिहरू सञ्चालन गरिन्छ साथै पूर्वी कामेङ, जहाँ विद्यार्थीहरूलाई र्याफ्टिङ र एरो खेलकुदको प्रशिक्षणको लागि लगिन्छ। NIMAS का वर्तमान अध्यक्ष र उपाध्यक्ष क्रमशः भारतका रक्षामन्त्री र अरुणाचल प्रदेशका मुख्यमन्त्री छन्।

F)। भारतीय स्कीइङ र पर्वतारोहण संस्थान, गुलमर्ग (जम्मु र कश्मीरको केन्द्र शासित प्रदेश)

आईआईएसएम हाम्रो देशको एक आधुनिक र सबैभन्दा लोकप्रिय स्की प्रशिक्षण संस्थान हो, जुन गुलमर्गमा भारत सरकारको पर्यटन मन्त्रालयले स्थापना गरेको थियो, जुन 1968 मा गुलमर्ग शीतकालीन खेलकुद परियोजना (गुलमर्ग शीतकालीन खेल परियोजना) नामक अस्थायी परियोजनाको रूपमा 8,694 फिटको उचाइमा छ। GWSP)। प्रारम्भिक परियोजनाले गुलमर्गलाई वांछित पूर्वाधारसहितको अन्तर्राष्ट्रिय स्की रिसोर्टको रूपमा विकास गर्ने र पर्यटकहरूको आवश्यकता पूरा गर्न स्की गाइडहरूलाई तालिम दिने परिकल्पना गरेको थियो।

संस्थानको वर्षभरि अधिकतम उपयोगको लागि पर्वतारोहण, साहसिक, रक क्लाइम्बिङ, एरो एडभेन्चर, ट्रेकिङ र वाटर स्कीइङ जस्ता धेरै अन्य साहसिक पाठ्यक्रमहरू थपिएका थिए।

आईआईएसएम भारत सरकारको पर्यटन मन्त्रालयको स्थायी अधीनस्थ कार्यालय हो। साहसिक कौशलको थप विकास गर्न, यसले देशमा साहसिक पर्यटनको विकास र प्रवर्द्धनका लागि राष्ट्रिय साहसिक नीति/कार्यक्रमहरू तर्जुमा गर्न र विभिन्न केन्द्र, प्रदेश सरकार र निजी निकायहरूको गतिविधिहरूको समन्वय गर्न पर्यटन मन्त्रालयलाई सल्लाहकारको रूपमा काम गर्दछ।

महत्त्वपूर्ण पाठ्यक्रमहरू सञ्चालन

1. आधारभूत पर्वतारोहण पाठ्यक्रम (BMC)

यो चट्टान, हिउँ र बरफ चढ्ने संसारको लागि पाइलाको ढुङ्गा हो र एक व्यक्तिलाई 7,000 मिटरको उचाइ सम्मको कुनै पनि अभियानमा भाग लिन सक्षम बनाउँछ। पाठ्यक्रमको अवधि 28 दिन हो।

2. अग्रिम पर्वतारोहण पाठ्यक्रम (AMC)

आधारभूत पर्वतारोहण पाठ्यक्रममा ए ग्रेड प्राप्त गरेका प्रशिक्षार्थीहरू योग्य छन्। पाठ्यक्रमले प्रशिक्षकहरूको रेखदेखमा प्रशिक्षार्थीहरूले योजना बनाएको अभियानमा पहाड चढ्ने उन्नत प्रशिक्षण र अनुभव प्रदान गर्दछ। यो कोर्सको अवधि २८ दिनको छ।

3. निर्देशन पाठ्यक्रमको विधि (MOI)

जसमध्ये ए ग्रेडका साथ अग्रिम पर्वतारोहण पाठ्यक्रम पूरा गरेकाहरू योग्य छन्। यो पाठ्यक्रम पर्वतारोहणलाई करियरको रूपमा लिन चाहनेहरूका लागि हो। यस पाठ्यक्रमको उद्देश्य सहभागीहरूको निर्देशनात्मक क्षमतामा सुधार गर्नु हो जसले गर्दा उनीहरूलाई आत्मविश्वासका साथ पर्वतारोहण पाठहरू प्रदान गर्न र मार्गदर्शकको रूपमा काम गर्न सक्षम पार्नु हो। यो कोर्सको अवधि २८ दिनको छ।

4. खोज र उद्धार पाठ्यक्रम (SAR)

जसमध्ये ए ग्रेडका साथ अग्रिम पर्वतारोहण पाठ्यक्रम पूरा गरेकाहरू योग्य छन्। पाठ्यक्रमले पहाडमा खोज र उद्धार कार्यहरू समेट्छ। पाठ्यक्रमले चट्टान, हिउँ र बरफमा उद्धार प्रविधि, प्राथमिक उपचार, पर्वतीय नेभिगेसन, श्रव्य तथा भिजुअल सञ्चार र हेलिकप्टरको प्रयोगबाट निकासी विधिको महत्त्वलाई जोड दिन्छ। यसले विभिन्न संस्थाहरूसँग सम्पर्क र उद्धार कार्यको क्रममा उनीहरूको संलग्नता पनि समावेश गर्दछ।

आधारभूत पर्वतारोहण पाठ्यक्रमको लागि योग्यता

यद्यपि पाठ्यक्रमहरूमा सामेल हुन कुनै विशेष प्रशिक्षण आवश्यक छैन, विद्यार्थीहरूलाई जगिङ र लामो पैदल यात्रा गर्न सल्लाह दिइन्छ। तिनीहरू शारीरिक रूपमा फिट र मानसिक रूपमा बलियो हुनुपर्छ र हिउँ र उच्च उचाइको कठोरताको सामना गर्न सक्षम हुनुपर्छ। पर्वतारोहण संस्थानको आधारमा पाठ्यक्रमको लागि उमेर समूह १८ वर्षदेखि ४५ वर्षसम्म फरक हुन्छ। तिनीहरूले आफ्नो विवेक अनुसार न्यूनतम उमेर समूह घटाउन वा अधिकतम उमेर समूह विस्तार गर्न सक्छन्। पाठ्यक्रममा भाग लिनको लागि विस्तृत रूपमा सबै विद्यार्थीहरूले आफ्नो उपकरणको साथ 12 किलोग्राम रक्सक बोकेर 10 किलोमिटर दूरी कभर गर्न सक्षम हुनुपर्छ।

भर्नाहरू

सामान्यतया पाठ्यक्रमको लागि धेरै मागको कारणले, दर्ताका लागि बुकिङ सम्बन्धित वेबसाइटहरूमा गएर र प्रवेश फारम डाउनलोड गरेर गरिन्छ। प्रि-कोविड युगमा दर्ताका लागि बुकिङहरू सामान्यतया छ महिनादेखि दुई वर्ष अघि खोलिन्थ्यो। हाल 2020 र 2021 मा लक डाउन प्रतिबन्धका कारण समय सीमा एकदमै कम भएको छ। २०२१ को अवधिमा बुक गरिएका धेरैजसो पाठ्यक्रमहरू रद्द वा भविष्यका मितिहरूको लागि स्थगित गरियो।

कतिपय पर्वतारोहण संस्थानहरूमा अनलाइन बुकिङ छ र अरूका लागि तपाईंले चाहिने कार्यालयको ठेगानामा सबै कागजातहरू पठाउनु पर्छ। यद्यपि, कहिलेकाहीँ अनलाइन बुकिङमा, डिमांड ड्राफ्टको रूपमा भुक्तानी कुरियर वा

दर्ता हुलाकबाट पठाउनुपर्छ। कागजात र भुक्तानी पठाउनु अघि संस्थानका प्रशासनिक कर्मचारीहरूसँग टेलिफोनिक कुराकानी गर्नु राम्रो हुन्छ।

चिकित्सा मानकहरू

सबै पर्वतारोहण संस्थानहरूले विद्यार्थी पाठ्यक्रममा सामेल हुनु अघि उनीहरूको ढाँचा अनुसार एक योग्य डाक्टरद्वारा हस्ताक्षर गर्नुपर्ने चिकित्सा प्रमाणपत्रमा जोड दिनेछन्। पर्वतारोहणमा जानु अघि विद्यार्थीले आफ्नो स्वास्थ्य मापदण्ड बारे निश्चित गर्नु बुद्धिमानी हुनेछ।

पाठ्यक्रमको समयमा विद्यार्थीहरूलाई चोटपटक कम गर्नको लागि, सबै विद्यार्थीहरूले भर्ना हुनु अघि पूर्ण रूपमा चिकित्सा जाँच गर्नुपर्छ। निम्न रोगबाट पीडित विद्यार्थीहरूले पाठ्यक्रमको लागि आवेदन दिनबाट जोगिनु पर्छ।

1. उच्च रक्तचाप
2. कोरोनरी धमनी रोग / एन्जियोप्लास्टी
3. हृदय विफलता/वातयुक्त हृदय रोग
4. कार्डियक एरिथमिया
5. जन्मजात हृदय रोग
6. फुफ्फुसीय उच्च रक्तचाप
7. पुरानो अवरोधक फुफ्फुसीय रोग
8. ब्रोन्कियल अस्थमा
9. इन्टर्स्टिशियल फोक्सोको रोग
10. निमोथोराक्स
11. ग्यास्ट्रिक इरोसन/हेमोरेजिक ग्यास्ट्राइटिस
12. क्रोनिक मृगौला रोग
13. गर्भावस्था
14. मिरगी

15. बुलस फोक्सोको रोग

16. Menorrhagia को इतिहास

आधारभूत पर्वतारोहण पाठ्यक्रमको दैनिक यात्रा कार्यक्रम

दिन-1 (रिपोर्टिङ डे)।

आगमन, स्वागत, उपकरणको मुद्दा, कागजात र चिकित्सा जाँच।

दिन-2

अक्लीमेटाइजेशन मार्च, पर्वतारोहण उपकरणको परिचय, नट, हिच्स र डोरी र खेलहरूको कोइलिंग।

दिन-3

माध्यमिक साइटमा सार्नुहोस् र शिविरको स्थापना।

दिन-4

अनुकूलता, प्राथमिक उपचार र CPR।

दिन-5

शारीरिक तालिम, अभ्यस्तीकरण, आरोहण र र्यापलिङका सिद्धान्तहरू, पहाडहरूमा के गर्ने र नगर्ने

दिन-6

विभिन्न साइटहरूमा ट्रेक गर्नुहोस् र फर्कनुहोस्, खेलहरू।

दिन-7

शारीरिक प्रशिक्षण, आरोहण र र्यापलिङ, लोड पिकिङ, पर्वत र खेलहरूमा मार्च।

दिन-8

विभिन्न साइटमा ट्रेक गर्नुहोस् र फर्कनुहोस्।

दिन-9

शारीरिक तालिम, पिच क्लाइम्बिङ, हिमाल र हिउँ बाउन्ड क्षेत्रहरूमा खतराहरू र खेलहरू।

दिन-10

शारीरिक प्रशिक्षण, पिच क्लाइम्बिङ, प्रशासनिक कार्य र खेलहरू।

दिन-11

सहनशीलता, स्ट्रिम क्रसिङ, टेन्ट पिचिङ र क्याम्पिङ र खेलहरूको लागि दौड।

दिन-12

सहनशीलता, जिप तार र दुर्घटना निकासी, चिसो चोटपटक र खेलहरूको लागि दौड।

दिन-13

सहनशीलता, मार्ग चयन र डोरी फिक्सिङ र खेलहरूको लागि दौड।

दिन-14

सहनशीलता, मार्ग चयन र डोरी फिक्सिङ, हिमस्खलन र खेलहरूको लागि दौड।

दिन-15

सहनशीलता, Jumaring र Rappelling, ग्लेशियरहरू र खेलहरूको लागि दौड।

दिन-16

सहनशीलता, आरोहण र आधार शिविर, आश्रय र खेलहरूको तयारीको लागि दौड।

दिन-17

सहनशीलता परीक्षण, रक क्राफ्ट परीक्षण र ग्लेशियरमा सार्नको लागि तयारी।

दिन-18

अक्लाइमेटाइजेशन वाक टु ग्लेशियर, आइस इक्विपमेन्टको परिचय र क्रयाम्पोनको साथ मार्च, क्लाइम्बिङ, फल र सेल्फ-अरेस्ट र हिमस्खलन उद्धार अभ्यास।

दिन-19

Acclimatization ग्लेशियर, चढाई र सीढी प्रक्षेपणमा हिंड्नुहोस्।

दिन-20

आरोहण र आधार शिविरको तयारी।

दिन-21

डोरी फिक्सिङ, क्लाइम्बिङ, क्रेभासे क्रसिङ र उद्धार ड्रिल।

दिन-22

ग्लेशियर मार्फत उच्च उचाई ट्रेकिंग।

दिन-23

आइस क्राफ्ट परीक्षण र अस्तित्व।

दिन-24

जीवन रक्षा शिविर।

दिन-25

कपडाको निक्षेप।

दिन-26

लिखित परीक्षा र स्नातक समारोह।

दिन-27

प्रस्थान।

पाठ्यक्रमको बखत संस्थानमा लगिने लेखहरू

1. ट्रेकिङ को लागी हल्का टोपी - एक।
2. ऊनी स्कार्फ - एक।
3. हल्का तौल रेनकोट/पोन्चो- वन।
4. ऊनी र कपास मोजा - आवश्यकता अनुसार।
5. अंडरवियर - आवश्यकता अनुसार।
6. सुती शर्ट र ट्राउजर - दुई दुई।
7. जङ्गल जुत्ता/घुँडा सपोर्ट भएको ट्रेकिङ बुट- एक जोडी।
8. बिहान PT को लागि चलिरहेको जुत्ता - एक जोडी।
9. स्पेयर ब्याट्रीहरू सहित टर्च/हेड ल्याम्प- एक।
10. शौचालय आवश्यकताहरू - आवश्यकता अनुसार।
11. घामको चश्मा - दुई जोडी।
12. स्विमिङ ट्रंक - एक।
13. नेल कटर - एक।
14. सन ब्लक क्रिम - आवश्यकता अनुसार।
15. लकर लक गर्नको लागि सानो लक - एक।
16. ट्र्याक सूट - एक सेट।
17. मर्मत किट (सुई/थ्रेड/बटनहरू) - आवश्यकता अनुसार।
18. क्याप बालाक्लाभा (वोलेन) - एक।
19. ऊनी पन्जा - दुई जोडी।
20. थर्मल इनर - आवश्यकता अनुसार।
21. पासपोर्ट साइज फोटोग्राफ- चार।
22. थर्मस फ्लास्क (500 ml)- एक।

23. मास्क र सेनिटाइजर - आवश्यकता अनुसार।
24. लेखन सामग्री (पेन र डायरी) - आवश्यकता अनुसार।

Chapter 3
शारीरिक प्रशिक्षण तयारी

परिचय

जब तपाइँ विभिन्न पर्वतारोहण संस्थानहरूको वेब साइटहरू ब्राउज गर्नुहुन्छ, शारीरिक तन्दुरुस्तीमा उनीहरूको जोडबाट नडराउनुहोस्। यो आफ्नो सुरक्षा को लागी हो। यद्यपि, तपाइँ 26 दिन देखि 28 दिनको कठोर तालिकाको लागि मानसिक र शारीरिक रूपमा तयार हुन आवश्यक छ, जब तपाइँ तपाइँको उठ्ने घण्टाको हरेक दिन 06:30 देखि 19:30 सम्म तपाइँको औंलाहरूमा हुनुहुनेछ। तपाईंले आफ्नो शरीरको लागि केही समय आराम पाउनुहुनेछ भोजनको समयमा र कक्षा कोठा वा बाहिरी व्याख्यानहरू सुन्नु।

तपाईंले आफ्नो क्यारियर वा सामान्य जीवन कार्य तालिकालाई जिम कामको साथमा दौडने, साइकल चलाउने वा पौडी खेल्ने जस्ता शारीरिक रूपमा आवश्यक गतिविधिहरूसँग एकीकृत गर्नुहुन्न भने, पाठ्यक्रममा सामेल हुनु अघि तीन महिनाको लागि केही तयारी पाठ्यक्रमहरू पालना गर्नु बुद्धिमानी हुनेछ।

मरुभूमि, उच्च उचाई क्षेत्र र जङ्गलमा पनि दौडिएका एक अल्ट्रा म्याराथन धावकको रूपमा, तपाइँ सबैलाई मेरो व्यक्तिगत सल्लाह छ कि तालिमको तीन मोडहरू एकअर्कासँग समानान्तर सर्दै, सामेल हुने मिति भन्दा तीन महिना अघि। तिनीहरू निम्नानुसार छन्:

d) **कार्डियोभास्कुलर सहनशीलता**

यो थकानको प्रभाव महसुस नगरी विस्तारित समय-फ्रेमको लागि कंकालको मांसपेशीहरूमा अक्सिजनयुक्त रगत ढुवानी गर्ने हृदय र श्वासप्रश्वास प्रणालीको क्षमता हो।

फिटनेस को यो घटक पहिले कम तीव्रता को व्यायाम गरेर बढाइएको छ जस्तै बीस मिनेट भन्दा बढि हिड्दै बिना रोकी। त्यस्ता अभ्यासहरू एरोबिक प्रकृतिका हुन्छन्, जसमा कम तीव्रताको मांसपेशी गतिविधिहरू समावेश हुन्छन्।

एकपटक पाठ्यक्रमका लागि इच्छुक विद्यार्थीले ६० मिनेटसम्म एउटै गतिविधि गर्न सकेपछि तीव्रता या त बढाउनुपर्छ वा गति बढाएर (तीव्र दौडने), झुकाव (हिँड्ने, ट्रेडमिलको झुकेको प्लेटफर्ममा दौडने वा पहाडमा दौडने) सँग जोडिनुपर्छ। वा प्रतिरोध (दौडँदा खुट्टामा प्रतिरोधी ब्यान्ड लगाएर)।

कार्डियोभास्कुलर सहनशीलता महत्त्वपूर्ण छ, किनकि यो बिना मांसपेशी सहनशीलतालाई चुनौती दिन सकिँदैन। एक पटक हृदय थकान सेट भएपछि, शरीरको मांसपेशी शक्ति प्रयोग गर्न असम्भव छ। यही कारण हो, पहाड चढ्दा, यदि तपाईंको फोक्सोले पर्याप्त अक्सिजन प्राप्त गर्दैन भने, तपाईंको खुट्टा थकित हुन्छ।

B)। मस्कुलोस्केलेटल शक्ति

यसलाई एक अधिकतम संकुचनमा बल उत्पन्न गर्न कंकाल मांसपेशिहरुको एक समूह को क्षमता को रूप मा वर्णन गरिएको छ। फिटनेसको यो घटकमा कमीले शरीरलाई ओस्टियो-आर्थराइटिस र स्पन्डिलाइटिस जस्ता प्रारम्भिक पतनतर्फ लैजान्छ। मस्कुलोस्केलेटल प्रणालीको कमजोरीले शरीरलाई चोटपटकको उच्च जोखिममा पनि पर्दाफास गर्छ, जब कि हाफ म्याराथन दौडने वा पहाड चढ्ने जस्ता प्रतिरोध विरुद्ध बल समावेश गर्ने कुनै पनि कार्य गर्दा तपाईंको घुँडा, खुट्टा वा ढाडको तल्लो भागमा चोट नलागेको हुन्छ।

चोटपटक रोक्नको लागि, राम्रो मस्कुलोस्केलेटल बल हुनु अत्यन्त महत्त्वपूर्ण छ। यस किसिमको तौल तालिमबाट थप बल प्राप्त भएपछि ३ किलोग्राम डम्ब बेलको जोडीबाट सुरु गरी ५ किलोग्रामसम्म र त्यसभन्दा बढि वजन-प्रशिक्षण अभ्यास गर्नुपर्छ।

C)। लचिलोपन, चपलता र स्थिरता

यो जोर्नीको वरिपरि गतिको पूर्ण र पूर्ण दायरालाई कायम राख्न शरीरको क्षमता हो। यो कंकाल मांसपेशी आफ्नो लोच गुमाउन अनुमति नदिई प्राप्त गरिन्छ। चोटपटक रोक्नको लागि पर्याप्त लचिलोपन आवश्यक छ। एक कडा मांसपेशी जसले आफ्नो लोच गुमाएको छ जुन एक जोर्नी वरिपरि गतिको पूर्ण दायरा मार्फत जान कोशिस गर्ने आन्दोलनको घटनामा फाट्ने सम्भावना बढी हुन्छ।

पहिलो महिना (किलोमिटरमा तेस्रो महिनाको अन्तिम दौड बाहेक सबै तथ्याङ्कहरू मिनेटमा छन्)	2	1

लचिलोपनको कमीले आरोहण गतिविधिमा संलग्न हुँदा चोटपटक लाग्नेछ। उदाहरणका लागि, कडा बाछो र ह्यामस्ट्रिङ भएको व्यक्तिले आरोहण गर्दा घुँडा र तल्लो ढाडमा चोटपटक लाग्ने गर्छ। शरीरको सुरक्षाको लागि हरेक कसरत पछि स्ट्रेचिङ एक्सरसाइज गर्नुपर्छ।

पर्वतारोहणमा *सन्तुलनले* तपाईंलाई असमान र दृढ हिउँ, ठाडो ढलान, वा चट्टानी भू-भाग जस्ता चुनौतीपूर्ण अवस्थाहरूबाट आरोहण गर्न अनुमति दिन्छ, जबकि तपाईंको सन्तुलन कायम राख्दै र केन्द्रमा रहन थप ऊर्जा वा एकाग्रता प्रयोग गर्नबाट जोगिन। यसलाई सरल शब्दमा व्याख्या गर्नको लागि, सन्तुलन भनेको तपाईको खुट्टामा सहज हुनु हो, तपाई असहज इलाकाबाट यात्रा गर्दा पनि।

d) <u>हिड्ने / दौड / दौड (हृदय सहनशीलता) को लागी कार्यक्रम</u>

तपाईंको हिँड्ने/जग/दौड कार्यक्रम बल र लचकता नामक अन्य दुई कार्यक्रमहरूसँग हात मिलाएर जाने भएकोले, मैले पहिलो दुई महिनाको लागि हप्तामा चार पटक र तेस्रोको लागि हप्तामा तीन पटक दौडने कार्यक्रम समावेश गरेको छु। महिना। बल र लचिलोपन अभ्यासको साथ तपाईंको गैर-हिड्ने दिनहरू समावेश गर्नको लागि यो गरिन्छ। एकै दिन जगिङ, स्ट्रेन्थ ट्रेनिङ र लचिलोपन एक्सरसाइज गरेर बढी कसरत नगर्नुहोस्।

किनकि, तपाइँ तेस्रो महिनामा हप्तामा तीन पटक दौडिरहनु भएको छ, तपाइँसँग तपाइँको शक्ति निर्माण गर्न र थप लचिलो बन्नको लागि अधिक समय हुनेछ। जब तपाईं आफ्नो पर्वतारोहण पाठ्यक्रम सुरु गर्न आफ्नो यात्रामा जानुहुन्छ, प्रयास गर्नुहोस् र दौडने शैली विकास गर्नुहोस्, जुन तपाईंलाई स्वाभाविक रूपमा आउँछ।

अन्तमा, पेल्भिक क्षेत्रलाई बलियो बनाउन र तपाईंको दौडने मुद्रामा सुधार गर्नको लागि बलियो कोर बनाउनका लागि प्लेक्स, स्काट्स र लुङ्गज जस्ता दैनिक व्यायामहरू गर्नु महत्त्वपूर्ण छ। तपाईको कोरले तपाईको शरीरलाई स्थिर बनाउँछ, तपाईलाई कुनै पनि दिशामा सार्न र उचित सन्तुलनको साथ अनुमति दिन्छ। यसले पतन रोक्न मद्दत गर्दछ र तपाईंको शरीरलाई समर्थन गर्दछ।

	सोमबार	मंगलबार	बुधबार	बिहीबार	शुक्रबार	शनिबार	आइतबार	
हप्ता १	30		30		30	30		हिँड्दै
हप्ता २	45		45		45	45		हिँड्दै
हप्ता ३	60		60		60	60		हिँड्दै
हप्ता ४	30		30		30	30		हिड्नुहोस्/दौड्नुहोस्
दोस्रो महिना								
हप्ता १	30		30		30	30		हिड्नुहोस्/दौड्नुहोस्
हप्ता २	30		30		30	30		हिड्नुहोस्/दौड्नुहोस्
हप्ता ३	30		30		30	30		हिड्नुहोस्/दौड्नुहोस्
हप्ता ४	30		30		30	30		हिड्नुहोस्/दौड्नुहोस्
तेस्रो महिना								
हप्ता १		45			45		45	दौड्नुहोस्
हप्ता २		45			45		60	दौड्नुहोस्

हप्ता ३		60			60		75	दौड्नुहोस्	
हप्ता ४		75			75		10 किलोमिटर	दौड्नुहोस्	

B)। शक्ति प्रशिक्षण अभ्यास (मस्कुलोस्केलेटल शक्ति) को लागी कार्यक्रम

भारी हिउँबाट हिंड्न, ढुङ्गामाथि चढ्न र आफ्नो शरीरको तौललाई किनारमा तान्न धेरै बल चाहिन्छ। यो अझ बढी हो, जब तपाइँ पर्वतारोहीहरूले बोक्ने उपकरणहरू विचार गर्नुहुन्छ। उकालो हिड्दा ठूलो सहनशीलता र बलियो फोक्सो लाग्छ। आफ्नो पछाडि १२ किलोग्राम रक्स्याक लिएर उकालो हिड्नु कमजोर खुट्टाको लागि होइन।

मुख्य शक्ति नभएको पर्वतारोहीहरूले खराब मुद्रामा आफ्नो प्याक बोक्छन्। नतिजाको रूपमा, तिनीहरूको जोर्नीहरू, तिनीहरूको मांसपेशिहरु भन्दा, धेरै भार वहन गर्दछ। यी मानिसहरू घाइते र छिटो थकित हुन्छन्। बलियो हुनु पर्वतारोहणको लागि मात्र राम्रो होइन। यो सामान्य जीवन को लागी राम्रो छ। पहाडहरूमा फुर्तिलो र हल्का हुनु धेरै महत्त्वपूर्ण छ। बलमा सुधार भए तापनि तपाईंको फ्रेममा शरीरको अतिरिक्त वजन हुनु हानिकारक हुन सक्छ। आरोहीहरूको लागि बल तालिमको लक्ष्य भनेको सापेक्षिक शक्तिमा सुधार गर्नु हो, जबकि शरीरको तौल वा बल्कलाई यति धेरै नबढाउनु हो कि यसले प्रगतिमा बाधा पुऱ्याउँछ।

पर्वतारोहणका लागि काम गर्नुपर्ने दुईवटा महत्त्वपूर्ण क्षेत्रहरू काँध र काँध हुन्। पकड बल स्पष्ट रूपमा महत्त्वपूर्ण छ र तपाईंले यस क्षेत्रमा कुनै पनि कमजोरीहरू तुरुन्तै सम्बोधन गर्नुपर्छ। धेरैजसो पर्वतारोहीहरू पहिले नै यथोचित रूपमा बलियो खुट्टा र पछाडि छन्। चट्टान पर्वतारोहीहरूसँग चीजहरू समात्नको लागि अक्सर राम्रो औंला, हात र बाहुली बल हुन्छ। तर धेरैले गति, शक्ति, लचिलोपन र लोड अन्तर्गत गतिशीलता, र शुद्ध शक्तिको पूर्ण दायरामा काम गर्न आवश्यक छ।

हिमाल आरोहणका लागि शक्ति बढाउने केही मुख्य अभ्यासहरू: पुल-अपहरू (भित्ता चढ्नका लागि), बाछो उठाउने (वाक-इनका लागि), लुङ्गहरू (वाकआउट र आरोहण/हिँड्नका लागि) र डेड-लिफ्टहरू (प्याकहरू, मानिसहरू र उपकरणहरू उठाउनको लागि)। यो प्रयोग गरिएको मांसपेशिहरु मा एक सरल रूप हो, तर हामी पर्वतारोहण को हरेक पक्ष मा, वजन प्रशिक्षण को लागी एक समग्र दृष्टिकोण अपनाउने मा विश्वासी छ।

आरोहीहरूले डोरी तान्न र बरफ ह्याक गर्न धेरै समय बिताउँछन्; धेरै bicep काम को आवश्यकता को आन्दोलनहरु। पूर्ण शरीर व्यायाम जसले कोर स्थिर मांसपेशिहरु र प्रमुख मांसपेशी समूहहरु को उपयोग को लागी तपाईको कसरत को आधार हुनुपर्छ। केहि सरल व्यायाम, जुन घर मा गर्न सकिन्छ।

d) **केटल वा डम्ब बेलको साथ ट्याबटा व्यायाम**

(दुबै अभ्यास 8 पटक दोहोर्‍याउनुहोस्)।

2. केटल बेल स्विङ

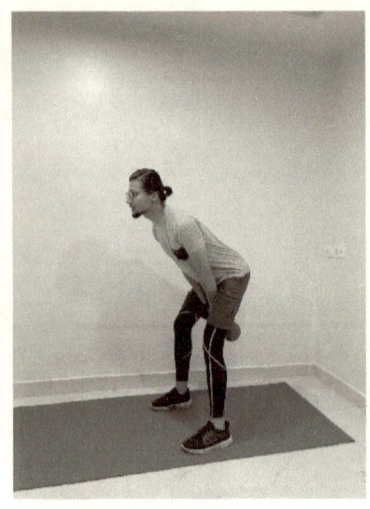

(15 दोहोरिने 3 सेट)।

3. बर्पीहरू

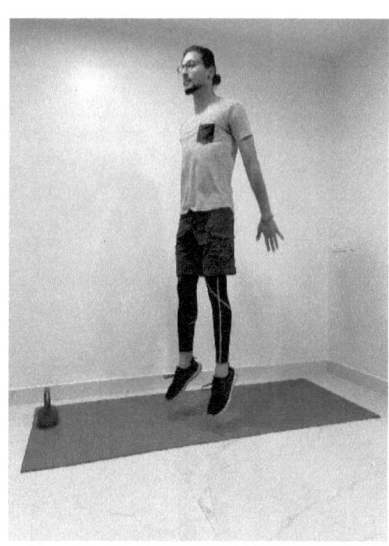

(9 दोहोरिने 3 सेट)।

4. पर्वतारोही

 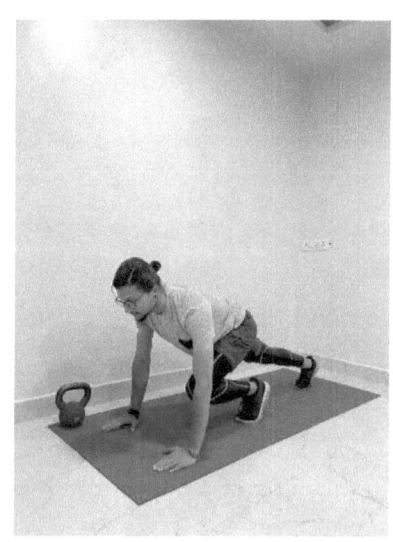

(१ मिनेट दोहोरिने ३ सेट)।

5. शारीरिक तौल सन्तुलन

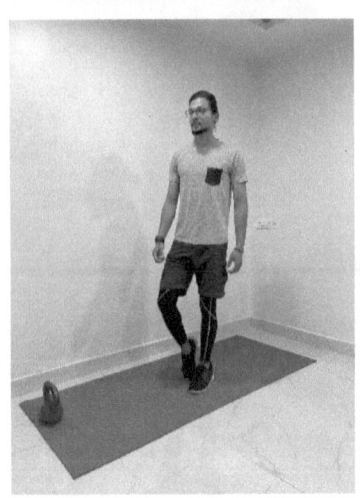

(१० दोहोरिने ३ सेट)।

6. स्क्वाट

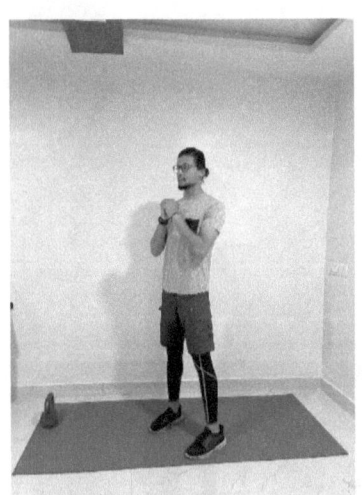

(15 दोहोरिने 3 सेट)।

C)। एक बलियो कोर (लचिलोपन, चपलता र स्थिरता) को विकास को लागी कार्यक्रम

तपाईंको कसरत तालिकामा केही स्ट्रेचिङ अभ्यासहरू समावेश गर्नाले लचिलोपन सुधार गर्न, कसरत कम गर्न र तपाईंको कसरतलाई अझ प्रभावकारी र सुरक्षित बनाउन मद्दत गर्नेछ।

d) स्ट्यान्डिङ ह्यामस्ट्रिङ स्ट्रेच

a) आफ्नो खुट्टा हिप-चौडाइ अलग राखेर सीधा उभिनुहोस्, घुँडाहरू अलिकति झुकेर, हातहरू छेउमा राख्नुहोस्।

b) आफ्नो टाउको, घाँटी र काँधलाई आराममा राखेर, कम्मरमा अगाडि झुक्दा, आफ्नो टाउको भुइँतिर झुकाएर सास छोड्नुहोस्।

c) आफ्नो हात खुट्टाको पछाडि वरिपरि बेर्नुहोस् र 45 सेकेन्डको लागि होल्ड गर्नुहोस्।

d)। आफ्नो घुँडा झुकाउनुहोस् र रोल अप गर्नुहोस्, जब तपाईंले व्यायाम पूरा गर्नुभयो।

2. साइड बेन्ड स्ट्रेच

a) भुइँमा खुट्टा सँगै घुँडा टेक्नुहोस्, पछाडि सीधा र कोर टाइट गर्नुहोस्।

b) आफ्नो बायाँ खुट्टा बाहिर छेउमा विस्तार गर्नुहोस्। यसलाई तपाईंको शरीरमा सीधा राख्नुहोस् (तपाईंको अगाडि वा पछाडि होइन)।

c) आफ्नो दाहिने हातको माथिल्लो भाग विस्तार गर्नुहोस्, आफ्नो बायाँ हातलाई आफ्नो बायाँ खुट्टामा आराम गर्नुहोस् र बिस्तारै आफ्नो धड़ र दाहिने हात बायाँ तिर झुकाउनुहोस्।

d)। आफ्नो कम्मर अगाडि अनुहार राख्नुहोस्।

e) यो स्ट्रेचलाई ३० सेकेन्डका लागि होल्ड गर्नुहोस्।

f)। अर्को पक्षमा दोहोर्याउनुहोस्।

3. लुङ्गिङ हिप फ्लेक्सर स्ट्रेच

a) आफ्नो दाहिने घुँडा मा घुँडा। आफ्नो बायाँ खुट्टा भुइँमा समतल घुँडा झुकेर आफ्नो अगाडि राख्नुहोस्।

b) अगाडि झुक्नुहोस्, भुइँ तिर आफ्नो बायाँ हिप फैलाउनुहोस्।

c) आफ्नो बट निचोड। यसले तपाइँलाई तपाइँको हिप फ्लेक्सरलाई अझ बढि विस्तार गर्न अनुमति दिनेछ।

d)। 30 सेकेन्डको लागि होल्ड गर्नुहोस्।

e) पक्षहरू स्विच गर्नुहोस् र दोहोर्याउनुहोस्।

4. विस्तारित पिल्ला पोज

a) सबै चारबाट सुरु गर्नुहोस्।

b) आफ्नो हातहरू केही इन्च अगाडि हिड्नुहोस् र आफ्नो औंलाहरू मुनि कर्ल गर्नुहोस्।

c) आफ्नो हिप्स माथि र पछाडि आधा बाटो आफ्नो हिल्स तिर धकेल्नुहोस्।

d) । आफ्नो हात सीधा र संलग्न राख्न आफ्नो हातको हत्केला मार्फत धक्का।

e) 30 सेकेन्डको लागि होल्ड गर्नुहोस्।

5. छातीसम्म घुँडा टेक्नुहोस्

a) आफ्नो ढाडमा सुत्नुहोस् र आफ्नो बायाँ घुँडालाई आफ्नो छातीमा दुबै हातले तान्नुहोस्।

b) भुइँमा आफ्नो तल्लो पछाडि राख्नुहोस्।

c) 30 सेकेन्डको लागि होल्ड गर्नुहोस्।

d) । अर्को खुट्टामा स्विच गर्नुहोस्।

6. बटरफ्लाइ स्ट्रेच

a) भुइँमा खुट्टाको तलवहरू सँगै बस्नुहोस्, घुँडाहरू छेउमा झुकेर।

b) आफ्नो गोडा वा खुट्टामा समात्नुहोस्, आफ्नो पेट संलग्न गर्नुहोस् र आफ्नो घुँडा भुइँ तिर थिचेर आफ्नो शरीरलाई आफ्नो खुट्टा तिर बिस्तारै तल राख्नुहोस्।

c) यदि तपाईं झुकाउन धेरै तंग हुनुहुन्छ भने, केवल आफ्नो घुँडा झुकाउनुहोस्।

d)। यो स्ट्रेचलाई ३० सेकेन्डका लागि होल्ड गर्नुहोस्।

7. भ्यागुता स्ट्रेच

a) सबै चारबाट सुरु गर्नुहोस्।

b) तपाईंको घुँडाहरू काँध-चौडाइ भन्दा चौडा स्लाइड गर्नुहोस्।

c) आफ्नो औंलाहरू बाहिर घुमाउनुहोस् र भुइँमा आफ्नो खुट्टाको भित्री किनाराहरू समतल राख्नुहोस्।

d)। आफ्नो हिप्सलाई आफ्नो हिल्स तिर फर्काउनुहोस्।

e) यदि सम्भव छ भने, गहिरो स्ट्रेच प्राप्त गर्न आफ्नो हातबाट आफ्नो बाहुमा सार्नुहोस्। 30 सेकेन्डको लागि होल्ड गर्नुहोस्।

8. ट्राइसेप्स स्ट्रेच

a) खुट्टा हिप-चौडाइको साथ घुँडा टेक्नुहोस्, हातहरू माथितिर फैलिएको छ।

b) आफ्नो दाहिने कुहिनो झुकाउनुहोस् र आफ्नो दाहिने हातमा आफ्नो पछाडिको माथिल्लो बीचमा छुनुहोस्।

c) आफ्नो बायाँ हात माथि पुग्नुहोस् र आफ्नो दाहिने कुहिनो तल समात्नुहोस्।

d)। बिस्तारै आफ्नो दाहिने कुहिनो तल र आफ्नो टाउको तिर तान्नुहोस्।

e) 30 सेकेन्डको लागि होल्ड गर्नुहोस् र हतियारहरू स्विच गर्नुहोस् र दोहोर्याउनुहोस्।

9. स्थायी क्वाड्रिसेप्स

a) आफ्नो खुट्टा सँगै उभिनुहोस्।

b) आफ्नो दाहिने घुँडा झुकाउनुहोस् र आफ्नो दाहिने खुट्टा आफ्नो बट तिर तान्न आफ्नो दाहिने हात प्रयोग गर्नुहोस्। आफ्नो घुँडा सँगै राख्नुहोस्।

c) आफ्नो खुट्टाको अगाडि स्ट्रेच बढाउन आफ्नो ग्लुट्स निचोड्नुहोस्।

d)। 30 सेकेन्डको लागि होल्ड गर्नुहोस् र तपाईंको अर्को खुट्टामा दोहोर्याउनुहोस्।

पर्वतारोहण पुस्तिका

FORTY KNOTS
A VISUAL AID FOR KNOT TYING
OFFICIAL EQUIPMENT—BOY SCOUTS OF AMERICA
The Scout Seal is Your Guarantee of Quality, Excellence and Performance

OVERHAND KNOT — SQUARE KNOT — SHEET BEND — SHEET BEND DOUBLE — GRANNY KNOT

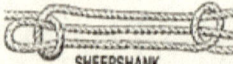 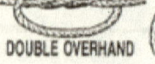   
SHEEPSHANK — DOUBLE OVERHAND — BOWLINE — RUNNING KNOT — FIGURE EIGHT KNOT

OVERHAND BOW — DOUBLE CARRICK BEND — BOW KNOT — FIGURE EIGHT DOUBLE

CLOVE HITCH — HALF HITCH — TIMBER HITCH — KILLICK HITCH — HALYARD BEND — ROLLING HITCH — FISHERMAN'S BEND — TWO HALF HITCHES

 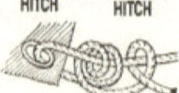   
CHAIN HITCH — TAUT-LINE HITCH — SLIPPERY HITCH — MIDSHIPMAN'S HITCH — TILLER'S HITCH

BOWLINE ON BIGHT — LARIAT LOOP — CAT'S PAW — LARK'S HEAD — BLACKWALL HITCH

 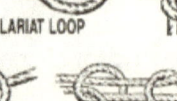 
FISHERMAN'S KNOT — FISHERMAN'S EYE — HITCHING TIE

SURGEON'S KNOT — MARLINSPIKE HITCH — MILLER'S KNOT — SAILOR'S KNOT — STEVEDORE'S KNOT

Boy Scouts of America

Chapter 4
डोरी र गाँठहरूको परिचय

चढाई डोरी को इतिहास

तपाईंको आरोहण डोरीले आरोहण प्रणालीको अभिन्न अंग बनाउँछ। चढ्ने डोरीहरूले तपाईंलाई हार्नेस मार्फत जोड्दछ पहाडको अनुहार वा चट्टानमा र तपाईंको आरोहण साझेदारको लागि गियर। आरोहण डोरीहरू विभिन्न प्रकार, लम्बाइ र व्यासहरूमा उपलब्ध छन्। तिनीहरू दुई भागबाट बनेका छन्; भित्री कोर र बाहिरी आवरण।

शताब्दीहरूमा प्रयोग गरिएका डोरीका प्रकारहरू आज प्रयोग गरिने भन्दा धेरै फरक छन्। जब पर्वतारोहीहरूले पहिलो पटक आरोहण गर्न थाले; डोरीहरू जनावर र बोटबिरुवाको फाइबरबाट बनेका थिए र हातले एकसाथ बुनेका थिए। 20 औं शताब्दीको मध्यमा डोरी बनाउन नाइलन जस्ता सामग्रीहरू ल्याइयो। डोरीहरू थप लोचदार बन्यो र झर्ने आरोहीहरूको प्रभावलाई अवशोषित गर्न मद्दत गर्यो। त्यस्ता डोरीहरू पनि हल्का र टिकाउ थिए।

1953 मा आविष्कार गरिएको केर्नमन्टललाई पर्वतारोहण डोरीको इतिहासमा सबैभन्दा महत्त्वपूर्ण कदम मानिन्छ। तिनीहरूसँग ब्रेडेड नायलॉन म्यानको साथ बलियो सिंथेटिक डोरीको कोर थियो, जसले डोरीको आयु बढाउँछ। अब सबैभन्दा ठूलो फाइदा भनेको आरोहणका लागि डोरीहरू विभिन्न आरोहण अनुभवका लागि बनाइन्छ र पानी प्रतिरोधी हुन्छ।

पर्वतारोहण पुस्तिका

HOW TO COIL ROPE

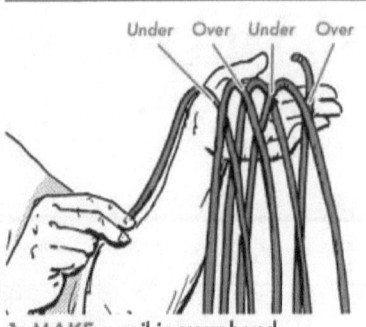

1: MAKE a coil in your hand. Each alternate strand is inverted. Continue making loops alternating over and under.

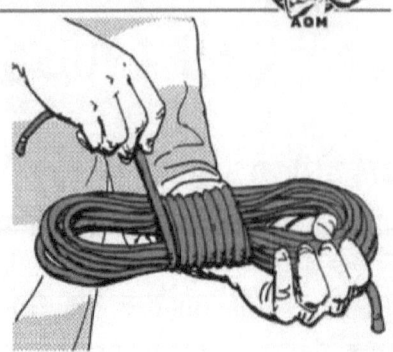

2: WHEN you have about two or three feet of rope left, wrap it around the coil several times.

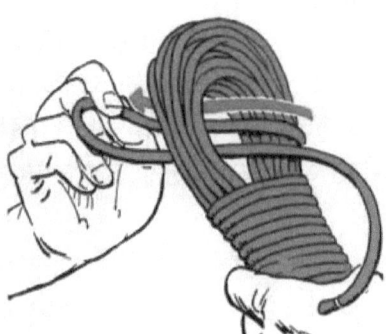

3: MAKE a bite (a bend) in the remaining end and pass it through the coil.

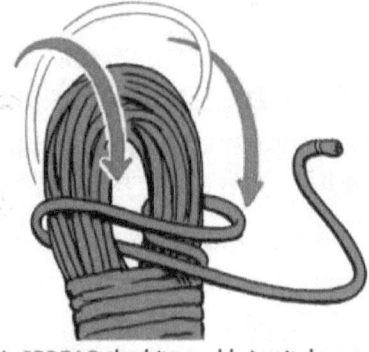

4: SPREAD the bite and bring it down over the coil.

5: PULL tight.

6: HANG from coil.

© Art of Manliness and Ted Slampyak. All Rights Reserved.

विभिन्न प्रकारका डोरी र तिनका प्रयोगहरू

आरोहण डोरीका दुई प्राथमिक समूह गतिशील र स्थिर छन्। दुई बीचको मुख्य भिन्नता यो हो कि गतिशील डोरीहरू झर्ने पर्वतारोहीको केही प्रभावहरू अवशोषित गर्न तन्किन्छन्, जबकि स्थिर डोरीहरू मात्रै तन्किन्छन्, लोड-बेयरिङ गतिविधिको लागि अधिक उपयुक्त।

स्थिर डोरीहरू उद्धार कार्य र भार बोक्नका लागि उत्कृष्ट हुन्छन्, जबकि गतिशील डोरीहरू परम्परागत रक क्लाइम्बिङ, आइस क्लाइम्बिङ र पर्वतारोहणका लागि उपयुक्त हुन्छन्।

आरोहण डोरीहरूमा सबैभन्दा महत्त्वपूर्ण भिन्नता तीन प्रकारका हुन्छन्: एकल डोरी , आधा डोरी र जुम्ल्याहा डोरी। तिनीहरू सबै गतिशील डोरीहरूको समूहसँग सम्बन्धित छन्, जसको मतलब तिनीहरूसँग थोरै लोच छ र तपाईंको पतनलाई राम्ररी समात्न सक्छ। त्यहाँ र्याप लाइन पनि छ, जुन स्थिर डोरीसँग सम्बन्धित छ। त्यस्ता डोरीहरू निम्न रूपमा प्रयोग गरिन्छ:

एकल डोरी

एकल डोरी सबैभन्दा बढी प्रयोग हुने आरोहण डोरी हो। यो एक सरल प्रणाली हो किनभने आरोही र बेलेयरले एक पटकमा एक डोरी मात्र प्रबन्ध गर्दैछन्।

एकल डोरी भनेको आधा डोरी वा जुम्ल्याहा डोरीको विपरीत, यो एकल स्ट्र्यान्डमा प्रयोग गरिन्छ। यसको लागि विशेष प्रयोग गरिन्छ खेलकुद आरोहण हल भित्र र बाहिर दुवै, यो आरोहण को सबै रूप मा प्रयोग गर्न सकिन्छ।

एकल डोरीहरू बाक्लो, टिकाउ र बेल गर्न सजिलो हुन्छ। तिनीहरू डोरीको अन्त्यमा "I" प्रतीकको साथ चिन्ह लगाइएका छन्। एकल डोरीको ठूलो फाइदा यसको ह्यान्डलिङको सहजता हो। थप रूपमा, तपाईं एकल डोरी प्रयोग गर्न सक्नुहुन्छ सामान्य सुरक्षा उपकरणहरू जस्तै Grigri । एकल डोरी को व्यास लगभग 10 मिमी छ।

रैपेलिङ गर्दा, तथापि, एकल डोरीले आधा वा जुम्ल्याहा डोरीसँग राख्न सक्दैन। आधा डोरी संग, तपाईं सक्नुहुन्छ rappel धेरै छिटो , किनभने डबल-लम्बाइ लामो rappelling दूरी अनुमति दिन्छ।

आधा डोरी (डबल डोरी पनि भनिन्छ)

आधा डोरी वा दोहोरो डोरी मुख्यतया अल्पाइन भू-भागमा आरोहणको लागि प्रयोग गरिन्छ, सेल्फ-बेलिङ मार्गहरू र परम्परागत आरोहणका लागि पनि। आधा डोरीहरू मात्र डबल स्ट्र्यान्डमा प्रयोग गर्न उपयुक्त छन्, अन्यथा आवश्यक सुरक्षा प्रदान गरिएको छैन। किनकि, तिनीहरू दोहोरो छन्, डोरी ड्र्याग कम भएको छ। यसले डोरी पाठ्यक्रम र अनुकूलन गर्दछ डोरी घर्षण कम गर्दछ । तीन-डोरीमा, तपाईं छिटो सार्न सक्नुहुन्छ, किनकि नेता दुवै डोरीले चढ्छन् र प्रत्येक एकल स्ट्र्यान्डमा दुई नयाँ आउनेहरूलाई सुरक्षित गर्न सक्छन्।

आधा डोरी जोडीमा प्रयोग भएको हुनाले, यो लगभग 8 मिमी व्यासको एउटै डोरी भन्दा पातलो हुन्छ र डोरीको अन्त्यमा "1/2" प्रतीक चिन्ह लगाइएको हुन्छ। खराब मौसम वा अन्य कुनै पहाडी खतराको अवस्थामा आकस्मिक अवतरणमा आधा डोरीहरू उपयोगी छन्। Rappelling को गति बढेको छ। सुरक्षा कारक जटिल भू-भागमा बढाइएको छ, जहाँ तीखो किनारहरू छन् जसले डोरीहरू काट्ने जोखिम दिन्छ। यदि एउटा डोरी काटिएको छ भने, तपाईंसँग अझै पनि पतन रोक्नको लागि दोस्रो स्ट्र्यान्ड छ।

यद्यपि, डबल-स्ट्र्यान्ड प्रयोग आवश्यक छ विशेष सुरक्षा उपकरणहरू जस्तै ट्यूबहरू वा HMS carabiners , जुन जर्मन शब्दको लागि खडा हुन्छ। "Halbmastwurfsicherung", जसको अर्थ आधा क्लोभ हिच बेले वा मुन्टर हिच हो। आधा डोरीहरूमा दुई फरक रङहरू हुनुपर्दछ, ताकि तपाइँ तिनीहरूलाई मधुरो प्रकाश अवस्थामा छुट्याउन सक्षम हुनुहुनेछ।

जुम्ल्याहा डोरी

जुम्ल्याहा डोरी हो एकल डोरी र आधा डोरी को संयोजन । जुम्ल्याहा डोरीहरू डबल स्ट्रयान्डमा आधा डोरीहरू जस्तै प्रयोग गरिन्छ, तर एकल डोरीको रूपमा, प्रत्येक अन्तरिम फिक्सेसनमा आरोहण गर्दा दुवै डोरीहरू एउटै क्याराबिनरहरूसँग एकसाथ काटिएका हुन्छन्। खसेको अवस्थामा, दुबै डोरीहरू तनावपूर्ण हुन्छन्। यस कारणका लागि, जुम्ल्याहा डोरीहरू आधा डोरीहरू भन्दा पनि पातलो हुन्छन् र ए द्वारा विशेषता हुन्छन् कम वजन र 8 मिमी भन्दा कम व्यास। तिनीहरू प्राय: बरफ चढ्न प्रयोग गरिन्छ।

जबकि जुम्ल्याहा डोरीहरू जस्तै आधा डोरीहरू र्यापलिंग र सुरक्षाको सन्दर्भमा एकल डोरी भन्दा उच्च हुन्छन्, तिनीहरूले कम डोरी घर्षण प्रदान गर्न सक्दैनन्।

र्याप लाइन

आरोहणको डोरी होइन, तर एउटा डोरी जुन तपाईंलाई आरोहणका लागि अक्सर चाहिन्छ त्यो र्याप लाइन हो। यी डोरीहरू सामग्री तान्न डिजाइन गरिएको हो। तिनीहरू चरम परिस्थितिहरूमा आपतकालीन डोरीको रूपमा पनि प्रयोग गर्न सकिन्छ। सामान्य आरोहण डोरीको विपरीत, र्याप लाइन एक स्थिर डोरी हो र यसमा कुनै लोच छैन। त्यसैले यो आरोहणको लागि उपयुक्त छैन। यसको अतिरिक्त, यो एक महत्वपूर्ण पातलो व्यास र यसैले कम वजन छ।

चढाई डोरी को विशेषताहरु

विभिन्न प्रकारका डोरीहरू बाहेक, त्यहाँ अन्य सुविधाहरू छन् जुन तपाईंले आरोहण डोरीहरूको बारेमा जान्न आवश्यक छ:

लम्बाइ

सही डोरी लम्बाइ उद्देश्य मा निर्भर गर्दछ। घरभित्र आरोहणको लागि, अल्पाइन भू-भागमा बहु-पिच भ्रमणहरूको तुलनामा तपाईंलाई छोटो डोरी चाहिन्छ। यस

कारणले गर्दा, आरोहण डोरीहरू 40 मिटर र 80 मिटर बीचको लम्बाइमा उपलब्ध छन्।

बाहिर रक क्लाइम्बिङ गर्दा, तपाईंले अग्रिम मार्गको स्थलाकृतिमा नजिकबाट हेर्नुपर्छ। मा निर्भर गर्दछ भ्रमणको लम्बाइ र र्यापलिंग स्थानहरूको लम्बाइ , तपाईंले डोरीको लम्बाइ रोज्नुपर्छ। ७० मिटरको लम्बाइको डोरी धेरै जसो अवस्थामा पर्याप्त हुनुपर्छ। बहु-पिच मार्गहरू गर्दा, 70 मिटर अलि छोटो हुन सक्छ। यहाँ तपाईले 80 मिटरको लम्बाइको डोरी प्रयोग गर्नु पर्छ ताकि लामो रैपलिंग मार्गहरू र पिचहरू बीचको ठूलो दूरीको सामना गर्न सक्षम हुन। भित्री वा कृत्रिम पर्खाल आरोहणमा छोटो मार्गहरूको लागि, 60 मिटर डोरी सामान्यतया लामो हुन्छ।

व्यास

सामान्यतया, डोरी जति बाक्लो हुन्छ, त्यति बलियो हुन्छ । त्यसकारण, डोरी "बाँच्न" पर्ने झर्ने संख्या उच्च व्यासको साथ बढ्छ। यसरी बाक्लो डोरीको सेवा जीवन पातलो भन्दा लामो हुन्छ। एकै समयमा, ठुलो डोरी व्यासको अर्थ स्वाभाविक रूपमा अन्तरिम फिक्सेसन र बेलेइङ उपकरणमा उच्च तौल र उच्च घर्षण हो; आरोहणलाई थप कडा बनाउँदै। त्यसकारण तपाईले सधैं सुनिश्चित गर्नुपर्छ कि डोरीको मोटाई तपाईको बेलेइङ उपकरणसँग मेल खान्छ।

एकल डोरीहरूको लागि, 9 र 10 मिमी बीचको व्यास सामान्यतया आदर्श हो। यदि तपाइँ धेरै माथि डोरी र इनडोर आरोहण गर्नुहुन्छ, जहाँ डोरीमा धेरै घर्षण हुन्छ, तपाइँ अलि बाक्लो एउटा लिन सक्नुहुन्छ। आधा डोरी र जुम्ल्याहा डोरीहरू डबल-स्ट्र्यान्ड प्रयोगका कारण पातलो हुन्छन्। आधा डोरीहरूको व्यास 7.5 र 9 मिमी बीचको हुन्छ, जबकि जुम्ल्याहा डोरीहरू 6.9 मिमी माथिबाट उपलब्ध छन्।

गर्भाधान

यदि तपाईंले आफ्नो आरोहण डोरी प्रायः बाहिर बाहिर प्रयोग गर्नुहुन्छ भने, यसलाई चिस्यान , फोहोर र पराबैंगनी विकिरणबाट सुरक्षित राख्नु महत्त्वपूर्ण

छ। त्यसैले तपाईंले गर्भाधानको साथ निश्चित रूपमा डोरी प्रयोग गर्नुपर्छ। डोरी निर्माण प्रक्रियाको क्रममा, गर्भाधान सीधा व्यक्तिगत घटकहरूमा लागू हुन्छ। गर्भाधान, त्यसैले सामान्यतया धेरै लामो समय सम्म रहन्छ; अक्सर डोरी आफैं सम्म। दुर्भाग्यवश, यस्तो गर्भाधान नवीकरण गर्न सकिँदैन, न त यो पछि लागू गर्न सकिन्छ।

डोरीको हेरचाह

सकेसम्म लामो समयसम्म आफ्नो डोरी प्रयोग गर्न सक्षम हुन, सही हेरचाह महत्त्वपूर्ण छ। तपाईंले ध्यान दिनुपर्छ र कहिले, यो नयाँ डोरी प्राप्त गर्न आवश्यक छ।

1. उचित भण्डारण

यदि तपाइँ आफ्नो डोरी प्रयोग गरिरहनु भएको छैन भने, तपाइँ यसलाई सफा र सुक्खा ठाउँमा राख्नु पर्छ। आदर्श रूपमा, यो पनि चिसो र अँध्यारो हुनुपर्छ, किनभने यूवी विकिरणले डोरीको पोलिमाइडलाई क्षति पुऱ्याउँछ। एक डोरी झोला यो उद्देश्यको लागि उपयुक्त छ। यसले डोरीलाई फोहोरबाट मात्र नभई घामबाट पनि जोगाउँछ। यसबाहेक, डोरी यति सजिलै गाँठो हुँदैन। यदि तपाईंले यसको लागि प्रदान गरिएको लूपहरूमा छेउहरू जोड्नुभयो भने, यो अर्को आरोहण साहसिक कार्यको लागि धेरै चाँडो तयार हुन्छ।

2. उचित सफाई

यदि तपाइँ सधैं डोरी झोलामा आफ्नो डोरी राख्नुहुन्छ भने, यो अझै पनि फोहोर हुन सक्छ। आरोहणको डोरी कपडाबाट बनेको हुनाले, तपाईंले बाथटबमा हातले धुन सक्नुहुन्छ । तपाईं एक विशेष डोरी डिटर्जेंट वा साधारण कुनै पनि हल्का प्रयोग गर्न सक्नुहुन्छ। यो पनि महत्त्वपूर्ण छ कि तपाईंले न त डोरीलाई धुने मेसिनमा सुकाउनुहोस् वा ड्रायरमा राख्नुहोस्। यसलाई चिसो, अँध्यारो ठाउँमा भुइँमा ढिलो गरी राख्नु राम्रो हुन्छ। यसलाई झुण्ड्याउन वा घाममा नराख्नुहोस्!

3. उचित प्रतिस्थापन

आरोहण गर्दा सुरक्षालाई उच्च प्राथमिकता दिने भएकोले, तपाईंले नियमित रूपमा आफ्नो डोरी जाँच गर्नुपर्छ। सम्भावित अनियमितता र क्षतिहरू महसुस गर्नका लागि यसलाई एक छेउबाट अर्को छेउमा आफ्नो हातबाट चलाउन दिनुहोस्। विशेष गरी फराकिलो पतन पछि वा चट्टान खसे पछि तपाईंले यसलाई सावधानीपूर्वक जाँच गर्नुपर्छ।

तपाईं आफ्नो डोरी कति लामो प्रयोग गर्न सक्नुहुन्छ तपाईं कति चढ्नुहुन्छ मा निर्भर गर्दछ। एक चढाई डोरी निम्न कारणले प्रतिस्थापन आवश्यक छ:

a) जब डोरी को म्यान भारी क्षति भएको छ (तपाईं कोर देख्न सक्नुहुन्छ)।

b) म्यान उल्लेखनीय रूपमा सरेको छ र भारी थकित छ।

c) बलियो घर्षणको कारण पग्लिने निशानहरू देखिन्छन्।

d)। डोरीले कडा विकृतिहरू देखाउँछ जस्तै किङ्क वा कडाइ।

e) डोरी एसिड वा अन्य रसायनको सम्पर्कमा आएको छ।

f)। अन्यथा, प्लाष्टिक फाइबर समयको साथ पुरानो भएकोले, तपाईंले दस वर्ष भन्दा पुरानो नयाँ डोरी प्रयोग गर्नु हुँदैन।

UIAA सुरक्षा मानकहरू

द Union Internationale des Associations d'Alpinisme (UIAA) पर्वतारोहणको डोरी सुरक्षा मापदण्डको परिचालक निकाय हो।

डायनामिक क्लाइम्बिङ डोरीहरू UIAA सुरक्षा मापदण्डहरूका लागि यसको परीक्षण नतिजाहरूमा जानकारीको साथ आउनेछन्, जसमा पतन मूल्याङ्कन, स्थिर विस्तार, गतिशील विस्तार, र प्रभाव बल समावेश छ। यद्यपि यी सर्तहरूको प्रत्येक चर बुझ्न आवश्यक छैन, यो आधारभूत जानकारी हुनु राम्रो छ। सधैं UIAA प्रमाणित डोरी प्रयोग गर्नुहोस्।

पतन मूल्याङ्कन

UIAA ले प्रयोगशालामा डोरीहरू परीक्षण गर्छ कि तिनीहरू असफल हुनु अघि कति फलहरू समात्न सक्छन्। मानक परीक्षणले मानव शरीरको वजन दर्पण गर्न 80 kg (176 lb) वजन प्रयोग गर्दछ। परीक्षणले यसको मापनको रूपमा 1.77-कारक फलहरू प्रयोग गर्दछ, जुन वास्तविक-विश्व परिस्थितिमा अत्यन्तै असम्भव छ। UIAA को न्यूनतम पाँच पतन आवश्यकता छ, तर यी संख्याहरू प्रयोगशालाभन्दा बाहिर अनुवाद गर्न गाह्रो छ र निश्चित रूपमा डोरीको जीवनकालको विचार प्रदान गर्दैन। धेरै पटक, एक डोरी कम शक्ति को सट्टा म्यान बिग्रेको कारण अवकाश प्राप्त हुन्छ।

स्थिर विस्तार

UIAA ले स्ट्याटिक लम्बाइको मापन गर्छ, जुन मानक 80-किलोग्राम तौललाई झुण्ड्याउँदा डोरीले कति तन्काउँछ। न्यूनतम आवश्यकताहरू अनुसार, एकल र जुम्ल्याहा डोरीहरूमा लम्बाइ कुल डोरी लम्बाइको दस प्रतिशत भन्दा बढी हुन सक्दैन। आधा डोरीहरूको लागि, लम्बाइ बाह्र प्रतिशत भन्दा बढी हुन सक्दैन।

गतिशील विस्तार

UIAA ले पहिलो परीक्षण पतनको समयमा डोरीले फैलिएको दूरीको रूपमा गतिशील लम्बाइ मापन गर्दछ।

प्रभाव बलहरू

प्रभाव बल पहिलो परीक्षण गिरावट को समयमा वजन मा लगाएको बल को मात्रा को रूप मा परिभाषित गरिएको छ। यो किलोन्यूटन (kN) मा मापन गरिन्छ।

कम संख्याले तपाईको शरीर, तपाईको गियर र तपाईको बेलेयरमा कम प्रभावलाई संकेत गर्दछ। गतिशील लम्बाइ र प्रभाव बल विपरित रूपमा सम्बन्धित छन्, जसको अर्थ गतिशील लम्बाइ जति उच्च हुन्छ, प्रभाव बल कम हुन्छ।

गाँठो सर्तहरू

व्यक्तिगत गाँठहरू फारम र प्रकार्य अनुसार समूहबद्ध गर्न सकिन्छ। दुई डोरीको छेउलाई एकसाथ जोड्नेलाई **बेन्ड** भनिन्छ। रिंग, पोष्ट वा निश्चित एंकोरेज बिन्दुमा डोरी वा रेखा जोड्ने काम **हिचको** साथ गरिन्छ। ब्लक, प्वाल वा स्लट वा सहायक उपकरणबाट डोरी वा रेखा तान्नबाट रोक्नको लागि; एक **स्टपर गाँठ** प्रयोग गरिन्छ। गाँठो बाँध्न कुनै पनि डोरी वा डोरीलाई हेरफेर गर्दा, डोरी वा रेखाको सक्रिय अन्त्यलाई **काम गर्ने अन्त** भनिन्छ। विपरित र अक्रिय अन्त **स्थायी अन्त** हो र बीचमा सबै **स्थायी भाग** हो। डोरी वा रेखाको कुनै पनि खण्ड जुन U आकारमा झुकेको छ त्यो एक **बाइट** हो। जहाँ एउटा डोरीको भागले अर्कोलाई ओभरल्याप गर्छ, त्यहाँ क्रसिङ पोइन्ट हुन्छ र जब एक बाइटले क्रसिङ पोइन्टमा प्रवेश गर्छ, त्यो **लूप** हुन्छ। जब काम गर्ने अन्त्य गाँठोको माध्यमबाट पूर्ण रूपमा तानिएको छैन, एक **ड्र-लूप** बनाइन्छ, जुन टग गर्दा गाँठो खोल्न द्रुत-रिलीज उपकरणको रूपमा कार्य गर्दछ। गाँठको त्यो भाग, जहाँ घर्षण केन्द्रित हुन्छ, **निप** भनिन्छ।

गाँठका प्रकारहरू

मार्गदर्शक गाँठ

नामले संकेत गरे जस्तै, यो पहिलो मानिस वा नेतृत्व पर्वतारोही द्वारा प्रयोग गरिन्छ। उनीसँग डोरीको अगाडिको छेउ छ। उपयुक्त दूरीमा एउटा साधारण औंठाको गाँठो बाँध्नुहोस्, त्यसपछि आफ्नो कम्मरको वरिपरि डोरीको अगाडिको छेउलाई पार गर्नुहोस् र औंलाको गाँठोमा रहेको प्वालबाट डोरीको लामो छेउको विपरितमा जानुहोस्। अन्तमा तपाईंको कम्मरको वरिपरिको लूपमा पर्याप्त कडा बनाएपछि सुरक्षा गाँठो राख्नुहोस्।

मध्यस्थ गाँठ

बिचौलिया गाँठ को आरोहीहरु द्वारा डोरी को बीच मा प्रयोग गरिन्छ। तपाईंको डोरी खण्डमा उचित आकारको लूप बनाउनुहोस्। त्यसपछि लूपबाट डोरीका दुई स्ट्रयान्डहरू प्रयोग गरेर सुरक्षा गाँठो बाँध्नुहोस्। आफ्नो वरिपरि लूप राख्नुहोस् र उचित रूपमा कस्नुहोस्।

50

पर्वतारोहण पुस्तिका

HOW TO TIE A ONE-HANDED BOWLINE KNOT

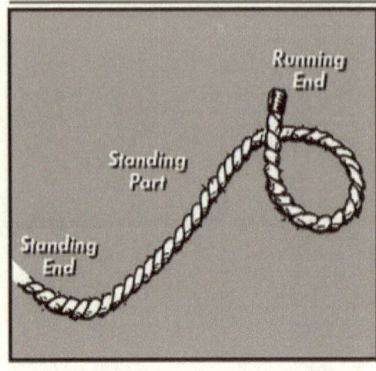

1: REMEMBER your knot lingo. Here's what you'll need to know.

2: GRIP the running end so that you've got at least six inches of rope coming out of your hand.

3: BRING the rope behind your back, then grab the standing part with your pinky while still holding onto the running end.

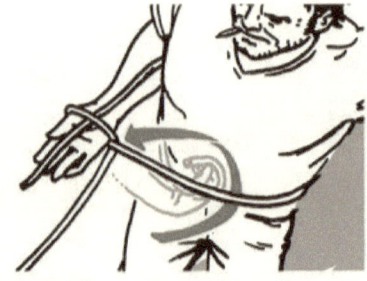

4: PASS the running end over the standing part, and then back up between your body and the rope while maintaining your grip on the running end.

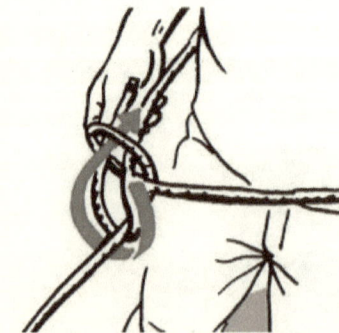

5: GRAB the running end from under the standing part and then pull through the loop.

6: DRAW the running end back slowly through the loop and pull taut.

© Art of Manliness and Ted Slampyak. All Rights Reserved.

एन्डम्यान नट

यो गाँठ अन्तिम डोरी चढ्ने आरोही द्वारा प्रयोग गरिन्छ। सुरक्षा गाँठ बनाउनुहोस् र आफ्नो कम्मर वरिपरि पास गर्नुहोस्। तर अब लामो छेउलाई पछ्याउनुहोस् र तपाईंको अगाडि पर्वतारोहीमा जाने छेउमा सुरक्षा गाँठ बाँध्नुहोस्।

ओभरह्यान्ड सुरक्षा गाँठ

ओभरह्यान्ड सेफ्टी नटलाई रेखाको सुरक्षित अन्त्य बनाउनको लागि प्रयोग गरिन्छ जसले फ्याँक्न रोक्छ वा आरोहण डोरीलाई खोल्नबाट जोगाउँछ। तपाईंले डोरीको अन्त्यमा लूप बनाउनुहुन्छ, अन्त्यलाई तान्नुहोस् र त्यसपछि यसलाई कस्नुहोस्। यो गाँठलाई सेफ्टी नट, थम्ब नट र ओभरह्यान्ड नट पनि भनिन्छ।

पानी गाँठ

पानीको गाँठोलाई टेप नट, रिङ बेन्ड वा ग्रास नट पनि भनिन्छ, पट्टाको दुई छेउलाई एकसाथ बाँध्न प्रयोग गरिने साधारण गाँठो हो। आरोहीहरूले बारम्बार पानीको गाँठहरू प्रयोग गरी एउटा सानो लूपमा स्ट्र्यापको एक टुक्रालाई गोफनको रूपमा प्रयोग गर्नका लागि बाँध्छन्। यी स्लिङहरू अक्सर डोरीहरू चढ्न वा भारको प्रगति कब्जा गर्न प्रयोग गरिन्छ, जब घर्षण हिचमा बाँधिन्छ। पानीको गाँठो अनिवार्य रूपमा ओभरह्यान्ड गाँठोको रूपमा बाँधिएको छ। पानीको गाँठो बाँध्न, दोस्रो स्ट्र्याप वा डोरी उल्टो दिशामा ओभरह्यान्ड गाँठको बाटोमा जान्छ। गाँठलाई राम्ररी मिलाएर तान्नु पर्छ।

रिफ गाँठ

रिफ नट वा स्क्वायर नट कुनै वस्तुको वरिपरि डोरी सुरक्षित गर्न प्रयोग गरिन्छ। गाँठो बायाँ हातको ओभरह्यान्ड गाँठो र त्यसपछि दाहिने हातको ओभरह्यान्ड गाँठो बाँधेर बनाइन्छ। यो गाँठ कमजोर गाँठ मानिन्छ।

लौंग हिच गाँठ

एक ल्वाङ्ग हिच गाँठ एक वस्तु वरिपरि दुई लगातार आधा हिच समावेश गर्दछ। यो प्रायः क्रसिङ गाँठको रूपमा प्रयोग गरिन्छ। यो हिच सामान्यतया

पर्वतारोहणमा क्याराबिनरमा डोरी फिक्स गर्न वा लङ्गरमा आफूलाई सुरक्षित गर्न वा अन्य समयमा, जब तपाईंलाई छिट्टै डोरी सुरक्षित गर्न आवश्यक पर्दछ प्रयोग गरिन्छ। तिनीहरू चिप्लन सक्छन्, जब वस्तु जसको वरिपरि हिच बाँधिएको छ चिल्लो हुन्छ र डोरी भन्दा ठूलो व्यास हुन्छ। carabiners वरिपरि बाँधिएको बेला तिनीहरू चिप्ल्दैनन्।

बोलाइन गाँठ

बाउलाइन गाँठ डोरीको अन्त्यमा एक निश्चित लूप बनाउन प्रयोग गरिने साधारण गाँठ हो। बाउलाइनको मुख्य उद्देश्य डोरीको अन्त्यमा एक निश्चित लूप सिर्जना गर्नु हो। यो गाँठो वस्तुको वरिपरि सिधै बाँध्न सकिन्छ वा पहिले नै बाँध्न सकिन्छ ताकि लुप पछि पोलमा सुरक्षित गर्न सकिन्छ। यो गाँठ राम्रोसँग समात्छ यदि त्यहाँ गाँठो विरुद्ध लगातार दबाब छ।

अल्पाइन बटरफ्लाइ लूप

बटरफ्लाइ लूप एक उत्कृष्ट मध्य-लाइन रिगिङ गाँठ हो। यसले बहु-दिशात्मक लोडिङलाई राम्रोसँग ह्यान्डल गर्छ र एक सममित आकार छ जसले यसलाई निरीक्षण गर्न सजिलो बनाउँछ। यो विशेष गरी बीचको आरोहीमा बाँध्न प्रयोग गरिन्छ। यो बहुमुखी गाँठ हात वा खुट्टा लूपहरूको लागि प्रयोग गरिन्छ वा तिनीहरूको क्याराबिनरहरू हुक गर्न प्रयोग गरिन्छ। बटरफ्लाइ गाँठ भनेको बाइटमा बाँधिएको डोरीको बिचमा फिक्स्ड लूप बनाउन प्रयोग गरिने गाँठ हो, यसलाई कुनै पनि छेउमा पहुँच नगरी डोरीमा बनाउन सकिन्छ। ठूला आरोहण डोरीहरूसँग काम गर्दा यो एक फरक फाइदा हो।

माछा मार्ने झुण्ड

मछुवाको झुकाव भनेको दुईवटा ओभरह्यान्ड नटहरू मिलेर बनेको सममित संरचना भएको झुण्ड हो, प्रत्येक अर्कोको खडा भागको वरिपरि बाँधिएको हुन्छ। यो गाँठ एक बलियो र सरल गाँठ हो जुन तनावमा चिप्लिने छैन र सजिलै खोल्न सकिन्छ। गाँठ क्याराबिनर वा एंकरमा डोरी जोड्न प्रयोग गरिन्छ। यदि अधिक होल्डिङ बल आवश्यक छ भने, ओभरह्यान्ड गाँठहरू डबल माछा मार्ने झुकावमा जस्तै धेरै घुमाएर बनाउन सकिन्छ। दोहोरो माछा मार्ने झुण्डको

विस्तारमा, ढीलो छेउ अर्को डोरीको खडा छेउको वरिपरि दुई पटकको सट्टा तीन पटक जान्छ।

भारी भारहरू व्यवस्थापन गर्न, अन्तिम बल बढाउन र असफलताबाट बच्न ट्रिपल माछा मार्ने झुकाव प्रयोग गर्नु बुद्धिमानी हो।

चित्र आठ बेन्ड

फिगर आठ बेन्ड एक प्रकारको स्टपर नट हो जसलाई डोरीलाई रिटेनिङ यन्त्रहरूबाट बाहिर निस्कनबाट रोक्ने तरिका हो। यसले डोरीको अन्त्यमा सुरक्षित, गैर-स्लिप लूप बनाउँछ। गाँठो अंक आठमा जस्तै आफैंलाई क्रस गर्ने निरन्तर रेखाद्वारा बनेको लूपहरूबाट बनेको हुन्छ। डबल फिगर आठ बन्ड एक जाम गाँठ हो, जसको मतलब यसको दुई साधारण गाँठहरू सँगै सर्छ र ठाउँमा लक हुन्छ। गाँठमा कुनै कमजोर बिन्दुहरू छैनन्।

पाना बेन्ड

पाना बेन्ड विभिन्न व्यास वा कठोरताका डोरीहरू जोड्नको लागि जोड्ने गाँठ हो। एउटा डोरीको अन्त्य अर्कोको लूपबाट पार गरिन्छ, जुन पाशको वरिपरि र यसको आफ्नै खडा भाग अन्तर्गत पार गरिन्छ। जति धेरै दबाब लागू हुन्छ, गाँठो बलियो हुन्छ। तर, गाँठ सजिलै खोल्न सकिन्छ। यदि दुई डोरीहरू ठूला र सानो डोरीहरू सँगै फरक व्यासका छन् भने; त्यसोभए तपाईले डबल पाना बेन्ड बाँध्नु राम्रो हुनेछ, जसमा बाइटको वरिपरि थप अतिरिक्त मोड हुन्छ, जसले धेरै चिल्लो डोरीको अवस्थामा पनि चिप्लनबाट रोक्छ। अधिकतम बल कायम राख्नको लागि, मुक्त छेउहरू डबल पाना बेन्ड गाँठको एउटै छेउमा फर्किनुपर्दछ।

ह्यान्डकफ गाँठ

ह्यान्डकफ नट भनेको विपरित दिशामा दुई समायोज्य लूपहरू भएको बाइटमा बाँधिएको गाँठो हो, जसलाई हात वा खुट्टाको वरिपरि कस्न सकिन्छ। घाइते आरोहीलाई उद्धारकर्ताको पीठमा बोक्न र डोरीबाट तल ओर्लन उद्धार टोलीहरूले ह्यान्डकफ गाँठको प्रयोग गर्छन्। घाइते व्यक्तिलाई बोक्न मेक-सिफ्ट स्ट्रेचर बनाउँदा घाइतेको खुट्टा बाँध्न पनि दुईवटा लूपहरू छन्।

घर्षण गाँठहरू

प्रत्येक आरोहीलाई यी घर्षण गाँठहरू मध्ये कम्तिमा एउटा थाहा हुनु आवश्यक छ ताकि उसले निश्चित डोरीमा चढ्न सक्छ, विशेष गरी आपतकालीन अवस्थामा; आत्म-उद्धारको लागि बेलेबाट बच्नुहोस्; ग्लेशियरमा क्रभासमा खसेपछि डोरी चढ्नुहोस्; र र्यापलिंग गर्दा सुरक्षा ब्याक-अप वा अटोब्लकको रूपमा। चार गाँठहरू सिक्न सजिलो छ, बाँध्न छिटो छ, र डोरीलाई मेकानिकल एसेन्डर जस्तै क्षति गर्दैन, जसले डोरी समात्न दाँत प्रयोग गर्दछ। जब पर्वतारोहीहरूले डोरी चढ्नका लागि गाँठहरू प्रयोग गर्छन्, यो प्रविधिलाई "प्रुसिङ" भनिन्छ।

सबै चार घर्षण गाँठहरू मूलतया पातलो डोरीको लुप मात्र हुन्, जसलाई सामान्यतया " प्रुसिक स्लिङ्स " भनिन्छ, जसलाई चढ्ने डोरीमा जोडिएको हुन्छ। गाँठो जोडिसकेपछि, आरोहीले गाँठोलाई माथि स्लाइड गरेर निश्चित डोरीमा चढ्छ। गाँठो, आरोहीको तौलले गाँठो लोड हुँदा सिर्जना गरिएको घर्षण प्रयोग गरेर, डोरीलाई साँघुरो पार्छ र आरोहीलाई आरोहण गर्न अनुमति दिन्छ। बरफ डोरीहरूमा घर्षण नटहरू प्रयोग गर्नु हुँदैन किनभने गाँठोले डोरीलाई समात्दैन। यदि तपाइँ आरोहणको लागि घर्षण गाँठहरू प्रयोग गर्दै हुनुहुन्छ भने, दुई गाँठोमा बाँधिएको दुईवटा स्लिङहरू प्रयोग गर्न र तपाइँ डोरीमा बाँधिएको सुनिश्चित गर्न महत्त्वपूर्ण छ। आफ्नो जीवनलाई एकल घर्षण गाँठोमा कहिल्यै विश्वास नगर्नुहोस्।

यहाँ चार घर्षण गाँठहरू, तिनीहरूको प्रयोगहरू, र तिनीहरूका फाइदाहरू र हानिहरू छन्।

1. Prusik गाँठ

Prusik गाँठ 1931 मा डा कार्ल Prusik (अस्ट्रिया) द्वारा विकसित गरिएको थियो। गाँठलाई Prusik लूप चाहिन्छ। Prusik लूपहरू एक सहायक कर्डको दुई छेउमा जोडेर (5mm वा 6mm) डबल माछा मार्ने झुकाव प्रयोग गरेर निर्माण गर्न सकिन्छ।

Prusik गाँठ डोरी आरोहणको लागि सबैभन्दा सामान्य रूपमा प्रयोग हुने घर्षण गाँठ हो। यो बाँध्न सजिलो छ र यो लोड हुँदा धेरै सुरक्षित छ। Prusik गाँठको बेफाइदाहरू यो हो कि यो राम्रोसँग लुगा लगाउन गाह्रो छ र यो कडा हुन्छ, यसलाई छोड्न र डोरी माथि स्लाइड गर्न गाह्रो बनाउँछ।

2. Klemheist गाँठ

Klemheist गाँठ एक घर्षण गाँठ हो जुन डोरी चढ्न र आत्म-उद्धारको लागि प्रयोग गरिन्छ, जब पर्वतारोहीले बेलेबाट भाग्न आवश्यक हुन्छ। एक Prusik गाँठ जस्तै, यो डोरी मा सजिलै स्लाइड। प्रुसिक गाँठमा क्लेमेहिस्ट गाँठको फाइदाहरू यो हो कि लोड गरिसकेपछि डोरीमा यसको पकड छोड्न सजिलो हुन्छ, एक दिशामा काम गर्दछ, प्रुसिक गाँठो भन्दा बाँध्न छिटो हुन्छ, लोड गरिसकेपछि सजिलै खोल्न सकिन्छ, र हुन सक्छ। जाली संग बाँधिएको।

3. ब्याचम्यान नट

Bachmann गाँठ एक घर्षण गाँठ हो जसले क्याराबिनरलाई ह्यान्डलको रूपमा प्रयोग गर्दछ र निश्चित डोरीमा चढ्न प्रयोग गरिन्छ। जबकि क्याराबिनरले डोरीलाई गाँठो माथि स्लाइड गर्न सजिलो बनाउँदछ, यसको चिल्लो सतहले डोरीलाई समात्दैन त्यसैले दुर्घटनाहरू हुन सक्छ। Bachmann गाँठ उद्धार परिस्थितिहरूको लागि र सुरक्षा ब्याक-अपको रूपमा आदर्श हो किनभने यो लोड नभएको बेला रिलिज हुन्छ, तर यसलाई लोड गर्दा स्वचालित रूपमा डोरी समात्छ।

4. फ्रान्सेली Prusik वा Autoblock गाँठ

फ्रान्सेली प्रुसिक गाँठलाई अटोब्लक नट पनि भनिन्छ। यो टाइ गर्न सजिलो र बहुमुखी घर्षण गाँठ हो जुन र्यापल डोरीमा सुरक्षा ब्याक-अप गाँठको रूपमा प्रयोग गरिन्छ। गाँठलाई र्यापल यन्त्रको मुनि डोरीमा बाँधिन्छ र त्यसपछि लेग लूप वा बेले लुपमा क्याराबिनर मार्फत पर्वतारोहीको हार्नेसमा जोडिन्छ। गाँठले र्यापलमा घर्षण थप्छ र आरोहीलाई डोरीलाई पुन: व्यवस्थित गर्न वा अर्को कार्य गर्न सुरक्षित रूपमा मध्य-रैपेल रोक्न अनुमति दिन्छ। डोरी माथि चढ्न गाँठको प्रयोग गर्नु हुँदैन किनभने यो समात्नु भन्दा चिप्लन्छ। न त यसलाई घटाउने

यन्त्रको रूपमा प्रयोग गर्नु हुँदैन किनभने पर्वतारोहीले नियन्त्रण गुमाउन सक्छ र नायलन कर्डबाट जल्न सक्छ।

Chapter 5
रक्स्याकको प्याकिङ

परिचय

पर्वतारोहण रक्स्याक र यात्राको लागि प्रयोग गरिने परम्परागत झोलामा फरक छ। तपाईंले यो भिन्नता देख्नुहुनेछ, जब तपाईंलाई पर्वतारोहण संस्थानमा तपाईंले सञ्चालन गरिरहनुभएको पाठ्यक्रम वा अभियानमा प्रयोगको लागि रक्स्याक जारी गरिन्छ। पर्वतारोहण रक्स्याक र अन्य ब्याकप्याकहरू बीचको मुख्य भिन्नता पर्वतारोहणका लागि उपयुक्त बनाइएका सुविधाहरूको सेट हो। त्यस्ता रक्स्याकहरू विशेष रूपमा क्र्याम्पन, हेलमेट, आइस एक्स, आइस औजार, डोरी, टिफिन बक्स, चढ्ने जुत्ताको अतिरिक्त जोडी र अन्य सामग्री बोक्नका लागि डिजाइन गरिएको हो। रक्स्याकहरू तिनीहरूको आकार, आकार, र आराम बोक्ने ठाउँमा भिन्न हुन्छन्।

तपाईलाई संस्थानमा दिइएको रुक्स्याक पर्वतारोहण पाठ्यक्रमको 26 देखि 28 दिनको अवधिको लागि यसको नियोजित प्रयोग र तपाईले आफ्नो पीठमा कति आवश्यक सामानहरू बोक्न आवश्यक छ, अनुसार हो। रक्स्याकहरू लिटरमा सबै पकेटहरूको कुल क्षमतामा निर्भर गर्दछ। अनिवार्य रूपमा, तपाईं 65 लिटर रक्सकमा 65 लिटर गियर फिट गर्न सक्षम हुनुहुनेछ।

Packing your backpack
With a backpack, organization and easy access are key. Use these essential packing tips as a guide.
Store essentials such as sunscreen, a compass, maps, and guidebooks in an outer pocket
Waterproof bags should be used to store items that must stay dry, particularly spare clothing and your sleeping bag
Carry your water bottle upright where it's accessible
Lighter items such as sleeping mats and bags should remain at the bottom of the backpack
Pack raingear at the top where you can get it quickly
Keep first aid items accessible
Heaviest items should sit between your shoulder blades and as close to your back as possible
Store fuel bottles upright and outside the pack
Put your tent in a waterproof stuff sack and strap it to the outside of your backpack

सामान्य Rucksack सुविधाहरू

वर्षा कभर

वर्षामा भिजेको सामग्रीहरू रोक्नको लागि तपाईंको रक्स्याक छोप्नको लागि वर्षाको आवरण (एक उपयोगी खल्तीमा टाँसिएको) उपयोगी छ। यदि तपाईंको रक्स्याक वर्षाको कभरको साथ आउँदैन भने तपाईंले छुट्टै किन्न सक्नुहुन्छ।

हिप बेल्ट

रक्स्याकको वजनको लगभग 70% तपाईंको कम्मरमा बस्नेछ। समायोज्य हिप बेल्ट मध्यम र ठूला रक्स्याकहरूमा एक सामान्य विशेषता हो किनभने यसले थप समर्थन र लोड स्थानान्तरणको लागि हिप क्षेत्र वरिपरि झोला सुरक्षित गर्न मद्दत गर्दछ।

कम्प्रेसन पट्टाहरू

कम्प्रेसन स्ट्र्यापहरू समायोज्य स्ट्र्यापहरू हुन्, जुन ब्याकप्याकको अगाडि, छेउ वा तल फेला पार्न सकिन्छ र प्याकको भोल्युम कम गर्न र रक्स्याक भित्र वस्तुहरूको आन्दोलनलाई कम गर्नको लागि कडा तान्न सकिन्छ।

पछाडि र छाती पट्टा

समायोज्य पट्टाहरू राम्रो फिट सुनिश्चित गर्न आवश्यक छन्। चेस्ट स्ट्र्यापहरूले प्याक सुरक्षित छ भनी सुनिश्चित गर्दछ र केही तौल वितरण गर्न मद्दत गर्दछ। ठूला रक्स्याकहरूको लागि तपाईंले आफ्नो पछाडिको लम्बाइको आधारमा पट्टाहरूको उचाइ समायोजन गर्न सक्नुहुन्छ। पट्टाहरू प्रायः थप आरामको लागि प्याड गरिनेछ, जुन भारी रक्स्याकहरूको लागि विशेष गरी महत्त्वपूर्ण छ।

बाह्य क्लिप र हुकहरू

बाह्य क्लिपहरू र हुकहरू तपाईंको ब्याकप्याकमा उपकरण जोड्न प्रयोग गर्न सकिन्छ। यसमा डेजी चेनहरू (वेबिङ लूपहरूको पट्टी), लोचदार डोरी र हिड्ने पोलहरू समावेश छन्। रक्स्याकमा थप किट जोड्नका लागि क्याराबिनरहरू पनि छुट्टै किन्न सकिन्छ ।

जेब र कम्पार्टमेन्टहरू

धेरै आन्तरिक र बाह्य जेबहरू संगठित र सामग्री अलग गर्न उपयोगी छन्। आन्तरिक सुरक्षा जेबहरू बहुमूल्य वस्तुहरू लुकाउनको लागि आवश्यक छन्, जबकि साइड मेस पकेटहरू पानीका बोतलहरू समात्नका लागि उपयुक्त छन्।

सामग्रीहरूलाई थप विभाजन गर्न मद्दतको लागि, केही ठूला प्याकहरूमा ड्रस्ट्रिङको साथ भित्र बन्द गरिएको जिप पहुँचको साथ पूर्ण रूपमा छुट्टै तलको डिब्बा हुन सक्छ। ठूला रक्स्याकहरूले महत्त्वपूर्ण र बारम्बार प्रयोग गरिएका वस्तुहरूमा सजिलो पहुँचको लागि ढक्कन पकेटहरू पनि समावेश गर्न सक्छन्।

परावर्तित पाइपिंग

आरोहीलाई अँध्यारोमा देख्न सक्षम बनाउनका लागि कहिलेकाहीँ रिफ्लेक्टीभ प्याच वा पाइपिङलाई रक्स्याकमा समाहित गरिन्छ।

आन्तरिक फ्रेमहरू

ठूला रक्स्याकहरूमा तौल बाँड्नका लागि आन्तरिक फ्रेमहरू हुन सक्छन् र तपाईंको हिपहरूलाई समर्थन प्रदान गर्नका लागि तपाईंलाई सीधा हिड्ने मुद्रा राख्न मद्दत गर्न सक्छ।

Rucksack कसरी प्याक गर्ने

रक्स्याक लोड गर्ने तरिकाले तपाईंको पछाडि कस्तो महसुस गर्छ भन्नेमा ठूलो प्रभाव पार्छ। यदि तपाईंले यसको बारेमा सोच नगरीकन सबै चीजहरू क्र्याम गर्नुभयो भने, तपाईंले असहज र असंतुलित महसुस गर्न सक्नुहुन्छ र तपाईंले आफ्नो पूरै प्याक वर्षामा अनलोड गर्न सक्नुहुन्छ जुन तपाईंले कुनै न कुनै रूपमा तल राखेको ज्याकेटमा पुग्न सक्नुहुन्छ।

तपाईंले प्याकिङ सुरु गर्नु अघि, तपाईंले आफ्नो अगाडि भुइँमा लैजाने योजनाहरू सबै फैलाउनुहोस्। तपाईलाई साँच्चै आवश्यक नहुन सक्ने चीजहरू छोड्नुहोस् र आवश्यक चीजहरू समावेश गर्न सम्झनुहोस्। सुनिश्चित गर्नुहोस् कि तपाईंको रक्सक तपाईलाई राम्रोसँग फिट हुन्छ। यो तपाईंको आफ्नै शरीरको विस्तार जस्तै महसुस गर्नुपर्छ। तपाईंले पैदल यात्रा, क्याम्पिङ, यात्रा, आरोहण वा स्की भ्रमणको लागि आफ्नो रक्स्याक प्याक गर्न आवश्यक छ, मुख्य सिद्धान्तहरू समान छन्। कल्पना गर्नुहोस् कि तपाईंको प्याक तीन क्षेत्रहरू मिलेर बनेको छ:

जोन 1: हल्का वस्तुहरू राख्नुहोस्, जस्तै तपाईंको सुत्ने झोला, तल। यसले रक्स्याकको तल संरचना दिन्छ र यसको माथिका अन्य वस्तुहरूको लागि ठोस आधार हो। कम्प्रेसन बोराले तपाईंको सुत्ने झोलाको आकार घटाउन मद्दत गर्न सक्छ।

जोन 2: तपाईंको सबैभन्दा भारी वस्तुहरू प्याक गर्नुहोस्, जस्तै तपाईंको पाल, खानाको लागि खाना, पानी वा तपाईंको पछाडिको नजिकको क्लाइम्बिङ गियर। यदि तपाइँ वस्तुहरू भण्डारण गर्न क्यानिस्टर प्रयोग गर्दै हुनुहुन्छ भने, यसलाई राख्नको लागि यो क्षेत्र हो।

जोन 3: प्याकको अगाडि वा तलतिर मध्यम-वजन वा ठूलो वस्तुहरू राख्नुहोस्। यो सम्भवतः अतिरिक्त कपडा तहहरू, तपाइँको पानी उपचार प्रणाली वा तपाइँको प्राथमिक उपचार किट जस्तै चीजहरू हुनेछ।

तपाईको उद्देश्य माथि-भारी प्याकबाट बच्नु हो, जसले तपाईलाई पछाडि तान्नेछ वा तल-हेभी प्याक, जसले तपाईलाई तल तानिएको जस्तो महसुस गराउनेछ। तपाईंको गुरुत्वाकर्षण केन्द्र (तपाईंको पछाडिको बीचमा) नजिकै भारी वस्तुहरू प्याक गर्नाले तपाईंलाई सन्तुलित राख्छ र लोडलाई थप प्राकृतिक महसुस गराउँदछ।

Rucksack भित्र वितरण

तपाईं पहाडहरूमा जानु अघि, आफ्नो प्याक तौल गर्न सम्झनुहोस्। सामान्य नियमको रूपमा, तपाईंको प्याकको वजन तपाईंको शरीरको वजनको एक चौथाई देखि एक तिहाइ भन्दा बढी हुनु हुँदैन।

लोडलाई आफ्नो शरीरको नजिक ल्याउन र सबै कुरालाई ठाउँमा राख्न आफ्नो कम्प्रेसन स्ट्र्यापहरू प्रयोग गर्नुहोस्।

बाँया र दायाँ पक्षहरू बीच समान रूपमा वजन वितरण गर्नुहोस्।

तपाईंको पैदल यात्रा समूहमा भार फैलाउन निश्चित गर्नुहोस् (तपाईले आफ्नो पाललाई शरीर, उडान र पोलहरूमा विभाजन गर्न सक्नुहुन्छ ताकि प्रत्येक व्यक्तिले पालको एक भाग लिन सक्छ)।

तपाईंको जीपीएस, नक्सा, क्यामेरा, पानीको बोतल, सनस्क्रिन वा खाजा जस्ता बारम्बार प्रयोग हुने वस्तुहरू सजिलै पहुँच गर्न सकिने ठाउँमा राख्नुहोस्, जस्तै साइड पकेट वा माथिल्लो खल्ती।

जब तपाईं सजिलो इलाकामा पैदल यात्रा गर्दै हुनुहुन्छ, राम्रो मुद्राको लागि भारी वस्तुहरू थोरै माथि प्याक गर्नुहोस्।

कठिन भूभागमा, भारी वस्तुहरू तल राख्दा तपाईंलाई राम्रो सन्तुलन प्रदान गर्न मद्दत गर्दछ।

मध्यम आकारको कपडाको बोराले तपाइँलाई तपाइँको गियर छिटो प्याक गर्न र अनप्याक गर्न र तपाइँलाई चाहिने चीजहरू फेला पार्न अनुमति दिन्छ। सुपर संगठित व्यक्तिहरूले प्रत्येक श्रेणीका वस्तुहरू (औषधि, खाना, प्रसाधन सामग्री, टर्च/हेडल्याम्प/ब्याट्री र अन्य) विभिन्न रङका झोलाहरूमा राख्छन् तिनीहरूलाई सजिलै भेट्न। बोराहरूलाई पूर्ण रूपमा नफर्काउने प्रयास गर्नुहोस्, किनकि तिनीहरू भित्र थोरै ठाउँले तिनीहरूलाई रक्स्याकमा खाली ठाउँहरूमा निचोड गर्न सजिलो बनाउँदछ।

नाजुक वस्तुहरू सुरक्षित गर्न आफ्नो भाँडा र कडा धातु कन्टेनरहरू प्रयोग गर्नुहोस्।

भिजेको नहुने सबै वस्तुहरू वाटरप्रूफ छन् (प्लास्टिकको फोहोर झोलाहरू सजिलो विकल्प हो) र सबै तरल पदार्थहरू धेरै राम्ररी बन्द छन् भनी सुनिश्चित गर्नुहोस्।

आफ्नो इन्धन बोतल माथि आफ्नो खाना प्याक गर्नुहोस्।

धेरै व्यक्तिहरू ट्रेकिङ पोलहरूमा वा तिनीहरूको सुत्ने झोला तिनीहरूको रक्स्याकको बाहिरी भागमा हिर्काउनेछन्, तर राम्रोसँग लोड गरिएको प्याकमा न्यूनतम वस्तुहरू झुण्डिएको हुनुपर्छ।

हल्का तौलको ब्याकप्याकमा साना, पोषक तत्व-घन स्न्याक्सहरू प्याक गर्नुहोस्। तपाईंको खाजा र गियर भण्डारण गर्न बाहिरी प्रयोगको लागि डिजाइन गरिएको राम्रोसँग फिटिंग र बलियो ब्याकप्याक छनौट गर्नुहोस्। सानो, हल्का तौलको खाजाहरू प्याक गर्नुहोस् जुन अत्यधिक धनी हुन्छन् जस्तै प्रोटीन बारहरू र सुख्खा फलहरू ताकि तपाईं आफ्नो भोकको तृष्णालाई तृप्त गर्न र आफ्नो ऊर्जा स्तरहरू माथि राख्न सक्षम हुनुहुन्छ, जब तपाईं ट्रेलमा हुनुहुन्छ। स्याउ वा केरा जस्ता ताजा फलहरू स्वादिष्ट, हल्का तौलका हुन्छन् र स्वस्थकर ऊर्जा प्रदान गर्दछ।

तपाईंको पानीको कन्टेनरलाई पहुँच गर्न सजिलो स्थानमा भण्डार गर्नुहोस्। तपाईंले ट्रेलमा हिर्काउनु अघि ताजा पानीले पुनः प्रयोज्य पानीको बोतल भर्नुहोस्, ताकि तपाईं हाइड्रेटेड रहन सक्षम हुनुहुन्छ। आरोहण वा पदयात्रा एक

कठोर शारीरिक गतिविधि हो, जसको अर्थ तपाईंले आफ्नो पसिनामा हराउने कुनै पनि तरल पदार्थलाई निरन्तरता दिन र प्रतिस्थापन गर्न हाइड्रेटेड रहनु आवश्यक छ। आफ्नो रक्स्याकको छेउमा जस्तै आफ्नो पानी कतै भण्डार गर्नुहोस्, ताकि तपाईं यात्रामा हुँदा त्यहाँ पुग्न सक्नुहुन्छ।

तपाईंको रक्स्याकको हार्नेस समायोजन गर्नुहोस् ताकि यो सहज छ। तपाईं ट्रेलमा बाहिर निस्कनु अघि, आफ्नो रक्स्याक राख्नुहोस् र पट्टा र कम्पोनेन्टहरू समायोजन गर्नुहोस् ताकि यो तपाईंको पछाडि सुरक्षित र आरामसँग फिट हुन्छ। जब तपाईं पदयात्रा गर्दै हुनुहुन्छ, पट्टाहरू ढिलो हुन सक्छन् वा तिनीहरूले रगड्न सक्छन् र केहि क्षेत्रहरूमा पीडादायी हुन सक्छन्। नियमित समायोजन गर्नुहोस् ताकि रक्स्याक ढीलो नहोस्, तर यसले सहज महसुस गर्छ ताकि तपाईं जारी राख्न र आफ्नो पैदल यात्राको आनन्द लिन सक्नुहुन्छ। पैदल यात्रामा जानु भन्दा पहिले आफ्नो रक्स्याक राख्नुहोस् यो धेरै भारी छैन भनेर सुनिश्चित गर्न। यदि यो छ भने यसलाई थप व्यवस्थित बनाउन कुनै पनि अनावश्यक वस्तुहरू बाहिर निकाल्नुहोस्।

रक्स्याक हात धुँदै

1. आफ्नो रक्स्याक खाली गर्नुहोस्, कुनै पनि साना साना वस्तुहरू वा फोहोर राख्न सक्ने सबै खल्ती र कुनाहरू जाँच गर्दै। यदि तपाईंको रक्स्याकमा धातुको फ्रेम छ भने, यसलाई धुनु अघि हटाउनुहोस्।

2. प्रशस्त मनतातो पानीले बेसिन भर्नुहोस्। यदि पानी धेरै तातो छ भने, यसले रक्स्याकको रंगहरू चलाउन सक्छ।

3. रक्स्याकको लागि उपयुक्त हुने कोमल डिटर्जेन्टको सानो मात्रा थप्नुहोस्, जुन सुगन्ध र रङ्गरहित छ। कडा डिटर्जेन्ट वा कपडा सफ्टनर प्रयोग गर्दा रक्स्याकको सामग्रीलाई हानि पुऱ्याउन सक्छ।

4. विशेष गरी फोहोर भएका ठाउँहरूमा ध्यान केन्द्रित गर्दै नरम ब्रश वा कपडाको प्रयोग गरेर आफ्नो रक्स्याक स्क्रब गर्नुहोस्। टूथब्रश कुनै पनि कडा दागको लागि वा पहुँच गर्न गाह्रो ठाउँहरूमा पुग्नको लागि उपयोगी हुन सक्छ।

5. रक्स्याकलाई प्राकृतिक रूपमा सुक्न अनुमति दिनुहोस्। यदि सम्भव भएमा रक्स्याकलाई उल्टो झुण्ड्याउने प्रयास गर्नुहोस् र यसलाई भण्डारण गर्नु अघि यो 100% सुक्खा भएको निश्चित गर्नुहोस्।

Chapter 6
कुनै ट्रेस छोड्ने सात सिद्धान्तहरू

धेरै भन्दा धेरै मानिसहरूले हिमालहरूमा पदयात्रा र शिविर रोज्न छनौट गर्दा, वातावरणलाई खलल पार्नु हुँदैन, ताकि भावी पुस्ताले उजाडस्थानको मौलिक सौन्दर्यको आनन्द लिन सकून्। संक्षेपमा, Leave No Trace को उद्देश्य अन्तर्निहित प्राकृतिक वातावरणलाई कायम राख्नु हो।

1. आफ्नो यात्रा योजना

जब तपाइँ पहाडहरूमा यात्रा गर्नु अघि केहि अनुसन्धान गर्नुहुन्छ, तपाइँ एक सुरक्षित र रमाइलो पदयात्रा र एकै समयमा प्रकृति को न्यूनतम नोक्सान गर्ने सम्भावना बढी हुन्छ।

a) तपाईं सही गियरसँग पर्याप्त रूपमा सुसज्जित हुनुहुन्छ भनी सुनिश्चित गर्न मौसम पूर्वानुमान र ट्रेल अवस्थाहरू जाँच गर्नुहोस्।

b) प्राथमिक उपचार किट र अन्य आवश्यक वस्तुहरू जस्तै हेडल्याम्प, खाना, पानी, सेफ्टी म्याच, चक्कु, सुरक्षात्मक क्रीम, आपतकालीन आश्रय र चढ्ने डोरी राख्नुहोस्।

c) आफ्नो मोबाइल फोनमा GPS घडी वा GPS एप राख्नुहोस्। एक कम्पास साथै क्षेत्र को नक्सा अनिवार्य छ।

d)। यस क्षेत्रमा आवश्यक स्थानीय नियम र नियमहरू र अनुमतिहरू बारे सचेत रहनुहोस्।

e) आरोहीहरूको आफ्नो समूहको सीप र क्षमता पहिचान गर्नुहोस्।

f)। धेरै जसो खानाहरू यसको व्यावसायिक प्याकिङबाट हटाइनु पर्छ र बल्क कम गर्न तपाईंको रक्स्याक प्याक गर्नु अघि सिल गर्न मिल्ने झोलाहरूमा राख्नुपर्छ।

2. टिकाउ सतहहरूमा यात्रा र क्याम्पिङ

पहाड, जङ्गल र हिमाली भूभागमा यात्राको लक्ष्य भनेको वातावरणमा हुने हानिबाट बच्न प्राकृतिक बासस्थानको माध्यमबाट आवतजावत गर्नु हो। सामान्यतया तपाईंले पहाडहरूमा ट्रेलहरू फेला पार्नुहुनेछ, जुन पदयात्राको लागि लिने मार्ग हो। पहाडको छेउमा जिग-ज्याग सर्टकट ट्रेलहरू द्वारा छोटो मार्गमा जान प्रयास गर्दा सतहको वनस्पतिलाई कुल्चीले माटोको क्षय हुन सक्छ। सबैभन्दा उपयुक्त शिविरहरू चट्टान, बजरी वा बालुवा जस्ता टिकाउ सतहहरूमा छन्।

a) प्राकृतिक क्षेत्रहरूमा चर्को आवाज स्वागतयोग्य नहुने भएकाले पदयात्रीहरूले सञ्चार गर्न कराउनबाट जोगिनुपर्छ।

b) जीवित माटोमा जीवहरूको स-साना समुदायहरू हुन्छन् जुन बालुवामा कालो र अनियमित उठेको क्रस्टको रूपमा देखा पर्दछ। यो क्रस्टले नमी राख्छ र क्षरण रोक्न सुरक्षात्मक तह प्रदान गर्दछ। एक पाइलाले यो नाजुक माटोलाई नष्ट गर्न सक्छ। जीवित माटोको यात्रा मात्र गर्नु पर्छ, जब बिल्कुल आवश्यक छ र यो अर्कोको पाइलामा पछ्याउन उत्तम हुन्छ ताकि क्रस्टको सानो क्षेत्र मात्र प्रभावित हुन्छ। माटोको प्वालहरूबाट नहिड्नुहोस्, जसमा धेरै जीवहरू छन्।

c) उपयुक्त शिविर छनोट गर्दा पारिस्थितिक र सामाजिक प्रभावहरू कम गर्नको लागि निर्णयको ठूलो डिग्री चाहिन्छ। क्याम्प कहाँ राख्ने भन्ने निर्णय वनस्पति र माटोको नाजुकता र वन्यजन्तुको गडबडीको सम्भावना जस्ता क्षेत्रको प्रकारको जानकारीमा आधारित हुनुपर्छ।

d)। पानीको किनारा नजिकै क्याम्पिङ नगर्नुहोस्, किनकि यसले वन्यजन्तुहरूको लागि पहुँच मार्गहरूलाई अनुमति दिन्छ। पानीका स्रोतहरूबाट 200 फिट क्याम्पिङ थम्बको राम्रो नियम हो।

e) भान्सा क्षेत्रहरू पहिले नै प्रभावित क्षेत्रहरू वा साइटहरूमा केन्द्रित हुनुपर्छ, जहाँ प्राकृतिक रूपमा वनस्पतिको अभाव छ जस्तै खुला बेडरोक वा बलौटे क्षेत्रहरू। एक आदर्श समतल चट्टान प्लेटफर्म खाना पकाउनको लागि उत्तम हो, किनकि यसले गर्मीलाई सजिलैसँग फैलाउँछ र कडा सतहले मलबेको सफाईको लागि पनि अनुमति दिन्छ र पानीलाई झर्ने अनुमति दिँदैन।

f)। क्याम्प तोड्दा, कुँदिएको क्षेत्रहरू पाइन सुई जस्ता देशी सामग्रीले छोप्नु पर्छ। घाँसेका क्षेत्रहरूलाई लट्ठीले रेक गर्नुहोस् ताकि क्षेत्रलाई यसको मौलिक

पुरानो स्वयं कायम राख्न अनुमति दिनुहोस्। पातहरू जस्तै जैविक फोहोरको साइटहरू कहिल्यै नखोल्नुहोस् वा सफा नगर्नुहोस् र साना चट्टान र बजरी हटाउन कम गर्नुहोस्। जैविक फोहोरले कुसन ट्र्याम्पलिंग बलहरू, माटोको सघनता सीमित गर्न, बिरुवाको पोषक तत्वहरू छोड्न र वर्षाको क्षरण शक्तिहरू कम गर्न मद्दत गर्नेछ। एकपटक पल्टाइएपछि, यी चट्टानहरू प्रतिस्थापन गर्न गाह्रो हुन्छ र लाइकेनहरू लामो समयसम्म फेरि बढ्न सक्दैनन्।

3. फोहोरको उचित व्यवस्थापन

धेरै पदयात्री र पर्वतारोहीहरू उजाडस्थानमा आउने भएकाले फोहोरको विसर्जन कमजोर पारिस्थितिकी प्रणालीको रक्षाको लागि महत्त्वपूर्ण र चुनौतीपूर्ण पक्ष भएको छ। मानव फोहोर, भान्साको फोहोर, प्लाष्टिक प्याकेजिङ, चियाको झोला, अण्डा, नटको गोला, च्युइङगम, ट्याम्पन, सेफ्टी रेजर र अन्य अपघटन नहुने पदार्थको रूपमा नदेखेको फोहोरले पानीका स्रोतहरू प्रदूषित गर्न, जनावरहरूलाई हानि पुऱ्याउन र माटोको सड्ने कार्यमा बाधा पुऱ्याउन सक्छ। क्याम्प साइटबाट स्याभेजिङ गर्ने जनावरहरूले प्लास्टिक प्याकेजिङका टुक्राहरू निल्न सक्छन् जसले तिनीहरूको पाचन प्रणालीलाई हानि पुऱ्याउन सक्छ। ताल र नदीहरूमा फ्याँकिएका प्लास्टिकका झोलाहरूले सामुद्रिक जीवनलाई खतरामा पार्न सक्छ। मानव फोहोरमा पाइने ब्याक्टेरिया र भाइरसले हेपाटाइटिस, साल्मोनेला र अन्य ग्यास्ट्रो आंत्र रोगहरू निम्त्याउन सक्छ।

a) बिरालो प्वालहरू फोहोर निपटानको सबैभन्दा व्यापक रूपमा स्वीकृत विधि हो, जुन पानी ट्रेलहरू र शिविरहरूबाट लगभग 200 फिट बनाइनुपर्छ। 4 इन्च देखि 6 इन्च व्यास भएको 6 इन्चदेखि 8 इन्च गहिरो प्वाल खन्नको लागि बगैंचाको ट्रोवेल प्रयोग गर्नुहोस्। बिरालोको प्वाललाई प्राकृतिक सामग्रीले ढाकिएको हुनुपर्छ, समाप्त भएपछि। जैविक पदार्थ भएको साइट खोज्ने प्रयास गर्नुहोस्, किनकि तिनीहरूमा जीवहरू छन्, जसले फोहोरलाई सड्न मद्दत गर्नेछ। तपाईंको बिरालोको प्वाल पत्ता लगाउनुहोस्, जहाँ यसले अधिकतम सूर्यको प्रकाश प्राप्त गर्नेछ, जसले विघटन गर्न मद्दत गर्नेछ।

b) साबुन बायो-डिग्रेडेबल भए तापनि यसले ताल र खोलाको पानीको गुणस्तरलाई असर गर्न सक्छ। तसर्थ, आफैलाई समुद्र किनारबाट राम्ररी धुनु र बोतल, भाँडो वा जगमा बोकेको पानीले कुल्ला गर्नु बुद्धिमानी हुन्छ। पानीका

स्रोतहरूबाट टाढा नुहाउनुको अर्को कारण शरीरको तेल, सनस्क्रिन लोशन र कीटनाशक क्रीमहरूले महत्त्वपूर्ण पानी स्रोतहरू दूषित गर्न सक्छ भन्ने तथ्य हो।

c) सबै रद्दीटोकरी र फोहोरहरू प्याक गर्न प्लास्टिकको झोलाहरू बोक्नुहोस्। क्याम्प साइटबाट बाहिर निस्कनु अघि फ्याँकिएको खाना, भान्साको फोहोर, डिस्पोजेबल ब्लेड, टूथब्रस, ट्याम्पन र नडिग्रेडेबल सामग्रीको खोजी गर्नुहोस् र तिनीहरूलाई प्लास्टिकको झोलामा भर्नुहोस् तपाईंको फिर्ती बिन्दुमा फाल्न।

4. तपाईंले के फेला पार्नुभयो छोड्दै

प्रत्येक प्राकृतिक, जंगली र वस्तुहरू वा चासोको कलाकृतिहरूलाई तपाईंले फेला पार्नुभए जस्तै छोडेर; तपाइँ साइटमा अन्य आगन्तुकहरूलाई समान आकर्षण अनुभव गर्न सक्षम गर्नुहुन्छ। यसले वैज्ञानिकहरूलाई यस क्षेत्रको इतिहासको बारेमा अझ सजिलैसँग जान्न अनुमति दिन्छ।

a) चट्टान, बिरुवा र पुरातात्विक रुचि को अन्य वस्तुहरु लाई बाधा नदिनुहोस्। अन्य ट्रेकर्सहरूलाई पनि तपाईंले गरेजस्तै क्षणको आनन्द लिन दिनुहोस्।

b) उजाडस्थानमा प्राकृतिक स्रोतहरू प्रयोग गरेर पालहरूका लागि खाडलहरू नखन्ने वा टेबल र कुर्सीहरू निर्माण नगर्नुहोस्। यदि तपाईंले सतहको चट्टानहरू, ट्विगहरू वा पाइन कोनहरू समावेश भएको क्षेत्र खाली गर्नुभयो भने शिविर छोड्नु अघि यी वस्तुहरू प्रतिस्थापन गर्न सम्झनुहोस्।

c) रूख र बिरुवाहरूलाई हानी नगर्नुहोस्। लीव नो ट्रेसका केही पक्षहरू छन्, जसलाई होली ग्रेलको रूपमा लिइन्छ, जस्तै रूखहरूमा कहिल्यै कीलहरू नमार्ने वा तिनीहरूमा आद्याक्षरहरू नक्काने। फूल वा बिरुवा टिप्नुको सट्टा फोटो वा स्केच लिनुहोस्। क्याम्प साइटमा जीवित वनस्पतिहरू नखानुहोस् वा पुनः उत्पादन गर्न ढिलो हुने दुर्लभ बोटबिरुवाहरूलाई बाधा पुऱ्याउनुहोस्।

d)। प्राकृतिक वस्तुहरू जस्तै पेट्रिफाइड काठ वा रंगीन ढुङ्गाहरूले वातावरणको प्राकृतिक सौन्दर्यमा थप्छन्। तिनीहरूलाई छोड्नुपर्छ, ताकि अरूले पनि खोजको समान भावना अनुभव गर्न सकून्।

5. क्याम्प फायर प्रभावहरू कम गर्नुहोस्

क्याम्प फायर भनेको आत्मनिर्भरता, अस्तित्व र आराम हो। आगोले तपाईंलाई चिसो क्याम्पिङ यात्रामा न्यानो पार्छ। यो प्रायः खाना तयार गर्न प्रयोग गरिन्छ र क्याम्प फायरको ताप लुगा सुकाउन उपयोगी छ। सौभाग्य देखि वैकल्पिक ताप स्रोतहरू प्रयोग गरेर आगो निर्माण गर्न धेरै ठाउँहरू छन्।

a) वर्षौंदेखि हल्का तौल र प्रभावकारी क्याम्प स्टोभको विकासले खाना पकाउनको लागि परम्परागत आगोबाट टाढा जान प्रोत्साहित गरेको छ। तिनीहरू छिटो, लचिलो छन् र दाउराको उपलब्धतालाई हटाउँछन्। स्टोभ लगभग कुनै पनि मौसम अवस्थामा काम गर्दछ र तिनीहरूले कुनै ट्रेस छोड्दैन!

b) काठ प्रचुर मात्रामा भएको क्षेत्रहरूमा शिविर। यदि आगो निर्माण गर्दै हुनुहुन्छ भने, थोरै काठ भएको ठाउँ छनौट नगर्नुहोस्।

c) आगो बनाउनको लागि उत्तम ठाउँ राम्रोसँग राखिएको क्याम्पसाइटमा अवस्थित फायर रिंग भित्र हो। आगोलाई सानो र जतिबेला प्रयोग गरिरहनु भएको समयको लागि मात्र राख्नुहोस्। काठलाई पूर्ण रूपमा खरानीमा जलाउन अनुमति दिनुहोस्। फोहोर होइन पानीले आगो निभाउनुहोस्। फोहोरले आगो पूर्णतया निभाउन सक्दैन। चट्टानको अनुमानको छेउमा आगो निर्माण नगर्नुहोस्, जहाँ कालो दाग धेरै वर्षसम्म रहन्छ।

d)। खडा वा झरेको रूखको हाँगाहरू काट्ने वा भाँच्नबाट जोगिनुहोस्। मृत काठ सजिलै जल्छ। आफ्नो नाडी भन्दा ठुलो काठको सानो टुक्राहरू प्रयोग गर्नुहोस्, ताकि तपाईं तिनीहरूलाई सजिलै आफ्नो हातले तोड्न सक्नुहुन्छ। काठलाई सेतो खरानीमा जलाउनुहोस् र निभाएको आगोलाई पानीले भिजाउनुहोस्।

e) इन्धनको लागि स्वीकृत कन्टेनरहरू प्रयोग गर्नुहोस् र आगोलाई ध्यान नदिनुहोस्।

6. वन्यजन्तुको सम्मान गर्नुहोस्

वन्यजन्तुको सम्मान गर्नु महत्त्वपूर्ण छ किनभने उत्पीडित जनावरहरूले बाँच्नको लागि आवश्यक ऊर्जा बर्बाद गर्छन्। बदलिएको बासस्थान वन्यजन्तुहरूले प्रयोग गर्न नसक्ने हुन सक्छ। सामना गरिएका जनावरहरू आक्रामक र खतरनाक हुन सक्छन्।

a) वन्यजन्तुहरूको बारेमा धैरै अवलोकनहरू मार्फत जान्नुहोस् र तिनीहरूलाई टाढाबाट पहिचान गर्नुहोस् ताकि तिनीहरू भाग्न बाध्य नहोस्।

b) छिटो चाल र चर्को आवाज जनावरहरूको लागि तनावपूर्ण हुन्छ। जनावरहरूलाई नछुनुहोस्, नजिक नजानुहोस्, खुवाउनुहोस् वा उठाउनुहोस्।

c) यदि तपाईंले बिरामी जनावर वा जनावरहरू समस्यामा देख्नुभयो भने, तपाईंले क्षेत्रका सम्बन्धित वन्यजन्तु अधिकारीहरूलाई सूचित गर्नुपर्छ।

d)। जनावरहरूलाई सुरक्षित महसुस गर्न अनुमति दिन उनीहरूलाई बफर स्पेस दिएर पानीका स्रोतहरूमा निःशुल्क पहुँच गर्न अनुमति दिनुहोस्। आदर्श रूपमा शिविरहरू अवस्थित पानी स्रोतहरूबाट 200 फिट वा सोभन्दा बढी अवस्थित हुनुपर्छ। यसले वन्यजन्तुलाई हुने अशान्तिलाई कम गर्नेछ र जनावरहरूलाई उनीहरूको बहुमूल्य पिउने पानीमा पहुँच छ भनी सुनिश्चित गर्नेछ। पोखरी र खोलाहरूमा आफैलाई धुने सावधानीपूर्वक गर्नुपर्छ, ताकि वातावरण प्रदूषित नहोस्, जनावरहरूलाई तिनीहरूबाट पिउन सक्षम बनाउन।

e) संभोग वा जवानहरूलाई खुवाउने जस्ता संवेदनशील अवधिहरूमा वन्यजन्तुहरूलाई वेवास्ता गर्नुहोस्। तिनीहरूको आश्रयमा प्रवेश गर्ने प्रयास कहिल्यै नगर्नुहोस्।

7. अन्य आगन्तुकहरूको बारेमा विचार गर्नुहोस्

बाहिरी नैतिकताको सबैभन्दा महत्त्वपूर्ण पक्षहरू मध्ये एक अन्य आगन्तुकहरूप्रति शिष्टाचार कायम राख्नु हो। अत्यधिक आवाज, अनियन्त्रित घरपालुवा जनावर र क्षतिग्रस्त परिवेशले प्रायः बाहिरको प्राकृतिक आकर्षण हटाउँछ।

a) टेक्नोलोजीले बाहिरी अनुभवलाई आकार दिन जारी राख्छ, चाहे त्यो संगीत सुन्ने होस् वा फोटो खिच्ने हो। उदाहरणका लागि बाह्य स्पिकरहरू भन्दा संगीतको आनन्द लिनको लागि इयर बडहरू कम अवरोधकारी तरिका हुन सक्छ।

b) साँघुरो ट्रेलमा सामान्य धारणा यो हो कि डाउनहिल जाने पदयात्रीहरूले माथिल्लो पैदल यात्रुलाई सजिलै पार गर्न अनुमति दिनको लागि एकै ठाउँमा जानेछन्। अरूलाई पास गर्नु अघि तपाईंले विनम्रतापूर्वक आफ्नो उपस्थिति घोषणा गर्नुपर्छ र त्यसपछि सावधानीपूर्वक अगाडि बढ्नु पर्छ।

c) क्याम्पसाइट चयन गर्दा एउटा साइट छान्नुहोस्, जहाँ चट्टान वा रूखहरूले यसलाई अरू दृश्यहरूबाट स्क्रिन गर्नेछ। शिविरमा शोर कम राख्नुहोस् ताकि अन्य क्याम्परहरू वा ट्रेलमा जानेहरूलाई बाधा नहोस्।

d)। चम्किलो कपडा र उपकरणहरू जस्तै पालहरू जुन लामो दूरीको लागि देख्न सकिन्छ निरुत्साहित गरिन्छ। भूरी र हरियो जस्ता पृथ्वी टोन्ड रंगहरूले दृश्य प्रभावहरू कम गर्नेछ।

e) घरपालुवा जनावरहरूलाई सधैं नियन्त्रणमा राख्नुहोस्।

Chapter 7
पर्वतारोहण गर्ने र नगर्ने

(जवाहर इन्स्टिच्युट अफ माउन्टेनियरिङ एन्ड विंटर स्पोर्ट्स, पहलगामको सार्वजनिक डोमेनमा वेबसाइटबाट रूपान्तरित। संस्थानका निर्देशकलाई धन्यवाद)।

A)। पहाडहरूमा अभ्यस्तीकरणको के गर्ने र नगर्ने

परिचय

हिमाल, हिउँले घेरिएको क्षेत्र र हिउँले भरिएको भूभागमा काम गर्दा राम्रोसँग मिलाउन जरुरी छ। Acclimatization भनेको दुर्लभ वातावरण र उच्च उचाइ क्षेत्रको अत्यधिक चिसो हावापानीमा आफ्नो शरीरलाई समायोजन गर्ने प्रक्रिया हो।

गरौ।

अनुकूलताको समयमा, उच्च उचाइमा काम गर्नुहोस् र तल सुत्नुहोस्।

12,000 फिट भन्दा माथिको पर्वतारोहीहरूको लागि अनुकूलता आवश्यक छ।

पर्वतारोहीहरूले क्रमशः आफ्नो वजन बोक्ने क्षमता बढाउनुपर्छ।

हिमाल आरोहीहरूलाई चिसो हावा, कठोर हावापानी र रातको समयमा हिँडडुल गर्न मिलाउन मिलाउनुपर्छ।

हिमाल आरोहीहरूले खराब मौसममा हिड्ने अभ्यास गर्नुपर्छ।

प्राथमिक उपचार किट सधैं बोक्नु पर्छ र एक योग्य प्राथमिक सहायताकर्ता सधैं अनुकूलताको पैदल यात्रामा रहेका पर्वतारोहीहरूको साथमा हुनुपर्छ।

इलेक्ट्रोलाइट्स/ग्लुकोज र नुन बोक्नुपर्छ।

पर्वतारोहीहरू बिदाबाट टोलीमा पुनः सामेल भएपछि पुनः अनुकूल हुनुपर्छ।

हिउँले घेरिएको क्षेत्रमा चश्मा प्रयोग गर्नुहोस्।

सनस्क्रिन लोशन र लिप बाम प्रयोग गर्नुहोस्।

नगर्नुहोस्।

कुनै पनि चिकित्सा असुविधा लुकाउनु हुँदैन, यो सानो जस्तो लाग्न सक्छ।

आरोहण गर्दा दौडने वा छिटो हिड्ने प्रयास नगर्नुहोस्।

12,000 फीट भन्दा माथि हुँदा लगभग 2,000 फिट भन्दा बढि नपुग्नुहोस्।

थकित नहुनुहोस्। आफ्नो ऊर्जा जोगाउने प्रयास गर्नुहोस्।

खाली पेटमा हिड्नु हुँदैन ।

B)। पहाडमा क्याम्पिङ गर्दा के गर्ने र नगर्ने

परिचय

हिमाली भूभागमा सञ्चालन गर्दा आरोहीहरूले धेरै दिनसम्म क्याम्पबाहिर बस्नु पर्ने अवस्था आउँछ। यस समयमा, उनीहरूलाई पहाडमा क्याम्पिङको पूर्ण ज्ञान हुनु धेरै महत्त्वपूर्ण छ। हिमाल, हिउँले घेरिएको भूभाग र ग्लेशियरमा क्याम्पिङ गर्दा यी बिन्दुहरू पालना गर्नुपर्छ।

गरौ।

पानी र रूख आवरण नजिक एक साइट चयन गर्नुहोस्।

बस्ने क्षेत्र हिमस्खलन प्रवण ढलानबाट टाढा हुनुपर्छ।

क्याम्प साइटमा सूर्यको प्रकाशको राम्रो प्रदर्शन हुनुपर्छ र प्रत्यक्ष हावाबाट सुरक्षित हुनुपर्छ।

हिमनदीहरूमा, दरारहरू खुल्ने सम्भावना नभएको ठाउँमा शिविर स्थापना गर्नुपर्छ।

प्राकृतिक आश्रय व्यापक रूपमा प्रयोग गर्नुपर्छ।

भेन्टिलेसन अनुमति दिन आश्रय दुवै छेउबाट खुला हुनुपर्छ।

आश्रय पानी प्रतिरोधी र हावा प्रतिरोधी हुनुपर्छ।

धुवाँ/प्रकाश लुकाउन सकियोस् भनेर भान्साको क्षेत्र जमिनको तहमा अवस्थित हुनुपर्छ।

शिविर कुनै पनि घटनाबाट जोगाउन राम्रो क्रममा अवस्थित हुनुपर्छ।

शिविर दैनिक सफा गर्नुपर्छ।

सम्भव भएमा शिविर वरिपरि हिउँ/बरफको पर्खाल बनाइनुपर्छ।

साइट शौचालयहरू भान्सा घर र बस्ने ठाउँबाट टाढा, लिवार्ड साइडमा अवस्थित हुनुपर्छ।

बाहिर जानु अघि सफा अवस्थामा शिविर छोड्नुहोस्।

नगर्नुहोस्।

तल्लो जमिनमा शिविर नगर्नुहोस्।

हिमपहिरो प्रवण ढलानहरू देखिने ठाउँमा क्याम्प नगर्नुहोस्।

बरफको झरना वा नदी/खोलाको धेरै नजिक क्याम्प नगर्नुहोस्।

भान्सा घर क्रेभासे क्षेत्रको नजिक हुनुहुँदैन किनभने उत्पादित गर्मीले क्रिभेसहरू खोल्न सक्छ।

भान्सा घर खोल्दा हावाको दिशामा नपर्नु पर्छ।

शिविर स्थलको बिचमा कुनै दरार/धारा हुनुहुँदैन।

हिउँ आश्रय भित्र आगो बाल्नु हुँदैन।

फोहोर सामाग्री शिविर स्थल नजिकै फाल्नु हुँदैन।

क्षेत्र फोहोर नगर्नुहोस् र देखिने क्षतिबाट बच्नुहोस्।

रुख, वनस्पति काट्ने वा वातावरणमा हानि नगर्ने ।

C)। पहाडमा शारीरिक तन्दुरुस्तीमा के गर्ने र नगर्ने

परिचय

आरोहीका लागि विभिन्न वातावरण र कार्य परिस्थितिहरूमा आफ्नो शारीरिक फिटनेस कायम राख्नु सबैभन्दा महत्त्वपूर्ण पक्ष हो। पहाडहरू तिनीहरूको चरम चिसो हावापानी, दुर्लभ वायुमण्डल, तीव्र हावा र अत्यन्तै असभ्य भू-भागका

लागि विशिष्ट छन्। त्यस्ता क्षेत्रमा पूर्ण क्षमताका साथ सञ्चालन गर्न आरोही शारीरिक रूपमा तन्दुरुस्त र मानसिक रूपमा बलियो हुनुपर्छ ।

गरौ।

तातो तरल पदार्थ नियमित रूपमा सेवन गर्नुपर्छ। अत्यधिक पसिनाबाट बच्नुहोस्।

आफ्नो नाक मार्फत सास लिनुहोस् र कम बोल्नुहोस्, चढ्दा।

सूर्यको पराबैंगनी विकिरणबाट आँखामा हुने क्षतिबाट बच्न सनग्लास प्रयोग गर्नुहोस्।

सफा पानीले नियमित रूपमा आँखा धुनुहोस्।

आफैलाई न्यानो राख्नुहोस्।

सफा हावा तपाईंको शरीरमा घुम्न सकोस् भनेर खुकुलो कपडा लगाउनुहोस्।

लुगा बाहिर र भित्रबाट सुक्खा राख्नुहोस्।

सुत्दा टाउकोलाई शरीरभन्दा उच्च तहमा राख्नुहोस्।

चिसो चोटबाट बच्नको लागि आफ्नो अनुहारका मांसपेशीहरूलाई सबै दिशामा तानेर व्यायाम गर्नुहोस्।

आश्रयमा प्रवेश गर्दा, आफ्नो जुत्ता र हिउँका लुगाहरू माझ्नुहोस्।

ह्यान्ड ग्लोभ्स लगाउनुहोस् र तिनीहरूलाई सुक्खा राख्नुहोस्।

शरीरका सबै अंगहरू व्यायाम गर्नुहोस् र तिनीहरूलाई सफा र सुख्खा राख्नुहोस्।

आफ्नो टाउको छोप्नुहोस् (४० प्रतिशत) अधिकतम ताप शरीरले टाउकोबाट गुमाउँछ।

नगर्नुहोस्।

धुम्रपान वा मदिरा सेवन नगर्नुहोस्।

भुइँमा वा न्यानो सतहमा नसुत्नुहोस्।

टाइट फिटिङ कपडाहरू नलगाउनुहोस् किनभने यसले उचित रक्तसञ्चार हुन दिँदैन।

भिजेको लुगा लगाउनबाट बच्नुहोस्। नाङ्गो छालाले धातुका वस्तुहरू नछुनुहोस्।

फाटेको मोजा नलगाउनुहोस्।

चिसो मौसम, हावा, भिजेको लुगा वा आर्द्रतामा आफ्नो शरीरलाई खुला नगर्नुहोस्।

नुहाउँदा, आफ्नो छालालाई जोडदार रूपमा रगड्नु हुँदैन।

चोटपटकलाई बेवास्ता नगर्नुहोस्, जतिसुकै सानो भए पनि।

भिजेको लुगा, मोजा वा भिजेको जुत्ता लगाएर सुत्नु हुँदैन।

D)। पहाडमा आँधीबेहरीमा पर्दा के गर्ने र नगर्ने

परिचय

त्यहाँ धेरै अवसरहरू हुन सक्छन्, एक शिविरबाट अर्को शिविरमा सर्दा, जब पर्वतारोहीहरू आँधीमा पर्न सक्छन्, समूहमा वा एक्लै। त्यस समयमा टाउको चिसो हुनु र प्रतिकूल परिस्थितिमा चिन्तित नहुनु धेरै महत्त्वपूर्ण छ। त्यसैले आफूलाई शक्तिशाली बनाउनका लागि गर्नुपर्ने कामको ज्ञान हुनुपर्छ।

गरौ। - समूहमा हुँदा।

जिम्मेवारी बाँडफाँड गर्नुहोस्।

योजना बनाउनुहोस् र बाटो खोज्नुहोस्।

सम्भव भएमा आश्रय बनाउनुहोस्।

SOS संकेत पठाउनुहोस्।

जमिन र नक्सामा आफ्नै स्थिति पत्ता लगाउनुहोस्।

आफ्नो ट्रेल चिन्ह लगाउनुहोस्।

समूहमा बस्नुहोस्।

राशन र इन्धन विवेकी रूपमा प्रयोग गर्नुहोस्।

नगर्नुहोस्। - समूहमा हुँदा।

त्रासमा नबस्नुहोस्।

सबैजना एकै समयमा सुत्नु हुँदैन।
उचाई गुमाउनु हुँदैन।

गरौ। - एक्लो हुँदा।

आफ्नो आतंक नियन्त्रण गर्नुहोस्।
जहाँ हुनुहुन्छ त्यही बस्नुहोस्।
जानाजानी आफ्नो अर्को कार्य योजना गर्नुहोस्।
यदि सुरूवात बिन्दु जाने बाटो थाहा छ, त्यसपछि फर्कनुहोस्।
आफैलाई न्यानो राख्नुहोस्।
राशन र इन्धन विवेकी रूपमा प्रयोग गर्नुहोस्।
सम्भव भएमा आश्रय बनाउनुहोस्।

नगर्नुहोस्। - जब एक्लो।

एक्लोपनको कारण नडराऊ।
उचाई गुमाउनु हुँदैन।

Chapter 8

रक क्लाइम्बिङ उपकरण

A)। चढ्ने डोरी र वेबिङ

आरोहण डोरीहरू सामान्यतया कर्नमेन्टल कन्स्ट्रक्शनका हुन्छन्, जसमा लामो ट्विस्टेड फाइबरको कोर (केर्न) र बुनेर रंगीन फाइबरहरूको बाहिरी म्यान (मन्टल) हुन्छ। कोरले लगभग 70% तन्य शक्ति प्रदान गर्दछ, जबकि म्यान एक टिकाऊ तह हो जसले कोरलाई सुरक्षित गर्दछ र डोरीलाई वांछनीय ह्यान्डलिंग विशेषताहरू दिन्छ।

आरोहणका लागि प्रयोग हुने डोरीहरूलाई गतिशील डोरी र स्थिर डोरीहरू गरी दुई वर्गमा विभाजन गर्न सकिन्छ। गतिशील डोरीहरू झर्दै आरोहीको ऊर्जा अवशोषित गर्न डिजाइन गरिएको हो, र सामान्यतया बेलेइङ डोरीको रूपमा प्रयोग गरिन्छ। जब एक आरोही खस्छ, डोरी तानिन्छ, आरोही, तिनीहरूको बेलेयर र उपकरणले अनुभव गरेको अधिकतम बल घटाउँछ। अर्कोतर्फ स्थिर डोरीहरू, धेरै कम तन्किन्छन् र सामान्यतया एंकरिङ प्रणालीहरूमा प्रयोग गरिन्छ। तिनीहरू abseiling (rappelling) को लागि पनि प्रयोग गरिन्छ र आरोहीहरु संग आरोहण निश्चित डोरी को रूप मा।

आधुनिक वेबिङ वा टेप नायलन वा डाइनेमा/डायनेक्स/ स्पेक्ट्रा (अल्ट्रा उच्च आणविक वजन पोलिथिलीन HMWP को ब्रान्ड नामहरू) वा दुईको संयोजनबाट बनेको हुन्छ। नायलॉन वेबिङ सामान्यतया ट्युबुलर वेबिङ हो जुन नायलन थिचिएको फ्ल्याटको ट्यूब हो। नायलन वेबिङमा गाँठहरू बाँध्नले समर्थित बलको कुल मात्रालाई आधाले घटाएको प्रमाणित भयो।

डाइनेमा र नायलनका गुणहरू निम्नानुसार छन्:

डाइनेमा

1. डायनेमामा नाइलन भन्दा तौल रासनको लागि धेरै बल हुन्छ। डाइनेमामा स्टिलभन्दा लगभग १५ गुणा बढी तन्य शक्ति हुन्छ।

2. डायनेमा नायलन भन्दा धेरै पातलो र लचिलो हुन्छ। यो अल्ट्रा भायोलेट क्षति र घर्षण को लागी अधिक प्रतिरोधी छ।

3. डाइनेमाको सुपर टाइट बुनाईको कारण, यसले कम पानी अवशोषित गर्दछ र तैरन्छ। यसले कम पानी अवशोषित गर्ने भएकाले, यो आइस क्लाइम्बिङ र पर्वतारोहणको लागि उपयुक्त छ किनकि गोफन नायलन भन्दा कम जम्मा गर्न उपयुक्त हुनेछ।

4. डायनेमामा नायलन भन्दा कम स्ट्रेच क्षमता हुन्छ। स्ट्रेच डायनेमाको लागि लगभग 5% हो जुन नायलनको लागि 30% हो। यस कारकको कारणले गर्दा, तपाईले सावधान रहनु पर्छ, छोटो गिरावटले पनि प्रणालीलाई गम्भीर रूपमा स्तब्ध पार्न सक्छ।

5. डायनेमामा नायलन भन्दा कम पग्लने बिन्दु छ।

नायलन

1. डायनेमाको सट्टा नायलन प्रयोग गर्नुको महत्त्वपूर्ण फाइदा भनेको यो तौल हुँदा तन्किन्छ, यसले तपाइँ र तपाइँको गियरमा प्रभाव पार्ने शक्तिहरू घटाउँछ। पतनमा, डायनेमाको लागि 5% तुलना गर्दा, नायलन 30% सम्म फैलिन्छ।

2. नायलॉन स्लिङहरू डाइनेमा भन्दा कम महँगो हुन्छन् र विभिन्न रंगहरूमा आउँछन्।

3. डायनेमा भन्दा नायलॉन भारी छ। आइस क्लाइम्बिङको समयमा, नायलनले अधिक पानी सोस्न सक्छ र तौलमा थप्छ र डाइनेमा भन्दा छिटो फ्रिज हुने प्रवृत्ति हुन्छ।

जब वेबिङलाई सिलाई वा छेउमा बाँधिएको हुन्छ, यो स्लिङ वा धावक बन्छ, र यदि तपाईंले गोफनको प्रत्येक छेउमा क्याराबिनर क्लिप गर्नुभयो भने, तपाईंसँग द्रुत ड्र हुन्छ। यी लूपहरू प्रबलित सिलाई वा बाँधिएको प्रयोग गरेर दुई तरिकाले बनाइन्छ।

रूख वा चट्टान वरिपरि लङ्गर, अस्थायी हार्नेस, एन्कर विस्तार वा सुरक्षा र टाई-इन-पोइन्ट बीचको दूरी विस्तार गर्ने, उपकरण बोक्ने (काँधमा लगाएको गोफनमा काटिएको) र डोरी जोगाउने जस्ता धेरै प्रयोगहरू छन्। तीखो किनारामा झुण्डिएको छ (ट्युबुलर वेबिङ)।

B)। क्याराबिनरहरू

क्याराबिनरहरू मेटल लूपहरू हुन् जसमा वसन्त-भारित गेटहरू (खुल्ने) हुन्छन्, जुन कनेक्टरहरूको रूपमा प्रयोग गरिन्छ। एक पटक मुख्य रूपमा स्टिलबाट बनेको, मनोरञ्जनात्मक आरोहणका लागि लगभग सबै क्याराबिनरहरू

अब हल्का तौल, तर धेरै बलियो एल्युमिनियम मिश्रबाट बनेका छन्। स्टिल क्याराबिनरहरू धेरै भारी हुन्छन्, तर लगाउन गाह्रो हुन्छ र यसैले समूहहरूसँग काम गर्दा अक्सर चढाई प्रशिक्षकहरूले प्रयोग गर्छन्।

क्याराबिनरहरू विभिन्न रूपहरूमा अवस्थित छन्; carabiner को आकार र गेट को प्रकार यो उद्देश्य को लागी प्रयोग को अनुसार भिन्न हुन्छ। त्यहाँ दुई प्रमुख किस्महरू छन्; लक र गैर-लकिङ carabiners। लकिङ क्याराबिनरहरूले प्रयोगमा हुँदा गेट खोल्नबाट रोक्ने तरिका प्रदान गर्दछ। लकिङ क्याराबिनरहरू महत्त्वपूर्ण जडानहरूको लागि प्रयोग गरिन्छ, जस्तै एंकर पोइन्ट वा बेले उपकरणमा। त्यहाँ ट्विस्ट-लक र थ्रेड-लक सहित लकिङ क्याराबिनरहरूका विभिन्न प्रकारहरू छन्। ट्विस्ट-लक क्याराबिनरहरूलाई तिनीहरूको वसन्त-लोड गरिएको लकिङ मेकानिज्मको कारणले सामान्यतया अटो-लकिङ क्याराबिनरहरू भनिन्छ। गैर-लकिङ carabiners सामान्यतया Quickdraws को एक घटक को रूप मा पाइन्छ।

क्याराबिनरहरू तार-गेट, बेन्ट-गेट, र सीधा-गेट सहित विभिन्न प्रकारका गेटहरूसँग बनाइन्छ। फरक-फरक गेटहरूको फरक शक्ति र प्रयोगहरू छन्। धेरै ताला लगाउने क्याराबिनरहरूले सीधा-गेट प्रयोग गर्छन्। बेन्ट-गेट र तार-गेट क्याराबिनरहरू सामान्यतया क्विकड्रको डोरी-अन्तमा पाइन्छ, किनकि तिनीहरूले सिधा-गेट क्याराबिनरहरू भन्दा सजिलो डोरी क्लिपिङलाई सुविधा दिन्छ।

C)। द्रुत ड्र

क्विकड्राहरू पर्वतारोहीहरूले डोरीलाई बोल्ट एङ्कर वा अन्य परम्परागत सुरक्षासँग जोड्न प्रयोग गर्छन्, जसले डोरीलाई न्यूनतम घर्षणको साथ एन्करिङ प्रणालीमा सार्न अनुमति दिन्छ। Quickdraw मा दुईवटा गैर-लकिङ क्याराबिनरहरू समावेश हुन्छन् जुन वेबिङको छोटो, पूर्व-सिलाई लुपद्वारा एकसाथ जोडिएको हुन्छ। वैकल्पिक रूपमा, र धेरै नियमित रूपमा, माथि उल्लिखित नायलॉन वेबिङको गोफनले पूर्व-सिलाई वेबबिङलाई प्रतिस्थापन गरिन्छ। यो सामान्यतया 60 सेन्टिमिटर लूप हो र 20 सेन्टिमिटर लुप बनाउन

carabiners बीच तीन गुणा गर्न सकिन्छ। त्यसपछि थप लम्बाइको आवश्यकता पर्दा गोफनलाई ६० सेन्टिमिटरको लूपमा परिणत गर्न सकिन्छ जसलाई पूर्व-सिलाइएको लुप भन्दा धेरै बहुमुखी प्रतिभा प्रदान गर्दछ।

संरक्षणमा क्लिप गर्नका लागि प्रयोग गरिने क्याराबिनरहरूको सामान्यतया सीधा गेट हुन्छ, जसले क्याराबिनरलाई संयोगवश सुरक्षाबाट हटाउने सम्भावनालाई घटाउँछ। क्याराबिनर जसमा डोरी काटिएको हुन्छ प्रायः झुकेको गेट हुन्छ, जसले गर्दा यस क्याराबिनरमा डोरीलाई छिट्टै र सजिलैसँग काट्न सकिन्छ। कम्मरको उचाइमा हुँदा Quickdraw मा क्लिप गर्नको लागि सबैभन्दा सुरक्षित, सजिलो र प्रभावकारी ठाउँ हो। दुई द्रुत ड्र। माथिल्लो भागमा डोरीको लागि बलियो झुकेको गेट र तल्लो भागमा तारको ढोका छ।

D)। चढाई हार्नेस

हार्नेस भनेको आरोहीलाई डोरी जोड्न प्रयोग गरिने प्रणाली हो। हार्नेसको अगाडि दुईवटा लूपहरू छन्, जहाँ आरोहीले फिगर-आठ गाँठो प्रयोग गरेर काम गर्ने छेउमा डोरीमा बाँध्छ। आरोहणमा प्रयोग हुने अधिकांश हार्नेसहरू पूर्व-निर्मित हुन्छन् र श्रोणि र कम्मरको वरिपरि लगाइन्छ, यद्यपि अन्य प्रकारहरू कहिलेकाहीं प्रयोग गरिन्छ।

E)। बेले यन्त्रहरू

बेले उपकरणहरू मेकानिकल घर्षण ब्रेक उपकरणहरू हुन् जुन बेले गर्दा डोरी नियन्त्रण गर्न प्रयोग गरिन्छ। तिनीहरूको मुख्य उद्देश्य आरोहीको पतनलाई रोक्न न्यूनतम प्रयासको साथ डोरीलाई बन्द गर्न अनुमति दिनु हो। धेरै प्रकारका बेले यन्त्रहरू अवस्थित छन्, जस्तै ट्युबरहरू (उदाहरणका लागि ब्ल्याक डायमण्ड एटीसी) वा सक्रिय सहायक-ब्रेकिङ उपकरणहरू (उदाहरणका लागि पेट्जल ग्रिग्री), जसमध्ये केही थप रूपमा डोरीमा नियन्त्रित वंशका लागि डिसेन्डरको रूपमा प्रयोग गर्न सकिन्छ। rappelling।

यदि बेले उपकरण हराएको वा क्षतिग्रस्त छ भने, मुन्टर हिचको साथ चढ्ने डोरी एक carabiner मा गाँठ एक सुधारिएको निष्क्रिय belay उपकरण को रूप मा प्रयोग गर्न सकिन्छ।

F) I Rappel Devices (Descenders)

यी उपकरणहरू घर्षण ब्रेकहरू हुन्, जुन घट्दो डोरीहरूको लागि डिजाइन गरिएको हो। धेरै बेले यन्त्रहरू डिसेन्डरको रूपमा प्रयोग गर्न सकिन्छ, तर त्यहाँ डिसेन्डरहरू छन् जुन बेलिङका लागि व्यावहारिक छैनन्, किनभने तिनीहरू मार्फत डोरी खुवाउन धेरै गाह्रो छ, वा तिनीहरूले कडा पतनलाई समात्न पर्याप्त घर्षण प्रदान गर्दैनन्।

G) I आठ को चित्र (बेले यन्त्र)

कहिलेकाहीँ आठ वा केवल आठको फिगर भनिन्छ, यो यन्त्र प्रायः डिसेन्डरको रूपमा प्रयोग गरिन्छ, तर थप उपयुक्त उपकरणको अभावमा बेले उपकरणको रूपमा पनि प्रयोग गर्न सकिन्छ। यो एक एल्युमिनियम वा इस्पात 8 आकारको उपकरण हो, तर धेरै किस्महरूमा आउँछ। यसको मुख्य फाइदा कुशल गर्मी अपव्यय छ। एक वर्ग आठ, उद्धार अनुप्रयोगहरूमा प्रयोग, परम्परागत आठ भन्दा rappelling को लागी राम्रो छ। चित्र आठहरूले डोरीमा छिटो, तर नियन्त्रित वंशलाई अनुमति दिन्छ। तिनीहरू सेटअप गर्न सजिलो छन् र घर्षणको कारणले तातो हटाउन प्रभावकारी छन्, तर डोरी घुमाउने प्रवृत्ति हुन सक्छ।

ब्रेक ह्यान्डलाई छेउमा समातेर डोरी घुमाउँछ, जबकि ब्रेक ह्यान्डलाई सीधा तल समातेर, शरीरको समानान्तर, डोरीलाई नबढाई नियन्त्रित अवतरण गर्न अनुमति दिन्छ। आठ डिसेन्डरको फिगरले ट्युब स्टाइल बेले/रापेल उपकरण भन्दा छिटो डोरी लगाउन सक्छ किनभने यसले डोरीमा राखेको धेरै झुकावहरू छन्।

H) I उद्धार आठ

उद्धार आठ भनेको कान वा पखेटासहितको आठ अंकको भिन्नता हो, जसले डोरीलाई लक हुनबाट रोक्छ, यसरी डोरीमा र्यापिलरलाई टाँसिन्छ। उद्धार आठहरू प्रायः आल्मुनियमको सट्टा स्टिलबाट बनेका हुन्छन्।

I) I बायाँ र दायाँ हात आरोहीहरू

आरोहीहरू डोरीमा आरोहणका लागि मेकानिकल उपकरणहरू हुन्। तिनीहरू पनि एक लोकप्रिय ब्रान्ड पछि, Jumars भनिन्छ। जुमरहरूले घर्षण नटको रूपमा समान कार्यक्षमता प्रदर्शन गर्छन् तर तिनीहरूलाई प्रयोग गर्न कम प्रयास चाहिन्छ। जुमारले क्यामेरा प्रयोग गर्दछ, जसले यन्त्रलाई एक दिशामा स्वतन्त्र रूपमा स्लाइड गर्न अनुमति दिन्छ तर विपरित दिशामा तान्दा डोरीलाई कडा रूपमा समात्छ। जुमारलाई गल्तिले डोरीबाट बाहिर आउनबाट रोक्नको लागि, लकिङ क्यारबिनर प्रयोग गरिन्छ। जुमारलाई पहिले आरोहीको हार्नेसमा वेबिङ वा स्लिङको टुक्राले जोडिन्छ र त्यसपछि जुमारलाई डोरीमा काटेर बन्द गरिन्छ। एक निश्चित डोरी चढ्न सामान्यतया दुई आरोहीहरू प्रयोग गरिन्छ। ठाडो ढलानमा हिउँको लङ्गरसँग जोडिएको निश्चित डोरी चढ्नको लागि, एउटा जुमार मात्र प्रयोग गरिन्छ किनभने अर्को हातले बरफको बञ्चरो समात्न प्रयोग गरिन्छ।

J)। क्लाइम्बिङ स्लिङ

स्लिङ वा धावक भनेको आरोहणको उपकरणको एउटा वस्तु हो जसमा बाँधिएको वा सिलाइएको लूप समावेश हुन्छ जुन चट्टानको खण्डहरू वरिपरि लपेट्न सकिन्छ, उपकरणका अन्य टुक्राहरूमा हिच (बाँधिएको) वा प्रुसिक गाँठको प्रयोग गरेर सिधा टाँसिएको रेखामा बाँध्न सकिन्छ। लंगर विस्तारको लागि (रस्सी तान्नु र अन्य उद्देश्यका लागि), बराबरी, वा डोरी चढ्ने।

K)। डेजी चेन

डेजी चेन एउटा स्ट्र्याप हो, धेरै फिट लामो र सामान्यतया एङ्कर-पोइन्टहरू र मुख्य डोरीको बीचमा लम्बाइको पट्टामा प्रयोग हुने समान प्रकारको एक इन्च ट्युबुलर नायलॉन वेबिङबाट निर्माण गरिन्छ। वेबिङलाई करिब दुई इन्चको अन्तरालमा ट्याक गरिएको छ वा संलग्नका लागि सानो लूपको लम्बाइ सिर्जना गर्न बाँधिएको छ। ब्याकप्याकिङमा समान यन्त्रहरूको प्रयोगको विपरीत, प्राविधिक रक क्लाइम्बिङमा डेजी चेनहरू लोड बेरिङ हुनको लागि पर्याप्त बल हुने अपेक्षा गरिन्छ। डेजी चेन पकेटहरू यद्यपि पूर्ण शक्तिमा मूल्याङ्कन गरिएको छैन, र स्थिर भार मात्र लिन सक्छ।

जब क्लीप गरिएको छ, डेजी चेनहरू एउटै क्यारबिनरमा अर्को खल्तीमा काटेर छोटो हुनु हुँदैन। पकेट स्टिचिङको असफलताले डेजी चेन एन्करबाट विच्छेदनमा परिणाम दिन्छ, सम्भावित घातक परिणामहरूको साथ। यदि डेजी

चेनलाई छोएको छ भने, खतरनाक ढिलो हटाउनको लागि, दोस्रो क्याराबिनर एङ्करमा जडान गर्न प्रयोग गर्नुपर्छ।

L)। सुरक्षा उपकरणहरू

सुरक्षा यन्त्रहरू, सामूहिक रूपमा चट्टान संरक्षण भनेर चिनिन्छ, चट्टानमा अस्थायी लंगर बिन्दुहरू राख्ने माध्यमहरू प्रदान गर्दछ। यी उपकरणहरूलाई सक्रिय रूपमा वर्गीकृत गर्न सकिन्छ जस्तै स्प्रिङ लोडेड क्यामिङ उपकरण (SLCD) वा नट जस्तै निष्क्रिय। निष्क्रिय सुरक्षाले तान्दा चोकको रूपमा कार्य गर्दछ, र चट्टानमा भएका अवरोधहरूले यसलाई बाहिर तान्नबाट रोक्छ। सक्रिय सुरक्षाले यन्त्रलाई चट्टानमा बाहिरी दबाबमा रूपान्तरण गर्छ जसले यन्त्रलाई अझ बलियो रूपमा सेट गर्न मद्दत गर्दछ। सबैभन्दा उपयुक्त संरक्षण को प्रकार चट्टान को प्रकृति मा निर्भर गर्दछ।

1. नट

नट धेरै फरक किसिमहरूमा उत्पादन गरिन्छ। तिनीहरूको सरल रूपमा, तिनीहरू केवल कर्ड वा तारको लूपमा संलग्न धातुको सानो ब्लक हुन्। तिनीहरूलाई चट्टानमा साँघुरो दरारहरूमा जोडेर, त्यसपछि तिनीहरूलाई सेट गर्न टग दिएर प्रयोग गरिन्छ। नट कहिलेकाहीँ स्टपरको रूपमा उल्लेख गरिन्छ।

2. हेक्सेस

हेक्सहरू सक्रिय सुरक्षाको सबैभन्दा पुरानो रूप हो। तिनीहरूमा पातदार छेउहरूसहितको खोक्रो सनकी हेक्सागोनल प्रिज्म हुन्छ, जसलाई सामान्यतया कर्ड वा वेबिङले थ्रेड गरिएको हुन्छ। तिनीहरू प्रायः निष्क्रिय चकको रूपमा राखिन्छन्, तर प्रायः सक्रिय क्यामिङ स्थितिहरूमा राखिन्छन्। मानक सक्रिय प्लेसमेन्टमा, पतनले हेक्सलाई यसको प्लेसमेन्टमा ट्विस्ट गर्दछ जुन चट्टानमा छेउमा बल प्रयोग गर्दछ जुन यसलाई राखिएको छ। तिनीहरू धेरै फर्महरू द्वारा निर्मित छन्, आकारको दायरा लगभग 10 मिमी मोटाई देखि 100 मिमी चौडाई सम्म भिन्न हुन्छ। पक्षहरू सीधा वा घुमाउरो हुन सक्छ।

3. वसन्त लोड क्यामिङ उपकरणहरू

यी तीन वा चार क्यामहरू एक साझा एक्सेल वा दुई छेउछाउको एक्सलहरूमा माउन्ट गरिएका हुन्छन्, यसरी कि एक्सेलसँग जोडिएको शाफ्टमा तान्दा

क्यामहरूलाई अझ टाढा फैलिन बाध्य पार्छ। SLCD लाई ट्रिगर (सानो ह्यान्डल) मार्फत क्यामहरू तानेर सिरिन्ज जस्तै प्रयोग गरिन्छ, जसले तिनीहरूलाई नजिक तुल्याउँछ, चट्टानमा क्र्याक वा पकेटमा घुसाउँछ र त्यसपछि ट्रिगर छोड्छ। स्प्रिङहरूले क्यामहरूलाई विस्तारित बनाउँछ र चट्टानको अनुहार सुरक्षित रूपमा समात्छ। एउटा आरोहण डोरीलाई स्टेमको छेउमा गोफन र क्याराबिनर मार्फत जोड्न सकिन्छ। SLCD हरू सामान्यतया चट्टानसँग स्थिर क्यामिङ कोण कायम राख्नको लागि डिजाइन गरिएको छ कि चट्टानको अनुहार विरुद्ध क्यामेरा लोबहरू द्वारा प्रदान गरिएको सामान्य बलले चट्टानसँग सन्तुलनमा क्यामेरालाई समात्न पर्याप्त घर्षण प्रदान गर्दछ। यी यन्त्रहरूलाई साथीहरू पनि भनिन्छ।

4. Tricams

Tricam एक उपकरण हो जुन सक्रिय वा निष्क्रिय सुरक्षाको रूपमा प्रयोग गर्न सकिन्छ। यसमा टेपको लम्बाइ (वेबिङ) सँग जोडिएको आकारको एल्युमिनियम ब्लक हुन्छ। ब्लकलाई आकार दिइएको छ ताकि टेपमा तान्दा चट्टानलाई अझ बलियो समातेर यसलाई क्र्याक विरुद्ध क्याम बनाउँछ। सावधानीपूर्वक प्लेसमेन्ट आवश्यक छ ताकि क्यामेरा ढीलो नहोस्, लोड नगर्दा।

M)। चढ्ने हेलमेट

आरोहण हेलमेट सुरक्षा उपकरणको एक टुक्रा हो जसले मुख्य रूपमा खस्ने भग्नावशेषहरू (जस्तै चट्टान वा सुरक्षाका टुक्राहरू) र खस्ने क्रममा प्रभाव बलहरूबाट खोपडीलाई जोगाउँछ। उदाहरणका लागि, यदि एक प्रमुख आरोहीले डोरीलाई खुट्टाको पछाडि लपेट्न अनुमति दिन्छ भने, पतनले आरोहीलाई पल्टाउन सक्छ र फलस्वरूप टाउकोको पछाडि असर गर्न सक्छ। यसबाहेक, बेलेयरले क्षतिपूर्ति नगरेको पतनबाट पेन्डुलमको कुनै पनि प्रभावले पनि आरोहीको टाउकोमा चोट पुर्याउन सक्छ। खस्ने आरोहीलाई टाउकोमा चोट लाग्ने जोखिमलाई सही तरिकाले खस्दा थप उल्लेखनीय रूपमा कम गर्न सकिन्छ।

N)। चढ्ने जुत्ता

विशेष रूपमा डिजाइन गरिएको खुट्टा पहिरन सामान्यतया आरोहणको लागि लगाइन्छ। घर्षणको कारण आरोहणको भित्ता वा चट्टानको अनुहारमा खुट्टाको पकड बढाउनको लागि, जुत्तालाई भल्कनाइज्ड रबर तहले सोल गरिन्छ। सामान्यतया, जुत्ताहरू केही मिलिमिटर मात्र मोटा हुन्छन् र खुट्टाको वरिपरि धेरै सुगठित रूपमा फिट हुन्छन्। कडा जुत्ताहरू किनाराका लागि प्रयोग गरिन्छ, दाग लगाउनका लागि अधिक अनुरूप। कोही-कोहीको एड़ीमा फोम प्याडिङ हुन्छ जसले अवतरण र र्यापलहरूलाई अझ सहज बनाउन सक्छ। चढ्ने जुत्ता पुनः सोल गर्न सकिन्छ, जसले जुत्ता प्रतिस्थापन गर्न आवश्यक आवृत्ति कम गर्दछ।

O) बेले ग्लोभ्स

बेले ग्लोभ भनेको छाला वा सिंथेटिक विकल्पबाट बनेको पन्जा हो र हातहरू जोगाउन प्रयोग गरिन्छ, बेले गर्दा र विशेष गरी उपयोगी हुन्छ यदि क्लासिक वा बडी बेले प्रयोग गर्दा। तिनीहरू एकल, 9.5 मिमी वा साना डोरीहरूद्वारा बेले नियन्त्रण गर्न पनि धेरै उपयोगी छन्। अन्ततः, बेले ग्लोभ्सले डोरी जल्ने सम्भावना र डोरीको पछिको अनैच्छिक रिलीजलाई कम गर्न सक्छ।

P) मेडिकल टेप

मेडिकल टेप साना चोटहरू रोक्न र मर्मत गर्न दुवै उपयोगी छ। उदाहरणका लागि, टेप प्रायः फ्ल्यापरहरू ठीक गर्न प्रयोग गरिन्छ। धेरै पर्वतारोहीहरूले पुनरावर्ती टेन्डन समस्याहरू रोक्न औंलाहरू वा नाडी बाँध्न टेप प्रयोग गर्छन्। आरोहण मार्गहरूमा हातहरू जोगाउनको लागि टेप पनि अत्यधिक वांछनीय छ जसमा प्रायः बारम्बार हात जाम हुन्छ।

Q) ढुवानी झोला

ढुवानी झोलाले ठूलो, कडा, र प्रायः अनावश्यक झोलालाई जनाउँछ जसमा आपूर्ति र आरोहण उपकरणहरू फ्याँक्न सकिन्छ। एक रक्स्याक वा डे प्याकको माथिल्लो किनारामा प्रायः वेबिङ र हल लूपहरू हुन्छन्। तिनीहरूको कडा स्वभावको कारण तिनीहरू सामान्यतया ठूलो पर्खाल आरोहणमा प्रयोग गरिन्छ, त्यसैले तिनीहरू र झोला भाँचिन बिना चट्टानमा रगडिन्छन्।

R) गियर स्लिङ

गियर स्लिङ सामान्यतया ट्रेड इटिनल द्वारा प्रयोग गरिन्छ वा ठूला पर्खाल आरोहीहरू, जब तिनीहरूसँग आफ्नो हार्नेसको गियर लूपहरूमा फिट गर्न धेरै गियर हुन्छ। सबैभन्दा सरल रूपहरू वेबबिंगको घरेलु स्लिंगहरू हुन्; थप विस्तृत रूपहरू प्याड गरिएका छन्।

S) चक

चक लगभग सबै पर्वतारोहीहरूले समस्याग्रस्त नमी, अक्सर पसिना, हातमा अवशोषित गर्न प्रयोग गर्छन्। सामान्यतया, चकलाई स्पिलेज रोक्नको लागि डिजाइन गरिएको विशेष चक झोलामा लूज पाउडरको रूपमा भण्डारण गरिन्छ, प्रायः ड्रस्ट्रिंगले बन्द हुन्छ।

Chapter 9

क्लाइम्बिङ एङ्करहरू निर्माण गर्दै

क्लाइम्बिङ एन्कर भनेको व्यक्तिगत एंकर पोइन्टहरू मिलेर बनेको प्रणाली हो जुन डोरी र/वा पर्वतारोहीहरू चट्टानमा सुरक्षित रूपमा जोडिनको लागि एक मास्टर पोइन्ट सिर्जना गर्न जोडिएको हुन्छ। चाहे तपाईं टप-रोप क्लाइम्बिङ होस् वा लीड क्लाइम्बिङ होस्, ठोस लङ्गर कसरी बनाउने भनेर जान्नु सुरक्षित रहनको लागि एकदमै महत्त्वपूर्ण छ।

आधारभूत चरणहरू

लंगर निर्माण गर्दा धेरै महत्त्वपूर्ण विचारहरू छन्, तर प्रक्रियालाई तीन आधारभूत चरणहरूमा व्याख्या गर्न सकिन्छ:

A)। एंकर पोइन्टहरू पहिचान गर्नुहोस्

सर्वप्रथम तपाईंले एंकर निर्माण गर्नु अघि, तपाईंले एंकर पोइन्टहरूको रूपमा प्रयोग गर्न लाग्नुभएको कुरा पहिचान गर्न आवश्यक छ। तपाईले प्रयोग गर्न रोज्नु भएको कुरा तपाई कहाँ हुनुहुन्छ र तपाईसँग उपलब्ध गियरमा निर्भर गर्दछ।

प्राकृतिक एङ्करहरू, जस्तै रूखहरू र चट्टानका ब्लकहरूले राम्रो एंकरहरू बनाउन र अन्य गियरहरू सुरक्षित गर्न मद्दत गर्न सक्छन्। जे होस्, तपाईंले यी सुविधाहरूलाई एङ्कर प्रणालीमा समावेश गर्नु अघि तिनीहरूको सत्यता मूल्याङ्कन गर्न आवश्यक छ।

रूखहरू: तपाईंले रूख प्रयोग गर्नु अघि, यो जीवित, राम्रोसँग जरा भएको र स्थिर छ भनी सुनिश्चित गर्नुहोस्। चट्टानहरूबाट बढ्दै गरेको रूखहरूको बारेमा शङ्का गर्नुहोस् र सधैं खुट्टाले यसको विरुद्धमा धकेल्दै रूखको परीक्षण गर्नुहोस्। औंठाको राम्रो नियम भनेको कम्तीमा 12 इन्च व्यास भएको स्वस्थ रूख मात्र प्रयोग गर्नु हो। एङ्कर पोइन्टको रूपमा रूख प्रयोग गर्न, तपाईंले रूखको आधार वरिपरि एक धावक सर्कल गर्न सक्नुहुन्छ र क्याराबिनरको साथ छेउमा क्लिप गर्न सक्नुहुन्छ।

चट्टान: चकस्टोनहरू (एक ढुङ्गा जुन क्र्याकमा कडा रूपमा टाँसिएको हुन्छ) प्रायः चट्टानी भू-भागमा एंकरको भागको रूपमा प्रयोग गरिन्छ। तिनीहरू ठोस र राम्रोसँग संलग्न छन् भनेर सुनिश्चित गर्न जाँच गर्नुहोस्। कमजोर चट्टान र दरारहरूको लागि हेर्नुहोस् जसले कमजोरीलाई संकेत गर्दछ। सिङको साथ (ढुङ्गाको ठुलो पोइन्टेड प्रोट्रुसन जसलाई झुन्ड्याउन सकिन्छ), तपाइँ एक धावकलाई माथिबाट लुप गर्न सक्नुहुन्छ र डोरीमा क्लिप गर्न सक्नुहुन्छ। डोरीलाई चकस्टोनमा जोड्न, सुविधाको वरिपरि एक धावकलाई घेरा लगाउनुहोस् र या त क्याराबिनरको साथ छेउमा क्लिप गर्नुहोस्।

फिक्स्ड एङ्करहरू कुनै पनि प्रकारको कृत्रिम गियर हुन् जुन एक पटक राखिएपछि स्थायी रूपमा चट्टानमा स्थिर रहन्छ। डोरी जोड्न, तपाइँ गियरमा द्रुत ड्र वा धावकहरू क्लिप गर्नुहुन्छ। निश्चित एंकरहरूको दुई सामान्य उदाहरणहरू बोल्ट र पिटनहरू हुन्।

प्राकृतिक एङ्करहरूसँग जस्तै, निश्चित एंकरहरूलाई कमजोरीका लक्षणहरूको लागि मूल्याङ्कन गर्न आवश्यक छ। यदि तपाईंले दरार वा अत्यधिक जंग वा पहिरन देख्नुभयो भने, निश्चित गियर विश्वसनीय नहुन सक्छ। यदि बोल्ट वा पिटन कुनै दिशामा सर्छ भने, यसलाई प्रयोग नगर्नुहोस्। हालको मानक बोल्ट साइज 3/8 देखि ½ इन्च व्यासमा छ।

हटाउन सकिने एङ्करहरू, जस्तै क्याम र स्टपरहरू प्रयोग गरिन्छ, जहाँ प्राकृतिक र निश्चित सुरक्षा उपलब्ध छैन।

B)। एंकर पोइन्टहरू जडान गर्नुहोस्

एङ्कर बनाउनको लागि, तपाइँ एक मास्टर पोइन्ट सिर्जना गर्न व्यक्तिगत एङ्कर पोइन्टहरू जडान गर्नुहुन्छ जुन तपाइँले क्लिप गर्नुहुन्छ। एक मानक एङ्करमा दुई वा तीन एंकर बिन्दुहरू हुन्छन् जसले तलको पुल समात्छ र एउटाले माथिको पुल समात्छ।

एङ्कर निर्माण गर्न, तपाईंले यी एङ्कर बिन्दुहरू जडान गर्न र तिनीहरूलाई बराबर गर्न आवश्यक छ ताकि लोड तिनीहरू बीच समान रूपमा वितरित हुन्छ।

तपाइँ सामान्यतया धावकहरू वा कर्डेलेट भनिने सहायक कर्डको लामो खण्ड प्रयोग गरेर एङ्करलाई बराबर गर्नुहुन्छ। कर्डेलेट एउटा सहायक कर्ड हो, जुन

लगभग 6 मिमी व्यासमा गोलाकार हुन्छ र एंकर वा र्यापल सेटअप गर्न प्रयोग गरिन्छ, तर हार्नेसमा झुन्ड्याउँदा वेबिङ भन्दा बढी कम्प्याक्ट हुन्छ। कर्डेलेटको लम्बाइ एन्करिङको समयमा परिस्थितिमा निर्भर गर्दछ, तर लगभग 20 फिट छ। लंगर बराबरी गर्न दुई प्राथमिक विधिहरू छन्: स्थिर समानीकरण र आत्म-समानीकरण।

स्थिर समीकरण

स्थैतिक समीकरणले एक एंकर प्रणालीलाई जनाउँछ जसले धेरै एंकर बिन्दुहरू समावेश गर्दछ जुन सँगै बाँधिएको छ। एक पटक प्रणाली बन्द भएपछि, यसमा कुनै ढिलो वा समायोजन योग्यता छैन। स्ट्याटिक इक्वलाइजेसन भएका एंकरहरू आरोहणका लागि उत्कृष्ट हुन्छन् जसमा पुलको स्पष्ट दिशा हुन्छ, जस्तै सीधा तल। यदि तपाइँ पुल परिवर्तनको दिशाको अनुमान गर्नुहुन्छ भने, आत्म-समान लंगर निर्माण गर्नु उत्तम हुन्छ।

Cordelette एंकर: एक cordelette प्रयोग गरी स्थिर समानीकरण सिर्जना गर्न दुई, तीन वा बढी एंकर बिन्दुहरू जडान गर्न एक धेरै लोकप्रिय तरिका हो।

कर्डेलेट बनाउनको लागि, 7 देखि 8 मिमी व्यासको पर्लोन सहायक कर्डको 18-20 फिट लामो खण्ड लिनुहोस् र कर्डलाई एउटा ठूलो लूपमा बाँध्न डबल माछा मार्ने गाँठो प्रयोग गर्नुहोस्।

कर्डेलेटसँग तीन एंकर बिन्दुहरू बराबर गर्न:

1. काराबिनरहरूका साथ प्रत्येक टुक्रामा कर्डेलेट क्लिप गर्नुहोस् र टुक्राहरू बीचको माथिल्लो भागहरू तल तान्नुहोस्।

2. कर्डेलेटको तल्लो भाग भएका खण्डहरूलाई एकै ठाउँमा ल्याएर र तीनवटा लूपहरूमा लकिङ क्याराबिनर क्लिप गरेर जोड्नुहोस्।

3. कर्डेलेटको सबै स्ट्र्यान्डहरूमा तनावलाई बाहिर निकाल्न क्याराबिनरलाई तल तान्नुहोस्।

4. माछा मार्ने गाँठोलाई तपाईले बाँध्ने मास्टर बिन्दु गाँठोबाट स्पष्ट राख्नको लागि यो उच्चतम एङ्कर बिन्दु भन्दा तल राख्नुहोस्।

5. एंकरमा बल कहाँबाट आउँछ भनेर तपाईले सकेसम्म राम्रोसँग पत्ता लगाउनुहोस् र क्याराबिनरलाई त्यस दिशामा तान्नुहोस्।

6. मास्टर पोइन्ट सिर्जना गर्नको लागि सबै तीनवटा खण्डहरूलाई आठ नटको साथ बाँध्नुहोस्। यदि तपाईंसँग अंक आठ बाँध्न पर्याप्त डोरी छैन भने, ओभरह्यान्ड बाँध्नुहोस्। दुबै गाँठहरू प्रभावकारी छन्, तर ओभरह्यान्डलाई वजन गरिसकेपछि खोल्न गाह्रो हुन्छ।

7. सबै तीन एंकर बिन्दुहरू समान रूपमा भारित छन् भनेर सुनिश्चित गर्न क्याराबिनरलाई टग दिनुहोस्।

अंक आठ बाँधेर सिर्जना गरिएको लुपलाई मास्टर पोइन्ट भनिन्छ र यसको व्यास लगभग तीन देखि चार इन्च हुनुपर्छ। यो एंकरको लागि मुख्य संलग्न बिन्दु हो र जहाँ तपाईं र तपाईंको आरोहण साझेदार क्लिप गर्नुहुनेछ।

कर्डेलेटको कमजोरी यो हो कि यदि पुलको दिशा अलिकति परिवर्तन भयो भने, एन्कर प्रणालीको एउटा टुक्राले सम्पूर्ण भार लिन सक्छ।

आत्म-समानीकरण

आत्म-समानीकरण एङ्कर निर्माण गर्ने तरिका हो, जसले गर्दा यो लंगर बिन्दुहरूमा समान रूपमा लोड वितरण गर्न पुलको दिशामा परिवर्तनहरूमा समायोजन हुन्छ। यदि तपाईंलाई थाहा छ कि पुलको दिशा आरोहण भर परिवर्तन हुनेछ, एक आत्म-समान लंगर सिर्जना गर्ने प्रयास गर्नुहोस्।

क्वाड एंकर खेल चढाईको शीर्षमा उत्कृष्ट विकल्प हो, जहाँ तपाईंसँग दुई छेउ-छेउ बोल्टहरू छन्। क्वाड एंकर बनाउन:

1. आफ्नो कोर्डेलेट लिनुहोस् र यसलाई दोब्बर बनाउनुहोस् ताकि तपाईंसँग चार बराबर लम्बाइको स्ट्र्यान्डहरू छन्।

2. लकिङ क्याराबिनरलाई दोहोरो माछा मार्ने झुण्डको नजिकैको लुप एन्डको दुवै स्ट्र्यान्डमा क्लिप गर्नुहोस्।

3. त्यही क्याराबिनरलाई एउटा बोल्टमा क्लिप गर्नुहोस्।

4. आफ्नो कर्डेलेट लुपको विपरित छेउलाई अर्को बोल्टमा समात्नुहोस्।

5. आफ्नो मुट्ठीले आफ्नो कर्डेलेट लुपमा तल्लो बिन्दुलाई समात्नुहोस्।

6. आफ्नो मुट्ठीको दुबै छेउमा ओभरह्यान्ड गाँठ बाँध्नुहोस् (लगभग 8 इन्चको दूरीमा)।

7. तपाईंको कर्डेलेट लुपको फ्रि एन्डको दुबै स्ट्र्यान्डहरूमा लक गर्ने क्याराबिनरलाई क्लिप गर्नुहोस्।

8. बाँकी बोल्टमा त्यही क्याराबिनर क्लिप गर्नुहोस्।

9. तपाईंले पहिले बाँध्नुभएका गाँठहरू बीचमा चल्ने दुईवटा विपरित लकिङ क्याराबिनरहरूलाई तीनवटा स्ट्र्यान्डमा काटेर तपाईंको एङ्करको पावर पोइन्ट (जहाँ माथिको डोरी क्लिप हुनेछ) सिर्जना गर्नुहोस्। चौथो स्ट्र्यान्ड मुक्त छोड्नुहोस्। यो सेटअपले एंकरको एक पक्ष असफल भएको घटनामा क्याराबिनरहरूलाई सीमित (क्याच) गर्छ।

C)। एङ्करिङका सिद्धान्तहरू (SERENE)

तपाईंले निर्माण गर्नुहुने प्रत्येक एङ्कर अलि फरक हुनेछ। यद्यपि, त्यहाँ सिद्धान्तहरू छन् जुन प्रत्येकलाई लागू हुन्छ।

सिद्धान्तहरूलाई सम्झन सरल बनाउनको लागि, पर्वतारोहीहरूले SERENE जस्ता संक्षिप्त रूप लिएर आएका छन्। यसले एङ्कर निर्माण गर्दा के बारे सोच्ने र खोज्ने भनेर रिमाइन्डरको रूपमा कार्य गर्दछ।

ठोस को लागी एस

प्रत्येक व्यक्तिगत टुक्रा जसले लंगर बनाउँछ सबैभन्दा ठूलो सम्भावित हदसम्म ठोस हुनुपर्छ। यो 'टुक्रा' भनेको आरोहणको शीर्षमा राखिएको बोल्ट, प्राकृतिक सुरक्षाको लागि रूख वा ढुङ्गा, वा क्र्याकमा राखिएको क्याम वा नट हुन सक्छ। जबकि यो सधैं सम्भव छैन एक चढाई लङ्गर को प्रत्येक टुक्रा को लागी उच्च भार सामना गर्न को लागी राख्न को लागी, यो सम्भव सबै भन्दा बलियो स्थानहरु को लागी प्रयास गर्न को लागी महत्वपूर्ण छ।

बराबरीका लागि ई

कहिलेकाहीँ, लंगर निर्माण गर्न सम्भव छैन, ताकि प्रत्येक टुक्रा व्यक्तिगत रूपमा उच्च भारहरू सामना गर्न सक्छ। एङ्कर प्रणाली निर्माण गर्नाले सबै व्यक्तिगत

कम्पोनेन्टहरूमा लोड वितरण गरिएमा कुनै एक कम्पोनेन्ट असफल हुने सम्भावना कम हुन्छ।

रिडन्डन्टका लागि आर

एंकरका सबै कम्पोनेन्टहरूसँग ब्याकअप हुनुपर्छ, ताकि असफलताको एकल बिन्दुले सम्पूर्ण एंकरको विनाशकारी विफलतामा नतिजा नआओस्। यदि सुरक्षा बिन्दु असफल भयो वा प्रणालीको कुनै भाग काटियो भने, लोड लिनको लागि प्रणालीमा सधैं अर्को भाग हुनुपर्छ। सामान्य उदाहरणहरू खेल चढाइको शीर्षमा दुई बोल्टहरू र ट्रेड चढाईको शीर्षमा सक्रिय वा निष्क्रिय ट्रेड गियरको तीन वा बढी टुक्राहरू हुन्।

दक्षताका लागि ई

लंगर निर्माणमा दक्षताले हतारलाई जनाउँदैन; बरु, यसले हातमा रहेको समस्याको सरल, समयमै समाधान खोज्ने प्रयासलाई जनाउँछ। चीजहरू सरल (कुशल) राख्दा समय बचत हुनेछ र प्रणालीलाई समग्र रूपमा सुरक्षाको लागि मूल्याङ्कन गर्न सजिलो बनाउँदछ। लामो मार्गमा, यदि प्रत्येक एङ्कर बनाउन 15 मिनेट लाग्छ भने, यसले पर्खालमा तपाईंको दिनमा धेरै समय थप्न सक्छ।

कुनै विस्तारको लागि NE

यदि एक कम्पोनेन्ट असफल हुन्छ भने, एंकर प्रणालीलाई बाँकी कम्पोनेन्टहरूको झटका-लोडिङ हटाउन प्रयास गर्ने तरिकामा निर्माण गरिनु पर्छ। यदि त्यहाँ प्रणालीमा ढिलो छ वा टुक्रा असफल भएको परिणामको रूपमा, त्यहाँ अन्य टुक्राहरूमा निर्देशित एक गम्भीर भार हुनेछ।

Chapter 10

कसरी Belay मा मुख्य चरणहरू

सामान्यतया, चट्टानको अनुहारमा टाँसिने प्रत्येक डोरी आरोहीसँग जमिनमा महत्त्वपूर्ण भूमिका खेल्ने पार्टनर हुन्छ। बेलेयरले डोरीलाई कुशलतापूर्वक ह्यान्डल गर्छ र आवश्यकता पर्दा हरेक पटक पतन समात्न भर पर्न सकिन्छ।

Belaying एक आधारभूत कौशल हो जुन आरोहणमा आवश्यक छ। मूलतया शीर्ष-रोप बेले कसरी सिक्ने भन्ने मुख्य चरणहरूमा निम्न चार चरणहरू हुन्छन्:

A)। बेले सम्मको तयारी गर्दै

रक क्लाइम्बिङमा बेलिङ गर्दा, सामान्यतया डोरी, हार्नेस, हेलमेट, लकिङ क्याराबिनर, बेले उपकरण र रक क्लाइम्बिङ जुत्ता आवश्यक हुन्छ।

तपाईंको बेले उपकरण डोरी ढिलो/तनाव व्यवस्थापन गर्न, पतन समात्न र तपाईंको आरोहण साझेदारलाई कम गर्न प्रयोग गरिन्छ। दुई मुख्य बेले उपकरण प्रकारहरू ट्यूबलर र ब्रेक असिस्ट हुन्।

Belay प्रविधिहरू धेरै कारणहरूको लागि भिन्न हुन्छन्। यदि तपाईंले पहिले प्रयोग गर्न सिकाइएको भन्दा फरक प्रकारको यन्त्र छान्नुभयो भने, तपाईंले त्यो नयाँ यन्त्रसँग प्रविधिहरू सिक्नु र अभ्यास गर्नुपर्छ। यद्यपि आधारभूत शीर्ष-रोप बेले धेरै उपकरणहरूमा समान छ, केही विवरणहरू फरक छन्। नेतृत्व आरोहीलाई बेलाउन एकदम फरक हुन सक्छ, विशेष गरी ब्रेक-सहायता उपकरणमा।

B) Belay स्थापना गर्दै

जब आरोहीले फिगर 8 गाँठो प्रयोग गरेर हार्नेसमा जोड्छ, तपाईंले धेरै चरणहरू गर्न आवश्यक छ:

डोरीको अन्त्यमा स्टपर गाँठ बाँधेर प्रणाली बन्द गर्नुहोस्। यसले सुनिश्चित गर्दछ कि तपाईंको डोरीको अन्त्य कहिले पनि बेले यन्त्रबाट पूर्णतया पास हुनेछैन, पर्वतारोही छोड्दै।

जब पर्वतारोही तपाईं भन्दा धेरै भारी छ, एक जमिन लंगरमा बाँध्न पनि विचार गर्नुहोस्। ग्राउन्ड एङ्करहरू पनि विचार गर्न लायक छन्, जब तपाईं आदर्श भन्दा कम ठाउँमा बेल गर्न बाध्य हुनुभयो, उदाहरणका लागि, जहाँ तपाईं र पर्खालको बीचमा अवरोध छ।

तपाईंको प्रमुख हातको सबैभन्दा नजिकको ट्यूबको माध्यमबाट डोरीको बाइट स्लाइड गरेर बेले उपकरण सेट अप गर्नुहोस्। यद्यपि धेरै बेले यन्त्रहरू सममित छन्, केहीमा प्रत्येक ट्यूबको एक छेउमा भित्री सतहहरू छन्: यसले थप घर्षण प्रदान गर्दछ यदि भारी आरोहीलाई बेल गर्न वा सामान्य भन्दा पातलो वा चिल्लो डोरीले बेले गर्न आवश्यक छ।

बाइटको क्लाइम्बर-रोप साइड, जो एंकरमा माथि जान्छ र पर्वतारोहीमा फर्कन्छ, सधैं तपाईंको बेले उपकरणको शीर्ष छेउमा हुनुपर्छ।

एक लकिङ क्याराबिनर संलग्न गर्नुहोस्, जुन bight र belay-उपकरण केबल, साथै तपाईंको हार्नेस बेले लुप मार्फत जानुपर्छ। तपाईंको बेले यन्त्रमा केबललाई तनाव दिनबाट बच्नको लागि, डोरी बाइटले केबलमाथि पार गर्दैन भनेर सुनिश्चित गर्नुहोस्। क्याराबिनर लक गर्नुहोस्।

सुरक्षा जाँच प्रदर्शन गर्दै

आरोहण गर्नु अघि, आरोही र बेलेयरले सधैं निम्न चेकपोइन्टहरूसँग एकअर्काको सेटअप डबल-जाँच गर्नुहोस्:

1. गाँठहरू: के आरोहीको आठ गाँठोको फिगर ठीकसँग बाँधिएको छ र के बेलेयरले स्टपर नटले प्रणालीलाई सही रूपमा बन्द गरेको छ?

2. बकल्स: के दुबै हार्नेसहरू बकल्सले सुरक्षित रूपमा बाँधिएका छन्? चाहे यो बकल डिजाइनमा अन्तर्निहित होस् वा (पुरानो हार्नेसहरूमा) आरोहीले कार्य गर्नै पर्छ, पट्टाहरू सुरक्षित गर्नको लागि बकलहरू मार्फत दोब्बर हुनुपर्छ।

3. बेले यन्त्र: के यो ठीकसँग थ्रेड गरिएको छ? के क्याराबिनर डोरी, बेले-उपकरण केबल र हार्नेस बेले लुप मार्फत जान्छ? के क्याराबिनर बन्द छ?

4. बेले कम्युनिकेशन जाँच: सर्तहरू फरक हुन सक्ने हुनाले, शब्दावलीको समीक्षा गर्न र तपाईंले प्रयोग गर्नुहुने प्रत्येक शब्दमा तपाईं सहमत हुनुहुन्छ भनी सुनिश्चित गर्नको लागि तपाईंको सञ्चार मार्फत चलाउन सुनिश्चित गर्नुहोस्।

C) I Belay संचार

यीसँग स्पष्ट हुनुहोस्, किनकि गलत सञ्चार कुनै पनि अन्य प्रकारको आरोहण-प्रणाली विफलताको रूपमा परिणामकारी हुन सक्छ। तपाइँ र तपाइँको साझेदार एउटै तरंगदैर्ध्यमा हुनुहुन्छ भनेर सुनिश्चित गर्न सुरुमा आदेशहरूको समीक्षा गर्नुहोस्। यहाँ सामान्य आदेशहरू छन्:

आरोही: "बेलेमा?" (के तपाईं मलाई बेवास्ता गर्न तयार हुनुहुन्छ?)

बेलेयर: "बेले अन।" (स्लैक गएको छ र म तयार छु।)

आरोही: "आरोहण।" (म अब चढ्न जाँदैछु।)

Belayer: "चढाई।" (म तिमी चढ्नको लागि तयार छु।)

आरोही: "ढिलो।" (मेरो लागि सानो डोरी तिर्नुहोस्।)

बेलेयर: डोरी तिर्नुहोस् र पर्वतारोहीले फेरि सोध्छ कि भनेर हेर्न पज गर्नुहोस्।

आरोही: "अप डोरी।" (रस्सी ढिलोमा तान्नुहोस्।)

बेलेयर: डोरी ढिलोमा तान्नुहोस् र पर्वतारोहीले फेरि सोध्यो कि भनेर पज गर्नुहोस्।

आरोही: "तनाव।" (म अब डोरीमा झुण्डिएर आराम गर्न चाहन्छु।)

Belayer: "तपाईलाई बुझ्यो।" (सबै ढिलो हटाउनुहोस् र कडा समात्नुहोस्।)

आरोही: "तल्लो गर्न तयार।" (मैले आरोहण गरेको छु।)

Belayer: "कम गर्दै।" (भंग गर्न दुवै हात प्रयोग गर्नुहोस्।)

आरोही: "अफ बेले।" (म भुइँमा सुरक्षित रूपमा उभिएको छु।)

बेलेयर: "बेले अफ।" (मैले तिमीलाई धोका दिन छोडेको छु।)

"टेक" आदेश: धेरै पर्वतारोहीहरूले यसलाई "तनाव" भन्दा सट्टा प्रयोग गर्छन् जब तिनीहरू बेलेयरले ढिलो हटाउन र डोरीमा आरोहीको वजन लिन चाहन्छन्। यसको सट्टा "तनाव" को प्रयोग गर्न को लागी तर्क यो हो कि "लिनु" लाई "ढिलो" संग भ्रमित गर्न सकिन्छ र ती आदेशहरु लाई भ्रमित गर्नु धेरै नराम्रो कुरा हुनेछ।

तपाईंको पार्टनरको नाम संग हरेक आदेश सुरु गर्नुहोस्। भीडभाडमा, आवाजहरू छुट्याउन गाह्रो हुन्छ। एक निश्चित तरिका तपाईंको पार्टनरले थाहा पाउनेछ कि आदेश तपाईंबाट आएको हो यसमा तपाईंको पार्टनरको नाम थप्नु हो।

त्यहाँ केही अन्य महत्त्वपूर्ण आदेशहरू छन्। यदि तपाईंले नाम सहित वा बिना आरोही द्वारा चिच्याएको सुन्नुहुन्छ भने, आफै तयार हुनुहोस्।

"चट्टान।" यो कुनै पनि कुराको लागि हो, प्राकृतिक वा निर्मित, जो ढिलो हुन्छ। जब तपाइँ यो सुन्नुहुन्छ, तल हेर्नुहोस् (माथि होइन) ताकि तपाइँको हेलमेटले तपाइँको सुरक्षा गर्न सक्छ।

"मलाई हेर।" यसको मतलब एक आरोहीले पतन सम्भव छ भन्ने सोच्दछ।

"झर्दै।" यसको अर्थ आरोही लडिरहेको छ वा झर्दैछ।

D)। बेले प्रविधि

1. उचित बेले स्थिति

2. उचित हात स्थिति

3. PBUS (पुल, ब्रेक, अन्डर, स्लाइड) प्रविधि

जब तपाइँ एक शीर्ष-रोप आरोहीलाई बेले गर्दै हुनुहुन्छ, तपाइँको धेरैजसो समय व्यक्ति आरोहण गर्दा ढिलोमा बित्छ। PBUS विधि यो गर्नको लागि एक सरल, प्रभावकारी तरिका हो:

आफ्नो पर्वतारोहीलाई नजिकबाट र लगातार हेर्नुहोस् र सुन्नुहोस्। जब पर्वतारोही रोकिन्छ, तपाईं रोक्नुहोस्। सधैं ब्रेक स्थिति मा रोक्नुहोस्। तपाईं पतन समात्न, डोरीमा तनाव समात्न र आफ्नो आरोहीलाई कम गर्न पनि तयार हुनुपर्छ।

4. पतन समात्दै

चाहे तपाईंले आरोही "खस्दै हुनुहुन्छ" भनेर कराएको सुन्नुभएको कारणले होस्। र/वा तपाइँ पतन देख्नुहुन्छ किनभने तपाइँ तपाइँको आरोहीबाट तपाइँको आँखा कहिल्यै हटाउनुहुन्छ, तपाइँ चाँडै प्रतिक्रिया गर्नुपर्छ। यसैले तपाईंको एथलेटिक बेले स्थिति धेरै महत्त्वपूर्ण छ।

तपाईंको शरीरले आरोहीको शरीरमा काउन्टरवेटको रूपमा काम गरिरहेको छ। यदि तपाइँ आरोहणको समयमा लगातार ढिलो हटाउँदै हुनुहुन्छ भने, आरोही खस्ने दूरी र परिणामस्वरूप बल तपाईंले समात्दै हुनुहुन्छ अपेक्षाकृत मामूली हुनेछ।

ध्यान दिनुहोस् कि आरोहण डोरीहरू थोरै तन्काउन डिजाइन गरिएको हो, जसले पतनको बललाई अवशोषित गर्न मद्दत गर्दछ र फलस्वरूप, पतनको समयमा आरोहीको शरीरमा बल कम गर्दछ।

5. पज गर्ने पर्वतारोहीलाई समात्दै

जब कुनै पर्वतारोही कुनै पनि कारणले पज गर्न चाहन्छ - आराम गर्न, चाल विचार गर्नुहोस् वा आरोहणको शीर्षमा हुनुहुन्छ, उदाहरणका लागि - आदेश "तनाव" हो।

- डोरीमा कुनै पनि ढिलो हटाउनुहोस्।
- आफ्नो ब्रेक हात तल तान्नुहोस्।
- डोरी तनाव कायम राख्न पछाडि झुक्नुहोस्।
- "तिमीलाई पाउनु भयो।"

6. एक पर्वतारोही तल

जब आरोहीले रुट पूरा गरिसकेपछि, तनावको लागि सोधे र तपाईंले ती पाउनुभयो, आरोही फेरि सिटको स्थितिमा झुक्नेछ र कराउनेछ, "मलाई तल ल्याउ।"

- तपाईंको ब्रेक ह्यान्ड मुनि आफ्नो गाइड हात ल्याउनुहोस् र "तल्दै" भनेर कराउनुहोस्।
- डोरीलाई बिस्तारै बेले यन्त्र मार्फत खुवाउन दिनुहोस्, पर्वतारोहीलाई कम गर्नुहोस्।
- आरोहीले अनुरोध गरेमा गति समायोजन गर्दै स्थिर गति कायम राख्नुहोस्।
- आरोहीलाई राम्रो खुट्टाको साथ तल छुने अनुमति दिनको लागि जमिनको नजिक ढिलो गर्नुहोस्।

जब आरोही जमिनमा उभिएको छ, दुई खुट्टामा सुरक्षित रूपमा सन्तुलित छ, आरोही "अफ बेले!" तपाईं धेरै ढिलो भुक्तान गरेर र "बेले अफ" भनेर कराएर प्रतिक्रिया दिनुहुन्छ।

Chapter 11
Rappel कसरी गर्ने

परिचय

जहाँ सबै पर्वतारोहीहरू पिचको शीर्षमा पुग्ने चाहना राख्छन्, तल फर्कनु जत्तिकै महत्त्वपूर्ण छ। आरोहण सुरु गर्दा हामीमध्ये धेरैजसोले गर्ने काम बेलेमा कम गर्ने हो। र्‍यापेलिङ एउटा राम्रो आरोही बन्नको लागि अर्को आवश्यक सीप हो।

आरोही स्वयम्-तलको र्‍यापेलिङ गर्दा तल झर्दा बेले पार्टनर चाहिन्छ। Rappelling धेरै परिस्थितिहरूमा उपयोगी हुन्छ जस्तै जब तपाईंसँग समुद्र छोने पहाड जस्तै तपाईंको आरोहणको आधारमा पहुँच गर्न कुनै दृष्टिकोण ट्रेल छैन। कहिलेकाहीँ, पर्खालमा धेरै ढीला चट्टानहरू छन् र तपाईं चढ्नु अघि मार्ग सफा गर्न चाहनुहुन्छ। गम्भीर परिस्थितिमा, तपाईंसँग एक घाइते पर्वतारोही छ र घाइते आरोहीलाई तल ल्याउन आरोहणको माथिबाट उद्धार आवश्यक छ। त्यहाँ धेरै पटक पनि छन्, जब तपाईं लंगर सफा गरिसकेपछि र तल झर्नु आवश्यक छ जब तपाईं एङ्कर प्रणालीमा लुगा र आँसु कम गर्न चाहानुहुन्छ। त्यहाँ पनि सर्तहरू छन्, जब उकालो, तल र हिंड्नु सबै सम्भव छैन वा राम्रो छैन।

र्‍यापलिङमा लाग्नु अघि सुनिश्चित गर्नुहोस् कि तपाईंसँग गाँठो, झुकाउने र हिचहरू कसरी बाँध्ने भन्ने बारे राम्रो ज्ञान छ र तपाईंसँग लिड क्लाइम्बिङ र लीड बेलेइङमा उचित प्रवीणता छ। र्‍यापेलिङका क्रममा आरोहण दुर्घटना हुने गरेका छन् । तिनीहरूलाई सही तरिकाले कसरी गर्ने भनेर सिक्नको लागि समय लिनु आवश्यक छ। जबसम्म तपाईं एक विशेषज्ञको नजिकको निगरानी अन्तर्गत प्रक्रिया मास्टर गर्नुहुन्न, आफैंमा rappel नगर्नुहोस्।

पर्वतारोहण पुस्तिका

HOW TO EMERGENCY RAPPEL

1: CHOOSE an anchor. Loop the center of your rope around a healthy, deep-rooted tree or a solid rock or boulder.

2: THROW both ends of the rope over the cliff. Make sure they reach the bottom and are not tangled.

3: FACE uphill and straddle the double rope. Pull the rope around your right thigh and lead it diagonally across your chest. Thread the rope over your left shoulder and across your back to your right hip.

4: HOLD the rope in front of you with your left hand and the rope behind you with your right. Lean back against the rope as you walk backward over the cliff.

5: STEP backwards down the cliff as you feed the rope over your body until you reach the ground.

6: WHEN you're safely at the bottom, pull one end of the rope to retrieve it from the anchor.

© Art of Manliness and Ted Slampyak. All Rights Reserved.

Rappelling मा चार महत्वपूर्ण चरणहरू

A) I Rappel गियर जाँच गर्दै

तपाइँको आवश्यक आरोहण गियर पनि तपाइँको rappel गियर हो, केहि थप संग।

यहाँ र धेरै र्यापलहरूका लागि थपिएको गियरको एउटा टुक्रा व्यक्तिगत एंकर प्रणाली (PAS) हो, जुन दुवै हार्नेस टाई-इन बिन्दुहरूद्वारा बाँधिएको घेर हिचद्वारा जोडिएको हुन्छ। (यदि तपाईंले PAS मा वैकल्पिक प्रकारको एंकर टिथर प्रयोग गर्नुहुन्छ भने, यहाँ केही चरणहरू थोरै परिवर्तन हुनेछन्)।

तपाईलाई 24 देखि 36 इन्च लम्बाइको 5 वा 6 एमएम कर्ड पनि चाहिन्छ, जो दोहोरो मछुवाको गाँठोसँग लुपमा बाँधिएको हुन्छ। यो अटोब्लक हिचको लागि हो जसले तपाईंको rappel उपकरणलाई ब्याकअप गर्दछ।

ध्यान दिनुहोस् कि तपाईंले यसलाई आवधिक रूपमा निरीक्षण र प्रतिस्थापन गर्न आवश्यक छ, किनभने रैपेलहरूले घर्षण उत्पन्न गर्दछ जसले समयको साथ कर्डको बललाई घटाउँछ।

तपाईंको बेले उपकरणको लागि निर्माताहरूको सिफारिसहरू पनि डबल-जाँच गर्नुहोस्। केहि अरु भन्दा rappelling को लागी अधिक उपयुक्त छन्।

- धेरै जसो ट्युबुलर-शैली बेले यन्त्रहरू rappel को लागि अनुमोदित छन्।
- धेरै मेकानिकल बेले यन्त्रहरू rappel भन्दा belay को लागी अधिक उपयुक्त छन्।
- क्लासिक फिगर-8 बेले यन्त्र rappel को लागि अनुमोदित छ, र धेरै पर्वतारोहीहरूले विश्वास गर्छन् कि यो बेले भन्दा बढी उपयुक्त छ।

एक गैर-आवश्यक वस्तु धेरै पर्वतारोहीहरूले पनि लिन्छन् rappel पन्जा, विशेष गरी यदि तिनीहरूले धेरै rappels गर्दैछन्।

B)। मार्गको शीर्षमा तयारी गर्दै

यी चरणहरू प्रत्येक rappel परिदृश्य संग भिन्न हुनेछ। यस अवस्थामा, तपाईंले शीर्ष-रोप एन्कर सफा गर्नको लागि मार्गको शीर्षमा चढ्नु भएको छ।

1. एक बोल्ट, वा अर्को स्वीकार्य बिन्दुमा द्रुत ड्रलाई क्लिप गर्नुहोस्, र त्यो ड्रमा डोरी क्लिप गर्नुहोस्।

2. आफ्नो बेलेयरलाई स्ल्याक लिन भन्नुहोस् (बेलेले तपाईंको PAS ब्याकअप गर्नेछ)।

3. PAS को लुपलाई ड्रको रूपमा उही बोल्टमा क्लिप गर्न लकिङ क्याराबिनर प्रयोग गर्नुहोस्।

4. अर्को बोल्टमा अर्को PAS लूप क्लिप गर्नुहोस्, तपाईंले काम गर्दा प्रणालीबाट ढिलो राख्ने लूप चयन गर्नुहोस्।

5. शीर्ष एंकर सफा गर्नुहोस् र र्याक गर्नुहोस्।

6. ढिलोको लागि सोध्नुहोस् र लगभग 30 फिट डोरी तान्नुहोस्।

7. स्ल्याकलाई ल्वाङको हिचले वा बाइटमा ओभरह्यान्डले बाँध्नुहोस् र यसलाई आफ्नो बेले लुपमा क्लिप गर्नुहोस्। यसले गलत ह्यान्डल गरिएको डोरीलाई भुइँमा डुब्नबाट रोक्छ, तपाईलाई टाँस्छ।

8. तपाईंको हार्नेसमा डोरी जोड्ने चित्र 8 खोल्नुहोस् र डोरीलाई दुबै चेनहरूमा तलको लिङ्कमा थ्रेड गर्नुहोस्।

9. डोरीको अन्त्यमा स्टपर नट बाँधेर प्रणाली बन्द गर्नुहोस्; यो, स्टपर गाँठसँग मिलाएर तपाईंले डोरीको भुइँ छेउमा बाँधिएको हुनुपर्छ, तपाईंले डोरीको छेउमा र्यापल गर्न सक्नुहुन्न भन्ने सुनिश्चित गर्दछ।

10. डोरीलाई खुवाउनुहोस् जबसम्म तपाईं ल्वाङ्गको हिचमा नआउनुहुन्छ वा तपाईंको बेले लुपमा काटिएको बाइटमा ओभरह्यान्ड गर्नुहोस्; यसलाई खोल्नुहोस् र डोरीको बीचको चिन्ह तपाईंको र्यापलको शीर्ष बिन्दुमा नभएसम्म डोरीलाई खुवाउनुहोस्।

11. आफ्नो बेलेयरलाई दुबै डोरीको छेउले भुइँ छुन्छ भनी पुष्टि गर्नुहोस्।

C) Rappel स्थापना गर्दै

तपाईंको PAS अझै पनि दुवै बोल्टहरूमा दृढ रूपमा संलग्न हुनुपर्छ। अब यो तपाइँको rappel उपकरण को एक विस्तार को रूप मा सेट अप गर्न सकिन्छ।

1. आफ्नो rappel यन्त्रको लागि विस्तार सेट अप गर्नुहोस्:

तपाईंको rappel यन्त्रको विस्तारले यसलाई ढीलो लुगाहरूबाट टाढा राख्छ, यसलाई ब्याकअप गर्न सजिलो बनाउँछ र यसलाई केन्द्रमा राख्छ ताकि तपाइँलाई ब्रेक स्ट्र्यान्डहरू नियन्त्रण गर्न सजिलो हुन्छ।

- तपाईंको PAS मा दुईवटा लूपहरू र तपाईंको rappel यन्त्रको केबल मार्फत लकिङ क्याराबिनर क्लिप गर्नुहोस्।
- र्‍यापल यन्त्रको छेउमा झुण्डिएको डोरीका दुवै स्ट्र्यान्डहरू समात्नुहोस्, तिनीहरूलाई बाइटमा पिन्च गर्नुहोस् र तिनीहरूलाई र्‍यापल यन्त्रको दुवै छेउबाट धकेल्नुहोस्।
- तपाईंको लकर क्याराबिनरलाई डोरीको लूप र र्‍यापिल यन्त्रमा केबल दुवैमा रिक्लिप गर्नुहोस्।
- क्याराबिनर लक गर्नुहोस्।

2. आफ्नो rappel उपकरण जगेडा:

सधैं आफ्नो र्‍यापललाई घर्षण हिचको साथ ब्याकअप गर्नुहोस् जसले ब्रेक स्ट्र्यान्डहरू समात्न मद्दत गर्दछ यदि केहि भयो र तपाईंले आफ्नो पकड गुमाउनुभयो भने। हिच विकल्पहरूमा Prusik र Autoblock समावेश छ, यहाँ वर्णन गरिएको छ:

- आफ्नो पूर्व-बाँधिएको 24 देखि 36 इन्च डोरीको लूप लिनुहोस् र यसको स्ट्र्यान्डहरू तपाईंको आरोहण डोरीको स्ट्र्यान्ड वरिपरि धेरै पटक बेर्नुहोस्।
- लूपको बाँकी छेउ र आफ्नो हार्नेसको बेले लुप (दुबै) मार्फत लकिङ क्याराबिनर क्लिप गर्नुहोस्।

- हिचमा बेरिएको स्ट्र्यान्डहरू सफा र पार गरिएको छैन भनेर जाँच गर्नुहोस्।
- जाँच गर्नुहोस् कि हिच यति लामो छैन कि यसले तपाईंको rappel उपकरणमा जाम गर्न सक्छ।
- हिचलाई सकेसम्म माथि स्लाइड गर्नुहोस्, त्यसपछि, डोरीमा दृढताका साथ आफ्नो ब्रेक हातले, बिस्तारै डोरीलाई तौल गर्नुहोस् कि हिचले तपाईंलाई समातेको छ कि छैन भनेर हेर्न; यदि होइन भने, लूपलाई थप समय लपेट्नुहोस् र क्याराबिनर पुनः लक गर्नुहोस्।

D) Rappelling Down

1. सबै गाँठहरू, हिचहरू, लकिङ क्याराबिनरहरू डबल-जाँच गर्नुहोस् र सबै कुरा सुरक्षित छ भनी निश्चित गर्नुहोस्; दुबै डोरीको छेउमा गाँठो छ र दुबै गाँठो भुइँमा छ भनी दोहोरो जाँच गर्नुहोस्।

2. तलको तपाईंको बिलेइंग पार्टनरलाई "रापलमा" चिच्याउनुहोस्।

3. आफ्नो अटोब्लक समायोजन गर्नुहोस् ताकि ब्रेक ह्यान्डले यसलाई झुकाउन सक्छ।

4. तपाईंको ब्रेक हात डोरीमा राख्दै, जहाँ यो सधैं रहनुपर्छ। ढिलो लिनुहोस् र डोरीलाई वजन गर्नुहोस्।

5. एंकरबाट तपाईंको PAS अनक्लिप गर्नुहोस् र यसको अन्त्यलाई तपाईंको बेले लुपमा क्लिप गर्नुहोस्; यसले तपाईंको rappel विस्तारमा अनावश्यकता सिर्जना गर्दछ।

6. कम गर्न सुरु गर्न, rappel उपकरण मार्फत डोरी खुवाउन आफ्नो गाइड हात प्रयोग गर्नुहोस्।

7. आफ्नो खुट्टा भित्तामा सीधा राख्ने प्रयास गर्नुहोस् र तपाईंको धड़ अलिकति भित्र झुकेको रूपमा तपाईंको खुट्टाले तपाईंलाई पर्खालको तलतिर हिंड्छ।

8. अवरोधहरू हेर्न आफ्नो टाउको घुमाउनुहोस्। स्थिर, नियन्त्रित गति कायम राख्नुहोस्।

9. जब तपाईं जमिनमा पुग्नुहुन्छ, अटोब्लक हटाउनुहोस्, आफ्नो यन्त्रबाट डोरीहरू तान्नुहोस् र आफ्नो पार्टनरलाई भन्नुहोस् कि तपाईं rappel बन्द हुनुहुन्छ।

10. आफ्नो डोरी पुनः प्राप्त गर्न को लागी, तपाइँ अन्तिम गाँठो खोल्नुहोस् र र्यापल घण्टीहरूबाट मुक्त नभएसम्म र स्ट्र्यान्डहरू मध्ये एउटा तान्नुहोस्।

Chapter 12

जुमारिङद्वारा कसरी आरोहण गर्ने

जुमारिङमा जुमार्स हुँदै डोरी चढ्नु समावेश छ, जुन स्वीस कम्पनीले बनाएको आरोही उपकरण हो, जसलाई जुमार पंगित भनिन्छ। संस्थापकहरू एडोल्फ जुसी र वाल्टर मार्टी हुन्। जुएसी स्विस सरकारका लागि ईगलको अध्ययन गर्दै थिए, जसमा चट्टानमा चढेर चीलको गुँडमा पुग्न आवश्यक थियो। मार्टीले उनको लागि एसेन्डर विकास गरे र 1958 मा पहिलो जुमार चढाई बजारमा पेश गरियो। धेरै नयाँ मोडलहरू पछि विभिन्न उत्पादनहरूबाट बाहिर आए जस्तै पेट्जल फर्नान्ड पेट्जल द्वारा 1968 मा स्थापना गरिएको, फ्रान्सेली कम्पनी, जसले ह्यान्डल र ह्यान्डल-लेस एसेन्डरहरू उत्पादन गर्दछ।

यी एसेन्डरहरू ह्यान्डलसँग जोडिएका एक प्रकारका क्ल्याम्पहरू हुन् जसले क्लिप गरिएको डोरीलाई स्वतन्त्र रूपमा सार्न मद्दत गर्दछ र निश्चित तलको दबाबको प्रयोगमा लक डाउन गर्दछ। यस गतिविधिलाई सन्तुलन र फोकस चाहिन्छ। यो रक क्लाइम्बिङ भन्दा फरक छ जहाँ पर्वतारोहीहरूले प्राकृतिक पकडको सहायताले चट्टानमाथि माथि चढ्छन्, चट्टानको छेउमा पाइला टेक्छन् र आवश्यक उपकरणहरू प्रयोग गरेर आरोहण गर्छन्।

जुमारिङमा, आरोहीले माथि पुग्नको लागि जालको भर्याङ चढ्नको लागि जुमार भनिने आरोहीहरू प्रयोग गर्दछ। यो जालदार भर्याङ प्रयोग गरिन्छ किनभने यसले आरोहीलाई डोरीमा तानेर माथि उठ्न सजिलो बनाउँछ।

सुरु गर्नका लागि तपाईलाई दुईवटा जुमरहरू (बायाँ र दायाँ) चाहिन्छ र प्रत्येक जुमारमा एक समर्पित लकिङ क्याराबिनर हुनुपर्दछ, प्राथमिकतामा सानो अण्डाकार वा नियमित लक गेट भएको D आकारको क्याराबिनर। प्रत्येक जुमारलाई डेजी चेन र वेबबेड सीढीको संयोजनमा काट्नु पर्छ। प्रबल-हात जुमर माथि जान्छ र डेजी तपाईंको हातको पहुँच भन्दा लगभग 6 देखि 8 इन्च छोटो हुनुपर्छ (डेजी पूर्ण विस्तारमा हुँदा तपाईंको हात अझै पनि थोरै झुकिएको

हुनुपर्छ)। तल्लो जुमारको डेजी चेन छोटो हुनुपर्छ (तपाईको हातको लम्बाइभन्दा केही इन्च कम)।

जब तपाइँ जुमरिङ प्रक्रिया सुरु गर्नुहुन्छ, पहिले तपाइँको खुट्टालाई प्रत्येक खुट्टामा webbed भर्याङमा राख्नुहोस्। यदि बायाँ हात प्रबल छ भने त्यो आरोही माथि छ र यदि बायाँ खुट्टा माथिबाट जालदार भर्याङको पाँचौं लूपमा छ भने, दायाँ खुट्टा बायाँ खुट्टा भन्दा तल्लो तहमा राख्नुपर्छ।

जब तपाईं यो प्रविधि प्रयोग गरेर आरोहण गर्नुहुन्छ, माथिल्लो जुमार सजिलै सर्न सक्छ, जब तपाईं तल्लो जुमारमा आफ्नो तौल लिएर उभिनुहुन्छ। तर तल्लो जुमार, अगाडि बढ्न गाह्रो हुन सक्छ किनभने जुमारको पछाडि कुनै वजन छैन। अब तल्लो जुमारको क्यामिङ एकाइलाई निष्क्रिय गरेर तलको जुमारलाई माथि स्लाइड गर्नुहोस् (तल्लो जुमारमा क्यामलाई थोरै खोल्नको लागि आफ्नो औंला प्रयोग गर्नुहोस्, जसले गर्दा यो माथितिर सर्नेछ)। डोरी तान नभएसम्म यो प्रक्रिया दोहोर्याउनुहोस्। यस प्रविधिको साथ कुशलतापूर्वक सार्नको लागि कुञ्जी तपाईंको खुट्टामा तपाईंको वजन राख्नु हो। कुनै पनि प्रकारको आरोहणको रूपमा, तपाइँको हातले तपाइँलाई सीधा समात्नु पर्छ जबकि तपाइँको खुट्टाले तपाइँलाई माथि उचाल्छ।

जुमारिङ गर्दा अपनाउनु पर्ने महत्त्वपूर्ण सावधानी भनेको जुमार असफल भएको वा छाडिएको अवस्थामा अतिरिक्त प्रुसिक स्लिङ बोक्ने हो। एक grigri एक prusik भन्दा बढी प्रभावकारी तल्लो आरोही हो, त्यसैले यो एक ascender को लागि पहिलो ब्याकअप हो। दोस्रो, तीखो किनारहरूबाट सावधान रहनुहोस्। जुमारिङले डोरीलाई तनावमा राख्छ र तीखो किनारहरूले यसलाई काट्न सक्छ। अन्तमा मानक आरोहण प्रविधिलाई बेवास्ता नगर्नुहोस्। आफ्नो खुट्टा को लागी ledges को लागी हेर्नुहोस्। चिल्लो खण्डहरूमा, आफ्नो खुट्टालाई वेबबेड सीढीमा राख्नुहोस्, तर चट्टानमा उभिने प्रयास गर्नुहोस्, तपाईंको माथिल्लो शरीरको साथ अगाडि झुक्नुहोस् र मूल रूपमा माथि हिड्नुहोस् जब तपाईं चढ्ने डोरीमा जुमरहरू स्लाइड गर्नुहुन्छ।

Chapter 13
सिट हार्नेस प्रयोग गर्दै

क्लाइम्बिङ हार्नेसका भागहरू

यदि तपाईं आरोहणमा नयाँ हुनुहुन्छ भने, पहिले हार्नेसका भागहरू बुझ्न महत्त्वपूर्ण छ।

a) कम्मर बेल्ट: अधिकांशले न्यूनतम वजनको साथ आरामको केही संयोजन प्रदान गर्न खोज्छन्। एक वा दुई बकल्सले बेल्ट समायोजन गर्न मद्दत गर्दछ।

b) बकलहरू: यसमा क्रमशः म्यानुअल डबल-ब्याक वा स्वचालित डबल-ब्याकको लागि अनुमति दिन धातुको एक वा दुई टुक्राहरू हुन्छन्। डोरी टाई-इनसँग द्वन्द्वबाट बच्नको लागि बकल सामान्यतया अलि बाहिर-केन्द्र हुन्छ। कम्मरको बेल्टको लागि हार्नेसमा बकल हुनुपर्छ, तर खुट्टाको लूपहरूमा बकलहरू आवश्यक पर्दैन।

c) खुट्टा लूपहरू: आरामको लागि प्याड गरिएको र बाँधिएको अवस्थामा कपडा परिवर्तन गर्न अनुमति दिन समायोज्य। लेग लूपहरू विभिन्न सामग्रीबाट बनाइएका छन्।

d)। गियर लूपहरू: द्रुत ड्र र क्याराबिनरहरू जस्ता उपकरणहरू बोक्न डिजाइन गरिएको। धेरैजसो हार्नेसहरूमा चार गियर लूपहरू हुन्छन्, तर विशेष बेल्टहरूमा थप गियरहरू बोक्न अतिरिक्त लूपहरू हुन्छन्। गियर लूपहरू सामान्यतया प्लास्टिक वा वेबिङ सामग्रीबाट बनाइन्छ।

e) हौल लूप: हार्नेसको पछाडि अवस्थित, स्टिच गरिएको जालीको यो लूप दोस्रो डोरी वा हल लाइन जोड्न प्रयोग गरिन्छ। यो लोड असर वा सुरक्षा को एक टुक्रा को लागी मा क्लिप गर्न को लागी इरादा छैन। rappelling उद्देश्यको लागि यो लूप कहिल्यै प्रयोग नगर्नुहोस्।

f)। बेले लूप: यो हार्नेसको सबैभन्दा बलियो बिन्दु हो, जुन नायलन वेबिङबाट बनेको हुन्छ र लोड परीक्षण गरिएको एक मात्र भाग हो। कुनै पनि कडा कुरा

बेले लुपमा जोडिएको हुनुपर्छ (बेलिङ वा र्यापलिंग गर्दा लक गर्ने क्याराबिनर)। तपाईंले बेले लुपको वरिपरि गोफन जस्तै कुनै पनि कुरा बाँध्नु हुँदैन, अन्यथा बेले लूप छिट्टै भित्रिनेछ।

g)। टाई-इन बिन्दुहरू: यी बेले लुपमा जोडिएका दुई लूपहरू हुन्। शक्ति परीक्षण नगर्दा, तिनीहरू एकदम बलियो छन्। स्वतन्त्र अध्ययनहरूले 12-14 किलो न्यूटन (2,700-3,100 lbs।) को बिन्दुहरू तोडेको देखाउँछन्। कुनै पनि डोरी, डोरी वा वेबिङ तल्लो र माथिल्लो टाई-इन बिन्दुहरू मार्फत जोडिएको हुनुपर्छ। यसले पहिरन वितरण गर्छ। 2 टाई-इन बिन्दुहरू मार्फत जोडिएको तपाईंको क्याराबिनरसँग बेले वा र्यापल नगर्नुहोस्, किनकि यसले क्याराबिनरको शक्तिलाई कमजोर बनाउँछ। यसको सट्टा बेले लुप प्रयोग गर्नुहोस्।

h)। उठ्ने / लोचदार पट्टाहरू: वृद्धि दुई खुट्टा लूप र कम्मर बेल्ट बीचको दूरी हो। यो पातलो वेबिङ वा लोचदार पट्टा संग जोडिएको छ। कम्मरको बेल्टबाट स्ट्र्यापहरू हटाउन सकिने भएमा, हार्नेसलाई ड्रप-सिट हार्नेस मानिन्छ। धेरै अल्पाइन र परम्परागत हार्नेसहरू ड्रप-सिट हार्नेसहरू हुन् र प्रकृतिले बोलाउँदा पर्वतारोहीलाई खुट्टाको लूपहरू खोल्न नदिई खुट्टा खोल्न अनुमति दिन्छ। त्यहाँ अन्य खेलकुद र जिम हार्नेसहरू छन्, जसमा स्थायी पट्टाहरू छन् जुन अस्थायी रूपमा हटाउन सकिँदैन। त्यस्ता पट्टाहरू हार्नेसको आकार परिवर्तन गर्न माथि र तल समायोजन गर्न सकिन्छ।

आरोहण हार्नेसका प्रकारहरू

हार्नेसहरू विशिष्ट आरोहण शैलीहरूको लागि डिजाइन गरिएका छन् जस्तै:

परम्परागत हार्नेसहरू

परम्परागत आरोहणलाई सामान्यतया खेलकुद चढाई भन्दा धेरै गियर चाहिन्छ, त्यसैले परम्परागत हार्नेसले ठाउँलाई अधिकतम बनाउँछ, जबकि अपेक्षाकृत हल्का र आरामदायक हुन्छ। विशिष्ट सुविधाहरूमा बकलहरू सहित समायोज्य खुट्टाको लूपहरू हुन्छन्, जुन या त स्वतः वा म्यानुअल डबल-ब्याक हुन्छन्। त्यहाँ प्रशस्त गियर समात्न डिजाइन गरिएको चार वा बढी गियर लूपहरू छन्। हार्नेसको लागि प्याडिङ बाक्लो र आराम बढाउन टिकाउ हुन्छ, जबकि

हार्नेसमा लामो समय खर्च हुन्छ। तल्लो पीठ र कम्मर स्थिर गर्न पछाडि एक अतिरिक्त लम्बर प्याडिङ छ। एक अतिरिक्त डोरी बोक्न को लागी एक लूप छ।

बरफ र मिश्रित हार्नेसहरू

परम्परागत हार्नेसहरू जस्तै, तर जाडो अवस्थाहरूसँग सामना गर्न डिजाइन गरिएको। विशिष्ट सुविधाहरूमा बकलहरू प्रयोग गरेर समायोज्य खुट्टा लूपहरू हुन्छन्, जुन या त स्वतः वा म्यानुअल डबल-ब्याक हुन्छन्। खुट्टा लूपहरू जाडोको कपडाहरूमा फिट गर्न पूर्ण रूपमा समायोज्य छन्। त्यहाँ चार वा बढी गियर लूपहरू छन्, जुन हिउँदका गियरहरू जस्तै आइस स्क्रू र आइस औजारहरू राख्न डिजाइन गरिएको हो। त्यहाँ एक वा धेरै क्लिपर स्लटहरू छन् आइस क्लिपरहरूको संलग्नक पेंच र उपकरणहरू समात्न अनुमति दिन। तल्लो पीठ र कम्मर स्थिर गर्न पछाडि एक अतिरिक्त लम्बर प्याडिङ छ। दोस्रो डोरी बोक्नको लागि एउटा ढुवानी लूप छ।

अल्पाइन पर्वतारोहण हार्नेस

यी सबै सिजन बहुमुखी प्रतिभा प्रदान गर्दछ र सजिलो प्रयोगको लागि समायोज्य खुट्टा लूप संग हल्का छन्। त्यहाँ न्यूनतम मात्रामा गियर बोक्नका लागि चार वा कम गियर लूपहरू छन्, जसले प्याकमा हस्तक्षेप गर्दैन। दिनभर लगाउन नसकिने सानो र थप प्याक गर्न मिल्ने हार्नेस पातलो सामग्रीबाट बनेको हुन्छ। बेले लूपहरू पनि पातलो हुन्छन् र केही अवस्थामा हार्नेसबाट पूर्ण रूपमा हटाउन सकिने हुन्छ, त्यस अवस्थामा कम्मरको बेल्ट र खुट्टाको लुपबाट बेले वा र्यापल गर्नुपर्छ। दोस्रो डोरी बोक्नको लागि एउटा ढुवानी लूप छ।

विशेष उद्धार हार्नेसहरू

पूर्ण शरीर उद्धार हार्नेसमा चेस्ट हार्नेस प्रणाली र सिट हार्नेस प्रणालीको संयोजन हुन्छ जसले शरीरलाई थप सहयोग प्रदान गर्दछ, जुन भारी बोक्न वा ठूला वस्तुहरू स्थिर गर्न मद्दत गर्न आवश्यक हुन्छ। त्यस्ता हार्नेसहरू सामान्य आरोहण उद्देश्यका लागि होइनन्।

क्लाइम्बिङ हार्नेस लगाउनका लागि चरणहरू

1. पहिले दुबै खुट्टाको लूपहरूमा (यदि तिनीहरू समायोज्य छन्) र त्यसपछि कम्मरको बेल्ट सुरक्षित गर्ने पट्टाहरू छाड्नुहोस्।

2. हार्नेसमा जानुहोस्। खुट्टाको लूपहरू क्रस भइरहेको छैन, बेले लूप ट्विस्ट गरिएको छैन र कम्मरको बेल्ट उल्टो छैन भन्ने कुरामा ध्यान दिनुहोस्। बेले लूप हार्नेसको अगाडि अनुहार हुनुपर्छ।

3. कम्मरको बेल्टलाई तपाईको इलियाक क्रेस्ट भन्दा अलि माथि राख्नुहोस्, जुन धेरैजसो व्यक्तिहरूको लागि पेट-बटन स्तरको नजिक छ। कम्मरको बेल्ट आफ्नो कम्मरभन्दा माथि राख्दा तपाईं उल्टो खस्नुभएमा तपाईं गल्तिले हार्नेसबाट चिप्लिने छैन भन्ने कुरा सुनिश्चित गर्दछ। कम्मर बेल्ट राखेपछि, यसलाई सुरक्षित रूपमा कस्नुहोस्।

4. तपाईँको कम्मर र हार्नेस बीचको ढिलोमा 2-औँला भन्दा बढी खाली हुनु हुँदैन। निश्चित गर्नुहोस् कि बकल फिर्ता दोब्बर छ (यदि बकल एक स्वत: डबल-ब्याक मोडेल हो भने आवश्यक छैन)।

5. खुट्टाको लूपहरू समायोजन गर्नुहोस्, एक पटकमा। केही हार्नेसहरूमा समायोज्य खुट्टा लूपहरू हुँदैनन् र लेग लूपलाई तन्काउन अनुमति दिन लोचको टुक्रा प्रयोग गर्दछ।

6. कम्मर बेल्ट भन्दा खुट्टाको लूपको सही स्थान कम महत्त्वपूर्ण छ। यो अधिक आराम मा आधारित छ। सुनिश्चित गर्नुहोस् कि लूपहरूले गतिशीलतालाई अनुमति दिन्छ र चोट पुर्याउन सक्ने तरिकामा पिन्च नगर्नुहोस्। मैले खुट्टाको लूपहरू ग्रोइनको नजिक राख्दा र लुप र मेरो खुट्टाको बीचमा 2-औँलाको खाडल राख्दा राम्रो काम गर्छ भन्ने फेला पार्छु।

7. अन्तमा, सुनिश्चित गर्नुहोस् कि प्रत्येक लुपमा बकलहरू दोब्बर फिर्ता छन्। तपाईं अब आफ्नो हार्नेस परीक्षण गर्न तयार हुनुहुन्छ।

हार्नेस परीक्षणको लागि चरणहरू

1. एक हार्नेस यसमा झुन्ड्याउन वा वजन नगरी साँच्चै सहज हुनेछ कि भनेर भन्न असम्भव छ। पर्खालमा हार्नेस परीक्षण गर्दा, यो अपेक्षाकृत सहज महसुस गर्नुपर्छ र तपाईं सीधा बस्न सजिलो हुनुपर्छ।

2. कम्मर बेल्ट धेरै सार्न वा सार्न हुँदैन। यदि यसले गर्छ भने, शिफ्टिङ बन्द नभएसम्म यसलाई कस्नुहोस्। हार्नेसले पनि तपाईंको छालामा धेरै कडा खन्ने जस्तो महसुस गर्नु हुँदैन। यदि त्यहाँ दबाबको कुनै पनि उल्लेखनीय बिन्दुहरू

छन् भने, त्यसपछि फरक हार्नेस प्रयास गर्ने विचार गर्नुहोस्। कम्मरको बेल्टलाई कम्मरको माथि तान्ने प्रयास गरेर पनि सिफ्टिङको लागि परीक्षण गर्न सक्नुहुन्छ। यदि तपाइँ त्यसो गर्न सक्नुहुन्न भने, यसको मतलब कम्मर ब्यान्ड सही रूपमा राखिएको छ।

3. यदि तपाईं आफूलाई सीधा राख्नको लागि आफ्नो कोरको धेरै प्रयोग गर्दै हुनुहुन्छ जस्तो लाग्छ भने, तपाईंले हार्नेसको उदय समायोजन गर्न आवश्यक पर्दछ। प्रत्येक खुट्टा लूपको पछाडि एक लोचदार पट्टा छ जुन लम्बाइमा समायोजित गर्न सकिन्छ। वृद्धिलाई छोटो पार्नुले तपाईंलाई आफ्नो कोरको धेरै प्रयोग नगरी हार्नेसमा सीधा बस्न अनुमति दिन्छ। यदि वृद्धि समायोजनले मद्दत गर्दैन भने, तपाईंले फरक हार्नेस प्रयास गर्नुपर्छ।

4. यो याद राख्नु पर्छ कि, सबै फरक छन् र हरेक हार्नेस तपाईलाई पूर्ण रूपमा फिट हुनेछैन। त्यसोभए, केहि फरक मोडेलहरू हेर्नको लागि प्रयास गर्नु बुद्धिमानी छ, जुन तपाईंको लागि उत्तम काम गर्दछ।

हार्नेस मानकहरू

हार्नेस, धेरै चढाई गियर जस्तै, सुरक्षा को लागी ईन्जिनियर गरिएको छ। हार्नेस तोड्न आवश्यक बलहरू आन्तरिक शारीरिक हानि गर्न आवश्यक बल भन्दा धेरै हुनेछ। एक हार्नेस छनोट गर्दा यो तपाईंको लागि महत्त्वपूर्ण नहुन सक्छ, तर जानकारी हरेक चतुर पर्वतारोहीलाई थाहा हुनुपर्छ।

Union Internationale des Associations d'Alpinisme (**UIAA 105**) वा **मानकीकरणका लागि यूरोपीयन समिति** (**EN 1277**) **लाई** सन्तुष्ट पार्न सबै हार्नेसहरू कडा परीक्षणको लागि पेश गर्नुपर्छ। यी दुवै स्वतन्त्र परीक्षण समूहहरू हुन् जसले विभिन्न उत्पादनहरू बीच गुणस्तर मापदण्डहरू सुनिश्चित गर्न मद्दत गर्दछ।

Chapter 14
शिविरको छनोट

क्याम्पसाइट छनोट गर्नु भनेको आफ्नो घर रोज्नु जस्तै हो। त्यहाँ एक शिविर छनोट मा संलग्न धेरै महत्त्वपूर्ण कारकहरू छन्।

1. अग्रिम जान्नुहोस्

पहाडमा पदयात्रा गर्दा, तपाईंले आफ्नो यात्रा कार्यक्रम अग्रिम योजना गर्नुपर्छ। तपाईंले एक दिनमा कति दूरी कभर गर्नुहुनेछ र दिनको अन्त्यमा तपाईं कहाँ क्याम्पिङ गर्नुहुनेछ भन्ने कुरा थाहा हुनुपर्छ।

2. पानीको स्रोतको निकटता

जसरी तपाईलाई आफ्नो घरमा पानीको जडान चाहिन्छ, त्यसरी नै खाना पकाउने, भाँडाकुँडा धुने, पिउने उद्देश्य र सरसफाइ जस्ता कार्यहरू गर्नको लागि तपाईलाई शिविर नजिकैको पानीको स्रोत चाहिन्छ।

शिविर छनोट गर्दा, ध्यान राख्नुहोस् कि तपाईंको पानीको स्रोत चलिरहेको छ र स्थिर छैन। खडा पानीमा जनावरको शव र लामखुट्टेले प्रदूषित हुने सम्भावना हुन सक्छ। चलिरहेको वा ताजा पानीको धारा फेला पार्न राम्रो। सुनिश्चित गर्नुहोस् कि तपाईंले आफ्नो पानीको स्रोत सफा र स्वच्छ राख्नुहुन्छ। आफ्नो फोहोरले पानीको धारा प्रदूषित नगर्नुहोस्। पानीको स्रोतबाट २०० फिटको दुरीमा शिविर।

3. सतह को स्तर

तपाईंको ट्रेकिङ समूहलाई समायोजन गर्न पर्याप्त ठूलो क्याम्पसाइटको क्षेत्र छान्नुहोस्। पहाडहरूको सतह अनियमित हुन्छ। यदि तपाईं ठूलो समूहसँग क्याम्पिङ गर्दै हुनुहुन्छ भने, सबै पालहरू समायोजन गर्न सक्ने समतल मैदान छान्नुहोस्। सबैको लागि पर्याप्त पानी हुनुपर्छ।

तपाईंले क्याम्प गर्ने निर्णय गरेको जमिन समतल हुनुपर्छ र ठाडो हुँदैन। तपाईंले आफ्नो पाल भित्र सुत्दा रातमा समतल जमीनको महत्त्व थाहा पाउनुहुनेछ। जब तपाईंको टाउको र औंलाहरू समान स्तरमा हुँदैनन्, यसले तपाईंको निद्रामा रक्तसञ्चारमा बाधा पुर्‍याउँछ।

एक समतल जमीन सधैं उपलब्ध नहुन सक्छ, तर यो एक शिविर छनोट गर्दा वांछित छ। यदि एक समतल क्षेत्र उपलब्ध छैन भने, तपाईं सजिलैसँग एक तर्फबाट खन्न सक्नुहुन्छ र एक समतल क्षेत्र बनाउनको लागि पृथ्वीलाई अर्को तर्फ सार्न सक्नुहुन्छ। तपाईंको क्याम्प साइट माथि हुनुपर्छ ताकि पानी पर्दा, पानी जम्मा नहोस् र तपाईंको पालमा प्रवेश नहोस्।

पानी बाहिर निकाल्नको लागि आफ्नो पाल वरिपरि आफ्नो बरफ कुल्हाडी वा बेलच प्रयोग गरेर साँघुरो खाडल बनाउनुहोस्। पानी जम्ने समस्या नहोस् ।

4. सूर्यको प्रकाश र हावा कारक

यदि तपाईंको क्याम्पसाइट केही दिनको लागि आधार शिविर हुनेछ भने, एक साइट छान्नुहोस् जुन दिनको समयमा पर्याप्त छाया प्रदान गर्दछ। लामो समयसम्म प्रत्यक्ष सूर्यको किरणमा छोड्दा पालको नायलॉन क्यानोपी बिग्रन सक्छ। धेरै मानिसहरू सूर्यको बिहानको किरणहरू समात्नका लागि आफ्नो पालको टाउकोको छेउलाई पूर्वतिर देखाउन चाहन्छन्। यद्यपि यो आवश्यक छैन, यसले तपाईंलाई बिहान उठ्न मद्दत गर्न सक्छ।

हावाको अनुमान गर्नुहोस्। यदि धेरै हावा चलिरहेको छ भने, ढुङ्गा वा रूखहरूले अवरोध प्रदान गर्ने क्याम्पसाइट चयन गर्ने प्रयास गर्नुहोस्। यो महत्त्वपूर्ण छ, जब तपाइँ पाल पिच गर्दै हुनुहुन्छ। हावाबाट आएको रिसले तपाईंलाई निद्रामा बाधा पुऱ्याउन सक्छ। तपाईंको पालको ढोका हावाको सामना गर्नु हुँदैन। सामान्यतया, हावा पहाडबाट मैदान तर्फ साँझ आउँछ। त्यसोभए, एक साधारण थम्ब नियम तपाईंको पाल डाउनहिलको सामना गर्नु हो।

5. हिउँमा क्याम्पिङ

हिउँमा क्याम्पिङले तपाईंको वातावरणीय प्रभावलाई लगभग शून्यमा घटाउँछ। वन्यजन्तुलाई बाधा पुऱ्याउनबाट बच्नको लागि पशु ट्र्याकहरू भएका क्षेत्रहरूलाई मात्र बेवास्ता गर्नुहोस्। क्याम्प तल्लो भन्दा माथि। चिसो हावा उपत्यकामा जम्मा हुने गर्छ। बिहान सबभन्दा पहिले सूर्य कहाँ आइपुग्छ भनेर गणना गर्नुहोस् र तदनुसार तपाईंको पाल राख्नुहोस्, जहाँ यसले बिहानको घामको पूर्ण विस्फोट प्राप्त गर्नेछ। हिउँको सतहको जाँच गर्नुहोस् र हेर्नुहोस् कि यसमा शीत, भंगुर बनावट छ, जसले कठोर हावाको ढाँचालाई संकेत गर्दछ।

यस्तो अवस्थामा, साइटको लागि अन्यत्र हेर्नु राम्रो हुन्छ। हिमपहिरो गतिविधिका संकेतहरूका लागि क्षेत्र जाँच गर्नुहोस् जस्तै रूखहरूको खण्ड जुन विगतको हिमपहिरो वा तपाईंको तलको क्षेत्रमा कुनै पनि हिमपहिरो मलबेले ढालेको थियो। यदि त्यसो हो भने, कम जोखिमयुक्त क्षेत्रमा जानुहोस्।

6. भान्सा क्षेत्र

भान्सा क्षेत्रहरू पहिले नै प्रभावित क्षेत्रहरू वा साइटहरूमा केन्द्रित हुनुपर्छ, जहाँ प्राकृतिक रूपमा वनस्पतिको अभाव छ जस्तै खुला बेडरोक वा बलौटे क्षेत्रहरू। एक आदर्श समतल चट्टान प्लेटफर्म खाना पकाउनको लागि उत्तम हो, किनकि यसले गर्मीलाई सजिलैसँग फैलाउँछ र कडा सतहले मलबेको सफाईको लागि पनि अनुमति दिन्छ र पानीलाई झर्ने अनुमति दिँदैन।

7. शौचालय क्षेत्र

बिहानको वासना पालबाट टाढा लैजानुपर्छ। मलमूत्रले लामखुट्टे र झिंगाहरूलाई निम्तो दिनेछ र जताततै दुर्गन्ध फैलाउनेछ।

टेन्ट र पानीको स्रोतबाट कम्तिमा २०० फिटको दूरीमा र तपाईंको मुख्य शिविरबाट डाउनहिल दिशामा रहेको ठाउँ छान्नुहोस्। वर्षाले फोहोरलाई पखाल्नेछ। बिरालो प्वालहरू फोहोर निपटानको सबैभन्दा व्यापक रूपमा स्वीकृत विधि हो। 4 इन्च देखि 6 इन्च व्यास भएको 6 इन्चदेखि 8 इन्च गहिरो प्वाल खन्नको लागि बगैंचाको ट्रोवेल प्रयोग गर्नुहोस्। बिरालोको प्वाललाई प्राकृतिक सामग्रीले ढाकिएको हुनुपर्छ, समाप्त भएपछि। जैविक पदार्थ भएको साइट खोज्ने प्रयास गर्नुहोस्, किनकि तिनीहरूमा जीवहरू छन्, जसले फोहोरलाई सड्न मद्दत गर्नेछ। तपाईंको बिरालोको प्वाल पत्ता लगाउनुहोस्, जहाँ यसले अधिकतम सूर्यको प्रकाश प्राप्त गर्नेछ, जसले विघटन गर्न मद्दत गर्नेछ।

8. बेवास्ता गर्न क्षेत्रहरू

पाल क्षेत्र माथि धेरै झुण्डिएका हाँगाहरू भएका मरेका रूखहरू भएको ठाउँमा आफ्नो पाल टाँस्नु हुँदैन। पहिरो र हिमपहिरोको सम्भावना भएका क्षेत्रहरूबाट बच्नुहोस्। तपाईंको क्याम्पिङ साइट माथि कुनै ढीला चट्टान लेज हुनु हुँदैन।

9. कुनै ट्रेस छोड्नुहोस्

जब तपाईं प्याक हुनुहुन्छ र अर्को क्याम्पसाइटमा जान तयार हुनुहुन्छ, निश्चित गर्नुहोस् कि तपाईंले पछाडि कुनै ट्रेस छोड्नुभएन। यदि तपाईंले कुनै पनि फोहोर पछाडि छोड्नुभयो भने, यसले वरपर प्रदूषित मात्र गर्दैन, तर जंगली जनावरहरूलाई पनि आकर्षित गर्दछ। पाइन सुई, टुक्रा र ढुङ्गा जस्ता नेटिभ सामग्रीहरूले स्क्रयाप गरिएको क्षेत्रहरू ढाक्नुहोस्। साइटलाई पुनः प्राप्ति गर्न र क्याम्पसाइटको रूपमा कम स्पष्ट बनाउन मद्दतको लागि पाइलाको छापहरू र रेक म्याटेड घाँसे क्षेत्रहरूलाई स्टिकले बाहिर निकाल्नुहोस्। यो अतिरिक्त प्रयासले कुनै पनि सङ्केत लुकाउन मद्दत गर्नेछ, जहाँ तपाईंले क्याम्प गर्नुभयो र प्राकृतिक परिवेशको मौलिक महिमा सुरक्षित गर्नुहोस्।

Chapter 15
टेन्ट पिचिङ

तिनीहरू लामो दूरीमा बोक्नुपर्ने हुनाले, ब्याकप्याकिङ टेन्टहरू पनि ब्याकप्याकहरूको लागि कम्प्याक्ट भएको सफा प्याकेजमा संकुचित गर्न डिजाइन गरिएको छ।

ब्याकप्याकिंग टेन्टका भागहरू

हामी तम्बू बनाउने फराकिलो सुविधाहरूबाट सुरु गरौं।

1. पाल शरीर

यो भागमा भुइँ र कपडाको माथिल्लो भाग समावेश छ, जसलाई बाहिरी पाल पनि भनिन्छ।

2. रेन फ्लाई

यो पानी प्रतिरोधी आवरण हो जसले वर्षालाई बाहिरी पालको छेउमा भाग्न अनुमति दिन्छ। यसले हावालाई पनि प्रतिरोध गर्छ जसले पाललाई सुरक्षित राख्छ। रेन फ्लाई सामान्यतया पालको आकार फिट गर्न बनाइन्छ।

3. टेन्ट पोलहरू

पालका खम्बाहरू बाहिरी पाललाई समात्ने हो। तिनीहरू फ्रेम बनाउँछन् र तम्बूमा स्थिर संरचना दिन्छन्।

4. टेन्ट पोल आस्तीन वा क्लिपहरू

टेन्ट पोल आस्तीन वा क्लिपहरू टेन्ट पोलहरूलाई बाहिरी पालमा जोड्न प्रयोग गरिन्छ। यी तम्बू शरीर मा पाउन सकिन्छ।

5. केटा रेखाहरू

गाई लाइन भनेको बाहिरी पालमा जोडिएको डोरी हो जुन हावाको अवस्थाको सामना गर्न पालमा स्थिरता थप्नको लागि जमिनमा थप लंगरिएको हुन्छ।

6. टेन्ट पेगहरू

टेन्ट पेग भनेको कील जस्तो संरचना हो जुन विभिन्न आकार र आकारहरूमा आउँछ जुन बाहिरी पाल र गाई लाइन दुवैलाई भुइँमा लङ्गर गर्नको लागि फोहोरमा चलाइन्छ। ट्रेकिङ गर्दा सधैं अतिरिक्त टेन्ट पेगहरू साथमा बोक्नुहोस्, किनकि तिनीहरू प्रायः भाँच्न वा मोड्न सक्छन्।

7. बिन्दुहरू बाँध्नुहोस्

टाइ आउट बिन्दुहरू केटा लाइनहरू संलग्न गर्न वर्षा फ्लाईमा फेला पार्न सकिन्छ। यी केटा लाइनहरू त्यसपछि टेन्ट पेगहरू प्रयोग गरेर भुइँमा लंगर लगाइन्छ। यसो गर्दा पाललाई समग्र संरचना र स्थिरता प्रदान गर्दछ।

8. भेन्ट्स

भेन्टहरूले ओसिलोपनलाई पालबाट बाहिर निस्कन अनुमति दिन्छ, जसले गर्दा वर्षाको भित्री भागमा जम्मा हुने संक्षेपणको मात्रा कम हुन्छ।

9. बग जाल

बग नेटिङले कीराहरूलाई सुत्ने ठाउँमा प्रवेश गर्नबाट रोक्छ र भेन्टिलेसनमा पनि मद्दत गर्छ।

यी आवश्यक भागहरू हुन् जसले आधारभूत ब्याकप्याकिंग तम्बू बनाउँछ। त्यहाँ थप थपहरू छन् जुन तपाईंको बसाइलाई थप सहज बनाउन ब्याकप्याकिंग टेन्टमा बनाउन सकिन्छ। धेरै क्याम्परहरूले नदेखेको परिस्थितिहरूको लागि तयार रहनको लागि पाल सामानहरू साथमा ल्याउन रुचाउँछन्।

अतिरिक्त ब्याकप्याकिंग तम्बू सामानहरू

1. गियर लफ्टहरू

गियर लफ्टहरू अतिरिक्त भण्डारण ठाउँ हुन् जुन पालको छानाबाट निलम्बन गर्न सकिन्छ।

2. मैनबत्ती लालटेन

तिनीहरू छतबाट निलम्बित गर्न सकिन्छ। मैनबत्तीको लालटेनले पाललाई न्यानो बनाउन र पालमा प्रकाश थप्न मद्दत गर्दछ।

3. ग्राउन्ड पानाहरू

भुइँका पानाहरूले पाललाई क्याम्प साइटमा धारिलो ढुङ्गा/ढुङ्गाहरूले पङ्चर हुनबाट रोक्छ।

4. मर्मत किट

पालको भुइँको प्वालबाट भाँचिएको पालको खम्बासम्म, विशेष गरी लामो ब्याकप्याकिङ यात्रामा कुनै पनि कुरा ठीक गर्न मर्मत किट बोक्न सधैं सल्लाह दिइन्छ।

कसरी तम्बू पिच गर्ने

राम्रोसँग पिच गरिएको टेन्टले तपाईंलाई प्रतिकूल मौसम अवस्थाबाट जोगाउन सक्छ र पहाडहरूमा पदयात्रा पछि आरामदायी रातको निद्रा दिन सक्छ। तपाईंको अर्को क्याम्पसाइटमा जानु अघि, तपाईंको पालसँग परिचित हुनु र यसलाई सेट अप गर्ने अभ्यास गर्नु महत्त्वपूर्ण छ। पाल पिच गर्न महत्त्वपूर्ण चरणहरू निम्नानुसार छन्:

1. आफ्नो पालको लागि राम्रो ठाउँ खोज्नुहोस्। समतल, समतल जमिनको लागि लट्ठी वा स्टम्पहरू बिना हेर्नुहोस्। यदि आवश्यक छ भने, तपाईंको पालको भुइँ स्थापना गर्नु अघि चट्टानहरू, हाँगाहरू, पाइनकोनहरू, र कुनै अन्य हटाउन सकिने वस्तुलाई छेउमा ब्रश गर्नुहोस्। तपाईंले आफ्नो शिविर छोडे पछि यी वस्तुहरू फिर्ता राख्न निश्चित हुनुहोस्। हेर्न नबिर्सनुहोस् र सुनिश्चित गर्नुहोस् कि तपाईंको ठाउँ मृत रूखहरू वा कम झुण्डिएको रूखका हाँगाहरूबाट मुक्त छ जुन झर्ने क्रममा छ।

2. भुइँमा तिरपाल बिछ्याउनुहोस्। तिरपाल अनिवार्य रूपमा एक कपडा हो जसले तम्बूको तलको रक्षा गर्दछ। एकचोटि तपाईंले राम्रो ठाउँ फेला पार्नुभएपछि, चम्किलो पक्ष माथि राखेर भुइँमा तिरपाल समतल राख्नुहोस्।

3. पालको शरीर बाहिर राख्नुहोस्। पालको शरीरलाई तिरपालको शीर्षमा राख्नुहोस्, शरीरको प्रत्येक कुनालाई तिरपालको प्रत्येक कुनासँग मिलाएर। हावाको दिशालाई ध्यानमा राख्दै ढोकाहरू सही दिशातिर फर्किरहेका छन् भनी सुनिश्चित गर्नुहोस्।

4. पोलहरू जम्मा गर्नुहोस्। प्रत्येक पोललाई छेउछाउको पोलमा सावधानीपूर्वक घुसाउनको लागि समय लिनुहोस् र प्रत्येक पोललाई अर्को

पोलमा पूर्ण रूपमा सीड गरिएको छ भनी सुनिश्चित गर्नुहोस्। खम्बाहरू आफैं टुट्न नदिनुहोस् र बन्जी कर्डको बल अन्तर्गत खम्बाहरू एकै ठाउँमा नछोड्नुहोस्।

5. पालको शरीर र तिरपालमा रहेको धातुको औंठी (आइलेट) मा पोलहरू मिलाउनुहोस्।

6. पालको शरीरलाई पोलहरूमा जोड्नुहोस्। पालको शरीर माथि उठाउनुहोस् र क्लिपहरू प्रयोग गरेर यसलाई खम्बामा सुरक्षित गर्नुहोस्।

7. पालको शीर्षमा वर्षा फ्लाई बाहिर राख्नुहोस्। फ्लाई जिपरहरू तपाईंको पालको खम्बामा जोड्नु अघि बन्द गरिएको छ भनी सुनिश्चित गर्नुहोस्। यसले तपाईंको फ्लाईको ढोका जिपरहरूसँग सम्भावित समस्याहरूबाट बच्नेछ। सुनिश्चित गर्नुहोस् कि वर्षा फ्लाई मा ढोका पाल मा ढोका संग मेल खान्छ। पालको प्रत्येक कुनामा वर्षा फ्लाई जडान गर्नुहोस्।

8. पाल बाहिर टाँस्नुहोस्। पालको कुना छान्नुहोस्, र टाई-डाउन लूपमा दांव घुसाउनुहोस्। खुट्टाको माथिल्लो भाग आश्रयबाट टाढा देखाउँदै 45-डिग्री कोणमा भुइँमा ध्यानपूर्वक पेगहरू धकेल्नुहोस्। कडा माटोको सामना गर्दा खुम्बी झुकाउनबाट बच्नको लागि, आफ्नो बुटले खुम्च्यालाई कहिल्यै लात नदिनुहोस्। यसको सट्टा, भुइँमा खुट्टालाई बिस्तारै ह्यामर गर्न मध्यम आकारको चट्टान प्रयोग गर्नुहोस्। यसलाई तम्बूको प्रत्येक कुनामा दोहोर्याउनुहोस्, त्यसपछि ढोकाहरू र सबै केटा लाइनहरू।

9. वर्षा फ्लाईलाई कडा पार्नुहोस्। फ्लाईले तम्बूको भुइँको सबै पक्ष र कुनाहरू नछोजेसम्म समायोज्य पट्टिहरूलाई कस्नुहोस्। प्रत्येक कुनालाई समान रूपमा तनाव गर्न निश्चित गर्नुहोस् कि सिमहरू ध्रुवहरूमा पङ्क्तिबद्ध छन्।

Chapter 16
शिविर सरसफाई र स्वच्छता

A) व्यक्तिगत स्वच्छता

तपाईं पहाडमा हुनुहुन्छ भनेर व्यक्तिगत स्वच्छतालाई बेवास्ता नगर्नुहोस्। सफा शरीर राख्नाले तपाइँ तपाइँको यात्रामा स्वस्थ रहन सुनिश्चित गर्दछ, जुन अन्यथा खराब हुन सक्छ, यदि तपाइँ खराब स्वच्छता संग आन्द्राको रोग संग तल आउनुभयो भने। यद्यपि, सफा रहन वातावरण बिगार्ने मूल्यमा आउनु हुँदैन।

पहाडमा हुँदा बायोडिग्रेडेबल साबुन, शेभिङ क्रिम वा अन्य सरसफाई एजेन्टहरू प्रयोग गर्न निश्चित हुनुहोस्। यो प्रदूषण जस्तो लाग्दैन, तर हजारौं क्याम्परहरूले कुनै विशेष स्थानमा वर्षौं बिताएपछि, तिनीहरूको सफाई एजेन्टहरूले ठूलो प्रभाव पार्न सक्छ। सफा रहनको लागि एक सरल तरिका बहुउद्देश्यीय क्यास्टिल साबुन थप्नु हो। कास्टाइल साबुन वा तरल एक बहुमुखी तरकारी आधारित साबुन हो जुन पशु बोसो रहित र वातावरण मैत्री छ। यो प्राकृतिक, गैर-विषाक्त, बायोडिग्रेडेबल साबुन अब नरिवल, जैतून, क्यास्टर, हेम्प र अन्य जस्ता तेलबाट बनेको छ। तपाईले यसलाई विभिन्न उद्देश्यका लागि प्रयोग गर्न सक्नुहुन्छ जस्तै साना घाउहरू सफा गर्न, डिशवाशर डिटर्जेन्ट, शैम्पू, शरीर धुने, हात साबुन, दाढी, लुगा धुने डिटर्जेंट र शौचालय सफा गर्ने।

पोखरी वा खोलाहरूमा हुँदा साबुन प्रयोग नगर्नु नै उत्तम हुन्छ। यदि तपाईं साबुन माथि जाँदै हुनुहुन्छ भने, सुनिश्चित गर्नुहोस् कि तपाईं कुनै पनि पानीको स्रोतबाट कम्तिमा 200 फिट हुनुहुन्छ।

B) खाना पकाउने र खाने

जब तपाईं बाहिरी ठाउँमा समय बिताउनुहुन्छ, तपाईंले स्वाभाविक रूपमा अलि बढी गाँठो बनाउनुहुनेछ र सम्भावित संक्रामक पदार्थहरूको सम्पर्कमा आउनुहुनेछ। कुनै पनि खाना पकाउनु अघि, हात सेनिटाइजर जेल वा वाइपहरू प्रयोग गरेर कुनै पनि कीटाणुहरू हटाउन उत्तम हुन्छ।

पहाडमा समय बिताउनुले वातावरणलाई प्रदूषित गर्ने औचित्य होइन। एकचोटि तपाईंले आफ्नो खाना समाप्त गरिसकेपछि, आफ्नो कुकवेयर सफा गर्न निश्चित हुनुहोस् र तपाईंले बायोडिग्रेडेबल साबुन वा तरल पदार्थहरू प्रयोग गरेर आफूलाई सफा गर्न प्रयोग गर्नुभएका समान सिद्धान्तहरू पालना गर्नुहोस्। खाना पकाउने भाँडामा अड्किएको जिद्दी खाना कणहरूको लागि, फोहोर भाँडोमा पानी उमालेर प्रयास गर्नुहोस्, त्यसपछि यसलाई सफा गर्नुहोस्।

तपाईंको फोहोर पानी खन्याउन कुनै सिंक नभएकोले, तपाईंले आफ्नो शिविरबाट टाढा एउटा खाल्डो खन्नु पर्छ र जंगली जनावरहरूलाई तपाईंको शिविरमा प्रवेश गर्नबाट जोगाउन यसलाई खन्याउनुपर्छ। त्यो पानीमा खानाको गन्ध आउनेछ, जसले वन्यजन्तुलाई आकर्षित गर्नेछ। बाँकी रहेको अतिरिक्त खानाको स्क्र्यापबाट बच्नु नै उत्तम हुन्छ।

C) फोहोर

खानाको फोहोरको अतिरिक्त, तपाईंले क्याम्पिङ गर्दा मानव फोहोरको सामना गर्नुपर्नेछ। बिरालो प्वालहरू फोहोर निपटानको सबैभन्दा व्यापक रूपमा स्वीकृत विधि हो। 4 इन्च देखि 6 इन्च व्यास भएको 6 इन्चदेखि 8 इन्च गहिरो प्वाल खन्नको लागि बगैंचाको ट्रोवेल प्रयोग गर्नुहोस्। बिरालोको प्वाललाई प्राकृतिक सामग्रीले ढाकिएको हुनुपर्छ, समाप्त भएपछि। जैविक पदार्थ भएको साइट खोज्ने प्रयास गर्नुहोस्, किनकि तिनीहरूमा जीवहरू छन्, जसले फोहोरलाई सड्न मद्दत गर्नेछ। तपाईंको बिरालोको प्वाल पत्ता लगाउनुहोस्, जहाँ यसले अधिकतम सूर्यको प्रकाश प्राप्त गर्नेछ, जसले विघटन गर्न मद्दत गर्नेछ। बायोडिग्रेडेबल ट्वाइलेट पेपर प्रयोग गर्नु पनि तपाईंले Leave no Trace सिद्धान्तहरूको पालना गरिरहनुभएको छ भनी सुनिश्चित गर्ने उत्तम तरिका हो।

D) पिउने पानी

शिविरमा सफा पिउने पानी हुनु धेरै महत्त्वपूर्ण छ। नदी र खोलाहरूमा बग्ने सफा पानी स्फूर्तिदायी देखिने भए तापनि यो ब्याक्टेरिया, परजीवी, भाइरस र अन्य प्रदूषकहरूको घर हुन सक्छ। यसले आन्द्राको संक्रमण निम्त्याउन सक्छ। परजीवी जीवन संग धनी हुन सक्ने स्थिर वेडिंग पूल वा दलदलबाट टाढा रहनुहोस्

धेरै तरिकाहरू मध्ये कुनै एक प्रयोग गरेर पिउनु अघि सबै पानी तयार गर्नुपर्छ। कम्तिमा तीन मिनेट उमालेको पानीले सामान्यतया सबै कीटाणुहरूलाई मार्छ। रासायनिक उपचार ट्याब्लेटहरू प्रयोग गर्नु पनि पानीलाई निर्जंतुकीकरण गर्ने प्रभावकारी तरिका हो र यसले एक लिटरको लागि लगभग 30 मिनेट लिन्छ।

अन्य, थप सुविधाजनक विकल्पहरूमा स्टेरिलाइजिङ पेन समावेश छ, जुन कम्प्याक्ट ह्यान्ड होल्ड अल्ट्राभायोलेट लाइट (UV) वाटर प्युरिफायर हो जुन विशेष रूपमा बाहिरी र अभियान प्रयोगको लागि डिजाइन गरिएको हो। यसले 99% भन्दा बढी हानिकारक ब्याक्टेरिया र प्रदूषकहरूलाई नष्ट गर्दछ। यो छिटो, सुरक्षित र रासायनिक मुक्त छ। यसले स्वाद, पीएच वा अन्य पानी गुणहरू परिवर्तन गर्दैन।

हामी उपनगरहरू र सहरहरूको दैनिक समस्याहरू र अशुद्धताहरूबाट टाढा जान पहाडहरूमा जान्छौं, त्यसैले प्राकृतिक परिवेश जोगाउन मद्दतको लागि लीभ नो ट्रेस सिद्धान्तहरू मार्फत व्यक्तिगत स्वच्छता र शिविर सरसफाइ अभ्यास गर्न निश्चित हुनुहोस्।

Chapter 17
राम्रो प्रदर्शनको लागि पोषण

पर्वतारोहीको लागि उत्तम पोषण योजनामा धेरै फरक मतहरू छन्। गम्भीर पर्वतारोहीहरूले सहनशीलताको लागि खानाहरूमा ध्यान केन्द्रित गर्न आवश्यक छ, जबकि पदयात्रीहरूले धेरै कारकहरूमा आधारित उनीहरूको पोषण आवश्यकताहरू फ्रेम गर्न अलि बढी स्कोप छ।

यो महत्त्वपूर्ण छ कि पर्वतारोहीहरूले प्रशिक्षण सुरु गर्न लागेका छन् कि छैनन्, हाल प्रशिक्षण, आरोहण वा पुनः प्राप्ति गर्दै छन् भन्ने आधारमा उनीहरूको पोषण फरक तरिकाले योजना बनाउँछन्। विचार गर्ने सबैभन्दा महत्त्वपूर्ण कारकहरू तपाईंको ऊर्जा आवश्यकताहरू र पर्याप्त हाइड्रेशन हुन्। वास्तवमा तालिम सुरु गर्नु भन्दा केही दिन पहिले तपाइँको प्रशिक्षण आहार सुरु गर्न सल्लाह दिइन्छ।

कारण यो हो कि कार्बोहाइड्रेटहरू प्रशिक्षणको लागि ईन्धनको उत्तम स्रोत हुन् र मांसपेशीहरूमा ग्लाइकोजन अणुहरूको रूपमा भण्डारण गरिन्छ।

प्रशिक्षणको दिनमा कार्बोहाइड्रेट भरिएको खानाले शिखर प्रदर्शनमा पुग्न आवश्यक ऊर्जा भण्डारहरू प्रदान गर्दैन। त्यसैले प्रशिक्षण सुरु गर्नुभन्दा कम्तीमा केही दिन अघि कार्बोहाइड्रेट युक्त आहार सुरु गर्नुपर्छ। प्रशिक्षण पोषण मांसपेशी निर्माण मा ध्यान केन्द्रित गर्नुपर्छ। धेरै व्यक्तिहरू सोच्छन् कि मांसपेशिहरु निर्माण गर्न को लागी प्रोटीन सबै आवश्यक छ, तर कार्बोहाइड्रेट यो हुन को लागी आवश्यक ऊर्जा हो।

त्यसैले तालिमको लागि प्रोटिन र कार्बोहाइड्रेट युक्त आहारको संयोजन आवश्यक छ। तपाईंको आहारमा दैनिक कार्बोहाइड्रेट सामग्रीलाई बल्क गर्न सक्ने केही स्वस्थ खानाहरू समावेश छन्: होल गहुँ पास्ता, सम्पूर्ण गहुँको रोटी र फलहरू। तरकारीहरू खान निश्चित हुनुहोस्, किनकि तिनीहरू तनावमा रहेको शरीरको मरम्मतको लागि आवश्यक हुन्छन्। साथै, केहि अतिरिक्त प्रोटीन प्राप्त गर्न, अधिक मासु, दुग्ध र सिमी खानुहोस्, यदि तपाइँ शाकाहारी हुनुहुन्छ भने डेयरी वा सिमी लिनुहोस् वा दैनिक ह्वी प्रोटीन पाउडर शेक प्रयास गर्नुहोस्।

बलियो तालिमको लागि तपाईलाई शरीरको वजनको प्रति पाउन्ड ०.७ देखि ०.९ ग्राम प्रोटीन चाहिन्छ।

बोसो पनि एक आवश्यकता हो, किनकि यसले तपाईंको प्रदर्शन बढाउन सक्छ। सलादमा जैतूनको तेल जस्ता स्वस्थ फ्याटको मेगा डोज प्रयोग गर्नुहोस् र फ्राइङको लागि नरिवलको तेल प्रयोग गर्नुहोस्। याद गर्नुहोस् कि प्रशिक्षणमा पर्वतारोहीहरूको पोषण आवश्यकताहरू दैनिक पूरा गरिनुपर्छ र पर्याप्त ऊर्जा भण्डारण सुनिश्चित गर्न वास्तविक प्रशिक्षण दिनहरूमा मात्र होइन।

प्रशिक्षण दिनहरूमा केही मानिसहरू सहनशीलता बढाउन चिनी प्रयोग गर्न मन पराउँछन्। आरोहण गर्नुअघि चिनीले केही थप ऊर्जा प्रदान गर्न सक्छ, तर यो आरोहीमा निर्भर गर्दछ। प्रत्येक पर्वतारोहीले आफ्नो रगतमा चिनीको प्रतिक्रिया नाप्न यस रणनीतिको साथ प्रयोग गर्नु राम्रो हुनेछ। चिनी प्रशिक्षण अघि तुरुन्तै ऊर्जाको द्रुत स्रोत हुन सक्छ, तर कसैको लागि, यदि यो आरोहण सत्रको बीचमा बन्द हुन्छ भने यसले ऊर्जा नाली निम्त्याउन सक्छ। आरोहणका लागि, पर्याप्त पोषण प्राप्त गर्न सुनिश्चित गर्न पर्याप्त सन्तुलित पूर्व-प्याक गरिएका खानाहरू (नूडल्स, पास्ता र ओट्स) छन्।

एथलीटहरूका लागि कार्बोहाइड्रेट भण्डारणको फाइदाहरू अनुकूलन गर्न र पर्वतारोहणको क्रममा टुटेको मांसपेशी ऊतक मर्मत गर्न प्रोटीन विशेष रूपमा महत्त्वपूर्ण छ। धीरज एथलीटहरू र पर्वतारोहीहरूलाई दैनिक शरीरको तौलको ०.६ देखि ०.७ ग्राम प्रोटीनको आवश्यकता हुन्छ। पर्वतारोहीहरूले गुणस्तरीय प्रोटिनको महत्त्वलाई सम्झनु महत्त्वपूर्ण छ। उदाहरणका लागि माछा, कुखुरा, दूध र पिनट बटरबाट प्रोटिनले तपाईंलाई राम्रोसँग सेवा दिनेछ। आरोहण गर्दा, चामल, पास्ता, रोटी र फलफूलहरू प्रयोग गरेर पर्याप्त ऊर्जा प्राप्त गर्न आफ्नो कार्बोहाइड्रेटको मात्रा बढाउनुहोस्। राम्ररी हाइड्रेटेड रहँदा थोरै अतिरिक्त ऊर्जा प्रदान गर्दछ, त्यसैले प्रशस्त पानी पिउनुहोस्। दिनमा दुई पटक चिया पिउनाले ठिक हुन्छ र डिहाइड्रेसन हुँदैन ।

रिकभरी पोषण प्रायः पर्वतारोहणको सबैभन्दा बेवास्ता गरिएको पक्ष हो। जब तपाइँ आरोहण समाप्त गर्नुहुन्छ र थप उर्जाको आवश्यकता पर्दैन, यो अझै पनि सही रूपमा खान छोड्ने समय छैन। आरोहण पछि तुरुन्तै तपाईंको शरीरले यसको ऊर्जा भण्डारहरू भर्न र मांसपेशिहरु मर्मत गर्न आवश्यक छ। त्यसैले आरोहण पछि केही दिनको लागि आफ्नो पूर्व-प्रशिक्षण आहारमा फर्कनुहोस्।

रिकभरी पोषणले तपाईलाई अर्को आरोहणको लागि तयार राख्छ, ती पहिलो केही दिनहरू पछि तपाईको सन्तुलित पोषण योजना जारी राख्नुहोस् र मांसपेशी बल कायम राख्न हाइड्रेटेड रहनुहोस्। तपाईंको शरीरको लागि सही आहार संयोजन पत्ता लगाउन थोरै प्रयोगको आवश्यकता हुन सक्छ।

Chapter 18
रिभर क्रसिङ

(जवाहर इन्स्टिच्युट अफ माउन्टेनियरिङ एन्ड विंटर स्पोर्ट्स, पहलगामको सार्वजनिक डोमेनमा वेबसाइटबाट रूपान्तरित। संस्थानका निर्देशकलाई धन्यवाद)।

परिचय

पहाडी इलाकामा सञ्चालित पर्वतारोहणका लागि प्रायः तीव्र गतिमा बग्ने नदी वा खोलाहरू पार गर्नुपर्ने हुन सक्छ। यस्ता क्रसिङलाई हल्का रूपमा लिनु हुँदैन। बग्ने पानीको बल सामान्यतया ठूलो हुन्छ र प्रायः कम मूल्याङ्कन गरिन्छ। जब नदी वा खोलाहरू पार गर्नुपर्दछ, त्यहाँ पहाडका नेताहरूले स्ट्रिमको प्रकार, यसको चौडाइ, प्रवाहको गति, र पानीको गहिराइमा निर्भर गर्दै छनौट गर्न सक्ने विभिन्न प्रविधिहरू छन्। स्ट्रिम क्रसिङको सबैभन्दा धेरै प्रयोग हुने प्रविधिहरू पछिका अनुच्छेदहरूमा उल्लेख गरिएका छन्।

टोही

नक्सा, तस्बिरहरू र हवाई अनुगमनले सधैं पानीको अवरोध वा यसको सम्भावित क्रसिङ साइटहरूको विशालता प्रकट गर्दैन। एक पटक क्रसिङ निर्णय गरेपछि साइट चयन धेरै महत्त्वपूर्ण छ। यो साइट चयन मुख्य निकाय को आगमन अघि गरिनु पर्छ। टाढाको दृश्य, सायद रिजबाट, कहिलेकाहीँ नदी किनारबाट सय नजिकको दृश्यहरू भन्दा राम्रो हुन्छ। क्रसिङ साइट निर्णय गर्नु अघि निम्नलाई ध्यानमा राख्नुपर्छ:-

A)। खसेको काठ वा लगमा सुख्खा क्रसिङ भिजेको क्रसिङको प्रयासमा राम्रो हुन्छ।

B)। एक क्रसिङ बिन्दु सामान्यतया चौडा मा छनोट गर्नुपर्छ, जो सामान्यतया नदी को उथलपुथल को लागि हो।

C)। नदीमा तीखो झुकावहरूबाट बच्नुपर्छ, किनकि पानी गहिरो हुनसक्छ र बेन्डको बाहिरी भागमा बलियो प्रवाह हुने सम्भावना हुन्छ।

D)। क्रसिङ साइटको नजिक र टाढाको किनारमा पर्याप्त कम बैंकहरू हुनुपर्छ जसले उपकरण बोक्ने व्यक्तिलाई सापेक्ष सहजताका साथ प्रवाहमा प्रवेश गर्न र बाहिर निस्कन अनुमति दिन्छ।

पर्वतारोही र उपकरणको तयारी

क्रसिङको लागि सकेसम्म पहिले नै पुरुष र उपकरणहरू तयार हुनुपर्छ। अन्तिम तयारी पानी अवरोधको नजिक गर्न सकिन्छ, क्रसिङ स्थान लिनु अघि। तयारी निम्न समावेश गर्नुपर्छ:

A)। पानी संवेदनशील वस्तुहरू जस्तै कागज कागजातहरू, खाना, कपडा र ब्याट्रीहरू वाटरप्रूफ झोलाहरूमा बेर्नुहोस्। यी झोलाहरूले पतनको अवस्थामा थप उछाल पनि प्रदान गर्छन्।

B)। भिजेको क्रसिङको लागि यो वास्तवमा कम लुगा लगाउन राम्रो छ, नुहाउने सूट वा द्रुत ड्राई शर्ट्स र माथिको तुलनात्मक रूपमा टाइट जोडी उत्कृष्ट छन्। तपाईं जति गहिरो जानुहुन्छ, कम लगाउनु महत्त्वपूर्ण छ। अन्यथा, कपडा भरिन्छ र पानी राख्छ। जुत्ताको लागि तपाईंको सबैभन्दा राम्रो शर्त सामान्यतया हाइकिंग स्यान्डल (CROCS ब्रान्ड) हो, जुत्ता वा जुत्ता भन्दा।

C)। व्यक्तिगत उपकरणहरू काँधमा झुन्ड्याउनु पर्छ वा ब्याकप्याकमा जोडिएको हुनुपर्छ।

नदी पार गर्ने विधिहरू

सबै पहाडी नदीहरू वा खोलाहरू पार गर्न योग्य छैनन्। यस्तो अवस्थामा विशेषज्ञ पर्वतारोहीको सहयोगमा वैकल्पिक मार्गको प्रयोग वा क्रसिङ बनाउनुपर्छ । नदी क्रसिङ पर्वतारोहीहरूले सामना गर्ने सबैभन्दा खतरनाक अवस्थाहरू मध्ये एक हो। कर्मचारीको सुरक्षालाई ध्यानमा राखी क्रसिङ गर्ने प्रयास गर्नुपर्छ। सामान्यतया कम्मरको स्तरभन्दा गहिराइ नहुने खोला वा खोलाहरू पार गर्न प्रयोग गर्न सकिने केही प्रविधिहरू:

A)। Wading: सम्भव भएसम्म, र अनुभवको डिग्रीले अनुमति दिँदा, द्रुत क्रसिङको लागि स्ट्रिमहरू व्यक्तिगत रूपमा फोर्ड गर्नुपर्छ। केही उपयोगी टिप्स निम्नानुसार छन्:-

(i)। व्यक्तिले सामान्यतया अपस्ट्रीम र थोरै छेउमा सामना गर्नुपर्छ, सन्तुलन कायम राख्न मद्दतको लागि वर्तमानमा थोरै झुक्नु पर्छ।

(ii)। खुट्टालाई माथि उठाउनुको सट्टा तलको साथ मिलाउनुपर्छ, डाउनस्ट्रीम खुट्टा सामान्यतया सीसामा।

(iii)। छोटो, जानाजानी कदम चाल्नु पर्छ।

(iv)। खोला पार गर्ने व्यक्तिलाई डोरीको सहायताले सुरक्षित गर्न सकिन्छ, विशेष गरी गैर पौडी खेल्ने र कमजोर पौडीबाजहरू।

(v) यदि सम्भव छ भने, दुवै छेउमा विधिवत रूपमा सुरक्षित स्ट्रिममा डोरी राख्नुहोस्। डोरी पानी भन्दा माथि हुनुपर्छ।

(vi)। अचानक बाढीको अग्रिम चेतावनी दिनको लागि क्रसिङ माथि मानिसलाई हेर्नुहोस्। हेर आउट मानिस पनि मद्दतको लागि डाउनस्ट्रीममा अवस्थित हुन सक्छ, आवश्यक पर्दा।

B)। क्रसिङको चेन विधि: जब पानीको स्तर तिघ्राको गहिराइमा पुग्न थाल्छ, वा यदि कर्मचारीहरूले सुरक्षित रूपमा व्यक्तिगत क्रसिङ गर्नको लागि प्रवाह धेरै छिटो छ भने, टोली क्रसिङ प्रयोग गर्न सकिन्छ। चेन क्रसिङमा, दुई वा बढी व्यक्तिहरू एकअर्कासँग हतियारहरू काट्छन् र आफ्नो हातहरू आफैंको अगाडि लक गर्छन्। बनाइएको रेखा टाढाको किनारको सामना गर्दछ। समूहको लागि वर्तमान तोड्न सबैभन्दा ठूलो व्यक्ति लाइनको माथिल्लो भागमा हुनुपर्छ।

C)। सिंगल लग ब्रिज: पानीको अवरोध करिब छ देखि सात फिट चौडाइ भएको र धाराको प्रवाह तीव्र हुँदा यो विधि प्रयोग गरिन्छ। पुल बनाउनको लागि पर्याप्त मोटाई भएको आठ देखि दश फिट लम्बाइका खसेको लगहरू प्रयोग गरिन्छ। लग या त डोरी प्रयोग गरेर वा स्लाइड गरेर राख्न सकिन्छ। लगमा बसेर पुल पार गरेर अगाडि बढ्छ। व्यक्तिले पुल पार गर्दा बेले जस्ता सुरक्षा उपायहरू अपनाउनु आवश्यक छ।

D)। डबल लग ब्रिज: पुल बनाउनको लागि धेरै समय उपलब्ध हुँदा यो विधि प्रयोग गरिन्छ। एक पटक एकल लग ब्रिज बनेपछि, उही आकारको अर्को लग अघिल्लो लगको समानान्तर पानी अवरोध पार गरिन्छ। एक ल्वाङ्ग हिच गाँठ दुवै

लगहरु मा बाँधिएको छ कि यिनीहरु अलग नभएको सुनिश्चित गर्न को लागी। यो पुल पार गर्दा व्यक्तिले दुईवटा लगहरू माथि सजिलै हिड्न सक्छ।

E)। एकल डोरी पुल: बाधाको पानीको सतह उच्च हुँदा र पानीको बहाव छिटो हुँदा एकल डोरी पुल बनाइन्छ। यस विधिमा खोलाको दुबै छेउका रुख वा लङ्गरमा डोरी बाँधेर बाँदरले वा लामो गोफनले क्याराबिनरको प्रयोग गरी डोरीमा क्रल गरेर अवरोध पार गरिन्छ। यस विधिमा एक व्यक्तिलाई लंगरमा डोरीले बाँधेर नदीको अर्को छेउसम्म हिँड्नुपर्छ।

F)। दोहोरो डोरी पुल: अवरोधको दुबै छेउमा एङ्करहरूमा दुई डोरीहरू एक अर्को तल बाँधिएका छन्। डोरीहरू बीचको दूरी तीन फिट भन्दा बढी हुनु हुँदैन। तल्लो डोरी हिड्नको लागि प्रयोग गरिन्छ र माथिको डोरी एक व्यक्तिले समात्छ, छेउमा हिंड्दा। यस विधिमा व्यक्तिले आफ्नो उपकरणले अवरोध पार गर्न सक्छ।

G) Tarzan Swing: यो विधि साँघुरो पानीको अवरोध पार गर्न प्रयोग गर्न सकिन्छ, जहाँ रूख वा अन्य कुनै प्राकृतिक लङ्गर बाधाको नजिक र माथि उपलब्ध छ। यस लंगरमा डोरी बाँधिएको छ र बाधा व्यक्तिले झुलाएर पार गर्न सक्छ। डोरीको मुक्त छेउ पर्याप्त लम्बाइको हुनुपर्छ, जसले गर्दा व्यक्तिले सजिलै स्विङ लिन र पार गर्न सकोस्। झुल्नु अघि रूखको हाँगाको बल पनि जाँच गर्नुपर्छ।

Chapter 19
हिमालमा मौसम

1. पहाडले कसरी असर गर्छ मौसम?

पहाडहरूले कुनै क्षेत्रको मौसम वा हावापानीलाई फरक बनाउन सक्छ, उदाहरणका लागि, तिनीहरूले तापक्रम र आर्द्रतालाई असर गर्न सक्छन्। पहाडको तापक्रम जति माथि जान्छ उति चिसो हुँदै जान्छ। तसर्थ, पहाडहरूमा वरपरको समतल जमिनको तुलनामा ओसिलो हावापानी हुने गर्दछ। हिमाली मौसममा पनि ठूलो परिवर्तन हुन्छ। उदाहरणका लागि, मौसम सफा नीलो आकाश हुन सक्छ, त्यसपछि केही मिनेट पछि गर्जन। तापक्रम अत्यधिक तातोबाट चिसोभन्दा तलसम्म पनि जान सक्छ।

वरपरको समतल जमिनको तुलनामा हिमालहरूमा पनि धेरै वर्षा हुन्छ। यसको कारण पहाडको चुचुरोमा रहेको तापक्रम समुन्द्र सतहको तापक्रमभन्दा कम हुन्छ ।

2. पहाडले कसरी असर गर्छ वर्षा?

वर्षा, हिमपात, हिउँ वा असिना जस्ता वायुमण्डलबाट पानीको कुनै पनि रूपको लागि वर्षा अर्को शब्द हो। तिनीहरू पानीको वाष्पबाट संक्षेपणको प्रक्रियाबाट बन्छन् र गुरुत्वाकर्षणको कारण जमीनमा खस्छन्।

वर्षा र कुनै क्षेत्रमा पर्ने वर्षाको मात्रा तापक्रम र भूभागले प्रभावित हुन्छ। हिमालहरूले वर्षाको मात्रामा महत्त्वपूर्ण प्रभाव पार्न सक्छ।

जब हावा पहाडमा पुग्छ, यो बाधा माथि उठ्न र उठ्न बाध्य हुन्छ। जति पहाड माथि उकालो उति चिसो बढ्छ। त्यसपछि, जब हावा पहाडबाट तल फर्कन्छ यो तातो र सुख्खा हुँदै जान्छ, किनभने पहाड माथि उठ्ने क्रममा हावामा रहेको आर्द्रता सुक्छ। जसका कारण यस क्षेत्रमा कम वर्षा हुन्छ । आर्द्रताको कमी भएको यस क्षेत्रलाई वर्षा छाया भनिन्छ।

यसको मतलब यो पनि हो कि पहाडको एक छेउ हिउँले ढाकिएको हुन सक्छ, जबकि अर्को तातो र सुख्खा हुन सक्छ। यो सिएरा नेभाडा (क्यालिफोर्निया, संयुक्त राज्य अमेरिका), हिमालय (भारत) र रकी पर्वत (क्यानाडा) मा देखिन्छ।

3. पहाडले कसरी असर गर्छ तापक्रम?

पहाडमा जति माथि जान्छ तापक्रम चिसो हुन्छ। यसको कारणले गर्दा उचाइ बढ्दै जाँदा हावा पातलो हुँदै जान्छ र तापलाई अवशोषित गर्न र राख्ने क्षमता कम हुन्छ। जति चिसो तापक्रम हुन्छ त्यति नै कम वाष्पीकरण हुन्छ, त्यसैले हावामा चिसो पनि बढी हुन्छ। जसका कारण पनि हिमालको माथिल्लो भागमा बढी वर्षा भइरहेको छ।

पहाडी ढलानमा तापक्रम र हावापानीमा हुने तीव्र परिवर्तनको अर्थ एकअर्काको छेउमा पूर्णतया विपरीत मौसम भएका क्षेत्रहरू हुन सक्छन्। उदाहरणका लागि, जलवायु उष्णकटिबंधीय जङ्गलदेखि हिमनदीको बरफसम्म हुन सक्छ।

4. प्रसिद्ध पर्वतहरूको उदाहरणहरू:

a) सगरमाथा। यो संसारको सबैभन्दा अग्लो हिमाल ८,८४९ मिटर हो।

b) किलिमन्जारो। यो अफ्रिकाको सबैभन्दा अग्लो हिमाल हो। यो ज्वालामुखी पहाड हो र यसको उचाइ ५,८९५ मिटर छ।

c) माउन्ट फुजी जापानको ज्वालामुखी हो जुन ३,७७६ मिटर अग्लो छ।

d) K2 विश्वको दोस्रो अग्लो हिमाल ८,६११ मिटर हो। यो कश्मीरको गिलगिट-बाल्टिस्तान क्षेत्रमा अवस्थित छ र यसमा आरोहण गर्नेहरूको लागि सबैभन्दा उच्च मृत्यु दर छ।

e) आल्प्स सबैभन्दा व्यापक पर्वत श्रृंखला प्रणाली हो। यो फ्रान्स, स्विट्जरल्याण्ड, मोनाको, इटाली, लिकटेन्स्टाइन, अस्ट्रिया, जर्मनी र स्लोभेनिया सहित 8 देशहरूमा फैलिएको छ।

Chapter 20
बादलका प्रकारहरू

सबै बादलहरू मूलतया पानीका थोपाहरू वा बरफका क्रिस्टलहरू मिलेर बनेका हुन्छन् जुन आकाशमा तैर्छन्। तर सबै बादलहरू एकअर्काबाट थोरै फरक देखिन्छन् र कहिलेकाहीँ यी भिन्नताहरूले हामीलाई मौसममा हुने परिवर्तनको भविष्यवाणी गर्न मद्दत गर्न सक्छ।

तपाईंले आकाशमा देख्न सक्नुहुने केही सामान्य क्लाउड प्रकारहरूको सूची:

1. उच्च बादल (16,500-45,000 **फीट**)

a) **सिरस**

सिरस बादलहरू नाजुक, प्वाँखयुक्त बादलहरू हुन् जुन प्रायः बरफ क्रिस्टलहरूबाट बनेका हुन्छन्। तिनीहरूको विस्पी आकार हावाको धाराहरूबाट आउँछ, जसले बरफको क्रिस्टलहरूलाई स्ट्र्यान्डहरूमा घुमाउँछ र फैलाउँछ। भविष्यवाणी यो छ कि यसको बाटोमा परिवर्तन छ।

b) **सिरोस्ट्रेटस**

सिरोस्ट्रेटस बादलहरू पातलो, सेतो बादलहरू हुन् जसले सम्पूर्ण आकाशलाई घुम्टो जस्तै ढाक्छ। यी बादलहरू प्राय: जाडोमा देखिन्छन् र सूर्य वा चन्द्रमाको वरिपरि हेलोको उपस्थिति हुन सक्छ। २४ घण्टाभित्र वर्षा वा हिमपात हुने भविष्यवाणी गरिएको छ ।

c) **सिरोक्यूमुलस**

Cirrocumulus बादलहरू पातलो, कहिलेकाहीँ पातलो, पाना-जस्तो बादलहरू हुन्। तिनीहरू कहिलेकाहीँ तिनीहरू लहरहरूले भरिएका वा सानो दानाबाट बनेका देखिन्छन्। मौसम चिसो रहने प्रक्षेपण छ ।

2. मध्य-स्तर बादल (6,500-23,000 **फीट**)

a) **अल्टोक्यूमुलस**

Altocumulus बादलहरूमा धेरै सेतो वा खैरो तहहरू हुन्छन् र फ्लफी लहरहरूको धेरै साना पङ्क्तिहरू मिलेर बनेको देखिन्छ। तिनीहरू सिरस बादलहरू भन्दा कम छन्, तर अझै पनि धेरै उच्च छन्। तिनीहरू तरल पानीबाट बनेका हुन्छन्, तर तिनीहरूले प्रायः वर्षा उत्पादन गर्दैनन्। मौसम सामान्य रहने प्रक्षेपण छ ।

b) Altostratus

अल्टोस्ट्र्याटस बादलहरू खरानी वा नीलो-खैरो मध्य-स्तरका बादलहरू हुन् जुन बर्फ क्रिस्टल र पानीका थोपाहरू मिलेर बनेको हुन्छ। बादलले सामान्यतया सम्पूर्ण आकाश ढाकेको हुन्छ। परिस्थिति अनुसार निरन्तर वर्षा वा हिमपातको लागि पूर्वानुमान तयार हुनुपर्छ।

c) निम्बोस्ट्राटस

निम्बोस्ट्र्याटस बादलहरू कालो, खैरो बादलहरू हुन् जुन वर्षा वा हिउँमा मेटिने देखिन्छ। तिनीहरू यति मोटो हुन्छन् कि तिनीहरूले प्रायः सूर्यको किरणलाई बाहिर निकाल्छन्। भविष्यवाणी वर्षा वा हिउँ संग उदास मौसम को लागी हो।

3. कम बादल (६,५०० फीट भन्दा कम)

a) कम्युलस

कम्युलस बादलहरू आकाशमा फ्लफी, सेतो कपासको बलहरू जस्तै देखिन्छन्। तिनीहरू सूर्यास्तमा सुन्दर हुन्छन् र तिनीहरूको फरक आकार र आकारहरूले तिनीहरूलाई अवलोकन गर्न रमाईलो बनाउन सक्छ। पूर्वानुमान सामान्य मौसमको लागि हो।

b) स्ट्र्याटस

स्ट्र्याटस क्लाउड प्रायः पातलो, सेतो पानाले पूरै आकाश ढाकेको जस्तो देखिन्छ। तिनीहरू धेरै पातलो भएकाले, तिनीहरूले विरलै धेरै वर्षा वा हिउँ उत्पादन गर्छन्। कहिलेकाहीँ पहाड वा पहाडहरूमा यी बादलहरू कुहिरो जस्तो देखिन्छ। भविष्यवाणी उदास मौसमको लागि हो।

c) Cumulonimbus

क्युमुलोनिम्बस बादल तातो दिनहरूमा बढ्छ, जब तातो, ओसिलो हावा आकाशमा धेरै माथि उठ्छ। टाढाबाट, तिनीहरू ठूला पहाडहरू वा टावरहरू जस्तै देखिन्छन्। भविष्यवाणी भनेको वर्षा र असिनाको लागि हेर्नु हो।

d) Stratocumulus

Stratocumulus क्लाउडहरू पातलो खैरो वा सेतो बादलहरू हुन् जसमा प्रायः कालो मधुकोक जस्तो देखिन्छ। भविष्यवाणी छिट्टै आउँदैछ।

4. विशेष बादलहरू

a) Contrails

कन्ट्रेलहरू उच्च-उडान जेट विमानहरूद्वारा बनाइन्छ। यद्यपि तिनीहरू अझै पनि बादल हुन्, किनभने तिनीहरू जेट इन्जिनको निकासमा पानीको वाष्पबाट गाढा पानीका थोपाहरूबाट बनेका हुन्छन्। कन्ट्रेलहरूले आकाशमा नमीको तहहरूको बारेमा जानकारी प्रदान गर्न सक्छ।

b) Mammatus बादल

म्यामेटस क्लाउडहरू वास्तवमा अल्टोक्यूमुलस, सिरस, कम्युलोनिम्बस वा अन्य प्रकारका बादलहरू हुन् जसमा यी थैली-जस्तो आकारहरू तलबाट बाहिर झुण्डिएका हुन्छन्। जब बादल भित्रको चिसो हावा पृथ्वी तिर डुब्न थाल्छ तब थैलीहरू सिर्जना हुन्छन्। भविष्यवाणी गम्भीर मौसमको लागि हो।

c) ओरोग्राफिक बादलहरू

ओरोग्राफिक क्लाउडहरूले पहाड वा पहाडहरूबाट आफ्नो आकार पाउँछन् जसले हावालाई उनीहरूको वरिपरि वा वरिपरि सार्न बाध्य पार्छ। तिनीहरू समुद्री हावाहरू द्वारा पनि बन्न सकिन्छ र प्रायः रेखाहरूको रूपमा देखा पर्दछ, जहाँ दुई वायु जनहरू मिल्छन्। दिउँसोको आँधीबेहरी बन्नको लागि अवस्थाहरू सही हुन सक्छ भन्ने प्रारम्भिक संकेतको लागि भविष्यवाणी।

d)। लेन्टिक्युलर बादल

लेन्टिक्युलर क्लाउडहरू लेन्स वा बादाम जस्तै आकारका हुन्छन्। तिनीहरूले पहाडी भू-भागबाट आफ्नो आकार प्राप्त गर्न सक्छन् वा जसरी समतल भू-

भागमा हावा बढिरहेको छ। बादलको यो रूपले कुनै पनि प्रकारको मौसम अवस्थाको लागि कुनै संकेत दिँदैन।

Chapter 21
नेभिगेसन उपकरणको रूपमा नक्सा

नक्सा आधारभूत

नक्सा आधारभूत नेभिगेसन उपकरण हो, जुन तपाईंले यात्रा गर्न चाहनुभएको जमिनको रेखाचित्र प्रतिनिधित्व हो। नक्सा प्रक्षेपण भनेको कागजको समतल टुक्रामा सानो स्केलमा पृथ्वीको गोलाकार सतह वा यसको कुनै भाग प्रतिनिधित्व गर्न प्रयोग गरिने अक्षांश र देशान्तरको मेरिडियनहरूको समानान्तरको ग्रिडको व्यवस्थित र व्यवस्थित रेखाचित्र हो।

नक्साको मुख्य विशेषताहरू मध्ये एक परिदृश्यमा उच्च बिन्दु र तल्लो बिन्दु बीचको उचाइमा (भौतिक राहत) भिन्नता मार्फत पहाड र मैदानहरूको चित्रण प्रदर्शन गर्नु हो। कागजको समतल पानामा राहत सुविधाहरू देखाउने मुख्य विधि आकृतिहरू प्रयोग गरेर हो।

रूपरेखा

पहाडहरूमा नेभिगेट गर्नको लागि नक्सामा सबैभन्दा उपयोगी सुविधा समोच्च रेखा हो। आकृतिहरू खैरो छन् र जमिनको रूप र यसको खडापन देखाउँछन्। रूपरेखाले भूमिलाई तीन आयामहरूमा हेर्न सम्भव बनाउँछ। समोच्च सुविधाहरू हिउँमा ढाक्दा पनि जमिनमा लगभग सधैं पहिचान गर्न सकिन्छ। स्ट्रिमहरू र ट्र्याकहरू पनि उपयोगी छन्, तर तिनीहरू कम भरपर्दो हुन्छन्।

समोच्च रेखा नक्सामा समुन्द्र सतह माथि बराबर उचाइको बिन्दुहरू जोड्ने रेखा हो। समोच्च अन्तराल प्रत्येक समोच्च बीचको उचाइ हो, जुन नक्सामा देखाइएको छ। उचाइ देखाउनुका साथै समोच्च रेखाहरूले जमिनको आकार पनि चित्रण गर्दछ। यी समोच्च सुविधाहरूको रूपमा चिनिन्छन्, जुन तल दिइएका सामान्य सुविधाहरू तल चित्रण गरिएका छन्:

1. कोनिकल हिल: पहाडमा कोन जस्तै नियमित ढलान हुन्छ। यो आकारमा लगभग गोलाकार बन्द आकृति द्वारा देखाइएको छ।

2. पठार: पठार एउटा टेबलको माथि जस्तै हो। यसमा लगभग समतल शीर्ष र ठाडो पक्षहरूको साथ उच्च भूमिको क्षेत्र छ।

3. स्पर र भ्याली: स्पर तल्लो क्षेत्र भन्दा माथिको उच्च जमिनको प्रक्षेपण हो। एक स्पर सामान्यतया दुई उपत्यका बीच प्रक्षेपण पाइन्छ। यो V-आकारको समोच्च ढाँचा द्वारा देखाइएको छ। उपत्यकाहरू तल्लो जमिनका क्षेत्रहरू हुन्, जुन उच्च भूमिहरूमा प्रवेश गर्दछ।

4. कोल र पास: एक कोल वा काठी दुई पहाड वा चुचुराहरू बीचको उथले अवसाद हो। पास वा ग्याप भनेको पहाडको दायरामा रहेको गहिरो अवसाद हो। यो सामान्यतया सडक र रेलवे को लागि एक मार्ग को रूप मा प्रयोग गरिन्छ।

5. घाटी: पहाडहरूमा उदाउँने नदीहरू प्रायः धेरै साँघुरो उपत्यकाहरूबाट बग्दछन् जसको दुबै छेउमा ठाडो किनारहरू छन्। जहाँ ठाडो छेउको उपत्यका साँघुरो हुन्छ, त्यो खाल्डो बन्छ।

6. चट्टान: चट्टान भनेको जमिनमा वा समुद्री तटमा रहेको चट्टानको अनुहार हो, जुन ठाडो वा लगभग ठाडो हुन्छ। एउटा चट्टान देखाइएको छ, जब धेरै समोच्च रेखाहरू एकै बिन्दुमा भेट्छन्।

7. Knoll: Knoll भनेको पृथक पहाड हो। यो सानो, लगभग गोलाकार रूपरेखा द्वारा देखाइएको छ। कोमल राहत को क्षेत्र मा Knolls पाइन्छ।

8. कन्भेक्स स्लोप: ढलानको तल्लो भागमा रूपरेखाहरू नजिकबाट र माथिल्लो भागमा बढी फराकिलो दूरीमा राखिएको हुन्छ।

9. अवतल ढलान: ढलानको तल्लो भागमा रूपरेखाहरू फराकिलो हुन्छन् र माथिल्लो भागमा धेरै नजिक छन्।

नक्सा स्केलहरू

नक्साको स्केल भनेको जमिनमा रहेको दूरी र नक्सामा रहेको दूरी बीचको सम्बन्ध हो र यसलाई सामान्यतया अनुपातको रूपमा व्यक्त गरिन्छ, जस्तै 1:50,000। 1:50,000 को स्केलमा यसको मतलब नक्सामा 1 सेन्टिमिटर जमिनमा 50,000 सेन्टिमिटर (वा 500 मिटर) बराबर हुन्छ। नक्सामा दुई सेन्टिमिटर जमीनमा 1 किलोमिटर बराबर छ।

ग्रिड सन्दर्भहरू

सबै नक्साहरूमा 1 किलोमिटर अन्तरालहरूमा छापिएको तेर्सो र ठाडो रेखाहरूको नेटवर्क छ। यसले सहि स्थान पहिचान गर्न र पहिचान गर्न मद्दत गर्दछ, जहाँ नक्साको यो क्षेत्र देशको बाँकी भागसँग सम्बन्धित छ।

यी रेखाहरूलाई ठाडो रेखाहरू र तेर्सो रेखाहरू भनिन्छ र 100 किलोमिटर ब्लकहरूमा 00 देखि 99 सम्म अंकित गरिन्छ। ब्लकहरू अक्षरहरूद्वारा पहिचान गरिएका छन्, जुन नक्साको कुञ्जीमा देख्न सकिन्छ।

स्थान पहिचान गर्न ग्रिड रेखाहरू प्रयोग गर्न, पहिले ठाडो रेखाहरूमा संख्याहरू र त्यसपछि तेर्सो रेखाहरू पढ्नुहोस्।

कन्टूर व्याख्या भनेको नक्सामा रहेको समोच्च सुविधाहरूलाई जमिनमा रहेका वास्तविक सुविधाहरू (र यसको विपरित)सँग सम्बन्धित गर्ने बारे हो। यो तीन मुख्य तरिकामा गर्न सकिन्छ:

a) तपाईंको खुट्टा मुनिको जमिनको मूल्याङ्कन गरेर, यसले कस्तो प्रकारको विशेषता बनाउँछ परिभाषित गर्नुहोस् र त्यसपछि नक्सामा पहिचान गर्नुहोस्।

b) राम्रो दृश्यतामा, तपाईंको तत्काल स्थान भन्दा बाहिरका सुविधाहरू हेरेर र नक्सामा तिनीहरूलाई पहिचान गरेर। यी सुविधाहरू नजिक हुन सक्छन् वा सयौं मिटर टाढा हुन सक्छन्।

c) हामीले कसरी थाहा पाउने कि नक्साको रूपरेखा उकालो वा डाउनहिलमा गइरहेको छ? यहाँ केही सुझावहरू छन्:

1. समोच्च उचाइहरू खोज्नुहोस्, जुन समोच्च रेखाहरू भित्र समावेश गरिएको छ। यो पनि याद गर्नुहोस् कि समोच्च उचाइका आंकडाहरू नक्सामा माथितिर फर्केर छापिएका छन् अर्थात यदि तपाईंले आंकडाहरूलाई सही तरिकाले माथि हेर्दै हुनुहुन्छ भने तपाईं माथितिर (नक्सामा) हेर्दै हुनुहुन्छ र यदि तिनीहरू उल्टो छन् भने तपाईंले डाउनहिल (नक्सामा) हेर्दै हुनुहुन्छ। ।

2. नदीहरू र खोलाहरू तलतिर बग्छन् र त्यसैले तिनीहरू नक्सामा उच्च र तल्लो जमिनका उपयोगी सूचकहरू हुन्।

3. नक्सामा ढलान माथि जाँदैछ वा तल जाँदैछ भनेर जाँच गर्ने अर्को उपयोगी तरिका नक्सामा नजिकको पहाड फेला पार्नु हो। यसले सामान्यतया स्पष्ट पार्नेछ।

कम्पासको आधारभूत बुझाइ

तपाइँको कम्पास एक विशेष वस्तु को दिशा निर्धारण गर्न को लागी प्रयोग गर्नुपर्छ। यो असरले तपाइँको इच्छित दिशा वा विशिष्ट स्थान निर्धारण गर्न मद्दत गर्न सक्छ। यो महत्त्वपूर्ण छ किनभने तपाईलाई थाहा छ कि कुन दिशामा जानु पर्छ।

मार्ग-चिह्नित ट्रेलमा, साइनपोस्टहरूमा बायाँ वा दायाँ घुम्न सजिलो छ। यी मार्ग-मार्करहरू बिना, त्यहाँ अक्सर अनिर्णय हुन्छ। यो विशेष गरी जङ्गल, बग र अँध्यारो पछि वा कम दृश्यता भएको अवस्थामा हुन्छ। कुनै पनि तरिका, एक कम्पास सधैं आफ्नो rucksack भित्र हुनुपर्छ।

अधिकांश कम्पासहरूमा चुम्बकीय सुई हुन्छ। तपाईंले यो सुईको रातो टिप "चुम्बकीय उत्तर" औंल्याएको याद गर्नुपर्छ, जुन नक्साको रेखाहरूमा पनि देखाइएको छ। चुम्बकीय उत्तर दिशा हो जसमा कम्पास सुई वा अन्य स्वतन्त्र रूपमा निलम्बित चुम्बकको उत्तरी छेउले पृथ्वीको चुम्बकीय क्षेत्रको प्रतिक्रियामा संकेत गर्दछ। यो समय र ठाउँबाट साँचो उत्तरबाट विचलित हुन्छ, किनभने पृथ्वीको चुम्बकीय ध्रुवहरू यसको अक्षको सम्बन्धमा स्थिर छैनन्।

नक्सा र कम्पास सँगै प्रयोग गर्दै

धेरै शुरुवातकर्ताहरूका लागि, नक्सा र कम्पास प्रयोग गर्ने कठिन पक्ष आउँछ, जब नक्सालाई दृश्यसँग मिल्ने गरी समात्ने प्रयास गर्दा। यसको मतलब तपाईंले नक्सालाई घुमाइरहनु आवश्यक छ ताकि तपाईंको अगाडि जे छ त्यो पनि नक्सामा कसरी देखिन्छ। यो "मिररिङ" को एक रूप हो जसले तपाईंले नक्सामा देखेको कुरा ल्यान्डस्केपमा देख्न सकिन्छ भनेर सुनिश्चित गर्दछ। यसलाई सरल बनाउनको लागि निम्नलाई विचार गरौं:

1. कम्पासले सधैं उत्तरतिर देखाउँछ र तपाईंले आफ्नो नक्साको साथ पनि त्यस्तै गर्नुपर्छ। उदाहरणका लागि, यदि उत्तरतिर फर्केर जंगलमा उभिएको छ भने, नक्सा समात्नुहोस् ताकि यो पनि उत्तरतिर फर्कन्छ। यदि तपाइँ दक्षिणतिर

फर्कनुभयो भने, तपाइँको नक्सा घुमाउनुहोस् ताकि तपाइँको नक्सामा उत्तरले उत्तरलाई संकेत गर्न जारी राख्छ।

2. नक्सामा स्थान ट्र्याक राख्ने एउटा तरिका यो स्थानमा आफ्नो औंला समात्नु हो। जब तपाईं कुनै विशेष दिशामा अगाडि बढ्नुहुन्छ, तपाईंले नक्सामा मेरो औंलालाई त्यही दिशामा सार्नु हुन्छ। यद्यपि यो प्रविधि व्यापक रूपमा प्रयोग गरिन्छ, यसले अभ्यास लिन्छ।

3. माथिको दिमागमा, उचित नेभिगेसनको लागि तपाईंले नक्सा र कम्पास सँगै कसरी प्रयोग गर्ने भनेर सिक्नु आवश्यक छ। आखिर, नक्सा र कम्पास धेरै भरपर्दो छ र यो स्थान "त्रिभुज" मा मद्दत गर्छ। यसको मतलब तपाइँ प्रक्रियाको क्रममा तीन फरक प्रणालीहरू सन्दर्भ गर्न सक्नुहुन्छ।

a) नक्सामा आफ्नो सटीक स्थान निर्धारण गर्न।

b) नक्सामा आफ्नो अर्को लक्ष्य/गन्तव्य पहिचान गर्न।

c) यस लक्ष्य/गन्तव्यमा पुग्नको लागि समय र दूरी गणना गर्न।

यी मध्ये पहिलो चरणहरू "मानसिक म्यापिङ" मार्फत मद्दत गर्न सकिन्छ र यो एक साधारण प्रक्रिया हो जसमा तपाईंको स्थान थाहा पाउनको लागि तपाईंको वरिपरिको अवलोकन समावेश छ। त्यसपछि तपाईले कम्पासको प्रयोग गरी त्यस स्थानबाट आफ्नो इच्छित वेपोइन्टमा असर लिन र त्यसपछि त्यो दिशामा जानुहोस्।

आउटडोरमा समय र दूरीको न्याय गर्दै

दुई बिन्दुहरू बीचको दूरीलाई बाहिर निकाल्नु धेरै उपयोगी छ। धेरैजसो मानिसहरू समान गतिमा हिड्छन्। १०० मिटर हिँड्न कति समय लाग्छ भन्ने थाहा छ भने, धेरै किलोमिटर हिँड्न कति समय लाग्न सक्छ भनेर गणना गर्न सजिलो हुन्छ। यद्यपि, मार्स वा अचिह्नित क्षेत्रहरू मार्फत पदयात्रा गर्न धेरै समय लाग्न सक्छ।

यो सीप विकास गर्न र समय र दूरी गणना मा राम्रो प्राप्त गर्न अभ्यास लाग्छ। उल्लेख गरिए अनुसार, तपाईं उच्च उचाइ आरोहणको बारेमा चिन्ता नगरी सुरक्षित वातावरणमा यी सीपहरू सिक्न सक्नुहुन्छ। एक प्राकृतिक कदम एक गति बराबर छ। तपाईंले केवल 100 मिटर हिड्न कति गति लिन सक्छ भनेर

जान्न आवश्यक छ। तपाईंले मापन गरिएको 100-मिटर हिँडेर यो गर्न सक्नुहुन्छ र तपाईंले चाल्नुहुने चरणहरूको संख्या गणना गर्नुहोस् र त्यसपछि घुम्नुहोस् र चरणहरूको यो संख्या पुन: गणना गर्दा तपाईंको सुरूवात बिन्दुमा फर्कनुहोस्। "गति गणना" यी संख्याहरूको औसत हो। त्यसपछि तपाइँ पहाडहरूमा समय र दूरी नाप्न यो गति गणना प्रयोग गर्न सक्नुहुन्छ।

Chapter 22
उच्च उचाइ अनुकूलता र तीव्र पर्वतीय रोग

परिचय

उच्च उचाइमा अनुकूलता भनेको हाम्रो शरीर वरपरको हावामा अक्सिजनको कम स्तरमा बानी बसाल्ने प्रक्रिया हो। यो प्रक्रिया बिस्तारै बिस्तारै हुन सक्छ जब तपाईं उचाइको विभिन्न स्तरहरूबाट माथि जानुहुन्छ, प्रत्येक स्तरमा माथि बढ्नु अघि समय खर्च गर्नुहुन्छ।

एक्युट माउन्टेन सिकनेस (एएमएस वा अल्टिच्युड सिकनेस) र उच्च उचाइमा आरोहण गर्दा यसका गम्भीर रूपहरू जस्तै हाई अल्टिट्यूड पल्मोनरी एडेमा (HAPE) र हाई अल्टिट्यूड सेरेब्रल एडेमा (HACE) धेरै वास्तविक समस्याहरू हुन्।

हावाको घनत्व, अक्सिजन र उचाई

उच्च उचाइ अनुकूलतालाई पूर्णतया बुझ्नको लागि, तपाईंले आफ्नो शरीरको उचाइ र हावाको घनत्व र तपाईंलाई उपलब्ध अक्सिजनको स्तर बीचको सम्बन्ध बारे सचेत हुन आवश्यक छ।

समुन्द्री सतहमा उभिएर अक्सिजनले हावाको लगभग २१% ओगटेको हुन्छ र ब्यारोमेट्रिक चाप लगभग ७६० mmHg (पाराको मिलिलिटर) हुन्छ। जब तपाईं उचाइमा माथि जानुहुन्छ अक्सिजन स्तर वास्तवमा धेरै समान रहन्छ, तर हावाको घनत्व धेरै कम हुन्छ। यसको मतलब यो हो कि सबै अक्सिजन अणुहरूलाई एकसाथ प्याक गर्ने हावाको घनत्व पातलो हुन्छ, जसले अक्सिजन अणुहरूलाई ठूलो दूरीमा फैलाउन अनुमति दिन्छ। हावामा अझै पनि अक्सिजनको मात्रा उस्तै छ, तर जब तपाईं माथि चढ्नुहुन्छ, कम दबावको कारण फैलिन्छ।

3,600 मिटरमा, वायुमण्डलमा ब्यारोमेट्रिक दबाव लगभग 480 mmHg छ, जुन समुद्री सतहको चाप भन्दा धेरै कम छ। यसको मतलब यो हो कि हावा

पातलो हुनु र अक्सिजन फैलिदै गर्दा तपाईसँग प्रति सास अक्सिजन कम उपलब्ध हुन्छ।

रक्त अक्सिजन संतृप्ति

तपाईंको शरीरले कम भएको अक्सिजनलाई छिटो र गहिरो रूपमा सास फेर्छ, तपाईं आराम गर्दा पनि, ताकि तपाईंको शरीरले तपाईंको रक्तप्रवाहमा आवश्यक अक्सिजन स्तरहरू पाउँछ। यसलाई सामान्यतया रगत अक्सिजन संतृप्ति (SO2) भनिन्छ।

6,000 मिटरमा तपाईंको शरीरको रगत अक्सिजन संतृप्ति स्तर लगभग 20% तल छ। त्यहाँ उचाइ को तीन स्तर छन्। पहिलो हो 'उच्च उचाइ' (२,५०० - ३,५०० मिटर), दोस्रो हो 'धेरै उच्च उचाइ' (३,५०० - ५,५०० मिटर) र अन्तिममा, 'अति उचाइ' (५,५०० मिटरभन्दा माथि)। अधिकांश मानिसहरू उचाइको कुनै पनि नकारात्मक प्रभावहरू अनुभव नगरी 2,500 मिटरभन्दा मुनिको कुनै पनि ठाउँमा उक्लन सक्छन्। यद्यपि, यो थ्रेसहोल्ड माथि, तपाईंको शरीरको फिजियोलोजीले अक्सिजन स्तर र हावाको घनत्वमा हुने परिवर्तनहरूमा प्रतिक्रिया दिन थाल्छ।

तपाईं उचाइमा कस्तो प्रतिक्रिया दिनुहुनेछ भनेर भविष्यवाणी गर्न धेरै गाह्रो छ किनकि अघिल्लो अनुसन्धानले उमेर, लिङ्ग र फिटनेस स्तरहरू बीच कुनै सम्बन्ध फेला पारेको छैन। जे होस्, AMS का प्रमुख कारणहरू क्रमशः अभ्यस्त नभई धेरै चाँडो उकालो हुनु, शारीरिक रूपमा उचाइमा धेरै मेहनत गर्नु र पर्याप्त हाइड्रेटेड नबस्नु हो।

राम्रोसँग मिलाउनको लागि तपाईंले यी सबै कारकहरूलाई ध्यानमा राख्नुपर्छ र तपाईं बिस्तारै माथि उक्लनुहुन्छ, राम्रोसँग हाइड्रेटेड रहनुहोस् र शारीरिक रूपमा आफूलाई धेरै नगर्नुहोस्।

अनुकूलन रेखा

acclimatization रेखा त्यो बिन्दु हो जसमा एक व्यक्तिले उचाइ रोगको लक्षणहरू देखाउँछ। एउटा उदाहरण यो हुन सक्छ कि यदि तपाइँको अनुकूलन रेखा 3,000 मिटरमा छ भने, तपाइँले उचाइमा अनुकूल हुनको लागि तपाइँको शरीरलाई समय दिनको लागि त्यो उचाई स्तरमा एक वा दुई दिन बिताउनु पर्छ।

धेरै दिन पछि तपाईंको शरीर अनुकूल हुनेछ र तपाईंको नयाँ अनुकूलन रेखा 3,750 मिटर हुन सक्छ। यसको मतलब तपाईं AMS लक्षणहरू बिना 3,700 मिटरसम्म उक्लन सक्नुहुन्छ, यद्यपि, यदि तपाईं 4,000 मिटरमा उक्लनुभयो भने तपाईंले AMS अनुभव गर्नुहुनेछ।

उचाइमा पदयात्रा गर्दा तपाईंले आफ्नो आरोहणको प्रत्येक चरणमा आफ्नो अनुकूलता रेखा फेला पार्नु पर्छ र तपाईंको शरीरलाई नयाँ उचाइमा अनुकूल हुनको लागि समय दिनुपर्छ। यदि तपाइँ आरोहण गर्नुहुन्छ र तपाइँको अनुकूलन रेखा पार गर्नुहुन्छ भने तपाइँ AMS प्राप्त गर्न लगभग ग्यारेन्टी हुनुहुन्छ र, अनुकूलन गर्नुको सट्टा, तपाइँका लक्षणहरू मात्र बिग्रनेछन्। त्यसैले यो महत्त्वपूर्ण छ कि तपाइँ कुनै पनि सुधार हेर्नको लागि तपाइँको अनुकूलन रेखा तल रहनुहोस्।

यसैले यो आवश्यक छ कि यदि तपाईमा कुनै AMS लक्षणहरू छन् भने तपाईले उच्च आरोहण जारी नगर्नुहोस्।

कसरी शरीर उच्च उचाइमा अनुकूल हुन्छ

सुसमाचार यो हो कि तपाईं को हुनुहुन्छ, तपाईंको शरीरले पर्याप्त समय दिएर अनुकूलन गर्न सक्षम हुनेछ। तपाईंको शरीरले चार तरिकामा अनुकूलन गर्नेछ जुन यहाँ उल्लेख गर्न लायक छ:

a) तपाईंको शरीर छिटो र अधिक गहिरो सास फेर्दै अनुकूल हुनेछ।

b) तपाईंको शरीरले यसको रातो रक्त कोशिकाको संख्या बढाउनेछ, तपाईंको रगतलाई उच्च मात्रामा अक्सिजन बोक्न अनुमति दिन्छ।

c) तपाईंको शरीरले तपाईंको फुफ्फुसीय केशिकाहरूमा दबाब बढाउँछ, जसले रगतलाई तपाईंको फोक्सोका भागहरूमा लगाउँछ जुन समुद्री सतहमा सास फेर्न प्रयोग नगरिएको हुन्छ।

d)। तपाईंको शरीरले धेरै मात्रामा एक विशेष इन्जाइम उत्पादन गर्छ जसले हेमोग्लोबिनबाट रगतको तन्तुमा अक्सिजन छोड्छ।

यी चारवटा बिन्दुहरूले देखाउँछन् कि तपाईंको शरीर निश्चित रूपमा उचाइमा अनुकूलन गर्न र सामना गर्न सक्षम छ, तर यसलाई समय चाहिन्छ।

एक्यूट माउन्टेन सिकनेस (AMS)

माथि छलफल गरिएझैं, AMS वा 'उचाई रोग' वा 'उचाई रोग' धेरै छिटो उचाइमा बढ्नबाट उत्पन्न हुन्छ, जहाँ उपलब्ध अक्सिजनको स्तर धेरै कम हुन्छ र सामान्य मनोवैज्ञानिक प्रक्रियाहरूलाई रोक्छ।

औसतमा, मानिसहरूले लगभग 3,000 मिटर (10,000 फीट) मा उचाइ महसुस गर्न थाल्छन्, तथापि, केही मानिसहरूले 2,400 मिटर (8,000 फिट) को रूपमा कम AMS लक्षणहरू अनुभव गर्न सक्छन्।

पर्वतारोहीहरूले AMS को तीन अलग-अलग स्तरहरू परिभाषित गर्छन्, जुन हल्का, मध्यम र गम्भीर छन्।

हल्का लक्षणहरू

a) टाउको दुखाइ।

b) थकान।

c) वाकवाकी र रोग।

d)। भोक नलाग्ने ।

e) सास फेर्न गाह्रो हुनु।

f)। गडबड निद्रा।

यदि तपाइँ यी मध्ये कुनै पनि लक्षणको शुरुवात महसुस गर्नुहुन्छ भने तपाइँलाई तपाइँको गाइड र सँगी पर्वतारोहीहरु लाई संचार गर्न निश्चित गर्न आवश्यक छ। हल्का लक्षणहरू सामान्यतया स्पष्ट हुनेछन्, जब तपाइँ उचाई स्तरमा एक दिन बिताउनुहुन्छ तिनीहरू देखा पर्न थाले। यसैले बिस्तारै आरोहण धेरै महत्त्वपूर्ण छ।

मध्यम लक्षणहरू

a) गम्भीर वाकवाकी र उल्टी।

b) गम्भीर टाउको दुखाइ जुन औषधिले नष्ट हुँदैन।

c) तपाईंको समन्वयमा कमी (अटेक्सिया भनिन्छ)।

d)। धेरै कमजोरी र थकान महसुस हुन्छ।

e) सास फेर्न गाह्रो हुनु।

तपाईंका लक्षणहरू मध्यम छन् कि छैनन् भनी बताउनका लागि सरल तरिका भनेको जब तपाईंका हल्का लक्षणहरू कमजोर हुने बिन्दुमा बिग्रन्छ। सबैभन्दा सामान्य भनेको तपाईको समन्वय स्तरमा कमी हुनु र गम्भीर मतली हो जसले प्रायः बान्ता निम्त्याउँछ।

यी लक्षणहरूको साथ जारी राख्नु सम्भव छ, यद्यपि अत्यन्त खतरनाक छ, र निश्चित रूपमा तपाइँको लक्षणहरू थप विकास गर्न नेतृत्व गर्नेछ जसले तपाइँलाई जारी राख्न सक्षम हुनबाट रोक्नेछ।

कृपया ध्यान दिनुहोस् कि मध्यम लक्षणहरू संग आरोहण जारी राख्दा मृत्यु हुन सक्छ।

यदि मध्यम लक्षणहरू देखा पर्छन् भने, यो महत्त्वपूर्ण छ कि तपाईं कम्तिमा 300 मिटर तल झर्नुहोस् र तपाईंको लक्षणहरू खाली नभएसम्म पर्खनुहोस्। तपाईंले आफ्नो शरीरलाई जति लामो समय दिनुहुन्छ र तपाईं फेरि उकालो लाग्दा लक्षणहरू टाढा रहने सम्भावना बढी हुन्छ।

गम्भीर लक्षण

a) आरामको समयमा सास फेर्न गाह्रो हुन्छ।

b) मानसिक क्षमता घट्छ (भ्रम)।

c) हिँड्न नसक्ने अवस्था।

d)। तपाईंको फोक्सोले तरल पदार्थ निर्माणको अनुभव गर्दछ।

स्पष्ट रूपमा आरोहण गर्न, यी अवस्थाहरू मध्ये कुनै पनि अनुभव गर्दा गम्भीर खतरनाक हुन्छ र गम्भीर AMS लक्षणहरू भएका व्यक्तिहरू सामान्यतया सास फेर्न संघर्ष गरिरहेका हुन्छन्, सीधा सोच्न असमर्थ हुन्छन् र हिँड्न सक्दैनन्।

गम्भीर AMS सँग सम्बन्धित दुई सबैभन्दा उल्लेखनीय अवस्थाहरू हाई अल्टिट्यूड सेरेब्रल एडेमा (HACE) र हाई अल्टिट्यूड पल्मोनरी एडेमा (HAPE) हुन्। HAPE तब हुन्छ जब केशिका पर्खाल मार्फत तपाईंको फोक्सोमा तरल पदार्थ चुहावट हुन्छ र HACE तब हुन्छ जब तरल पदार्थ तपाईंको मस्तिष्कमा पुग्छ।

दुबै अवस्थाहरू अत्यन्त खतरनाक छन् र सामान्यतया धेरै छिटो आरोहण वा उच्च उचाइमा धेरै लामो समय खर्च गर्दा हुन्छ।

हाई अल्टिट्यूड सेरेब्रल एडेमा (HACE)

हाई अल्टिट्यूड सेरेब्रल एडेमा (HACE), AMS सँग सम्बन्धित सामान्य अवस्था हो। तपाईंको क्रेनियममा तरल पदार्थ जम्मा हुन्छ र तपाईंको मस्तिष्कको तन्तुलाई बलियो बनाउँछ। HACE अत्यन्तै खतरनाक र जीवनलाई खतरामा पार्ने छ।

यदि तपाईंले HACE अनुभव गरिरहनुभएको छ जस्तो लाग्छ भने तपाईंले जति सक्दो चाँडो पहाड ओर्लनु पर्छ र चिकित्सा सहायता खोज्नुपर्छ।

HACE पहिचान गर्दा ध्यान दिनुपर्ने कुराहरू।

a) भ्रम।

b) दिशाहीनता।

c) मेमोरी हानि।

d) कोमा।

e) कडा टाउको दुखाइ जुन औषधि खाँदा पनि जारी रहन्छ।

f) समन्वयको हानि।

सामान्यतया HACE लक्षणहरू रातमा आउँछन्। यो अत्यावश्यक छ कि तपाईंले सहायता खोज्न बिहानसम्म पर्खनु हुँदैन, तुरुन्तै ओर्लन सुरु गर्नुहोस् (अन्धकार भए पनि) र सकेसम्म चाँडो चिकित्सा सहायता खोज्नुहोस्। HACE सँग उचाईमा रहँदा तपाईले मृत्युको सम्भावना बढाउँदै हुनुहुन्छ। कुनै पनि हालतमा माथि नउठ्नुहोस्। यदि तपाईंसँग अक्सिजन छ भने, तपाईं छिटो ओर्लिएपछि यसलाई पर्वतारोहीलाई प्रशासित गर्न सकिन्छ, जस्तै डेक्सामेथासोन औषधि (यो केही साइड इफेक्ट भएको एक प्रिस्क्रिप्शन औषधि हो र यस कारणले यो अभियानसँग सम्बन्धित डाक्टरले मात्र सिफारिस गरेको छ)।

हाई अल्टिट्यूड पल्मोनरी एडेमा (HAPE)

हाई अल्टिट्यूड पल्मोनरी एडेमा (HAPE) AMS सँग सम्बन्धित एक सामान्य अवस्था हो र यो फोक्सोमा तरल पदार्थ जम्मा हुने कारणले हुन्छ।

फोक्सोमा तरल पदार्थको निर्माणले प्रभावकारी अक्सिजन आदानप्रदानलाई रोक्नको लागि कार्य गर्दछ र यसैले, तपाईंको रक्तप्रवाहमा प्रवेश गर्ने अक्सिजनको स्तर घटाउँछ।

दुबै HACE र HAPE धेरै पटक धेरै छिटो धेरै उच्च आरोहणबाट हुन्छ। यो ज्यान जोखिममा पर्ने अवस्था पनि हो।

HAPE पहिचान गर्दा हेर्नु पर्ने लक्षणहरू।

a) धेरै कसिलो छाती।

b) आराम गर्दा पनि सास फेर्न गाह्रो हुन्छ।

c) निस्सन्देह को भावना; विशेष गरी सुत्दा।

d)। चरम कमजोरी र थकान।

e) भ्रम, तर्कहीन व्यवहार र भ्रम।

f)। सेतो, फेलादार तरल पदार्थ ल्याउने खोकी।

यदि पीडित व्यक्तिले तर्कहीन काम गर्न थाल्छ, भ्रम देख्छ वा सामान्यतया अन्योलमा छ भने, यो स्पष्ट हुन्छ कि रगतमा अक्सिजनको कमीले मस्तिष्कमा असर गर्न थालेको छ।

यदि त्यहाँ कुनै अक्सिजन उपलब्ध छ भने यसलाई तुरुन्तै प्रशासित गर्नुपर्छ। निफेडिपाइन औषधिले अवस्थालाई केही हदसम्म कम गर्न प्रदर्शन गरेको छ, तथापि, छिटो वंश एक मात्र उपचार हो। कृपया ध्यान दिनुहोस् कि Nifedipine धेरै साइड इफेक्टहरू भएको एक प्रिस्क्रिप्शन औषधि हो र डाक्टरको सिफारिसमा मात्र प्रयोग गर्नुपर्छ।

अवतरण गर्दा सुनिश्चित गर्नुहोस् कि HAPE बाट पीडित व्यक्तिले आफूलाई परिश्रम गर्दैन किनकि यसले अवस्था बिग्रन सक्छ। एक स्ट्रेचर वा हेलिकप्टर निकासी सबै भन्दा राम्रो विकल्प हो किनकि यो सबै भन्दा सजिलो विकल्प हो।

एक पटक तल तुरुन्तै चिकित्सा सहायता खोज्नुहोस्।

उच्च उचाइमा चढ्ने सुनौलो नियम

उच्च उचाइमा आरोहण खतरनाक हुनु पर्दैन, यो केवल योजनाबद्ध हुनुपर्छ। केही आधारभूत नियमहरू पछ्याउँदै तयारीमा मद्दत गर्नेछ।

a) सानो सुरु गर्नुहोस् र आफ्नो बाटो काम गर्नुहोस्। पहिले केही साना रुटहरू ट्र्याक नगरीकन उच्च उचाइहरूमा चढ्ने प्रयास गर्नुहोस्।

b) यदि तपाईं एक नौसिखिया उच्च उचाइ पर्वतारोही हुनुहुन्छ भने, निश्चित गर्नुहोस् कि तपाईं हतार नगर्नुहोस्। तपाईंको आरोहणको शिखर वा उच्च बिन्दुमा पुग्न जति लामो समय लाग्छ, तपाईंको शरीरलाई अनुकूल हुनको लागि त्यति नै समय लाग्छ।

c) आदर्श रूपमा तपाईंको मार्गले तपाईंलाई उच्च चढ्न र कम सुत्न अनुमति दिनुपर्छ। यो महत्त्वपूर्ण छ किनकि उच्च उचाइमा लामो समय खर्च गर्नु सुरक्षित छैन।

d) आफूलाई धेरै मेहनत नगर्नुहोस्। आफूलाई उपयुक्त गतिमा राख्नुहोस्। यो उच्च उचाइमा कुञ्जी हो, जहाँ कम अक्सिजन छ।

e) राम्रोसँग हाइड्रेटेड राख्नुहोस्। निर्जलीकरणले कुनै पनि समस्यालाई बढाउँछ र तपाईंको आरोहणलाई थप कडा बनाउँछ।

f) धुम्रपान वा रक्सी नपिउनुहोस् वा उत्तेजक पदार्थ लिनुहोस्।

g) डाक्टरसँग परामर्श गरिसकेपछि एसिटाजोलामाइड (डायमक्स) लिनु सिफारिस गरिन्छ।

निवारक औषधि (Diamox)

Acetazolamide (Diamox) एक औषधि हो जुन उचाई रोग रोक्न मद्दत गर्न साबित भएको छ।

औषधिले तपाईंको रगतमा एसिडिटी बढाएर काम गर्छ जसले मूत्रवर्धकको रूपमा काम गर्छ र तपाईंलाई धेरै पटक पिसाब फेर्न बाध्य बनाउँछ। तपाईंको शरीरले रगतमा बढेको कार्बन डाइअक्साइडको साथ उच्च अम्लता स्तर बराबर गर्दछ र, त्यसैले, कार्बन डाइअक्साइड गुमाउनको लागि तपाईंलाई छिटो र

गहिरो सास फेर्न बाध्य पार्छ। औषधिले अनिवार्य रूपमा तपाइँको शरीरलाई छिटो र गहिरो सास फेर्नको लागि छल गरिरहेको छ, जसले तपाइँको रगतमा अक्सिजनको स्तरलाई धेरै बढाउँछ जसले उचाई रोगको सुरुवातलाई रोक्न मद्दत गर्दछ।

कृपया ध्यान दिनुहोस् कि डायमोक्स केवल एक रोकथाम औषधि हो र यसले उचाई रोग निको गर्दैन वा यसलाई पूर्ण रूपमा रोक्दैन। यदि अल्टिट्यूड सिकनेस लक्षणहरू देखा पर्छन् भने अवतरण मात्र उपचार हो। AMS लक्षणहरूसँग माथि तिर जारी राख्न डायमोक्स कहिल्यै लिनु हुँदैन।

याद गर्नुहोस्, डायमक्स एक प्रिस्क्रिप्टिभ औषधि हो र यदि तपाइँ यसलाई लिने सोचमा हुनुहुन्छ भने तपाइँले तपाइँको डाक्टरसँग परामर्श गर्न आवश्यक छ। औषधि कलेजो वा मृगौला समस्या भएका मानिसहरूका लागि उपयुक्त छैन र गर्भवती महिलाहरूले लिनु हुँदैन।

तपाईंले कुनै साइड इफेक्ट अनुभव गर्नुभयो वा छैन भनी हेर्नको लागि तपाईंको आरोहण हुनुभन्दा झण्डै दुई हप्ता अघि दुई दिनको लागि डायमोक्स लिने सिफारिस गर्छौं।

Diamox सँग सम्बन्धित केही विशिष्ट साइड इफेक्टहरू हुन्:

a) बारम्बार पिसाब लाग्नु। डायमोक्स लिने हरेक व्यक्तिले यो अनुभव गर्नेछन् त्यसैले यो विरुद्ध लड्न तपाईंले बारम्बार पानी पिउनु महत्त्वपूर्ण छ। यदि तपाईंले हाइड्रेटेड राख्नुभएन भने, तपाईंले मृगौलामा पत्थरी हुने खतरा बढाउनुहुन्छ।

b) औँलाको टुप्पोमा झनझन वा सुन्निएको महसुस हुनु। धेरै मानिसहरू यो अनुभव गर्छन् र, यो चिन्ताजनक हुन सक्छ, यो हानिकारक छैन।

c) तपाईंको स्वाद कलियों मा परिवर्तन। केही खानाको स्वाद फरक हुन सक्छ।

d) उल्टी, पखाला र वाकवाकी। यी लक्षणहरू सामान्य छैनन् र तपाइँको पूर्व-परीक्षण को समयमा पहिचान गर्नुपर्छ। दुर्भाग्यवश यी लक्षणहरू AMS को सामान्य लक्षण हुन् र गलत निदान गर्न सकिन्छ।

e) अलमल वा निद्रा। फेरि यो AMS संग भ्रमित हुन सक्छ र प्रस्थान गर्नु अघि परीक्षण गरिनु पर्छ।

डायमोक्स सामान्यतया २५० मिलीग्राम ट्याब्लेटमा आउँछ र यसलाई आधा ट्याब्लेट बिहान र आधा बेलुका लिन सिफारिस गरिन्छ। तपाइँको आरोहण सुरु हुनु भन्दा एक दिन अघि सुरु गर्न र तपाइँ तल ओर्लन सुरु नगरेसम्म यसलाई निरन्तर लिनु पनि सिफारिस गरिन्छ। तल ओर्लँदा डायमोक्स लिनु पर्दैन।

ट्रेकिङ बीमा

उच्च उचाइ आरोहणको जोखिमहरू पर्याप्त छन् र धेरै सावधानीपूर्वक प्रयास गर्नुपर्छ। एक ट्रेकिङ बीमा कवर अत्यधिक सल्लाह दिइन्छ।

Chapter 23
हिउँ शिल्प

स्नो क्राफ्ट उपकरणको परिचय

बरफ कुल्हाडी र क्र्याम्पनहरू हिउँ चढ्ने उपकरणका महत्त्वपूर्ण भागहरू हुन्। पर्वतारोहीहरूले हिउँमा लङ्गरहरू पनि निर्माण गर्नुपर्छ।

आइस एक्स

आइस एक्स छनोट गर्नु भनेको विशेष प्रयोगका लागि डिजाइन गरिएका सुविधाहरू बीच छनौट गर्नु हो। लामो कुल्हाडा हिउँ र स्क्र्याम्बलिङमा क्रस कन्ट्री यात्राको लागि उपयुक्त छ जसमा यसलाई छडीको रूपमा प्रयोग गरिन्छ र कम-एङ्गल क्लाइम्बिङमा सुरक्षा प्रदान गर्न। यद्यपि, ठुलो ढलानहरूमा, छोटो बन्चरो राम्रो छ। बरफ कुल्हाको मुख्य भागहरू टाउको, पिक, एड्ज, शाफ्ट र स्पाइक हुन्छन्।

आइस एक्सको टाउको, पिक र एड्ज सामान्यतया इस्पात मिश्र धातु वा एल्युमिनियमबाट बनेको हुन्छ। क्याराबिनर होल भनेर चिनिने बन्चरोको टाउकोमा रहेको प्याललाई अधिकांश पर्वतारोहीहरूले बरफ कुल्हाको पट्टि जोड्न प्रयोग गर्छन्। पिक घुमाउरो छ, एक डिजाइन जसले हिउँ वा बरफमा राम्रो हुकिङ कार्य प्रदान गर्दछ, बञ्चरोलाई खन्न सक्षम बनाउँछ, जब पर्वतारोहीहरूले पतन पछि आफूलाई रोक्न खोजिरहेका हुन्छन् (आत्म-गिरफ्तार)। शाफ्टको सापेक्ष 65 देखि 70 डिग्रीको मध्यम हुकिङ कोण सामान्य पर्वतारोहण अक्षहरूको विशिष्ट हो। 55 देखि 60 डिग्री को एक तेज कोण प्राविधिक बर्फ आरोहण को लागी राम्रो छ।

पिक दाँतले बरफ र कडा हिउँमा पकड प्रदान गर्दछ। सामान्य पर्वतारोहणको लागि डिजाइन गरिएको आइस कुल्हामा सामान्यतया पिकको अन्त्यमा मात्र आक्रामक दाँत हुन्छ। आइस एक्सेक्स र प्राविधिक आरोहणका लागि डिजाइन गरिएका औजारहरूमा सामान्यतया सम्पूर्ण लम्बाइमा आक्रामक दाँतहरू हुन्छन्।

Adze मुख्यतया कडा हिउँ वा बरफमा पाइला काट्न प्रयोग गरिन्छ। आरोहीले सेल्फ-बेले ग्रास प्रयोग गरिरहेको बेला adze को समतल शीर्षले हातको लागि एक फर्म, आरामदायक प्लेटफर्म पनि प्रदान गर्दछ। सामान्य पर्वतारोहणका लागि प्रायजसो एडजेसहरू तीखा कुनाहरूका साथ तुलनात्मक रूपमा समतल र सीधा किनारा भएका हुन्छन्।

आइस एक्स शाफ्टहरू एल्युमिनियम वा सामग्री जस्तै फाइबरग्लास वा कार्बन फाइबर वा यिनीहरूको संयोजनबाट बनेका हुन्छन्। सामान्य पर्वतारोहणको लागि एक सामान्य आइस एक्स शाफ्ट सीधा छ। आकारको शाफ्टको साथ आइस कुल्हाडी थप प्राविधिक प्रयोगको लागि डिजाइन गरिएको हो। केही शाफ्टहरू आंशिक रूपमा रबर सामग्रीले ढाकिएको हुन्छ, जसले पर्वतारोहीहरूलाई राम्रो पकड दिन्छ र यसैले, कुल्हाडीको राम्रो नियन्त्रण हुन्छ र यसले कम्पनहरू पनि कम गर्छ र पिक रोप्ने क्रममा आरोहीको नियन्त्रण बढाउँछ।

बरफ अक्षहरू लम्बाइमा ४० देखि ९० सेन्टिमिटर (१६ देखि ३५ इन्च) सम्म हुन्छन्। छोटो अक्ष प्राविधिक बरफ आरोहणका लागि र सबैभन्दा लामो अग्लो पर्वतारोहीहरूका लागि बन्चरोलाई सजिलो भू-भागमा उखुको रूपमा प्रयोग गर्ने हो। हिमनदी र तल्लो कोण हिउँमा यात्रा गर्ने पर्वतारोहीहरूका लागि, लामो कुल्हाडीले सन्तुलन र सुरक्षाको लागि राम्रो लम्बाइ दिन्छ। कडा हिउँमा रहेका पर्वतारोहीहरूका लागि सन्तुलन र सुरक्षाका लागि स्पाइकसहितको छोटो बञ्चरो राख्न सजिलो हुन सक्छ। ५० सेन्टिमिटरभन्दा कम अक्ष प्राविधिक आइस क्लाइम्बिङका लागि हो, जुन धेरै ठाडो ढलानका लागि धेरै उपयोगी हुन्छ।

७० सेन्टिमिटरको बरफ कुल्हा सबैभन्दा लामो हो जुन सामान्यतया प्राविधिक बरफ चढ्नका लागि उपयोगी हुन्छ। तसर्थ, ५० देखि ७० सेन्टिमिटरको लम्बाइले धेरैजसो अल्पाइन परिस्थितिहरूमा राम्रोसँग काम गर्छ, जहाँ आरोहण मध्यम ठाडो हिउँको ढलानमा हुन्छ र बञ्चरोलाई आत्म-विवरण र आत्म-गिरफ्तार गर्न प्रयोग गरिन्छ।

बरफ कुल्ला पट्टाले पर्वतारोहीको नाडी वा हार्नेसमा आइस कुल्हाडी जोड्ने निश्चित तरिका प्रदान गर्दछ। पट्टामा सहायक कर्डको टुक्रा वा आइस कुल्हाको टाउकोमा क्याराबिनर प्वालमा जोडिएको वेबिङ हुन्छ।

क्र्याम्पन्स

क्रयाम्पनहरू धातुको स्पाइक्सको सेट हो जुन कडा हिउँ र बरफ छिर्नका लागि जुत्तामाथि पट्टी लगाइन्छ, जहाँ बुटका तलवहरूले पर्याप्त कर्षण प्राप्त गर्न सक्दैनन्। क्रयाम्पनहरू हिउँ र बरफ दुवै आरोही र अवरोहीका लागि उपयोगी छन्। प्रारम्भिक मोडेल 10-बिन्दु क्रयाम्पोनलाई 12-बिन्दु क्रयाम्पोनले ग्रहण गरेको थियो, दुई फर्वार्ड स्ल्यान्टिङ वा अगाडि बिन्दुहरू सहित, जसले स्टेप काट्ने आवश्यकतालाई कम गर्छ र अगाडि-पोइन्ट माथि ठाडो हिउँ र बरफलाई अनुमति दिन्छ। हाल, सामान्य पर्वतारोहणका लागि डिजाइन गरिएका क्रयाम्पोनहरूमा १२-बिन्दु र हल्का १०-पोइन्ट मोडेलहरू समावेश छन्, तर सबैको अगाडि बिन्दुहरू छन्।

धेरै जसो क्रयाम्पनहरू क्रोमियम मोलिब्डेनम स्टिलबाट बनेका हुन्छन्, एक अत्यन्त बलियो, हल्का तौल मिश्र धातु। यद्यपि, केही मोडेलहरू एयरक्राफ्ट-ग्रेड एल्युमिनियम मिश्रबाट बनाइएका छन्, जुन स्टिल भन्दा लगभग 50 प्रतिशत हल्का छन्, तर धेरै नरम पनि। एल्युमिनियम क्रयाम्पनहरू मुख्यतया हिमनदीको यात्रा वा हिउँको साथ प्रारम्भिक-सिजन आरोहणको लागि प्रयोग गरिन्छ, तर कडा बरफ होइन।

Crampons दुई प्रकार मा वर्गीकृत छन्। अगाडि र पछाडि एकाइहरू बीचको जडानमा आधारित Hinged र अर्ध-कठोर।

Hinged crampons एक लचिलो बार द्वारा जडान अगाडि र पछाडि एकाइहरु संग सामान्य पर्वतारोहण को लागी डिजाइन गरिएको छ। तिनीहरू पर्वतारोहण जुत्ताको एक विस्तृत विविधतामा फिट हुन्छन् र हिड्ने प्राकृतिक रकिङ कार्यको साथ हल्का र लचिलो हुन्छन्।

सेमी-रिजिड क्रयाम्पनहरू दुवै सामान्य पर्वतारोहण र प्राविधिक आइस क्लाइम्बिङका लागि डिजाइन गरिएका छन् र अगाडि र पछाडिका इकाइहरू थप कडा बारद्वारा जोडिएका छन्। तिनीहरूसँग केही तेर्सो आन्दोलन छ, जसले बुटमा क्रयाम्पोन संलग्न गर्दा मद्दत गर्दछ। सेमी-रिजिड क्रयाम्पनहरू तेर्सो वा ठाडो उन्मुख फ्रन्ट बिन्दुहरूसँग डिजाइन गरिएका छन्। यस प्रकारको क्रयाम्पोनले विभिन्न अल्पाइन हिउँ र बरफ मार्गहरूमा राम्रोसँग काम गर्दछ।

हिउँ एंकरहरू

स्नो एङ्करहरूले बेले र सुरक्षित र्यापलहरू एन्करिङ गरेर धेरै आवश्यक सुरक्षा प्रदान गर्छन्। तिनीहरू हिउँ अवस्था र स्थानको आधारमा शक्तिमा व्यापक रूपमा भिन्न हुन्छन्। लंगरको बल अन्ततः हिउँको क्षेत्रमा हुन्छ, लंगरले विरुद्ध तान्छ र हिउँको दृढता। केही सामान्य स्नो एङ्करहरूमा पिकेटहरू, डेडम्यान एङ्करहरू र हिउँ बोलार्डहरू हुन्छन्।

a) पिकेट

पिकेट भनेको लंगरको रूपमा हिउँमा लगाइने दांव हो र दृढ, कडा हिउँमा राम्रो काम गर्दछ। एल्युमिनियम पिकेटहरूको साइज 18 देखि 36 इन्चसम्म लम्बाइमा भिन्न हुन्छ र विभिन्न शैलीहरूमा V वा T प्रोफाइल स्टकहरू सहित क्याराबिनर एट्याचमेन्ट प्वालहरू छन् जसमा पिकेटको लम्बाइ छ।

पिकेट राख्नको लागि कोण हिउँको ढलानको कोणमा निर्भर गर्दछ। पिकेट यसरी राख्नु पर्छ कि हिउँको सबैभन्दा ठूलो क्षेत्र विरुद्ध तान्न सकिन्छ। हल्का ढलानमा, स्थान ठाडो वा ढलानको शीर्ष तिर सानो कोण हुनुपर्छ। स्टीपर ढलानमा, प्लेसमेन्ट पुलको दिशाबाट 45 डिग्रीको कोणमा हुनुपर्छ। पूर्ण रूपमा डुबिएको बरफ कुल्हाडाले पनि पिकेटको रूपमा सेवा गर्न सक्छ।

b) डेडम्यान एंकर

यो स्पेड-आकारको पर्फोरेटेड मेटल प्लेटले तार संलग्न भएको हिउँ अवस्थाको फराकिलो दायरामा उत्कृष्ट एंकर दिन्छ यद्यपि, सबै हिउँ एंकरहरू जस्तै, यो कडा हिउँ अवस्थाहरूमा सबैभन्दा बलियो हुन्छ। तपाईंले ढलानमा 40 डिग्रीको कोणमा डेडम्यान राख्नु पर्छ। यो तेर्सो प्लेटको गहिराई हिउँको कठोरतामा निर्भर गर्दछ, जुन कडा हिउँमा २५ सेन्टिमिटरदेखि नरम हिउँमा ५० सेन्टिमिटरसम्म हुन सक्छ। स्थानमा हुँदा, प्लेट र तार बीचको आन्तरिक कोणले तार लोड हुँदा, प्लेट ढलानमा काटिनेछ र बलियो हुनेछ भनेर सुनिश्चित गर्नेछ।

c) स्नो बोलार्ड

स्नो बोलार्ड भनेको डोरी वा वेबबिङले धाँधली गर्दा हिउँबाट कोरिएको ढिस्को हो। घोडाको नालको खुल्ला छेउमा डाउनहिल देखाउँदै हिउँमा घोडाको नालको

आकारको खाडल बनाएर माउन्ड सिर्जना गर्नुहोस्। कडा हिउँमा, ढिस्को व्यासमा कम्तिमा 1 मिटर र नरम हिउँमा लगभग 3 मिटर व्यास हुनुपर्छ।

बोलार्ड खन्ने क्रममा यसको अगाडिको हिउँलाई अवरोध नगर्ने प्रयास गर्नुहोस् र डोरीलाई व्यवस्थित गर्नुहोस्, ताकि यो हिउँको सबैभन्दा कडा तहमा होस्। बोलर्डहरू उथले कडा हिउँमा विशेष रूपमा उपयोगी छन्, जुन अन्य प्रकारका लंगरहरू लिन पर्याप्त गहिरो छैन।

हिउँ चढ्ने आधारभूत प्रविधिहरू

हिउँ आरोहणको सबैभन्दा महत्त्वपूर्ण पक्ष पतन रोक्न हो, तर यदि पर्वतारोही हिउँमा चिप्लन्छ भने, उनीसँग सकेसम्म चाँडो नियन्त्रण पुनः प्राप्त गर्ने क्षमता हुनुपर्छ। ठाडो हिउँको ढलानमा आरोहण गर्नु खतरनाक हुन्छ, जबसम्म पर्वतारोहीहरूसँग आइस बन्चरो र क्र्याम्पन्स र तिनीहरूलाई प्रयोग गर्ने सीप हुँदैन।

आइस एक्स प्रयोग गर्दै

बरफ कुल्हाको मुख्य भूमिका सन्तुलनमा सहयोग गर्नु हो, पतन रोक्नको लागि एउटा उपकरण, हिउँको लङ्गर बनाउनु र आरोहीहरूलाई डाउनहिलमा जाँदा ब्रेक गर्न मद्दत गर्नु हो। एक हातमा बन्चरो बोक्न, आरोहीलाई पछाडि नउठाउनको लागि अगाडिको स्पाइकको साथ शाफ्टलाई समात्नुहोस् र पिकलाई तलतिर फर्काउनुहोस्। जब बन्चरो आवश्यक पर्दैन, पहाडमा पदयात्रा गर्दा, यसलाई रक्स्याक आइस एक्स लुपबाट तल चिप्लाउनुहोस्, शाफ्टलाई माथि पल्टाउनुहोस् र यसलाई रक्स्याकमा पट्टी गर्नुहोस्। पिक, एड्ज र स्पाइकमा गार्डहरू राख्नुहोस्।

बरफ कुल्हाडी बुझ्न दुई तरिकाहरू छन्:

आत्म-गिरफ्तार पकड। आफ्नो औंलालाई adze मुनि राख्नुहोस् र आफ्नो हत्केला र औंलाहरू पिक माथि, शाफ्टको शीर्ष नजिक। आरोहण गर्दा, adze अगाडि देखाउनुहोस्। यो आत्म-गिरफ्तार पकडले पर्वतारोहीहरूलाई खसेको अवस्थामा सिधै गिरफ्तार गर्न सक्ने स्थितिमा राख्छ।

आत्म-बेले ग्रास। आफ्नो हत्केलालाई adze को शीर्षमा आराम गर्नुहोस् र पिक मुनि आफ्नो औंला र औंला बेर्नुहोस्। आरोहण गर्दा, पिक अगाडी देखाउनुहोस्। सेल्फ-बेले ग्रास अधिक सहज र उपयुक्त हुन सक्छ, जब अनचेक स्लाइडको नतिजाहरू चिन्ताको विषय होइनन्।

आरोही हिउँ स्लोपहरू

हिउँको ढलानहरू चढ्नको लागि विशेष सीपहरूको सेट लिन्छ। ढलानको कठोरता वा ठाडोपनमा निर्भर गर्दै, विभिन्न प्रविधिहरू खेलमा आउँछन्। आरोहणको दिशा प्रत्यक्ष वा विकर्ण हुन सक्छ।

सन्तुलनमा आरोहण

हिउँमा हिंड्दा, यो कम थकाउने, अधिक कुशल, र बर्फ कुल्हाडी प्रयोग गरेर सन्तुलन कायम राख्न सुरक्षित छ। हिउँ आरोहीहरू एक सन्तुलित स्थितिबाट अर्कोमा सर्छन्, असन्तुलित स्थितिमा कुनै पनि लामो अडानलाई बेवास्ता गर्दै।

विकर्ण माथिल्लो मार्गमा, सबैभन्दा सन्तुलित स्थिति भित्री (अपहिल) खुट्टाको अगाडि र पछाडिको बाहिरी (डाउनहिल) खुट्टाको साथ हो, जुन आरोहीको शारीरिक संरचनाको प्रयोग गर्न र मांसपेशी प्रयासलाई कम गर्न पूर्ण रूपमा विस्तार गरिएको छ। त्यस स्थितिमा, पछाडिको खुट्टाले तपाईंको अधिकांश वजन सहन दिनुहोस्। सधैँ आफ्नो माथिल्लो हातले बरफको बञ्चरो समात्नुहोस्।

विकर्ण आरोहण भनेको सन्तुलनको स्थितिबाट सन्तुलन नभएको स्थितिबाट सन्तुलनको स्थितिमा फर्किने दुई-चरण अनुक्रम हो। सन्तुलन स्थितिबाट, कुल्हाडीलाई माथि र अगाडि हिउँमा राख्नुहोस्। बरफको कुल्हाडीलाई स्थानान्तरण गर्नु अघि दुई चरणहरू माथि जानुहोस्। पहिलो चरणले बाहिरी (डाउनहिल) खुट्टा भित्र (अपहिल खुट्टा) को अगाडि ल्याउँछ, आरोहीलाई सन्तुलनबाट बाहिर राख्छ। दोस्रो चरणले भित्री खुट्टालाई पछाडिबाट माथि ल्याउँछ र यसलाई बाहिरी खुट्टा पछाडि राख्छ, आरोहीलाई सन्तुलन स्थितिमा राख्छ। आफ्नो वजन आफ्नो खुट्टा मा राख्नुहोस् र ढलान मा झुकाउन जोगिन।

यदि तपाईं विकर्ण रूपमा सर्नुको सट्टा सीधा पतन रेखा माथि जाँदै हुनुहुन्छ भने, त्यहाँ अब उकालो वा डाउनहिल खुट्टा, वा माथिल्लो वा डाउनहिल हात छैन। त्यसैले सबैभन्दा सहज महसुस गर्ने बञ्चरो हातमा बोक्नुहोस् र स्थिर, नियन्त्रित

तरिकामा चढ्नुहोस्। यात्राको दिशा जस्तोसुकै भए पनि, प्रत्येक चाल अघि बञ्चरोलाई दृढतापूर्वक राख्नाले सेल्फ-बेले सुरक्षा प्रदान गर्दछ।

बाँकी चरण

लामो सुविधाविहीन हिउँको ढलान चढ्दा तपाई कतै नपाएको निराशाजनक अनुभूति दिन सक्छ। केही स्थलचिन्हहरूले तपाईंको प्रगति मापन गर्न मद्दत गर्दछ, त्यसैले दूरीहरू भ्रामक हुन्छन्।

समाधान बाँकी चरण हो, एक प्रविधि जसले ऊर्जा बचत गर्दछ किनकि यसले तपाइँलाई विधिपूर्वक अगाडि बढाउँछ। जब पनि खुट्टा वा फोक्सोलाई चरणहरू बीचमा थोरै रिकभरीको आवश्यकता पर्दा बाँकी चरण प्रयोग गर्नुहोस्। तल्लो उचाइमा यो सामान्यतया खुट्टाको मांसपेशी हो जसलाई ब्रेक चाहिन्छ। उच्च उचाइमा, फोक्सोलाई ब्रेक चाहिन्छ।

अर्को चरणको लागि एक खुट्टा अगाडि घुमाए पछि बाँकी हुन्छ। सीधा उभिनुहोस् र श्वास छोड्नुहोस्, जबकि तपाईंको पछाडिको खुट्टाले तपाईंको सम्पूर्ण शरीरको वजनलाई समर्थन गर्न दिनुहोस्। तपाईंको पछाडिको खुट्टा सीधा गर्नुहोस्, ताकि तपाईं हड्डी द्वारा समर्थित हुनुहुन्छ, मांसपेशी होइन। तपाईंको हड्डी र खुट्टामा तौल डुब्ने महसुस गर्नुहोस्। अब पूर्ण रूपमा आराम गर्नुहोस् र तपाईंको अगाडिको खुट्टाको मांसपेशीहरूलाई आराम गर्नुहोस्। यो अस्थायी आरामले तपाईंको मांसपेशीलाई ताजा बनाउँछ।

स्टेप-किकिङ

स्टेप-किकिङको प्रविधि हिउँ चढ्ने आधारभूत हो। यो माथिल्लो चरणहरूको मार्ग सिर्जना गर्ने तरिका हो जसले ऊर्जाको न्यूनतम खर्चको साथ उत्तम सम्भावित खुट्टा प्रदान गर्दछ।

हिउँ चरणहरू सिर्जना गर्न सबैभन्दा कुशल किक भनेको खुट्टाको स्विङ हो जसले यसको आफ्नै वजन र गतिलाई आवश्यक प्रभाव प्रदान गर्न दिन्छ। यो नरम हिउँमा राम्रो काम गर्दछ। कडा हिउँमा, तपाईंले थप प्रयास गर्नुहुनेछ, र चरणहरू सामान्यतया साना र कम सुरक्षित हुनेछन्।

एक औसत आरोहीलाई सीधा माथि जाँदा खुट्टाको बल लिनको लागि पर्याप्त गहिरो कदम चाहिन्छ र विकर्ण आरोहणमा कम्तिमा आधा बुट चाहिन्छ। किक लेभल वा ढलानमा अलिकति झुकेका चरणहरू बढी सुरक्षित हुन्छन्। एउटा

पाइलामा जति कम ठाउँ हुन्छ, त्यो पाइला ढलानमा एंगल गर्नु त्यति नै महत्त्वपूर्ण हुन्छ।

जब तपाइँ पाइलाहरू लात गर्दै हुनुहुन्छ, अन्य पर्वतारोहीहरूलाई दिमागमा राख्नुहोस्। यदि तपाईंका पाइलाहरू समान रूपमा र केही हदसम्म नजिक छन् भने तिनीहरूले तपाईंको सीढीलाई पछ्याउन सक्छन्। आरोहीहरूका लागि भत्ता बनाउनुहोस्, जसको खुट्टा तपाईंको जस्तो लामो छैन।

अनुयायीहरूले नेताको रूपमा उही खुट्टा स्विङ प्रयोग गर्छन्, तिनीहरू चढ्ने क्रममा पाइलाहरू सुधार गर्छन्। अनुयायीले पाइलामा किक गर्नु पर्छ, किनकि अवस्थित प्लेटफर्ममा मात्र हिंड्दा बुटलाई सुरक्षित रूपमा स्थितिमा सेट गर्दैन। कम्प्याक्ट हिउँमा किक अलिकति कम हुनुपर्छ, खुट्टाको खुट्टा भित्र पस्ने र पाइलालाई गहिरो पार्दै। जे होस्, धेरै नरम हिउँमा बुटलाई माथिबाट तल ल्याउन सजिलो हुन्छ, हिउँको छेउ काटेर, जसले बलियो पाइला बनाउन मद्दत गर्छ।

हिउँ यात्राको आधारभूत सिद्धान्त भनेको आरोहण गर्दा पार्टीहरू एकल फाइलमा सर्छन्। यदि तपाईं नेतृत्वमा हुनुहुन्छ भने, तपाईंले सबैभन्दा कठिन काम गर्नुहुनेछ। तपाईंले समूहलाई सम्भावित खतराहरूबाट बच्न र उत्तम मार्ग छनौट गर्नको लागि कडा सोच्नु पनि पर्छ। तपाईंको समूहमा कुनै पनि पर्वतारोही थकित हुन नपरोस् भनेर नेतृत्वमा पालो लिनु राम्रो विचार हो।

आरोहणको दिशा

तपाईं या त सिधै हिउँको ढलान माथि जान सक्नुहुन्छ वा यसलाई विकर्ण रूपमा माथि जान सक्नुहुन्छ। यदि तपाईं हतारमा हुनुहुन्छ भने, सीधा आरोहण सामान्यतया जाने बाटो हो। लामो हिउँ आरोहणमा गति एक प्राथमिक विचार हो र यदि तपाइँ खराब मौसम, हिमपहिरो वा चट्टानको सामना गर्नुहुन्छ भने, छिटो, सीधा आरोहण दिनको क्रम हो।

प्रत्यक्ष आरोहणमा आइस एक्स टेक्निक

स्नोफिल्डमा सिधा शटमा, स्टेप-किकिङ तपाईंको खुट्टाको लागि आधारभूत प्रविधि हो। हिउँको अवस्था र खडापनको आधारमा आइस-एक्से प्रविधि फरक-फरक हुनेछ।

उखुको स्थिति: कम वा मध्यम कोण (लगभग ३० वा ३५ डिग्रीसम्म) भएको ढलानमा उखुको स्थितिमा बन्चरो लिएर एक हातमा टाउको समातेर सन्तुलनका लागि प्रयोग गर्ने। तपाईं उखुको स्थितिमा जारी राख्न सक्नुहुन्छ जबसम्म तपाईं सुरक्षित महसुस गर्नुहुन्छ, हिउँ अझ ठुलो हुन्छ।

स्टेक पोजिसन: हिउँ टेक्ने बिन्दुमा, एक पर्वतारोहीले दुई-हातको दाँत स्थितिमा स्विच गर्न रोज्न सक्छ, अधिक सुरक्षित स्थिति प्रायः 45 डिग्री भन्दा माथि कोणहरूको लागि प्रयोग गरिन्छ। माथि जानु अघि, दुबै हातले बञ्चरो रोप्नुहोस्, जहाँसम्म यो हिउँमा जान्छ। त्यसपछि दुवै हातले टाउकोमा, वा एउटा हात टाउकोमा र अर्को हातले शाफ्टमा समात्न जारी राख्नुहोस्। यो स्थिति विशेष गरी नरम हिउँमा उपयोगी छ।

तेर्सो स्थिति: यो नरम तहले ढाकिएको कडा, कडा हिउँमा प्रभावकारी प्रविधि हो। दुबै हातले बन्चरो समात्नुहोस्, एउटा टाउकोमा आत्म-गिरफ्तार पकडमा र अर्को शाफ्टको छेउमा। आफ्नो शरीरको दायाँ कोणमा पिक डाउन र शाफ्टको साथ तपाईंको माथिको हिउँमा तेर्सो रूपमा कुल्हाडी ठोक्नुहोस्।

यसले पिकलाई कडा आधारमा लैजान्छ, जबकि शाफ्टले नरम सतहको हिउँमा केही लाभ प्राप्त गर्दछ। पहाड माथि जाँदा आरामको पाइलाको फाइदा लिन नबिर्सनुहोस्, आइस-एक्स प्रविधि प्रयोग गरिए पनि।

विकर्ण आरोहणमा आइस एक्स टेक्निक

जब समयले अनुमति दिन्छ, प्रायः आरोहीहरू विकर्ण आरोहणलाई प्राथमिकता दिन्छन्, स्थिति परिवर्तन गर्दै, मध्यम कोणित ढलानहरू माथि जाँदा। बरफ कुल्हा प्रविधि हिउँ अवस्था र खडापन अनुसार भिन्न हुन्छ।

उखुको स्थिति: बरफको कुल्हाले मध्यम ढलानमा उखुको स्थितिमा राम्रोसँग काम गर्छ। ढलान कडा हुँदै जाँदा, यो स्थिति गाह्रो हुन्छ र यो क्रस बडी स्थितिमा परिवर्तन गर्ने समय हो।

क्रस बॉडी पोजिशन: कुल्हाडीलाई ढलानको कोणमा लम्बवत समात्नुहोस्, एउटा हातले टाउको समातेर र अर्कोले शाफ्टको स्पाइक छेउ समातेर। त्यसपछि स्पाइकलाई हिउँमा हान्नुहोस्। बन्चरो तपाईंको अगाडि विकर्ण रूपमा पार हुन्छ,

पिक शरीरबाट टाढा देखाउँदै। शाफ्टले तपाईंको तौल वहन गर्नुपर्छ, जबकि बन्चरोको टाउकोमा रहेको हातले बन्चरोलाई स्थिर गर्छ।

विकर्ण आरोहणको अर्थ प्रायः शरीरको स्थिति परिवर्तन गर्नु हो। विकर्ण मार्गमा दिशामा सुरक्षित परिवर्तनको लागि चरणहरूको एक विशिष्ट अनुक्रम छ, जुन यस पुस्तकमा उल्लेख गरिएको छैन।

ट्र्याभर्सिङः नरम हिउँ माथि कम र मध्यम कोणहरूमा लामो तेर्सो आन्दोलनहरू जसले न त उचाइ प्राप्त गर्न सक्छ न गुमाउन सक्छ। यदि कडा वा ठाडो हिउँ पार गर्न आवश्यक छ भने, तपाईंले सिधै ढलानमा सामना गर्नु पर्छ र सबैभन्दा सुरक्षित चरणहरूको लागि सीधा लात हान्न आवश्यक छ।

घट्दो हिउँ स्लोपहरू

हिउँको ढलान माथि चढ्नु उस्तै आरोहण भन्दा पनि चुनौतीपूर्ण छ। गति र गुरुत्वाकर्षणको कारण, यो चिप्लन सजिलो छ, जबकि आरोहण भन्दा तल। अवतरणका लागि केही प्रविधिहरू छन्।

फेसिङ आउट (प्लन्ज स्टेपिङ): प्लन्ज स्टेपिङ एउटा आक्रामक चाल हो, जहाँ तपाईं ढलानबाट टाढा जानुहुन्छ र आफ्नो सिधा पछाडिको खुट्टाले तौललाई नयाँ स्थितिमा स्थिर रूपमा स्थानान्तरण गर्दै आफ्नो कुर्कुमा दृढतापूर्वक अवतरण गर्नुहुन्छ। ढलानमा फिर्ता झुकाउनबाट बच्नुहोस्। सन्तुलन कायम राख्न घुँडालाई थोरै झुकाएर अगाडि झुकाउनुहोस्। डुब्दै स्टेपिङ गर्दा मार्चिङ जस्तै स्थिर लय कायम राख्नुहोस् र हिउँको सतहको नजिक स्पाइकको साथमा सेल्फ-अरेस्ट वा सेल्फ-बेले समातेर एक हातमा बरफको कुल्हार समात्नुहोस्। आफ्नो अर्को हात फैलाउनुहोस् र यसलाई सन्तुलनको लागि सार्नुहोस्।

फेसिङ इन (ब्याकिङ डाउन): ब्याकिङ डाउनमा, तपाईं ढलानको सामना गर्दै हुनुहुन्छ र प्लन्ज स्टेपिङभन्दा अलि बढी सहज हुनुहुन्छ। तल झर्नु अघि आरामदायी रूपमा ढलानमा आइस कुल्हाको शाफ्ट डुबाउने प्रयास गर्नुहोस्। यदि हिउँ धेरै बलियो छ भने, तब बन्चरोको पिक समर्थनको लागि प्रयोग गर्न सकिन्छ, जब तपाईं तल चढ्नुहुन्छ। ढलान तिर धेरै झुक्नु नपरोस्, तर आफ्नो तौललाई सकेसम्म खुट्टामा केन्द्रित राख्नु महत्त्वपूर्ण छ।

ग्लिसेडिङ: ग्लिसेडिङ हिउँको ढलानमा ओर्लने सबैभन्दा प्रभावकारी र छिटो तरिका हो। यस्तो उच्च गतिमा तपाईंले नियन्त्रण गुमाउन सक्ने सम्भावना छ,

जसमा आत्म-गिरफ्तार सम्भव नहुन सक्छ। ग्लिसिङ गर्नु अघि, क्र्याम्पनहरू हटाउनुहोस् र तिनीहरूलाई तपाईंको रक्सकमा भण्डार गर्नुहोस्।

क्र्याम्पन पोइन्टहरूले तपाईंको स्लाइडलाई तीव्र रूपमा पक्राउ गर्न सक्छ र तपाईंलाई ढलानमा अगाडी धकेल्न पठाउन सक्छ। बरफको बञ्चरोलाई सधैँ नियन्त्रणमा राख्न नबिर्सनुहोस्, किनकि यदि बन्चरो तपाईंको पकडबाट ढिलो भयो भने, तपाईं फ्लेइङ एक्सचेन्जबाट चोटपटक लाग्न सक्छ। यदि एक पट्टा प्रयोग गरिएन भने, त्यसपछि तपाइँ आफ्नो बन्चरो गुमाउने जोखिम। हिउँ र ढलान अवस्थाहरूमा निर्भर गर्दै ग्लिसिङका तीनवटा विधिहरू छन्- सिटिङ, स्ट्यान्डिङ र क्राउचिङ।

a) ग्लिसेडिङ बस्दै

ग्लिसिङको यो रूप नरम हिउँको लागि आदर्श हो। हिउँमा सीधा बस्नुहोस्, घुँडा झुकाउनुहोस् र हिउँको सतहको छेउमा जुत्ताको तलामा रोप्नुहोस्। डाउनहिल ग्लिसिङ गर्दा, आत्म-गिरफ्तार स्थितिमा आइस कुल्हाडा समात्नुहोस्। नियन्त्रण कायम राख्न, तपाईंको एक छेउमा हिउँको साथमा पतवार जस्तै बन्चरोको स्पाइक चलाउनुहोस्। दुबै हातहरू बञ्चरोमा राख्नुहोस्।

b) स्थायी ग्लिसडिङ

यो ग्लिसेड डाउनहिल स्कीइङसँग मिल्दोजुल्दो छ र यसले तपाईंको लुगालाई भिजाउनबाट पनि बचाउँछ। आफ्नो खुट्टा माथि थोरै घुमाउनुहोस्, घुँडा झुकाउनुहोस् र आफ्नो हात फैलाउनुहोस्। खुट्टालाई एकसाथ नजिक ल्याउनुहोस् र गति बढाउनको लागि अगाडि झुकाउनुहोस्। ढिलो गर्न र रोक्नको लागि, तपाईं हिउँमा आफ्नो हिल खन्न सक्नुहुन्छ र थोरै छेउमा घुम्न सक्नुहुन्छ र हिउँमा आइस एक्स स्पाइक तान्नुहोस्। अलि कडा हिउँमा स्थायी ग्लिसेड सबैभन्दा प्रभावकारी हुन्छ।

c) क्राउचिङ ग्लिसेडिङ

ग्लिसडिङको यो रूप स्थायी ग्लिसेड भन्दा ढिलो र सिक्न सजिलो छ। स्ट्यान्डिङ ग्लिसेड स्थितिबाट, तपाईंले पछाडि झुक्नु पर्छ, आफ्नो शरीरको एक छेउमा सेल्फ-अरेस्ट स्थितिमा आइस कुल्हार समात्नुहोस् र हिउँमा स्पाइक

तान्नुहोस्। तपाईंको शरीरको तिपाई स्थितिको कारण; दुबै खुट्टाले बरफको कुल्हाडीसँगै जमिन छुने, क्राउचिङ ग्लिसिङ प्रविधि बढी स्थिर छ।

पतन रोक्दै

हिउँको ढलानमा सधैं पन्जा लगाउन नबिर्सनुहोस्, किनकि हिउँमा सर्दा तपाईंको हातले बरफको कुल्हाडीमा आफ्नो पकड गुमाउन सक्छ। आफूलाई हिउँमा खस्नबाट रोक्न धेरै तरिकाहरू छन्। ती मध्ये केही निम्नानुसार छन्:

आत्म-बेले

सेल्फ-बेले आफैलाई हिउँ वा बरफमा चिप्लनबाट रोक्नको लागि एक प्रविधि हो। तपाईंको बरफ कुल्हाडी सेल्फ-बेलेको लागि सबैभन्दा महत्त्वपूर्ण उपकरण हो। सेल्फ-बेलेको समयमा हिउँको ढलानमा, सुनिश्चित गर्नुहोस् कि तपाईंका दुबै खुट्टाहरू जमिनमा दृढताका साथ रोपिएका छन्, त्यसपछि हिउँमा सिधा तल आइस कुल्हाडीको स्पाइक र शाफ्टलाई जाम गर्नुहोस्। अगाडि बढ्दै गर्दा, आफ्नो माथिल्लो हातले बन्चरोको टाउको समात्न जारी राख्नुहोस्। एक वा दुई कदम लिनुहोस्, बन्चरो बाहिर तान्नुहोस् र यसलाई पुनः रोप्नुहोस्। सेल्फ-बेले प्रभावकारी बनाउनको लागि, शाफ्टलाई तपाईंको पूरा तौल समात्नको लागि दृढ हिउँमा पर्याप्त गहिरो राख्नुपर्छ।

आत्म गिरफ्तारी

आरोहीको पतन वा डोरीको साथीको पतन भएकोले आत्म-गिरफ्तार प्रविधिहरू जीवन बचाउँछन्। आत्म-गिरफ्तारको प्राथमिक लक्ष्य भनेको पतन रोक्नु हो, आदर्श रूपमा सुरक्षित, सुरक्षित र स्थिर स्थितिमा। यो क्षेत्र मा एक प्रशिक्षक द्वारा सबै भन्दा राम्रो सिकाइएको एक अभ्यास हो। त्यसैले केवल मुख्य सुविधाहरू तल उल्लेख गरिएको छ:

1. बलियो पकड मा बन्चरो समात्नुहोस्।
2. आफ्नो काँध माथिको हिउँमा पिक थिच्नुहोस्।
3. शाफ्टलाई आफ्नो छातीमा विकर्ण रूपमा राख्नुहोस्।
4. आफ्नो छाती र काँध तल आइस एक्स शाफ्ट मा थिच्नुहोस्।

5. आफ्नो टाउको अनुहार तल राख्नुहोस्।

6. आफ्नो अनुहार हिउँमा राख्नुहोस्।

7. हिउँबाट अलिकति टाढा फर्कनुहोस्।

8. आफ्नो घुँडा थोरै झुकाउनुहोस्।

9. आफ्नो खुट्टा कडा राख्नुहोस् र टाढा फैलाउनुहोस् र औंलाहरू भित्र खन्ने।

आत्म-गिरफ्तार स्थिति हेड डाउनहिल र फेस डाउन

यो थोरै गाह्रो हुन सक्छ किनभने तपाईंले पहिले आफ्नो खुट्टा डाउनहिल स्विंग गर्नुपर्छ। यो गर्नको लागि तपाईंले आफ्नो शरीरलाई घुमाउनको लागि पिभोटको रूपमा सेवा गर्नको लागि हिउँमा बरफको कुल्हार ल्याउनु पर्छ। आफ्नो खुट्टा वरिपरि घुमाउन काम गर्नुहोस् ताकि तिनीहरू डाउनहिल संकेत गर्दै छन्। हिउँमा स्पाइकलाई कहिल्यै नबस्नुहोस् र बञ्चरोको त्यो छेउमा पिभोट गर्नुहोस्, जसले तपाईंको स्लाइड मार्गमा र तपाईंको छाती र अनुहारको साथ टक्करको मार्गमा बञ्चरोको पिक र एड्ज ल्याउनेछ।

सेल्फ-रेस्ट स्थिति हेड डाउनहिल र पछाडि

फेरि एक कठिन प्रविधि, जसलाई सिद्ध हुन अभ्यास चाहिन्छ। यस अवस्थामा आफ्नो छातीमा बञ्चरो समात्नुहोस् र हिउँमा छेउमा छेउमा टाँस्नुहोस्। त्यसपछि घुमाउनुहोस् र त्यसतर्फ घुमाउनुहोस्। छेउमा राखिएको पिकले पिभोट बिन्दुको रूपमा कार्य गर्दछ। तपाईंको छनोट रोप्नुले तपाईंलाई अन्तिम आत्म-गिरफ्तार स्थितिमा ल्याउने छैन। आफ्नो छातीलाई बञ्चरोको टाउको तर्फ घुमाउने काम गर्नुहोस्, आफ्नो खुट्टालाई डाउनहिलमा देखाउन चारैतिर घुमाउनुहोस्।

आत्म-गिरफ्तार स्थिति हेड माथिल्लो र अनुहार तल

आरोहीले सुरक्षित आत्म-गिरफतमा अन्त्य गर्नको लागि पिकलाई हिउँमा र शरीरलाई बन्चरोको शाफ्टमा थिच्नु पर्छ।

आत्म-गिरफ्तार स्थिति हेड माथि र पछाडि

बन्चरोको टाउको तिर घुमाउनुहोस् र तपाईंको पेटमा घुमाउँदा, तपाईंको छेउमा हिउँमा पिक रोप्नुहोस्। बन्चरोको टाउकोको दिशामा रोल गर्नुहोस्। जब तपाईं

खस्नुहुन्छ, स्पाइक तर्फ घुम्नदेखि सावधान रहनुहोस्, जसले पिकलाई हिउँमा जाम गर्न सक्छ र तपाईंको पकडबाट बञ्चरो तान्न सक्छ।

आइस एक्स बिना आत्म-गिरफ्तार

यदि तपाईंले आफ्नो बरफको बञ्चरो झर्नु भयो भने हिउँको ढलानमा खन्न आफ्नो हात, कुहिनो, घुँडा र जुत्ताको प्रयोग गर्नुहोस्। ढलान विरुद्ध हातहरू एकसाथ जोड्ने प्रयास गर्नुहोस्, ताकि तिनीहरूमा हिउँ जम्मा हुन्छ।

टोली - गिरफ्तार

टोली गिरफ्तारी व्यक्तिगत पर्वतारोहीहरूमा निर्भर गर्दछ तिनीहरूको आफ्नै खस्न रोक्न र अरू कोही खसेको अवस्थामा ब्याकअप प्रदान गर्न। अन्तिम टोली सुरक्षाको रूपमा टोली गिरफ्तारीमा भर पर्दा केही परिस्थितिहरूमा मात्र अर्थ हुन्छ, जस्तै कम वा मध्यम कोण ग्लेशियर वा हिउँको ढलानमा। राम्रो पर्वतारोही खतरनाक स्लाइडबाट कम दक्ष आरोही हुन सक्छ। निम्न प्रक्रियाहरू पालन गर्न सकिन्छ:

1. यदि कुनै पर्वतारोहीहरू तपाईंभन्दा तल छन् भने आफ्नो हातमा केही खुट्टाको ढिलो डोरी बोक्नुहोस्। यदि एक पर्वतारोही खस्यो भने, ढीलो डोरी छोड्नुहोस्, जसले डोरीले खसेको आरोहीको वजन तान्नु अघि केही समय दिन्छ। यस समय फ्रेममा, तपाईंले आफ्नो बरफ कुल्हाडीलाई आत्म-गिरफ्तार स्थितिमा ल्याउनु पर्छ र गिर्दो पर्वतारोहीको वजन ब्रेस गर्न आवश्यक छ।

2. सबैभन्दा कमजोर आरोहीलाई डोरीको डाउनहिल छेउमा राख्नुहोस्, आरोहण गर्दा र पहिलो ओर्लँदा डोरीमा राख्नुहोस्।

3. छोटो डोरीमा चढ्नुहोस्।

4. डोरी राम्ररी ह्यान्डल गर्नुहोस्। टोलीको डाउनहिल पक्षमा डोरी राख्नुहोस् ताकि त्यहाँ पाइला चाल्ने मौका कम होस्।

5. आफ्नो टोली साथीको गति र स्थिति अवलोकन गर्नुहोस् र समायोजन गर्नुहोस् र तदनुसार तयारी गर्नुहोस्।

6. कुनै पनि पर्वतारोही खस्दा "खस्दै" भन्नुहोस्।

Chapter 24

पहाडी खतराहरू

(जवाहर इन्स्टिच्युट अफ माउन्टेनियरिङ एन्ड विंटर स्पोर्ट्स, पहलगामको सार्वजनिक डोमेनमा वेबसाइटबाट रूपान्तरित। संस्थानका निर्देशकलाई धन्यवाद)।

परिचय

मूलतः त्यहाँ दुई प्रकारका खतराहरू हुन सक्छन्, पर्वतारोहीको अनुभव, पहाडमा हुँदा। ती व्यक्तिपरक खतराहरू (तयारीको अभाव, उपकरणको गलत प्रयोग र लापरवाहीका कारण व्यक्तिले निम्त्याउने) र वस्तुगत खतराहरू (हिउँ, मौसम, चट्टान र स्वास्थ्यको कारणले हुने) हुन्।

A)। व्यक्तिपरक खतराहरू

मार्ग छनोट, अत्यधिक परिश्रम, निर्जलीकरण र पर्वतारोहीको कमजोर निर्णयका कारण व्यक्तिपरक खतराहरू सिर्जना हुन्छन्। तिनीहरू निम्न समावेश छन्:

a) खस्नु : लापरवाही, अत्याधिक थकान, भारी उपकरण, खराब मौसम, आफ्नो क्षमताको धेरै अनुमान गर्न नसक्नु, होल्ड टुटेको वा अन्य कारणले पनि खस्नु हुन सक्छ।

b) क्याम्प साइट: बिभोक साइटहरू चट्टान, हावा, बिजुली, हिमपहिरो रनआउट क्षेत्रहरू र बाढी (विशेष गरी गल्लीहरूमा) बाट सुरक्षित हुनुपर्छ। यदि खस्ने सम्भावना छ भने, डोरी भित्र, पाल र सबै उपकरणहरू बाँध्नु पर्ने हुन सक्छ।

c) उपकरण: डोरीहरू पूर्ण सुरक्षा होइनन्; तिनीहरू तीव्र धारमा काट्न सकिन्छ वा खराब मर्मत, पुरानो वा अत्यधिक प्रयोगको कारणले तोड्न सकिन्छ। मौसम अवस्था, भ्रमण, वा छोटो आरोहणमा खतराहरू कम देखिन्छ भने पनि तपाईंले जहिले पनि आपतकालीन र बिभोक उपकरणहरू प्याक गर्नुपर्छ।

B)। वस्तुगत खतराहरू

वस्तुगत खतराहरू पहाडले गर्दा हुन्छन् र पर्वतारोहीबाट प्रभावित हुन सक्दैनन्। उद्देश्य जोखिमहरूलाई निम्न रूपमा वर्गीकृत गरिएको छ:

a) हिउँ समूह जोखिमहरू: हिउँले घेरिएको र हिमनदी भएका क्षेत्रमा हिउँले देखाउने कठिनाइहरूलाई हिउँ समूह जोखिमहरू भनिन्छ। विभिन्न हिउँ समूहका खतराहरू निम्नानुसार छन्:

(i)। हिमस्खलन: हिमस्खलन अस्थिर हिउँ र बरफको एक विशाल समूह हो जुन ढलानमा चोट पुर्याउन सक्छ र हिउँ, बरफ, चट्टान, माटो र रूखहरू ल्याउँछ। हिमपहिरो पहाडमा खतरनाक र ज्यान जोखिममा पर्ने खतरा हो, हिमपहिरो पीडितको १५ मिनेटभित्र उद्धार गरेमा ८५ प्रतिशत, ३० मिनेटभित्र ५० प्रतिशत र एक घण्टाभित्र २० प्रतिशत बाँच्ने सम्भावना रहेको अनुमान गरिएको छ ।

(ii)। नरम हिमपात: अत्यधिक हिउँ पर्दा हिउँ धेरै गाह्रो हुन्छ। नरम हिउँमा आन्दोलन धेरै ढिलो र थकाउने छ। नरम हिउँमा सजिलै सार्नको लागि असभ्य जुत्ता वा स्की प्रयोग गर्न सकिन्छ।

(iii)। ग्लेशियरहरू: हिमनदीहरूमा आवागमन गाह्रो हुन्छ, विशेष गरी ढलानहरू चढ्दा। हिमनदीहरूमा सार्नको लागि बरफ कुल्हा र क्र्याम्पोनहरू प्रयोग गरिन्छ।

(iv)। Crevasses: ग्लेशियर ढलान माथि सर्छ र झुक्दा वा हिमनदीले यसलाई घेर्ने चट्टानका पर्खालहरूबाट अलग गर्दा क्रिभासहरू बन्छन्। तिनीहरू धेरै फराकिलो र गहिरो बनाउनका लागि ग्लेशियरहरूमा धेरै गाह्रो हुन सक्छ। डोरी पुलहरू बनाएर वा सीढी लन्च गरेर क्र्यासहरू पार गर्न सकिन्छ।

(v) ह्याङ्गिङ ग्लेशियरहरू र सेराकहरू: तिनीहरू शिखर वा बरफको टावर हुन्। सकेसम्म तिनीहरूलाई बचाउनुहोस्। तिनीहरू दिन वा वर्षको कुनै पनि समयमा चेतावनी बिना खस्नेछन्। एक घन मिटर ग्लेशियर बरफको तौल ९१० किलोग्राम हुन्छ। यदि कसैलाई यी अनिश्चित क्षेत्रहरू पार गर्न आवश्यक छ भने, यो धेरै छिटो गर्नुहोस् र प्रत्येक पर्वतारोही बीच उपयुक्त दूरी राख्नुहोस्।

(vi)। Cornice: एक समेकित हिउँ बैंक रिज, पठार वा कोरी को छेउ मा प्रक्षेपण र प्रचलित हावा द्वारा गठन। तिनीहरू अस्थायी हुन सक्छन्, जुन

हिमस्खलन हुने सम्भावना धेरै हुन्छ वा तिनीहरू स्थायी हुन सक्छन्। हिउँले घेरिएको भू-भागमा मार्ग चयन गर्दा तल वा कर्निस माथि नजानुहोस्।

(vii)। स्नो ब्रिज: एउटा खोर वा धारामा बनेको पुल, जुन धेरै बलियो हुँदैन। हिउँले घेरिएको क्षेत्रमा यो खतरा हो। सम्भव भएसम्म हिउँ पुल पार गर्नबाट जोगिनुपर्छ।

(viii)। रूखहरूमा हिउँ: ताजा हिउँ परेपछि, रूखहरूमा केही हिउँ जम्मा हुन्छ, जुन बिस्तारै कडा हुँदै जान्छ। रुखमुनि बसेका आरोहीलाई हिउँले हानि पु¥याउन सक्छ । त्यसैले। रूखहरूमा हिउँ जम्मा भएकोमा शिविरमा बस्नबाट जोगिनै पर्छ।

b) मौसमका खतराहरू: पहाडहरूमा मौसमको अवस्था धेरै छोटो अवधिमा घामको क्षणबाट हिमपातमा परिवर्तन हुन सक्छ:

(i)। हावा चिल: हावाहरू पहाडहरूमा बलियो र अधिक परिवर्तनशील हुन्छन्। कम तापक्रमको प्रभाव हावाको तातो निकाल्ने प्रभावले मिश्रित हुन्छ र मौसमलाई विचार गर्दा यी दुईको संयोजनलाई ध्यानमा राख्नुपर्छ।

(ii)। कम भिजिबिलिटी: कुहिरो, वर्षा, अँध्यारो वा हिउँ उडाउँदा कमजोर दृश्यता हुन सक्छ, जसले भ्रामक हुन सक्छ। आफ्नो सही स्थितिको ख्याल राख्नुहोस् र दृश्यता थप घट्नु अघि सुरक्षाको लागि आफ्नो मार्ग योजना गर्नुहोस्।

(iii)। ह्वाइट आउट: जाडोमा खतरनाक अवस्था, हिउँ झर्ने र बग्ने बेला वा कमजोर दृश्यताले क्षितिजलाई जमिन र आकाशसँग मिलाउँछ। त्यसपछि आफैलाई अभिमुख गर्न गाह्रो हुन्छ र किनारामा हिंड्न धेरै सजिलो हुन्छ। यदि कसैले यी अवस्थाहरूमा हिड्नु पर्छ भने, यो डोरी माथि गर्नु राम्रो हो। बिन्दु मानिस डोरी को अन्त मा सार्नु पर्छ। मार्ग स्केच र मार्च तालिका प्रयोग गर्नुहोस्।

(iv)। उचाई: उच्च उचाइमा, विशेष गरी 6,500 फिट भन्दा बढी; सहनशीलता र एकाग्रता कम हुन्छ। धुम्रपान र रक्सीमा कटौती गर्नुहोस्। राम्रोसँग सुत्नुहोस्, बिस्तारै अनुकूल हुनुहोस्, हाइड्रेटेड रहनुहोस् र उच्च उचाइमा हुने रोगहरूको लक्षण र लक्षणहरू बारे सचेत रहनुहोस्।

(v) बिजुली: बिजुली बारम्बार, हिंसक र सामान्यतया उच्च बिन्दुहरूमा आकर्षित हुन्छ। हिमाली आँधीहरूमा यो एक प्रमुख विशेषता हो। ठूला रुख र धातुका वस्तुहरूबाट टाढै रहनुपर्छ ।

(vi)। सुख्खा हावा: उच्च उचाइमा हावा सुख्खा हुन्छ, त्यसैले निर्जलीकरण ठूलो चिन्ताको विषय हो। पर्याप्त तरल पदार्थको सेवन आवश्यक छ।

(vii)। तापक्रम घट्ने: उचाइमा प्रत्येक ३०० मिटर वृद्धिको लागि, तापक्रम लगभग एक डिग्री सेल्सियस घट्छ। यसले गर्मीमा पनि हाइपोथर्मिया र फ्रस्टबाइट निम्त्याउन सक्छ, विशेष गरी हावा, वर्षा र हिउँको साथमा। सधैं उपयुक्त कपडा लगाउनुहोस्।

C)। चट्टान जोखिमहरू: चट्टान जोखिमहरू निम्न प्रकारका छन्:

(i)। लूज स्लेट: पहाडबाट झरेको ढिलो ढुङ्गा चट्टान मुनि ठाडो ढलानमा फेला परेको छ। चढ्न धेरै अप्ठ्यारो हुन सक्छ।

(ii)। भरग्लास: कुहिरोसँगको चिसोले चट्टानमा बरफको पातलो पाना बन्न सक्छ जसलाई वर्ग्लास भनिन्छ। चट्टानको अनुहारमा भरग्लासको उपस्थितिले आरोहणलाई धेरै खतरनाक बनाउँछ।

(iii)। ढिलो चट्टानहरू: चट्टानको अनुहारमा ढीलो चट्टानहरूले आरोहणलाई गाह्रो बनाउँदछ किनकि प्राकृतिक लङ्गरहरू फेला पार्न र चट्टानमा पिटनहरू राख्न गाह्रो हुन्छ। अगुवा आरोहीको पछि लागेका आरोहीहरूका लागि खुल्ला चट्टानहरू धेरै खतरनाक हुन्छन्। ढिलो चट्टान भएको चट्टान अनुहारको साथमा मार्ग चयन नगर्नुहोस् र आरोहण गर्दा सबैले हेलमेट लगाउनुपर्छ।

D) स्वास्थ्य जोखिमहरू: उच्च उचाइ र हिउँले घेरिएको क्षेत्रमा काम गर्ने मानिसहरूले निम्न स्वास्थ्य समस्याहरूको सामना गर्छन्:

(i)। हाइपोथर्मिया: यो अत्यधिक चिसोको कारणले शरीरको सामान्य चिसोपन हो।

(ii)। चिल्ब्लेन: यो चिसो चोट हो, जुन अत्यधिक चिसोमा शरीरका अंगहरू अत्यधिक एक्सपोजरको कारण हुन्छ।

(iii)। फ्रस्ट बाइट: यो शरीरको कुनै अंगलाई स्थानीयकृत चिसोले गर्दा हुन्छ। चरम चिसोको सम्पर्कमा आएका तन्तुहरू समयसँगै जम्न थाल्छ, जसले अक्सर स्थायी क्षति निम्त्याउँछ।

(iv) हाई अल्टिट्यूड पल्मोनरी एडेमा (HAPO): हाई अल्टिट्यूड पल्मोनरी एडेमा रोग होइन। यो एक तीव्र, नाटकीय र कहिलेकाहीं जीवन-धम्कीपूर्ण अवस्था हो जुन गैर-अनुकूलित व्यक्तिहरूमा देखिन्छ। यो कहिलेकाहीँ अचानक र एक व्यक्तिलाई चेतावनी बिना हुन्छ।

(v) एक्युट माउन्टेन सिकनेस (AMS): AMS कम हावाको चाप र उच्च उचाइमा कम अक्सिजनको स्तरको कारणले हुन्छ। जति छिटो तपाईं उच्च उचाइमा चढ्नुहुन्छ, त्यति नै तपाईंलाई तीव्र माउन्टेन सिकनेस हुने सम्भावना हुन्छ। AMS लाई रोक्ने सबैभन्दा राम्रो तरिका बिस्तारै उकालो हुनु हो।

(vi) हिउँ अन्धोपन: यो हिउँबाट परावर्तित सूर्यकिरण र पराबैंगनी किरणहरूको अत्यधिक एक्सपोजरको कारण हुन्छ।

(vii)। सन बर्न्स: यो उच्च पहाडहरूमा सूर्यको किरण र पराबैंगनी किरणहरूको अत्यधिक एक्सपोजरको कारण हुन्छ। धेरैजसो घामले गर्दा हल्का दुखाइ र रातोपन हुन्छ र छालाको बाहिरी तहलाई असर गर्छ। चरम अवस्थामा, घाम लागेको क्षेत्र संक्रमित हुन सक्छ।

Chapter 25
हिमपहिरो र हिउँ उद्धार

परिचय

हिमपहिरो भनेको हिउँ, बरफ र चट्टानहरूको समूह हो जुन प्राकृतिक शक्ति वा मानव गतिविधिले गर्दा पहाडको छेउमा द्रुत गतिमा सर्छ।

हिमस्खलनका प्रकारहरू

हिमस्खलनका विभिन्न रूपहरूका लागि धेरै वर्गीकरण प्रणालीहरू छन्, जसलाई तिनीहरूको आकार, विनाशकारी क्षमता, प्रारम्भिक संयन्त्र, संरचना र गतिशीलताद्वारा वर्णन गर्न सकिन्छ।

स्ल्याब हिमस्खलन

स्ल्याब हिमस्खलनहरू बारम्बार हिउँमा बन्छन् जुन जम्मा गरिएको छ, वा हावाले पुन: जम्मा गरेको छ। तिनीहरूसँग फ्र्याक्चरद्वारा यसको वरपरबाट काटिएको हिउँको ब्लक वा स्ल्याबको विशेषता देखिन्छ। स्ल्याब हिमस्खलनका तत्वहरूमा स्टार्ट जोनको शीर्षमा क्राउन फ्र्याक्चर, स्टार्ट जोनका छेउमा फ्ल्याङ्क फ्र्याक्चर र तलको स्टाचवाल भनिन्छ। क्राउन र फ्ल्याङ्क फ्र्याक्चरहरू हिउँमा रहेको ठाडो पर्खालहरू हुन् जुन हिउँमा रहेको हिउँबाट हिमपहिरोमा फसेको हिउँलाई चित्रण गर्दछ। स्ल्याबहरू केही सेन्टिमिटरदेखि तीन मिटरसम्म मोटाईमा भिन्न हुन सक्छन्। हिमपहिरोबाट हुने मृत्युको झण्डै ९० प्रतिशत स्ल्याब हिमपहिरोले ओगटेको छ।

पाउडर हिउँ हिमस्खलन

सबैभन्दा ठूलो हिमस्खलनहरू अशान्त निलम्बन धाराहरूका कारण हुन्, जसलाई पाउडर हिउँ हिमस्खलन भनिन्छ । T he मा पाउडर क्लाउड हुन्छ, जसले बाक्लो हिमस्खलन ओभरलाइज गर्छ। तिनीहरू कुनै पनि प्रकारको हिउँ वा प्रारम्भिक संयन्त्रबाट बन्न सक्छन्, तर सामान्यतया ताजा सुख्खा पाउडरको साथ हुन्छ। तिनीहरूले ठूलो मात्रामा हिउँ समावेश गरी 300 किलोमिटर प्रति घण्टाको गति पार गर्न सक्छन्। प्रवाहहरू समतल उपत्यकाको तल्लो भागमा

लामो दूरी र गुरुत्वाकर्षण विरुद्ध छोटो दूरीको लागि माथिसम्म पनि यात्रा गर्न सक्छन्।

भिजेको हिउँ हिमस्खलन

पाउडर हिउँ हिमस्खलनको विपरित भिजेको हिउँ हिमस्खलनहरू हिउँ र पानीको कम गतिको निलम्बन हो जसको प्रवाह ट्र्याकको सतहमा सीमित हुन्छ। ट्र्याकको स्लाइडिङ सतह र पानी संतृप्त प्रवाह बीचको घर्षणको कारण यात्राको कम गति हो। 10 देखि 40 किलोमिटर प्रति घण्टा गति को यात्रा को कम गति को बावजुद भिजेको हिउँ हिमस्खलनहरु शक्तिशाली विनाशकारी शक्तिहरु उत्पन्न गर्न सक्षम छन्, ठूलो जन र घनत्व को कारण। भिजेको हिउँ हिमस्खलनको प्रवाहको शरीरले नरम हिउँबाट जोत्न सक्छ र ढुङ्गाहरू, माटो, रूखहरू र अन्य वनस्पतिहरू घिसाउन सक्छ; हिमपहिरो ट्र्याकमा खुला र प्रायः खाली जमिन छोड्दै। भिजेको हिउँ हिमस्खलनहरू या त ढिलो हिउँ रिलिज वा स्ल्याब रिलीजबाट सुरु गर्न सकिन्छ, र केवल हिउँ प्याकहरूमा हुन्छ जुन पानी संतृप्त हुन्छ र पानीको पग्लने बिन्दुमा समतापीय रूपमा सन्तुलित हुन्छ। भिजेको हिउँ हिमस्खलनको आइसोथर्मल विशेषताले आइसोथर्मल स्लाइडहरूको माध्यमिक शब्दको नेतृत्व गरेको छ। समशीतोष्ण अक्षांशहरूमा भिजेको हिउँ हिमस्खलनहरू प्रायः जाडो मौसमको अन्त्यमा मौसमी हिमपहिरो चक्रसँग सम्बन्धित हुन्छन्, जब त्यहाँ महत्त्वपूर्ण दिनको तापक्रम हुन्छ।

आइस हिमस्खलन

बरफको हिमपहिरो तब हुन्छ, जब बरफको ठूलो टुक्रा, जस्तै सेराक वा क्याल्भिङ ग्लेशियरबाट, बरफमा खस्छ (जस्तै नेपालमा खुम्बु आइसफल), भाँचिएको बरफका टुक्राहरूको आन्दोलनलाई ट्रिगर गर्दछ। परिणामस्वरूप आन्दोलन हिउँ हिमस्खलन भन्दा चट्टान वा पहिरोसँग तुलनात्मक छ। तिनीहरू सामान्यतया भविष्यवाणी गर्न धेरै गाह्रो हुन्छन् र कम गर्न लगभग असम्भव छन्।

कर्निस हिमस्खलन

कर्निसहरू रिजलाइन जस्ता अवरोधको डाउनविन्ड पक्षमा हावा बहने हिउँले बनेको क्यान्टीलिभर्ड हिउँ संरचनाहरू हुन्। झर्ने कर्निसको तौलले प्राय: तलको ढलानमा हिमपहिरोलाई ट्रिगर गर्छ वा कर्निस सयौं टुक्राहरूमा भाँचिन्छ र आफ्नै हिमस्खलन वा दुवै बनाउँछ। कर्निसका टुक्राहरू प्रायः डाउनहिल यात्रा गर्दा फ्यान बाहिर जान्छन्, कहिलेकाहीँ पतन रेखाबाट 30 डिग्री भन्दा बढी यात्रा

गर्छन्। विशेष गरी हावाको साथ वा छिटो तापक्रम वा लामो समयसम्म पग्लिने बेलामा कर्निसहरू अस्थिर हुन जान्छ। हावा चल्ने बित्तिकै, यसले कर्निसलाई बाहिर तिर फैलाउँछ र कर्निसको सजीलो ट्रिगर गरिएको भागलाई किनारको नजिक अनिश्चित रूपमा आराम गर्छ, जबकि कडा अधिक स्थिर भागले जरा बनाउँछ। कर्निसको छेउमा धेरै नजिक चढ्नु जोखिमपूर्ण छ।

हिमस्खलनको गठनलाई प्रभाव पार्ने कारकहरू

a) हिमपात

हिमपातले हिमपहिरोको जोखिमलाई प्रभाव पार्छ कि गर्दैन त्यो वर्षाको अवधिको अवस्थाहरूमा निर्भर गर्दछ। तपाईंले पछिल्लो तीन दिनमा नयाँ हिउँको महत्वपूर्ण मात्रा मापन गरेर हिमपहिरोको जोखिम नाप्न सक्नुहुन्छ।

पहिलो दिन - 10 देखि 20 सेन्टिमिटर हिउँ।

दोस्रो दिन - 20 देखि 30 सेन्टिमिटर हिउँ।

तेस्रो दिन - 30 देखि 50 सेन्टिमिटर हिउँ।

जब वर्षा हिमपातमा परिणत हुन्छ वा तापक्रम क्रमशः कम हुँदै जाँदा लगभग ५० किलोमिटर प्रतिघण्टाको तीव्र हावा चल्छ भने हिमपहिरोको सम्भावना रहन्छ।

b) तापक्रम

न्यानो हावा र घामले हिउँ प्याकमा परिवर्तनको प्रक्रियामा ठूलो प्रभाव पार्छ, जसले हिमपहिरोको जोखिम निम्त्याउन सक्छ।

उच्च तापक्रम- वर्षासँगै हिउँ प्याकको न्यानोपन सम्भावित उच्च हिमस्खलन जोखिम हो।

मध्यम तापक्रम- स्नो प्याक र तहहरू बीचको बन्ड सेट गर्न मद्दत गर्दछ। हिमपहिरोको मध्यम जोखिम छ।

दिनको समयमा न्यानोपन र रातमा चिसो - हिमपहिरोको जोखिम कम हुन्छ, तर पूर्वदेखि पश्चिमसम्म दिनको समयमा हिमपहिरोको अवस्था बिग्रनेतर्फ ध्यान दिनुपर्छ। यो याद गर्नुपर्दछ कि यस्तो चरण पछि हिमपातको अवस्थामा, हिउँ प्याकमा एक महत्वपूर्ण कमजोर तह बनाइन्छ।

चिसो तापक्रम- हिउँ प्याकको सेटिङ प्रक्रियामा ढिलाइ गरेर अवस्थित जोखिमहरू सुरक्षित गर्दछ।

c) हावा

हावा हिमस्खलनको अन्तिम वास्तुकार हो। बलियो हावाको साथ मिलाएर थोरै मात्रामा हिउँले हिमस्खलनको गम्भीर अवस्था निम्त्याउन सक्छ। हिमालहरूमा, तपाईंले भर्खरै बनेको गल्लीहरू, चट्टानहरू पछाडिको क्षेत्रहरू र तिनीहरूको माथिको कोर्निसहरूबाट जोगिनै पर्छ, किनकि तिनीहरू हिमपहिरो बन्ने खतरामा छन्।

d)। भू-भाग

भू-भागको आकारले हिमपहिरोको गठनलाई प्रभाव पार्छ, किनभने तिनीहरूले हावाको दिशा र गतिको रूपमा महत्त्वपूर्ण प्रभाव पार्छ र यसैले हिउँ भाँचिएको हदसम्म पनि। गल्लीहरू, खाडलहरू र ढलान किनारहरू सबै हिमपहिरो जोखिमहरू खडा गर्छन्। भू-भागका यी आकारहरूले ली छेउमा स्नो ड्रिफ्टहरू र विन्डवर्ड साइडमा कम्प्याक्ट गरिएको हिउँ निर्माण गर्न मद्दत गर्दछ।

भू-भाग ढलान आकारहरू

पर्वतारोहणको समयमा आदर्श मार्गले निम्न जस्तै भू-भाग आकारहरूको उत्तम प्रयोग गर्दछ:

रिब्स: हिउँ प्रायः तिनीहरूबाट उडेको हुनाले र त्यहाँ हिउँ जम्मा हुँदैन।

फराकिलो किनाराहरू: हावाले सायद यहाँ हिउँको बहावहरू बन्न अनुमति दिँदैन।

हम्पहरू: जसरी तिनीहरूले सानो ढलान आकारहरू मार्फत हिउँ प्याकहरूलाई समर्थन गर्छन्।

भू-भाग ढलान दिशा

सबै हिमपहिरो मध्ये 70 प्रतिशत उत्तर-मुखी ढलान (पश्चिम देखि पूर्व) मा र 56 प्रतिशत उत्तर क्षेत्र (उत्तर पश्चिम देखि उत्तर पूर्व) मा हुन्छ। यी पक्षहरूमा दुर्घटनाहरूको आवृत्तिको कारण भनेको घामको कम मात्राका कारण हिउँको

प्याकहरू धेरै ढिलो हुन्छ, जसका कारण पाउडर हिउँ लामो समयसम्म रहन्छ, जुन खतरनाक छ।

जाडोमा, घामको किरणमा लामो समयसम्म रहनुको कारणले गर्दा दक्षिण-मुखी ढलानहरूमा प्रायः स्थिर हिउँ प्याक संरचना हुन्छ।

भू-भाग ढलान ठाडोपन

सबै हिमपहिरो दुर्घटनाहरू मध्ये लगभग 97 प्रतिशत 30 डिग्री भन्दा बढी झुकावको ढलानहरूमा हुन्छन्। ढलानको ठाडोपन कम्तिमा २० मिटर X २० मिटरको क्षेत्रमा निर्धारण गरिन्छ।

सामान्य नियमको रूपमा:

1. ढलान जति ठुलो हुन्छ, त्यति नै खतरनाक हुन्छ।

2. 30 डिग्री भन्दा बढीको ढलानमा समूहमा आरोहण गर्दा, एक पटक वा अर्को पछाडि एक ढलान पार गर्न सम्झनुहोस्।

3. ३० डिग्रीभन्दा माथिको ढलानबाट बच्नुहोस्।

4. चापलुस क्षेत्रहरूमा पनि माथिको क्याचमेन्ट क्षेत्रहरूबाट हिमपहिरोको सम्भावना रहेको कुरा ध्यानमा राख्नुहोस्।

5. हिउँ प्याक

स्ल्याब हिमस्खलन ट्रिगर गर्न सकिन्छ, जब हिउँ प्याकमा कमजोर तह हुन्छ। कठोरता मा केहि भिन्नता संग एक बाक्लो र एक समान हिउँ प्याक आदर्श छ। अन्तिम हिउँ पर्नु अघि धेरै प्रयोग गरिएको ढलानहरूमा क्रसिङको संख्याले स्लाइडिङ तहहरू कम गर्न र अधिक स्थिरता सुनिश्चित गर्न सक्छ।

e) मानव कारक

मानवहरूले हिमपहिरोको जोखिम पहिचान गर्न र बेवास्ता गर्न सबैभन्दा महत्त्वपूर्ण हिमस्खलन कारक प्रतिनिधित्व गर्दछ। अनुभव, ज्ञान र व्यक्तिगत क्षमताले विश्वासघाती मार्गमा सुरक्षित आरोहणको लागि योगदान कारकहरू हुन्। केन्द्रित अवलोकन र जोखिम-सचेत निर्णय लिने हिमस्खलनबाट बच्न मार्ग योजनाको आवश्यक भाग हो।

हिमस्खलन गतिविधिका लागि ट्रिगरहरू

1. दबाब: ताजा हिउँ वा हिउँमा आर्द्रताको कारणले दबाब प्रयोग गरिन्छ। जब यो दबाब एक निश्चित सीमा नाघ्छ, यसले हिउँको आन्तरिक तह र यसको लङ्गर गर्ने क्षमतालाई कमजोर बनाउँछ, हिमपहिरोहरू ट्रिगर गर्दछ।

2. काटन: ढलानमा हिउँको तहहरू काट्दा एउटा भाग छुट्टै सर्छ, हिमपहिरो सिर्जना हुन्छ। ढलान तिर तिरछेउमा पुरुषहरूको आन्दोलनको कारण वा ढलानको माथिबाट प्याक गरिएको हिउँको भारको कारणले हुन सक्छ।

3. तापक्रम: तापक्रम बढ्नाले हिउँमा आर्द्रता बढ्छ जसले गर्दा दबाव बढ्छ।

4. कम्पन: यो पृथ्वीको सतह मार्फत यात्रा गर्ने हवाई तरंग वा छालहरूको कारण हुन सक्छ। टाढाको विस्फोट वा उडिरहेको विमानको कारणले हवाई तरंगहरू उत्पन्न हुन्छन्। भारी ईन्जिनियरिङ् सवारी साधन, ट्याङ्क वा सेना को शरीर को आवागमन द्वारा जमीन तरंगहरु सिर्जना गरिन्छ। कम्पनहरूले हिउँको तहहरूको आन्तरिक बन्धनलाई कमजोर बनाउँछ जसको परिणामस्वरूप हिमस्खलन हुन्छ।

हिमस्खलन भूभागमा सुरक्षा

भू-भाग व्यवस्थापन- भू-भाग व्यवस्थापनले हिमपहिरो भू-भागमा यात्रा गर्ने जोखिममा व्यक्तिको जोखिमलाई कम गर्न, कुन कुन क्षेत्रहरूमा यात्रा गर्ने ढलानहरू होशियारीपूर्वक चयन गरेर समावेश गर्दछ। महत्त्वपूर्ण पक्षहरूमा ढलानहरू कम नगर्ने (हिउँ प्याकको भौतिक समर्थन हटाउने), उत्तल रोलहरू (हिउँ प्याक तनावमा रहेको क्षेत्रहरू) माथि यात्रा नगर्ने, खुला चट्टान जस्ता कमजोरीहरूबाट टाढा रहनु र भूभागमा पर्दा ढलानहरूको क्षेत्रहरू बेवास्ता गर्नु समावेश छ। गल्ली वा चट्टानजस्ता जालहरू जसमाथि कसैलाई बगाउन सकिन्छ।

समूह व्यवस्थापन- समूह व्यवस्थापन भन्नाले समूहको सदस्य हुने वा अर्कोले सुरक्षात्मक आवरण छोड्नु अघि हिमपहिरोको जोखिमबाट कम गर्ने अभ्यास हो। रुट छनोटले रुटको माथि र मुनि कस्ता खतराहरू छन् र अप्रत्याशित हिमपहिरोका परिणामहरू पनि विचार गर्नुपर्छ। सुरक्षित स्थानहरूमा मात्र

रोक्नुहोस् वा शिविर गर्नुहोस्। यदि गाडियो भने हाइपोथर्मिया ढिलाइ गर्न न्यानो गियर लगाउनुहोस्। भाग्ने मार्गहरू योजना गर्नुहोस्। समूहको आकार निर्धारण गर्दा जोखिमको व्यवस्थापन गर्न समूहका धेरै सदस्यहरू भएको जोखिमसँग प्रभावकारी रूपमा उद्धार गर्न पर्याप्त मानिसहरू नहुनुको खतरालाई सन्तुलनमा राख्छ। यो सामान्यतया एक्लै यात्रा नगर्न सिफारिस गरिएको छ, किनभने त्यहाँ तपाईंको दफन गर्न र उद्धार सुरु गर्न कोही पनि हुनेछैन। थप रूपमा, हिमस्खलन जोखिम प्रयोग संग बढ्छ; अर्थात्, स्कीयरहरूले जति धेरै ढलानलाई बाधा पुऱ्याउँछ, हिमस्खलन हुने सम्भावना त्यति नै बढी हुन्छ। सुरक्षित स्थानहरू, भाग्ने मार्गहरू, ढलान छनौटहरू र हिउँ यात्रा, हिमपहिरो उद्धार र मार्ग खोजीमा प्रत्येक सदस्यको ज्ञानको स्पष्ट बुझाइ सहित समूह भित्र राम्रो संचार अभ्यास गर्ने सबै भन्दा महत्त्वपूर्ण।

जोखिम कारक जागरूकता - <u>हिमपहिरो</u> सुरक्षा मा जोखिम कारक जागरूकता क्षेत्र को मौसम इतिहास, वर्तमान मौसम र हिउँ अवस्था र समान रूपमा समूह को सामाजिक र भौतिक सूचकहरु जस्तै महत्वपूर्ण जानकारी को एक विस्तृत श्रृंखला को लागी जम्मा र लेखांकन को आवश्यकता छ।

नेतृत्व- हिमपहिरो भू-भागमा नेतृत्वले अवलोकन गरिएका जोखिम कारकहरू प्रयोग गर्ने राम्रोसँग परिभाषित निर्णय लिने प्रोटोकलहरू चाहिन्छ। हिमपहिरो भूभागमा नेतृत्वको आधारभूत कुरा भनेको बेवास्ता गरिएको वा बेवास्ता गरिएको जानकारीको इमानदारीपूर्वक मूल्याङ्कन र अनुमान गर्नु हो।

द्रुत रूपमा कार्य गर्ने क्षमता - हिमपहिरोमा गाडिएको व्यक्तिलाई तुरुन्तै फेला पार्न र उद्धार गर्न, एक प्रोब, बीकन, र बेलच आवश्यक छ। गाडिएको व्यक्तिले पनि हिमस्खलन बीकन लगाएको हुनुपर्छ। राम्ररी प्रशिक्षित र सुसज्जित साथीहरूको साथमा पनि सानो हिमपहिरो जीवनको लागि गम्भीर खतरा हो। ५५ देखि ६५ प्रतिशतसम्म खुल्लामा गाडिएका पीडितहरू मारिएका छन् र सतहमा बाँकी रहेका पीडितमध्ये ८० प्रतिशत मात्र बाँचेका छन्।

ऐतिहासिक रूपमा, बाँच्नको सम्भावना 85% 15 मिनेट भित्र, 50% 30 मिनेट भित्र र 20% एक घण्टा भित्र अनुमान गरिएको छ। फलस्वरूप, यो अत्यावश्यक छ कि हिमपहिरोबाट बाँचेका सबैलाई मद्दतको लागि पर्खनुको सट्टा तत्काल खोज र उद्धार कार्यमा प्रयोग गरिन्छ। कम्तिमा 30 मिनेटको खोजी पछि तत्काल

खोजी पछि कोही गम्भीर घाइते भए वा अझै पनि बेपत्ता छन् कि भनेर निर्धारण गर्न एक पटक थप मद्दत कल गर्न सकिन्छ।

खोज र उद्धार उपकरण

समुहका सबैले बिकन, बेलचा र प्रोब जस्ता मानक हिमपहिरो उपकरणहरू बोक्न र प्रयोग गर्दा र यसलाई कसरी प्रयोग गर्ने भनेर तालिम दिइएपछि गाडिएको पीडित जीवित भेटिने र उद्धार गर्ने सम्भावना बढ्छ। संगठित उद्धारमा स्की गस्ती र पहाड उद्धार टोलीहरू समावेश हुन्छन्, जो प्रायः गाडिएका पीडितहरूको खोजी गर्न अन्य प्रविधिहरूसँग सुसज्जित हुन्छन्।

a) **हिमस्खलन डोरीहरू**

हिमस्खलन कर्डहरूको प्रयोग 20 औं शताब्दीको सुरुमा जान्छ। सिद्धान्त सरल छ। लगभग 15 मिटर लामो रातो डोरी (प्यारासुट कर्ड जस्तै) लाई सुरक्षा गर्न व्यक्तिको बेल्टमा जोडिएको छ। तिनीहरू स्कीइङ वा हिउँमा चढ्दा, डोरी तिनीहरूको पछाडि तानिन्छ। डोरी पछाडिको अवधारणा यो हो कि यदि व्यक्ति हिमपहिरोमा गाडियो भने, हल्का डोरी हिउँको माथि रहन्छ। रंगको कारणले साथीहरूको लागि डोरी सजिलै देखिने थियो। व्यावसायिक हिमस्खलन कर्डहरूमा प्रत्येक एक देखि तीन मिटरमा धातु चिन्हहरू छन् जसले पीडितको दिशा र लम्बाइलाई संकेत गर्दछ।

b) **बीकन**

बीकनहरू हिमस्खलन ट्रान्ससिभरहरू हुन्, जसलाई बीपरहरू पनि भनिन्छ र उद्धार उद्देश्यका लागि महत्त्वपूर्ण सुरक्षा उपकरण मानिन्छ। तिनीहरूले सामान्य प्रयोगमा 457 kHz रेडियो सिग्नल मार्फत "बीप" ध्वनि उत्सर्जन गर्छन्, तर 80 मिटर टाढासम्म गाडिएको पीडित पत्ता लगाउन रिसिभ मोडमा स्विच गर्न सकिन्छ। एनालग रिसिभरहरूले श्रव्य बिपहरू प्रदान गर्दछ जुन उद्धारकर्ताहरूले पीडितको दूरी अनुमान गर्न व्याख्या गर्छन्। रिसीभरलाई प्रभावकारी रूपमा प्रयोग गर्न नियमित अभ्यास चाहिन्छ।

लगभग सबै हिमस्खलन उद्धार ट्रान्सीभरहरूले पीडितहरूलाई दिशा र दूरीको दृश्य संकेतहरू दिन डिजिटल प्रदर्शनहरू प्रयोग गर्छन्। धेरै प्रयोगकर्ताहरूले यी बीकनहरू प्रयोग गर्न सजिलो पाउँछन्। बीकन साथी उद्धारको लागि प्राथमिक उद्धार उपकरण हो र सक्रिय यन्त्रहरू मानिन्छ किनभने प्रयोगकर्ताले

तिनीहरूको यन्त्र प्रयोग गर्न र हेरचाह गर्न सिक्नुपर्छ। पार्टीका प्रत्येक सदस्य हिमस्खलन ट्रान्सीभरसँग सुसज्जित हुनुपर्छ।

c) पोर्टेबल प्रोबहरू

पोर्टेबल प्रोबहरू संकुचित हुन्छन् र धेरै मिटर गहिराइमा पीडितको सही स्थान पत्ता लगाउन हिउँमा जाँच गर्न विस्तार गर्न सकिन्छ। जब धेरै पीडितहरू गाडिन्छन्, उद्धारको क्रम निर्धारण गर्नका लागि प्रोबहरू प्रयोग गरिनु पर्छ, सबैभन्दा उथलपुथललाई पहिले खनेर बाँच्ने सबैभन्दा ठूलो मौका छ।

जाँच एक धेरै समय-उपभोग प्रक्रिया हुन सक्छ, यदि बीकन बिना पीडितको लागि व्यापक खोजी गरिन्छ। २ मिटरभन्दा गहिरो गाडिएको आरोहीको बाँच्न दुर्लभ छ। बीकन खोजको साथ समन्वयमा भिजुअल खोज पछि तुरुन्तै प्रोबहरू प्रयोग गर्नुपर्छ।

d)। फावडाहरू

स्नोप्याकमा लूज पाउडर भएको भए पनि, हिमस्खलनको मलबे कडा र बाक्लो हुन्छ। हिमपहिरोको ऊर्जाले हिउँ पग्लन्छ र यो रोकिएपछि तुरुन्तै भग्नावशेष फ्रिज हुन्छ। हिउँको माध्यमबाट पीडितसम्म पुग्न फाल्चहरू आवश्यक छन्, किनकि हिउँ प्रायः हातले खन्न धेरै बाक्लो हुन्छ। ठूलो बलियो स्कूप र बलियो ह्यान्डल महत्त्वपूर्ण छन्। प्लाष्टिकको बेलचाहरू प्रायः भाँचिन्छन्, जबकि धातुका बेलचहरू असफल हुने सम्भावना कम हुन्छ। हिमपहिरो पीडितको उत्खनन धेरै समय-खपत हुने भएकोले र धेरै गाडिएका पीडितहरू पुग्नु अघि नै निसास्सिएर, उत्खनन प्रविधि उद्धारको एक आवश्यक तत्व हो। ठूला भारहरूलाई समर्थन गर्ने कमजोर तहहरू जस्ता लुकेका खतराहरूका लागि स्नोप्याकको मूल्याङ्कन गर्ने भागको रूपमा हिउँको खाडलहरू खन्नका लागि फावडाहरू पनि उपयोगी छन्।

e) Recco उद्धार प्रणाली

Recco प्रणाली संसारभर संगठित उद्धार सेवाहरु द्वारा प्रयोग गरिन्छ। Recco प्रणाली दुई-भाग प्रणाली हो जहाँ उद्धार टोलीले एउटा सानो हात-हल्ड डिटेक्टर प्रयोग गर्दछ। डिटेक्टरले एक दिशात्मक संकेत प्राप्त गर्दछ जुन सानो, निष्क्रिय, ट्रान्सपोन्डरबाट प्रतिबिम्बित हुन्छ जसलाई रिफ्लेक्टर भनिन्छ जुन बाहिरी पोशाक, जुत्ता, हेलमेट, र शरीर सुरक्षामा समावेश हुन्छ। रेको रिफ्लेक्टरहरू

हिमस्खलन बीकनहरूको विकल्प होइनन्। Recco संकेतले बीकनहरूमा हस्तक्षेप गर्दैन। वास्तवमा, हालको Recco डिटेक्टरमा पनि हिमस्खलन बीकन रिसीभर (457 kHz) छ त्यसैले एक उद्धारकर्ताले एकै समयमा रेको संकेत र बीकन संकेत खोज्न सक्छ।

f) Avalung

यन्त्रमा मुखको टुक्रा, फ्ल्याप भल्भ, एक निकास पाइप र एक हावा कलेक्टर हुन्छ। धेरै Avalung या त आफ्नो छाती मा माउन्ट वा एक ब्याकप्याक मा एकीकृत।

हिमपहिरो गाड्ने क्रममा, आघातबाट मारिएका पीडितहरू प्रायः श्वासप्रश्वासबाट ग्रस्त हुन्छन् किनभने तिनीहरू वरपरको हिउँ पीडितको सासको तातोबाट पग्लिन्छ र त्यसपछि फ्रिज हुन्छ, जसले पीडितलाई अक्सिजन प्रवाहलाई अनुमति दिँदैन र CO_2 को विषाक्त स्तरहरू जम्मा गर्न अनुमति दिन्छ। अभालुङले यो अवस्थालाई अगाडिको ठूलो सतह क्षेत्रमा सास तान्दै र तातो निस्कने कार्बन डाइअक्साइडलाई पछाडि धकेल्दै समृद्ध बनाउँछ। यसले पीडितलाई बाहिर निकाल्न उद्धारकर्ताहरूलाई थप समय दिन्छ।

g) हिमस्खलन एयरब्यागहरू

हिमस्खलन एयरब्यागहरूले प्रयोगकर्तालाई चलिरहेको हिउँको सापेक्ष अझ ठूलो वस्तु बनाएर व्यक्तिलाई दफन गर्नबाट जोगिन मद्दत गर्दछ, जसले व्यक्तिलाई सतहतिर बल पुऱ्याउँछ। हिमस्खलन एयरब्यागहरू इन्वर्स सेग्रेगेसन (ग्रेन्युलर कन्भेक्सन) को सिद्धान्तमा काम गर्छन्। हिमस्खलनहरू, जस्तै मिश्रित नट र नाश्ता अनाज दानेदार सामग्री मानिन्छ र तरल पदार्थ जस्तै व्यवहार गर्दछ (तर तरल पदार्थ होइन), जहाँ साना कणहरू प्रवाहको फेदमा बस्छन् र ठूला कणहरू माथि उठ्छन्। यदि एयरब्याग ठीकसँग तैनाथ गरिएको छ भने, पूर्ण गाड्ने सम्भावनाहरू उल्लेखनीय रूपमा कम हुन्छन्।

h) अन्य यन्त्रहरू

धेरै ब्याककन्ट्री साहसीहरूले पनि उद्धारकर्ताहरूलाई समस्यामा तुरुन्तै सचेत गराउन स्याटेलाइट इलेक्ट्रोनिक सूचना यन्त्रहरू (SEND) बोक्छन्। यी यन्त्रहरूमा ग्लोबल पोजिसनिङ सिस्टम (GPS) समावेश भएको आपतकालीन

स्थिति-सङ्केत रेडियो बीकन (EPIRB) वा पर्सनल लोकेटिंग बीकनहरू (PLBs) समावेश छन्। यो यन्त्रले आपतकालिन र सामान्य स्थान (100 मिटर भित्र) को खोजी र उद्धारलाई तुरुन्तै सूचित गर्न सक्छ, तर EPIRB भएको व्यक्ति हिमपहिरोबाट बाँचेको छ र यन्त्र सक्रिय गर्न सक्छ भने मात्र। बचेकाहरूले पनि आपतकालीन कर्मचारीहरूलाई सूचित गर्न मोबाइल फोन प्रयोग गर्ने प्रयास गर्नुपर्छ। माथि उल्लेख गरिएका अन्य उपकरणहरू भन्दा फरक, मोबाइल फोन (वा उपग्रह फोन) उद्धारकर्ताहरूसँग दुई-तर्फी सञ्चार प्रदान गर्दछ।

साइटमा उद्धारकर्ताहरू (सामान्यतया साथीहरू) गाडिएको पीडितलाई बचाउनको लागि उत्तम स्थितिमा छन्। यद्यपि, संगठित उद्धार टोलीहरूले कहिलेकाहीँ गाडिएको पीडितको खोजीमा सहयोग गर्न धेरै छिटो प्रतिक्रिया दिन सक्छन्। चाँडो संगठित उद्धारलाई उनीहरूले प्रतिक्रिया दिन सक्ने चाँडो सूचित गर्न सकिन्छ र यो भिन्नताले गम्भीर रूपमा घाइते बिरामीको लागि बाँच्न वा मर्नेमा भिन्नताको अर्थ हुन सक्छ।

अन्य उद्धार यन्त्रहरू प्रस्तावित, विकसित र प्रयोग गरिएका छन्, जस्तै हिमस्खलन बलहरू, भेस्टहरू र एयरब्यागहरू, तथ्याङ्कहरूमा आधारित छन् कि गाडिएको गहिराइ घट्दा बाँच्नको सम्भावना बढ्छ। अकुशल भए तापनि, केही उद्धार उपकरणहरू अप्रस्तुत पक्षहरू द्वारा सुधार गर्न सकिन्छ जस्तै स्की पोलहरू छोटो प्रोबहरू हुन सक्छन् वा स्नोबोर्डहरू बेलफाको रूपमा प्रयोग गर्न सकिन्छ। प्राथमिक उपचार किट र उपकरण हाइपोथर्मिया बाहेक काटिएका, हड्डी भाँचिएको वा अन्य चोटपटक लागेका बाँचेकाहरूलाई सहयोग गर्नका लागि उपयोगी हुन्छ।

उद्धारका प्रकारहरू

आत्म-उद्धार भनेको हिमपहिरोमा फसेका पीडितहरू या त आफैं खनेर वा हिउँ पग्लिएपछि भाग्ने प्रक्रिया हो। आत्म-उद्धार दुर्लभ छ किनकि पीडित प्रायः हिउँले "कबरिएको" हुन्छ र सार्न असमर्थ हुन्छ। यद्यपि, यदि हिमपहिरो सानो छ वा पीडित सतह नजिकै गाडिएको छ वा हिमपहिरो मलबे नरम छ भने, पीडित आफैं खन्न सक्षम हुन सक्छ। आफूलाई बाहिर निकाल्ने प्रयास गर्दा, पीडितहरूलाई सामान्यतया कुन बाटो माथि छ भनेर पत्ता लगाउन गाह्रो हुन्छ।

एक साधारण विधि थुक्नु हो, जसले पीडितलाई माथिको दिशा निर्धारण गर्न मद्दत गर्न सक्छ।

साथी उद्धार भनेको पीडितहरूलाई उनीहरूको समूहका अन्य सदस्यहरूले उद्धार गर्दा हो। जब व्यावसायिक र स्वयंसेवक उद्धार टोलीहरू संलग्न हुन्छन्, प्रक्रियालाई संगठित उद्धार भनिन्छ। संगठित उद्धारको मामलामा, पहिलो टोलीहरू गाडिएका पीडितहरू पत्ता लगाउन र पत्ता लगाउन छिटो र हल्का यात्रा गर्छन्। यी टोलीहरूले उद्धार कुकुरहरू र RECCO डिटेक्टरहरू, र आपतकालीन हेरचाह गियर सहित आधारभूत उद्धार उपकरणहरू बोक्छन्। यी उद्धारकर्ताहरू सामान्यतया लामो समयसम्म सञ्चालनका लागि सुसज्जित हुँदैनन्।

हिमपहिरो घटनाको पहिलो चेतावनीमा उद्धार नेताले उद्धारकर्ता र बिरामी दुवैको लागि यातायातको व्यवस्था गर्न टोली नियुक्त गर्नेछ। उद्धारका नेताहरूले खोजी र उद्धार कार्यको जटिलताको मूल्याङ्कन गर्नेछन् र समर्थनको आवश्यकताहरू निर्धारण गर्न र अनुमान लगाउनेछन्। प्रत्येक घटना पीडितको संख्या, हिमपहिरोको खतरा, मौसम अवस्था, भू-भाग, सफलता र उद्धारकर्ताहरूको उपलब्धतामा निर्भर गर्दछ।

Chapter 26
हिमनदीहरू

ग्लेशियरहरूको गठन

ग्लेशियरहरू बन्न थाल्छन् जब एउटै क्षेत्रमा वर्षभर हिउँ रहन्छ, जहाँ पर्याप्त हिउँ जम्मा भएर बरफमा परिणत हुन्छ। प्रत्येक वर्ष, हिउँको नयाँ तहहरूले अघिल्लो तहहरूलाई दफन र कम्प्रेस गर्दछ। यो कम्प्रेसनले हिउँलाई पुन: क्रिस्टलाइज गर्न बाध्य पार्छ, आकार र आकारमा चिनीको दाना जस्तै दाना बनाउँछ। बिस्तारै दानाहरू ठूला हुँदै जान्छन् र दानाहरू बीचको हावा पकेटहरू साना हुन्छन्, जसले गर्दा हिउँ बिस्तारै कम्प्याक्ट हुन्छ र घनत्व बढ्छ। समयको साथ, ठूला बरफ क्रिस्टलहरू यति संकुचित हुन्छन् कि तिनीहरू बीचको कुनै पनि हावा जेबहरू धेरै सानो हुन्छन्। धेरै पुरानो ग्लेशियर बरफमा, क्रिस्टल लम्बाइमा धेरै इन्च पुग्न सक्छ। धेरै ग्लेशियरहरूको लागि, यो प्रक्रिया एक सय वर्ष भन्दा बढी लाग्छ।

हिमनदीका प्रकारहरू

हिमाली हिमनदीहरू

यी हिमनदीहरू उच्च पहाडी क्षेत्रहरूमा विकसित हुन्छन्, प्रायः धेरै चुचुराहरू वा पहाडको दायरासम्म फैलिएको बरफ क्षेत्रहरूबाट बाहिर निस्कन्छ। सबैभन्दा ठूलो हिमनदी आर्कटिक क्यानडा, अलास्का, दक्षिण अमेरिकाको एन्डिज र एशियाको हिमालयमा पाइन्छ।

उपत्यका ग्लेशियरहरू

सामान्यतया पहाडी हिमनदीहरू वा बरफ क्षेत्रहरूबाट उत्पन्न, यी हिमनदीहरू उपत्यकाहरूमा फैलिन्छन्, धेरै ठूला जिब्रोहरू जस्तै देखिन्छन्। उपत्यका ग्लेशियरहरू धेरै लामो हुन सक्छन्, प्रायः हिउँ रेखाभन्दा बाहिर बग्छन्, कहिलेकाहीँ समुद्र स्तरमा पुग्छन्।

टाइडवाटर ग्लेशियरहरू

नामले संकेत गरे जस्तै, यी उपत्यका हिमनदीहरू हुन् जुन समुद्रमा पुग्न पर्याप्त मात्रामा बग्दछ। केही स्थानहरूमा, टाइडवाटर ग्लेशियरहरूले सिलहरूको लागि प्रजनन बासस्थान प्रदान गर्दछ। टाइडवाटर ग्लेशियरहरू काल्भिङका लागि जिम्मेवार छन् (ग्लेशियरको छेउबाट बरफका टुक्राहरू टुक्रनु) असंख्य साना आइसबर्गहरू , जुन अन्टार्कटिक आइसबर्गहरू जत्तिकै प्रभावशाली नभए पनि ढुवानी लेनहरूमा समस्याहरू खडा गर्न सक्छ।

Piedmont ग्लेशियर्स

Piedmont ग्लेशियरहरू देखा पर्दछ, जब ठाडो उपत्यका ग्लेशियरहरू अपेक्षाकृत समतल मैदानहरूमा फैलिन्छन्, जहाँ तिनीहरू बल्ब-जस्तो लोबहरूमा फैलिन्छन्। अलास्काको मालास्पिना ग्लेशियर यस प्रकारको ग्लेशियरको सबैभन्दा प्रसिद्ध उदाहरणहरू मध्ये एक हो र यो संसारको सबैभन्दा ठूलो पिडमोन्ट ग्लेशियर हो। सेवर्ड आइस फिल्डबाट बाहिर निस्कने, मालास्पिना ग्लेशियरले लगभग 3,900 वर्ग किलोमिटर ओगटेको छ किनकि यो तटीय मैदानमा फैलिएको छ।

झुन्डिएको ग्लेशियरहरू

जब एक प्रमुख उपत्यका ग्लेशियर प्रणाली पछि हट्छ र पातलो हुन्छ, कहिलेकाहीँ सहायक ग्लेशियरहरू साना उपत्यकाहरूमा छाडिएको केन्द्रीय हिमनदी सतह माथि छोडिन्छ। यिनीहरूलाई ह्याङ्गिङ ग्लेशियरहरू भनिन्छ। यदि सम्पूर्ण प्रणाली पग्लिएर हराएको छ भने, खाली उच्च उपत्यकाहरूलाई झुण्डिएको उपत्यका भनिन्छ।

Cirque ग्लेशियर्स

Cirque ग्लेशियरहरू तिनीहरूले ओगटेको कचौरा-जस्तै होलोहरूको लागि नाम दिइएको छ, जसलाई सर्क भनिन्छ। सामान्यतया, तिनीहरू पहाडहरूमा अग्लो पाइन्छ र लामो भन्दा चौडा हुन जान्छ।

आइस एप्रोन

यी साना, ठाडो हिमनदीहरू उच्च पहाडहरूमा टाँसिएका छन्। सर्कल ग्लेशियरहरू जस्तै, तिनीहरू प्रायः तिनीहरू लामो भन्दा चौडा हुन्छन्। आइस एप्रनहरू आल्प्स र न्यूजील्याण्डमा सामान्य छन्, जहाँ तिनीहरूले ओगटेको ठाडो झुकावका कारण प्रायः हिमस्खलनहरू निम्त्याउँछन्।

रक ग्लेशियर्स

रक ग्लेशियरहरू बरफ र चट्टानको संयोजन हुन्। यद्यपि यी ग्लेशियरहरूमा नियमित ग्लेशियरहरू जस्तै आकार र चालहरू छन्, तिनीहरूको बरफ ग्लेशियर कोरमा सीमित हुन सक्छ वा चट्टानहरू बीचको खाली ठाउँहरू भर्न सक्छ। जमेको जमिन तल ढलान हुँदा रक ग्लेशियरहरू बन्न सक्छन्। तिनीहरू हिमस्खलन वा पहिरो मार्फत बरफ, हिउँ र चट्टानहरू पनि जम्मा गर्न सक्छन्।

आइस क्याप्स

आइस क्यापहरू 50,000 वर्ग किलोमिटरभन्दा कम क्षेत्रफल ओगट्ने सानो बरफका पानाहरू हुन्। तिनीहरू मुख्य रूपमा ध्रुवीय र उप-ध्रुवीय क्षेत्रहरूमा बन्छन् र महाद्वीपीय-स्केल बरफ पानाहरू भन्दा सानो हुन्छन्।

बरफ क्षेत्रहरू

बरफ क्षेत्रहरू बरफ टोपहरू जस्तै छन्, बाहेक तिनीहरूको प्रवाह अन्तर्निहित स्थलाकृतिद्वारा प्रभावित हुन्छ, र तिनीहरू सामान्यतया बरफ टोपहरू भन्दा सानो हुन्छन्। दक्षिणी पाटागोनियन बरफ क्षेत्र अर्जेन्टिना र चिली बीचको सिमानामा फैलिएको छ र 12,363 वर्ग किलोमिटर छ।

आइस स्ट्रिमहरू

बरफ स्ट्रिमहरू बरफको पाना भित्र सेट गरिएका ठूला रिबन-जस्तै हिमनदीहरू हुन् र तिनीहरू चट्टान आउटक्रप वा हिमाल दायराहरूबाट नभई धेरै बिस्तारै बग्ने बरफले किनारा हुन्छन्। बगिरहेको बरफको यी विशाल जनहरू प्रायः तिनीहरूको टर्मिनसमा आइस सेल्फहरू हराउने वा तिनीहरूको मुनि बग्ने पानीको मात्रा परिवर्तन गर्ने जस्ता परिवर्तनहरूप्रति धेरै संवेदनशील हुन्छन्। अन्टार्कटिक बरफ पानामा धेरै बरफ स्ट्रिमहरू छन्।

बरफ पानाहरू

अहिले अन्टार्कटिका र ग्रीनल्याण्डमा मात्र पाइन्छ, बरफको पानाहरू हिमनदीको बरफ र 50,000 वर्ग किलोमिटरमा फैलिएको हिउँको विशाल महाद्वीपीय जनहरू हुन्। अन्टार्कटिकाको बरफको पाना केही क्षेत्रमा ४.७ किलोमिटरभन्दा बढी बाक्लो छ, जसमा बरफभन्दा माथि फैलिएको ट्रान्सटार्कटिक पर्वतहरू बाहेक लगभग सबै जमिनको विशेषताहरू छन्। अर्को उदाहरण ग्रीनल्याण्ड आइस शीट हो। विगतको बरफ युगमा, ठूला बरफका पानाहरूले क्यानाडा (लौरेन्टाइड आइस शीट) र स्क्यान्डिनेभिया (स्क्यान्डिनेभियाको बरफ पाना) को धेरैजसो भाग पनि ढाकेका थिए, तर यी अब गायब भएका छन्, केवल केही बरफको टोपीहरू र हिमाली हिमनदीहरू पछाडि छोडेर।

आइस शेल्फहरू

आइस सेल्फहरू तब हुन्छन् जब बरफको पानाहरू समुद्रमा फैलिन्छ र पानीमा तैरिन्छ। तिनीहरू मोटाईमा केही सय मिटरदेखि 1 किलोमिटर (0.62 माइल) भन्दा बढी हुन्छन्। धेरै जसो अन्टार्कटिक महादेशलाई बरफले घेरेको छ।

भारतमा हिमनदीहरू

भारत ठूलो संख्यामा ग्लेशियरहरूको घर हो। स्पेस एप्लिकेसन सेन्टर, भारतीय अन्तरिक्ष अनुसन्धान संगठन (इसरो) द्वारा गरिएको एक अध्ययन अनुसार, भारतमा 16,627 ग्लेशियरहरू छन्। हिमालय क्षेत्रमा, विशेष गरी, विश्वका केही प्रमुख हिमनदीहरू छन्। भारतको सबैभन्दा अग्लो हिमनदी पनि यही क्षेत्रमा अवस्थित छ।

ग्लेशियरहरू जमिनमा मात्र बन्छन्, जल निकायहरूमा होइन। भारतको नक्सामा अधिकांश हिमनदीहरू हिमाचल प्रदेश, सिक्किम, उत्तराखण्ड र केन्द्र शासित प्रदेश लद्दाखमा छरिएका छन्। अरुणाचल प्रदेशमा पनि केही हिमनदीहरू छन्। यी हिमनदीहरू मध्ये केही फुटबल मैदानहरू जत्तिकै साना हुन सक्छन्, जबकि अरू सयौं किलोमिटरसम्म फैलिन सक्छन्।

भारतका उल्लेखनीय दस हिमनदीहरू

सियाचेन ग्लेशियर: यो हिमनदी भारतको हिमालय-काराकोरम क्षेत्रमा रहेको सबैभन्दा लामो हिमनदी हो। यो पृथ्वीमा ध्रुवीय क्षेत्रहरू बाहिर दोस्रो सबैभन्दा ठूलो ग्लेशियर पनि हो। यो ग्लेशियर ७६ किलोमिटर लामो छ र लद्दाखमा छ।

गंगोत्री ग्लेशियर: यो हिमनदी गंगाको प्रमुख स्रोतहरू मध्ये एक हो। यो हिमालयको सबैभन्दा ठूलो हिमनदी पनि हो। यो ३० किलोमिटर लामो छ र उत्तराखण्डमा छ।

बारा शिग्री ग्लेशियर: यो हिमनदीले हिमाचल प्रदेशको लाहौल र स्पीति उपत्यकाको चन्द्रा नदीलाई खुवाउँछ र यसको लम्बाइ २८ किलोमिटर छ।

जेमु ग्लेशियर: यो पूर्वी हिमालयको सबैभन्दा ठूलो हिमनदी हो र विश्वको तेस्रो अग्लो हिमाल कञ्चनजङ्घाको फेदमा अवस्थित छ। यो 26 किलोमिटर लामो छ र सिक्किममा छ।

Drang-Drung Glacier: यो हिमाली हिमनदीलाई Drung Glacier पनि भनिन्छ। यो लद्दाखको कारगिल जिल्लामा अवस्थित छ र यसको लम्बाइ २३ किलोमिटर छ।

मिलम ग्लेशियर: यो कुमाऊँ हिमालयको प्रमुख हिमनदी हो। यो हिमनदी लोकप्रिय पदयात्रा गन्तव्यको रूपमा काम गर्दछ। यसको लम्बाइ १६ किलोमिटर छ र उत्तराखण्डमा छ।

शाफत ग्लेशियर: यो हिमनदीलाई पार्किक ग्लेशियर पनि भनिन्छ। हिमनदीले नुन र कुनका दुई पर्वत चुचुराहरूलाई जन्म दिन्छ। यो 14 किलोमिटर लामो छ र लद्दाख मा छ।

पिन्डारी ग्लेशियर: कुमाऊँ हिमालयको माथिल्लो भागमा पाइने यस हिमनदीले पिन्डर नदीलाई जन्म दिन्छ। यसको लम्बाइ ९ किलोमिटर छ र उत्तराखण्डमा छ।

छोटा शिग्री ग्लेशियर: यो हिमनदी पश्चिमी हिमालयमा अवस्थित छ। यसले चन्द्रा नदीलाई खुवाउँछ। यो ९ किलोमिटर लामो छ र हिमाचल प्रदेशमा छ।

माचोई ग्लेशियर: यो सिन्ध नदी र द्रास नदीको स्रोत हो। यो उत्तरपूर्वी हिमालय पर्वतमालामा अवस्थित छ। यसको लम्बाइ ९ किलोमिटर छ र लद्दाखमा छ।

भारतमा हिमालयन हिमनदीहरूले पनि देशको उत्तरी भागमा जल भण्डार र नदीहरूको लागि महत्त्वपूर्ण ताजा पानीको स्रोतको रूपमा सेवा गर्दछ।

Chapter 27

आइस क्राफ्ट

परिचय

आइस क्लाइम्बिङको लागि तपाईंले चट्टान चढ्ने र हिउँ आरोहणमा सिकेका कुराहरू विशेष उपकरणहरू र बरफ चढ्नका लागि आवश्यक प्रविधिहरू प्रयोग गरेर धेरै आवश्यक पर्दछ। हिउँ पर्वतारोहीहरूले हिमपहिरो, अस्थिर कर्निसहरू र चिसो एक्सपोजर जस्ता हिउँ पर्वतारोहीहरूले जस्तै खतराहरूको सामना गर्छन्। बरफमा चढ्नको लागि तपाईंले बरफको विशेषताहरूको चरम रूपान्तरणको अनुमान गर्न आवश्यक छ, जुन कडा बरफ, भंगुर बरफ, नरम र प्लास्टिकको बरफमा फरक हुन सक्छ।

मैले हिउँ शिल्पमा अघिल्लो अध्यायमा केही उपकरणहरू समावेश गरिसकेको छु। तसर्थ, म आइस क्लाइम्बिङका लागि विशेष बाँकी रहेका केही उपकरण र सामानहरू वर्णन गर्नेछु।

उपकरण

आइस एक्स

आइस क्लाइम्बिङमा प्रयोग गरिने आइस कुल्हार हिउँ चढ्नेभन्दा फरक हुन्छ। एक परम्परागत बरफ कुल्हा लामो छ र कम कोण हिउँ र हिमनदीहरु मा हिड्न को लागी सामान्य पर्वतारोहण मा प्रयोग गरिन्छ, जसमा तपाईलाई एक मात्र चाहिन्छ। यद्यपि, यदि तपाईं ठाडो बरफ तर्फ जाँदै हुनुहुन्छ भने, तपाईंलाई दुईवटा बरफ उपकरणहरू चाहिन्छ, जसलाई प्राविधिक कुल्हाडीको रूपमा पनि वर्णन गरिएको छ। तिनीहरू छोटो छन् र घुमाउरो शाफ्टको साथसाथै छनोटको कारणले फरक लुक छ। बरफ चढ्ने को लागी शाफ्ट को आकार झुकाएको छ। बेन्ट शाफ्टको कोण आइस एक्सको उद्देश्यको आधारमा भिन्न हुन सक्छ। जति तिखो झुण्डियो, उति नै ठाडो भू-भाग, यसको लागि हो।

आइस एक्सको पिकले बरफमा छिर्नु पर्छ, तलतिर तान्नु पर्छ र सजिलै छोड्नु पर्छ। प्राविधिक बरफ कुल्हाको छनोटले अधिक तीव्र रूपमा घुमाउँछ र त्यसैले,

बरफमा राम्रो राख्छ। उल्टो घुमाइएको पिक दुबै सुरक्षित र बरफबाट हटाउन सजिलो छ। दाँतलाई बरफमा टोक्नको लागि आकार दिनुपर्छ, जब बरफको कुल्हाडीको शाफ्टमा तान्दा।

केही प्राविधिक बरफ अक्षहरू adze को सट्टा हथौडा लिएर आएका छन्। हथौडा भाग बरफ मा pitons हथौड़ा गर्न को लागी प्रयोग गरिन्छ। यदि धेरै पिटोन काम अपेक्षित छ भने, आरोहीको लागि हल्का पिटन ह्यामर अलग रूपमा बोक्नु राम्रो हुन्छ।

आइस स्क्रू

आइस स्क्रूहरूले आइस क्लाइम्बिङमा उही उद्देश्य पूरा गर्छन् जसरी क्यामहरू, स्टपरहरू र पिटनहरू रक क्लाइम्बिङमा हुन्छन्। तिनीहरू पतनमा आवश्यक सुरक्षाको रूपमा सेवा गर्छन्। तिनीहरू पनि लंगर बिन्दु रूपमा belays मा प्रयोग गर्न सकिन्छ। केही प्रकारका आइस स्क्रूहरू ट्युबुलर हुन्छन् र माथिल्लो भागमा ह्यान्डल हुन्छन्, जसलाई तपाईं सजिलै स्क्रूको प्रवेश र बाहिर निस्कनका लागि घुमाउन सक्नुहुन्छ। ट्युबुलर आकारले आइस कोरहरूलाई सजिलै हटाउन अनुमति दिन्छ।

ह्यान्ड ग्लोभ्स

हातलाई चिसो, चिसो र घर्षणबाट सुरक्षा चाहिन्छ। न्यानो दिनमा बरफ वा हिउँमा हातमा बरफको बञ्चरो लिएर चढ्न एक जोडी हल्का पन्जा चाहिन्छ। चिसो दिनमा ठाडो ढलानमा चढ्न र सतहमा बरफका औजारहरूसँग काम गर्न ठूलो पन्जा वा वाटरप्रूफ मिटन्सको राम्रोसँग इन्सुलेटेड जोडी चाहिन्छ। अत्याधिक हिउँ वा बरफको माध्यमबाट आरोहण गर्दा, आदर्श विकल्प भनेको स्नुग फिट भएको पन्जा हो र हत्केलाहरूमा पर्याप्त घर्षण बिन्दुहरू छन् जसले तपाईंको उपकरणहरूमा राम्रो पकड दिन्छ। अर्कोतर्फ पातलो पन्जाहरू स्क्रूहरू राख्न वा बरफमा हिउँ बोलार्डहरू बनाउन निपुणता प्रदान गर्न आवश्यक हुनेछ।

गाईटरहरू

पर्वतारोहणका लागि गाईटरहरूले भारी शुल्क सुरक्षा र कठोर परिस्थितिहरूको लागि केही थप इन्सुलेशन प्रदान गर्दछ। धेरैजसोले वर्षा, बरफ र हिउँबाट सुरक्षाको लागि वाटरप्रूफ, सास फेर्ने कपडाको सुविधा दिन्छ।

गाईटरहरूको प्राथमिक कार्य भनेको तपाईंको जुत्ताबाट पानी, हिउँ र मलबे बाहिर राख्नु हो।

गेटर हाइट्सका लागि तीनवटा प्राथमिक विकल्पहरू छन्:

ओभर-द-एंकल: यी कम गेटरहरू मुख्य रूपमा डिजाइन गरिएका वा ग्रीष्मकालीन पदयात्रा हुन्, जहाँ लक्ष्य तपाईंको जुत्ता र जुत्ताहरूबाट ढुङ्गा र अन्य ट्रेल भग्नावशेषहरू राख्नु हो।

मध्य-बाछोरा: यी गेटरहरू सामान्यतया 8 देखि 12 इन्च अग्लो हुन्छन्। यी कम चरम अवस्थाहरूको लागि उत्तम हो जब तपाईं केवल ट्रेल मलबे र आफ्नो जुत्ता बाहिर पानी राख्न आवश्यक छ।

घुँडा: यी सामान्यतया लगभग 15 देखि 18 इन्च अग्लो हुन्छन् र गहिरो हिउँ वा बरफ र कहिलेकाहीँ खराब मौसममा पैदल यात्रा जस्ता कठोर अवस्थाहरूको लागि डिजाइन गरिएको हो।

हाइकिङ र पर्वतारोहणका लागि गेटरहरू सामान्यतया गेटरहरूको अगाडिको भागमा हुक-एन्ड-लूप फास्टनर (VELCRO ब्रान्ड वा समान) को लामो स्ट्रिपहरूद्वारा खोलिन्छ र सुरक्षित गरिन्छ। इन्स्टेप स्ट्र्यापहरूले बुटहरूको इन्स्टेप्स वरिपरि तपाईंको गेटरहरूको तल्लो किनारा सुरक्षित गर्दछ। आधारभूत गेटरहरू साधारण लेस स्ट्र्यापहरूसँग आउँछन् र केहीले थप सुरक्षाको लागि तपाइँको बुट लेसहरू तपाइँको गेटरहरूमा जोड्न दिन्छ।

टिथर्स

बरफ चढ्ने क्रममा आइस कुल्हाडीको हानि रोक्नको लागि; टिथरहरू प्रयोग गरिन्छ, जसमा आइस कुल्हाको स्पाइकमा जोड्नको लागि एक छेउमा क्लिप र हार्नेसमा जोड्नको लागि अर्को छेउमा लुप समावेश हुन्छ। दुईवटा बरफको अक्षका लागि टिथर्समा दुई डोरी र क्लिपहरू एउटै लूपमा सँगै आउँदैछन्।

V-थ्रेड उपकरणहरू

V-थ्रेड उपकरण V-थ्रेड एङ्करहरूको ड्रिल गरिएको सुरुङबाट डोरी वा वेबिङ तान्न प्रयोग गरिने हुकिंग वा स्न्यारिङ उपकरण हो। त्यहाँ विभिन्न प्रकारका V-थ्रेड उपकरणहरू छन् जस्तै तार तारको टुक्रा हुक स्वेज गरिएको (धातु बनाउने प्रविधि जसमा एक भागको धातुलाई थिचेर वा ह्यामरिङ गरेर अर्को

भागको वरिपरि फिट गर्न विकृत गरिन्छ) एक छेउमा, a स्ट्याम्प गरिएको धातु वा प्लास्टिकको टुक्रा एक छेउमा हुकको साथ वा डोरीको छेउलाई नोक्सान नगरी यसलाई समात्न साधारण पासो।

Crampons बिना चढ्ने

कहिलेकाहीँ पहाडहरूमा, जब तपाईंले क्रयाम्पोन लगाएको हुनुहुन्न, तपाईंले बरफ वा जमेको हिउँको छोटो भागहरू सामना गर्न सक्नुहुन्छ। क्रयाम्पोन बिना बरफको यी छोटो भागहरू चढ्नको लागि एक स्थानबाट अर्को स्थानमा सन्तुलनमा चढ्नु आवश्यक छ।

क्रयाम्पोनको आविष्कार हुनु अघि, पर्वतारोहीहरूले बरफमा नेभिगेट गर्थे र हिउँ काटेर वा बरफको कुल्हाडी प्रयोग गरेर पाइलाहरू काटेर जमेको थियो। आजकल, यो प्रविधि जान्न राम्रो छ, यदि तपाइँ आफ्नो क्रयाम्पन हराउनुहुन्छ वा क्रयाम्पन बिग्रिएको छ। आरोही स्ल्याश चरणहरू काट्न, भित्री हातमा बञ्चरो समातेर सन्तुलनको स्थितिमा उभिनुहोस्। अनुक्रममा दुई चरणहरू काट्न, माथिल्लो खुट्टाको समानान्तर र शरीरबाट टाढा adze स्विंग गर्नुहोस्। काँधबाट बरफको बन्चरो घुमाउनुहोस्, एड्जसँग काट्नुहोस् र बञ्चरोको वजनले अधिकांश काम गर्न दिनुहोस्।

स्टीपर ढलानहरू वार्ता गर्नका लागि, बरफमा कुल्हाडीलाई सीधा घुमाएर र एड्जको साथ एउटा प्वाल काटेर पिजनहोल चरणहरू काट्नुहोस्। जुत्तालाई पाइलाबाट बाहिर निस्कनबाट जोगाउन प्रत्येक पाइला अलिकति भित्रतिर ढल्कनुपर्छ। बरफको ढलानबाट तल पाइलाहरू काट्नको लागि, सबैभन्दा राम्रो तरिका भनेको परेवा होलको सीढी काट्नु हो जुन लगभग सिधा पहाडको तल ओर्लिन्छ।

Crampons संग आरोहण

ढलानको ठाडोपन, बरफको अवस्था र आरोहीको क्षमताको आधारमा बरफमा आरोहणका लागि तीन लोकप्रिय प्रविधिहरू छन्।

A) फ्रान्सेली प्रविधि (फ्लैट फुटिङ)

यो प्रविधिले बतख जस्तै हिड्ने स्तर वा कम कोण ढलानहरूमा राम्रो काम गर्दछ। त्यसो गर्नाले सबै क्रयाम्पोन बिन्दुहरूलाई बरफमा समतल हुन अनुमति

दिन्छ, माथि जानको लागि प्रशस्त कर्षण प्रदान गर्दछ। अर्को खुट्टामा क्रयाम्पोन पोइन्ट नफर्काउनको लागि बुटको तलवहरू बरफको सतहसँग समानान्तर राख्नुहोस् र खुट्टा सामान्य भन्दा अलि टाढा राख्नुहोस्। सेल्फ-बेले ग्रासमा समातेर उखुको पोजिसनमा आइस कुल्हार प्रयोग गर्नुहोस्। ढलान उकालो हुँदै जाँदा, ढलानतिर छेउमा घुम्नुहोस् र क्रयाम्पोन बिन्दुहरूलाई सधैं बरफको विरुद्धमा समतल राखेर विकर्ण रूपमा माथि जानुहोस्।

B) जर्मन प्रविधि (फ्रन्ट पोइन्टिङ)

जर्मन र अस्ट्रियालीहरू द्वारा 45 डिग्री भन्दा अग्लो ढलान र धेरै कडा बरफमा चढ्नको लागि विकसित गरिएको बरफमा अगाडिको क्रयाम्पोन पोइन्टहरू प्रयोग गरेर पाइलाहरू लात हान्न र अर्को खुट्टा प्रयोग गरेर पाइला टेक्नु जस्तै हो। यस प्रविधिमा सामान्यतया बनाइएका दुई महत्त्वपूर्ण गल्तीहरू धेरै कडा लात हान्न (थकाउने) र एकै ठाउँमा धेरै पटक लात हानेर (जसले बरफ भाँचिन्छ र राम्रो खुट्टा राख्न गाह्रो बनाउँछ)।

C) अमेरिकी प्रविधि (संयोजन विधि)

यो एक छिटो र शक्तिशाली प्रविधि हो जुन पर्वतारोहीहरूमा लोकप्रिय छ किनभने यो समतल फुटिङ र अगाडि पोइन्टिङको मिश्रण हो। यसलाई तीन बजेको स्थिति भनिन्छ, जब दाहिने खुट्टा सपाट हुन्छ (छेउमा औंल्याउँदै) र अगाडिको बायाँ खुट्टाले औंल्याइरहेको हुन्छ (माथितिर) वा नौ बजेको स्थिति, जब बायाँ खुट्टा सपाट हुन्छ (छेउमा औंल्याउँदै) र अगाडि दाहिने खुट्टा इशारा गर्दै (माथि)।

आइस एक्सको डगर पोजिसनहरू

कडा हिउँ र नरम बरफमा आइस कुल्हाडीको डगर पोजिसन उपयोगी हुन्छ।

A) कम ड्यागर स्थिति: सेल्फ-बेले ग्रासमा एड्जद्वारा बन्चरो समात्नुहोस् र कम्मरको स्तर नजिकैको बरफमा पिकलाई धकेल्नुहोस्। यो स्थिति एक ठाडो खण्ड उपयोगी छ, जहाँ तपाइँ अगाडि देखाउने प्रविधि प्रयोग गर्नुहुन्छ।

B) उच्च ड्यागर स्थिति: बञ्चरोको टाउकोलाई आत्म-गिरफ्तार पकडमा समात्नुहोस् र पिकलाई काँधको उचाइ माथिको बरफमा ठोक्नुहोस्। यो स्थिति राम्रो प्रयोग गरिन्छ, जब ढलान धेरै ठाडो छ।

C) एंकर स्थितिः यो प्रायः वा कडा बरफ वा स्टीपर ढलान प्रयोग गरिन्छ। अगाडिको बिन्दुहरूमा उभिँदा, स्पाइकको छेउमा आइस कुल्हार समात्नुहोस् र ओभररिच नगरिकन पिकलाई सकेसम्म माथितिर घुमाउनुहोस्। अगाडिको बिन्दु माथितिर, तपाईंको हातलाई शाफ्टमा माथि र माथि सार्दै, तपाईं प्रगति गर्दा, तपाईंको अर्को हातले adze मा आत्म-गिरफ्तार पकड थप्दै, जब तपाईं पर्याप्त उच्च हुनुहुन्छ। अन्तमा, एड्ज कम्मरको स्तरमा हुँदा एन्कर स्थितिलाई कम डगर स्थितिमा रूपान्तरण गर्दै, एड्जमा हातहरू स्विच गर्नुहोस्। त्यस पछि यसलाई बरफबाट हटाउनुहोस् र एंकर स्थितिमा पुनः माथि पुनः रोप्नुहोस्।

Chapter 28
भारतका पर्वत श्रृङ्खला र चुचुराहरू

परिचय

अग्ला शिलाहरू, रमणीय घना उपत्यकाहरू, प्राचीन सौन्दर्य र हिउँले भरिएका चुचुराहरू मिलेर आठ विशाल भारतीय पर्वत श्रृङ्खलाहरूले पवित्रताको भावना जगाउँदछ। तिनीहरूले पदयात्रा, पर्वतारोहण र इको-टूरिज्मको लागि पर्याप्त अवसर पनि प्रदान गर्दछ। हिमाली श्रृङ्खलाहरूले पारिस्थितिक प्रभाव बोकेर देशका लागि प्राकृतिक बाधाको रूपमा पनि काम गर्छन्।

1. हिमालय पर्वत श्रृंखला

लोकप्रिय रूपमा हिमालय भनेर चिनिन्छ, जसको अर्थ 'हिउँको वासस्थान' हो। हिमालय लगभग 2,500 किलोमिटर लम्बाइ र 350 र 150 किलोमिटर चौडाइको बीचमा फैलिएको छ, समुद्रको सतहबाट लगभग 9 किलोमिटरको अधिकतम उचाइमा बढ्छ। कुल मिलाएर, विश्वको सबैभन्दा अग्लो शिखरहरू मध्ये चौधहरू 8,000 मिटरभन्दा बढी छन् र तीमध्ये दस हिमालयमा अवस्थित छन्। अन्य चार छिमेकी काराकोरममा छन्। पृथ्वीका पचास अग्ला चुचुराहरूमध्ये आधाभन्दा बढी हिमालय श्रृंखलामा छन्।

पाँच राष्ट्रहरू - चीन (तिब्बत), भुटान, भारत, नेपाल र पाकिस्तानले हिमालयको एक भागलाई आफ्नो सिमाना भित्र समावेश गर्दछ, यद्यपि यी मध्ये केही सीमा विवादमा छन् र तिब्बतको निर्वासित सरकारले अझै पनि चीनले ओगटेको धेरै भूभागमा दाबी गर्दछ। ।

बीसौं शताब्दीका भूवैज्ञानिकहरूले प्रस्तुत गरेको हिमालय उत्पत्तिको वैज्ञानिक दृष्टिकोणले टेथिस सागरको सतहमुनि हिमालयको परिकल्पना भएको बताउँछ। पहिलो संकुचन लगभग एक सय मिलियन वर्ष पहिले सुरु भयो, जब Pangea को आदिम ल्यान्डमास चिसो र टुक्रन थाल्यो। पृथ्वीको क्रस्ट फुटेर गहिरो खाडलमा खस्यो, जुन टेथिस सागरले भरिएको थियो। जियोसिंकलाइनको रूपमा चिनिने, यो अवसाद बिस्तारै डुब्न र फराकिलो हुँदै गयो। यसैबीच, हिंस्रक

आँधीको कारणले तिब्र गतिमा बग्ने नदीहरू खाडलमा खसेका छन्, लाखौं वर्षदेखि हरेक दिन टन टन तलछट जम्मा भइरहेका छन्। यी प्राचीन, अज्ञात धाराहरूको गालो र मलबे हिमालयको आधार हो।

भौगर्भिक समयको क्रमिक बित्दै जाँदा, पृथ्वीको सतहहरूको लामो भाटा र प्रवाहले जमिन र पानीको क्षेत्रहरू पुनः मिलाइयो। अन्ततः, जब भारतको उपमहाद्वीप एशियाको बाँकी भागसँग टक्कर भयो, सम्भवतः पचास मिलियन वर्ष पहिले, सिन्धु उपत्यका र त्साङ पो वा ब्रह्मपुत्र उपत्यकाको सिर्जना गर्ने प्रमुख धक्काहरूको श्रृंखला भयो। समुन्द्री भुइँको रम्पल गरिएको रूपरेखाका साथै डुबेका प्लेटहरूको छेउमा ज्वालामुखी र भूकम्पीय गतिविधिले, महाद्वीपहरू अलग हुँदै जाँदा, नतिजा भक्तिएको पग्लिएको म्याग्माले पृथ्वीको भित्री भागबाट बाहिर निस्कन्छ र चिसो हुन्छ भनी पुष्टि गर्न महासागरशास्त्रीहरूलाई अनुमति दियो। समुन्द्र मुनि खकार र दाग बनाउँछ। वैज्ञानिकहरूले हिमालयलाई इन्डो-अष्ट्रेलियाली प्लेटको मुकुट उपलब्धिको रूपमा वर्णन गरेका छन्, जसले तिब्बतसँग टक्कर खायो र पृथ्वीको क्रस्टको टुक्रा टुक्राहरूलाई समुन्द्र सतहबाट 8,000 मिटरभन्दा बढी उचाइमा उचाल्यो।

केही भूगर्भशास्त्रीहरूले एउटै घटनाको सट्टा पहाडहरू दुई चरणमा बनेको प्रस्ताव गरेका छन्; पहिलो भारतीय उपमहाद्वीप र यूरेशियाको तटमा टापुहरूको द्वीपसमूह बीचको टक्करको साथ। अन्ततः तिब्बती पठारमा छिर्न अघि यसले हिमालयलाई लगभग आफ्नो वर्तमान उचाइमा उचाल्यो। माथिल्लो हिमालयमा मानिसको उपस्थिति लगभग 10,000 देखि 70,000 वर्ष पहिले, नवपाषाण युगमा, जब पहिलो घुमन्ते शिकारीहरूले मासुको खोजीमा उच्च बाटोहरू पार गरे। जब तेन्जिङ र हिलारी सन् १९५३ मा सगरमाथाको चुचुरोमा पुगेका थिए, उनीहरू वास्तवमा टेथिस सागरमा बस्ने जलीय जीवहरूको जीवाश्म अवशेषहरूमा पाइला राख्दै थिए।

2. अरवली पर्वत शृङ्खला

अरवल्ली पर्वत शृङ्खला लगभग 800 किलोमिटरसम्म फैलिएको छ जुन उत्तरपूर्वी राजस्थान राज्य हुँदै दक्षिणपश्चिम हुँदै हरियाणामा पुग्छ र अन्तमा दिल्ली नजिकै समाप्त हुन्छ। माउन्ट आबुमा रहेको गुरु शिखर चुचुरो अरावलीको सबैभन्दा अग्लो चुचुरो हो, जसको उचाइ करिब १,७२२ मिटर छ।

3. विन्ध्य पर्वत शृङ्खला

विन्ध्य पर्वत शृङ्खला मध्य भारतमा अवस्थित छ र यो हिमाली चट्टानहरू, पहाडी श्रृङ्खलाहरू, उच्च भूमिहरू र पठारहरूको जटिल अविरत श्रृंखला हो। अरावलीको मौसमी फोहोरले विन्ध्यको स्थापना भएको मानिन्छ। हिमाल श्रृंखलाले दक्षिण भारतलाई उत्तर भारतबाट अलग गर्छ। यो लगभग 3,000 मिटरको उचाइमा चल्छ। विन्ध्यको पश्चिम छेउ गुजरात राज्यमा अवस्थित छ। यस दायराबाट बग्ने केही नदीहरू ताप्ती नदी, गंगा, गोदावरी र महानदी नदी हुन्। सुरुमा यो हिमाली क्षेत्र घना जङ्गलले ढाकिएको थियो। पहाड शृङ्खला पश्चिममा गुजरातदेखि मध्य प्रदेशको वाराणसी नजिकैको गंगा नदीसम्म फैलिएको छ। मध्य प्रदेशको पचमढी नजिकैको 1,350 मिटरमा रहेको धुपगढ चुचुरो सबैभन्दा अग्लो चुचुरो हो।

4. सतपुरा दायरा

सतपुरा दायरा गुजरातबाट निस्कन्छ र छत्तीसगढ, मध्य प्रदेश र महाराष्ट्र राज्यहरू हुँदै जान्छ। त्रिभुज आकार भएको, सतपुरा दायराको शिखर रत्नपुरीमा छ। भारतको यस हिमाल शृङ्खलाका दुई किनारा ताप्ती र नर्मदा नदीको समानान्तर बग्छन्। यसबाहेक भारतको यो हिमाल पनि उत्तरमा विन्ध्यसँग समानान्तर भएर करिब ९०० किलोमिटर फैलिएको छ। मध्य प्रदेशको महादेव पहाडमा रहेको धुपगढ सतपुरा रेन्जको १,३५२ मिटरको अग्लो उचाइ हो।

5. काराकोरम दायरा

काराकोरम श्रृङ्खला मध्य र दक्षिण एसियाको बीचमा रहेको जलक्षेत्रको दक्षिणपूर्वी दिशामा अफगानिस्तानको सबैभन्दा पूर्वी विस्तारबाट 500 किलोमिटरसम्म फैलिएको विशाल पर्वत श्रृंखला हो। काराकोरम शृङ्खला पश्चिममा हिन्दुकुश, उत्तरपश्चिममा पामिर, उत्तरपूर्वमा कुनलुन र उत्तरपश्चिममा हिमालय सहित जटिल हिमालहरूको भाग हो। पाकिस्तान, अफगानिस्तान, भारत र चीनको सिमाना सबै काराकोरम दायरा भित्र मिल्दछन् जसले यस दुर्गम क्षेत्रलाई ठूलो भूराजनीतिक महत्व दिन्छ।

८,६११ मिटरमा रहेको विश्वको दोस्रो उच्च शिखर K2 कश्मीरको गिलगिट-बाल्टिस्तान क्षेत्रमा अवस्थित छ।

6. पूर्वाञ्चल दायरा

तिनीहरू अरुणाचल प्रदेश, नागाल्याण्ड, मणिपुर, मिजोरम, त्रिपुरा र पूर्वी असम राज्यहरूमा लगभग 98,000 वर्ग किलोमिटर क्षेत्रफलमा फैलिएका छन्। यस क्षेत्रलाई दक्षिणपश्चिममा बंगलादेश, दक्षिणपूर्वमा म्यानमार र उत्तरपूर्वमा चीनले घेरेको छ। यस क्षेत्रको सर्वोच्च शिखर अरुणाचल प्रदेशको माउन्ट दाफा हो।

वनस्पति _विविध_ छ, उष्णकटिबंधीय सदाबहार देखि समशीतोष्ण सदाबहार र कोनिफेरस सम्म, जसमा ओक, चेस्टनट, बर्च, म्याग्नोलिया, चेरी, म्यापल, लौरेल र नेभाराका प्रजातिहरू समावेश छन्। त्यहाँ फराकिलो बाँसका झारहरू पनि छन्।

7. पश्चिमी घाट

पश्चिमी घाट वा सह्याद्री शृङ्खला १,६०० किलोमिटरको क्षेत्रफलमा १,६०,००० वर्ग किलोमिटर क्षेत्रफल ओगटेको हिमाल हो। महाराष्ट्र र गुजरातको सिमानाबाट सुरु भएको यो दायरा ताप्ती नदी हुँदै गोवा, कर्नाटक, तमिलनाडु र केरला हुँदै अन्ततः कन्याकुमारीमा देशको दक्षिणी छेउमा पुग्छ। पश्चिमी घाट भारतमा पाइने फूलहरूको एक तिहाइ विविधताको घर हो। बोरिवली राष्ट्रिय निकुञ्ज र नागरहोल राष्ट्रिय निकुञ्ज जस्ता देशका केही प्रसिद्ध राष्ट्रिय निकुञ्जहरू यस क्षेत्रमा अवस्थित छन्।

8. पूर्वी घाट

पूर्वी घाटहरू उत्तरी ओडिशादेखि आन्ध्र प्रदेश हुँदै दक्षिणमा तमिलनाडुसम्म कर्नाटकका केही भागहरू हुँदै जान्छ। ती प्रायद्वीपीय भारतका चार प्रमुख नदीहरू गोदावरी, महानदी, कृष्णा र कावेरी भनेर चिनिन्छन् र काटिएका छन्। डेक्कन पठार पूर्वी घाट र पश्चिमी घाटको बीचमा अवस्थित छ।

भारतका अग्लो हिमाल चुचुराहरू

1. कञ्चनजङ्घा- 8,586 मिटर।

2. नंदा देवी - 7,816 मिटर।

3. केमेट - 7,756 मिटर।

4. साल्टोरो कांगरी - 7,742 मिटर।

5. सासेर कांगरी - ७,६७२ मिटर।

6. मामोस्टोङ - ७,५१६ मिटर।

7. रिमो - 7,385 मिटर।

8. हरदेओल - 7,151 मिटर।

9. चौकाम्बा - ७,१३८ मिटर।

10. त्रिसुल - 7,120 मिटर।

त्यहाँ नजिकैको संयुक्त चुचुराहरू छन्, जुन कहिलेकाहीँ छुट्टै चुचुराहरूको रूपमा मानिन्छ जुन विभिन्न राज्यहरूले तिनीहरूको मामलामा बहस गर्छन्। तसर्थ, कुनै उत्तम शीर्ष दस सूची छैन। माथिको सूची आरोहण समुदाय द्वारा प्रामाणिक हुन नजिक छ।

Chapter 29
पहाडमा अस्तित्व

म सधैं जोड दिन्छु कि कुनै पनि उचाइको पर्वाह नगरी कुनै पनि अभियानमा जानु अघि, तपाईंसँग उच्च स्तरको फिटनेस हुनुपर्छ, जसले हृदय सहनशीलता, बल, लचिलोपन र सन्तुलन समावेश गर्दछ। तपाईंसँग आरोहणको ज्ञान र आधारभूत बाँच्ने प्रविधिहरूको राम्रो बुझाइ पनि हुनुपर्छ।

यसको भौगोलिक परिप्रेक्ष्यका कारण हिमाल एउटा यस्तो ठाउँ हो, जहाँ हावापानी र तापक्रम तीव्र गतिमा परिवर्तन हुन सक्छ। उष्णकटिबंधीय मौसम देखि जाडो सम्म, घाम देखि आँधीबेहरी सम्म; यी अचानक परिवर्तनहरूको खोजीमा रहन र तदनुसार तयार हुन आवश्यक छ। जब चिसो हावाले तपाईंको गालामा टोक्न थाल्छ र तपाईं कम दृश्यता भएका साथी आरोहीहरूसँग ठाडो ढलानमा फसेको पाउनुहुन्छ र हिउँ पर्न थाल्छ, बिरामी र मोचको जोखिम हुन सक्छ। तसर्थ, कुनै कुरा ठीक नदेखिएको बेलामा जागा र सतर्क रहनु महत्त्वपूर्ण छ।

कमजोर दृश्यता र छिटो तापक्रम परिवर्तनको यस्तो परिस्थितिमा, तपाईंले आफ्नो हात र खुट्टा कहाँ राख्नुहुन्छ, यो जान्न बुद्धिमानी हुन्छ। राति सार्नको लागि कुनै पनि मूल्यमा बेवास्ता गर्नुहोस्, किनकि तपाईंले लिनुहुने जोखिमहरू तपाईंले बचत गरेको समय भन्दा धेरै हुनेछ। अन्य खतराहरू बाहेक, हिमपहिरो र अदृश्य दरारहरूको जोखिम सधैं माथि रहन्छ।

एक साधारण आवाजले हिमस्खलन सुरु गर्न सक्छ। जब तपाईं हिउँमा हिँड्नुहुन्छ, निश्चित गर्नुहोस् कि यो एक छडी प्रयोग गरेर राम्रोसँग संकुचित गरिएको छ जुन तपाईं यसमा चलाउनुहुनेछ। तपाईं साना चट्टानहरू जस्तै पर्याप्त भारी भएका वस्तुहरू पनि फाल्न सक्नुहुन्छ। अग्लो ढलान भएका क्षेत्रहरू साथै ताजा हिमपात भएको क्षेत्रहरूबाट जोगिनुहोस्। तीव्र सूर्यको किरणले हिउँ पग्लन सक्छ, जसले यसलाई नाजुक बनाउँछ, त्यसैले केही

क्षेत्रहरूमा, तपाईंको अभियान नेताले रातिको समयमा सार्न सल्लाह दिन सक्छन्।

आदर्श रूपमा, तपाईंले जंगल वा अनियमित भू-भागद्वारा सुरक्षित क्षेत्रहरूमा चढ्नुपर्छ, किनभने यसले हिमपहिरोको सम्भावनालाई कम गर्छ। यदि तपाईंले टाढाबाट एउटा सेतो छाल देख्नुभयो भने तपाईंले तुरुन्तै कुनै एक तर्फ तर्फ जानुपर्छ। ढलान तल जाने प्रयास नगर्नुहोस्, यसलाई एक्लै सामना गर्न दिनुहोस्।

तपाईंले कुनै कुरामा टाँसिने प्रयास गर्नुपर्छ ताकि तपाईं दौडन सक्नुभन्दा छिटो ढल्दै गएको हिमपहिरोबाट टाढा जान नपरोस्। हिमस्खलन कर्डहरू, बीकनहरू र एयरब्यागहरू समावेश गरी तपाईंको हिमपहिरो उपकरणहरू सधैं तयार राख्न सम्झनुहोस्।

क्रयासहरू एक ग्लेशियर मा प्राकृतिक उद्घाटन हो। खुल्ला प्वालहरू त्यति खतरनाक छैनन्, किनकि तपाईंले तिनीहरूलाई टाढाबाट देख्न सक्नुहुन्छ। तर बरफको पातलो पुलहरूले ढाकिएकाहरू अत्यन्त खतरनाक हुन सक्छन्। यस्तो क्षेत्र वरिपरि घुम्न वा डोरी माथि जानु राम्रो हुन्छ। रातको समयमा बरफ यसको बलियो हुन्छ, त्यसैले रातमा लुकाइएको, तर चिन्हित क्रयास पार गर्नुहोस्। यदि तपाईंसँग डोरी अप गर्नका लागि उपकरण छैन भने, क्रभेसमा जाने विचार नगर्नुहोस्।

यदि तपाईं र तपाईंको टोलीका साथीहरूले कुनै बाटो पत्ता लगाउन सक्नुहुन्न भने, आगो लगाउने र आउने रातको लागि आश्रय बनाउने जति सक्दो चाँडो योजना बनाउनुहोस्। माथि चम्किलो रंगको कपडाको टुक्रा फ्याँकिर आफ्नो आश्रयलाई बाहिरबाट देखिने बनाउनुहोस्।

सबै भन्दा राम्रो तरिका सम्भावित शाखाहरू वा पर्वतारोहण पोलहरूसँग झण्डा बनाउनु हो। तपाईं कम उचाइमा आफ्नो आश्रय बनाउनको लागि हाँगाहरू र रूखहरू पनि प्रयोग गर्न सक्नुहुन्छ। केवल, जब त्यहाँ धेरै रूखहरू वा हाँगाहरू छैनन्, तपाईंले हिउँ र चट्टानको लागि बसोबास गर्नुपर्नेछ।

पहाडहरूमा कुनै पनि स्टपओभरको समयमा, तपाईंसँग बाँच्नको योजना र निम्न समावेश भएको आधारभूत बाँच्नको किट हुनुपर्छ:

1. पानी/पानी शुद्धीकरण ट्याब्लेट/फिल्ट्रेशन किट।

2. नाश नहुने खाना।
3. ब्याट्री संचालित रेडियो।
4. ट्रेकिङ पोल।
5. म्याग्निफाइङ्ग ग्लास/मिरर (आगो सुरु गर्न र संकेत उद्देश्यको लागि)।
6. इन्सुलेशन कम्बल।
7. स्पेयर ब्याट्रीहरूसँग फ्ल्यास लाइट।
8. प्राथमिक उपचार किट र आवश्यक औषधिहरू।
9. सिट्टी।
10. धुलो मास्क (दूषित हावा विरुद्ध सुरक्षा गर्न)।
11. मैनबत्ती र मिलानहरू।
12. आर्मी चाकू।
13. डक्ट टेप।
14. रेन पोन्चो वा रेन ज्याकेट।

HOW TO TEST IF A PLANT IS EDIBLE

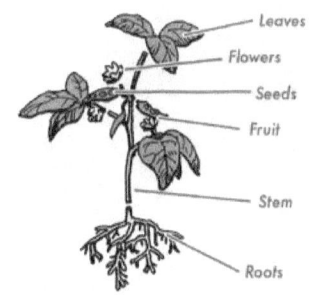

1: SEPARATE THE PLANT into its component parts: roots, leaves, seeds/flowers, fruit, and stem.

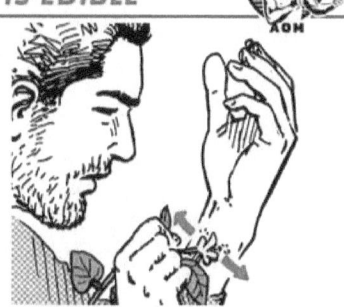

2: RUB EACH PART on your wrist or arm. Wait a few minutes and check for reaction. Discard plant if skin tingles, goes numb, itches, or develops a rash.

3: IF POSSIBLE, cook the plants. Some plants aren't edible in the raw, but are when boiled (they're also easier on your digestive system when cooked).

4: NEXT, hold each part to your lips for a few minutes. Wait 15 minutes and discard if you feel any sort of reaction.

5: TAKE A SMALL BITE, chew, and discard if the flavor is extremely bitter or soapy.

6: SWALLOW THE SMALL BITE and wait 8 hours before trying more of the plant and waiting another 8 hours. If there's still no reaction, it's likely safe.

© Art of Manliness and Ted Slampyak. All Rights Reserved.

पर्वतारोहण पुस्तिका

IMPROVISED SNOW GOGGLES

DUCT TAPE

1: FOLD a one-foot section of duct tape onto itself lengthwise.

2: CUT out a long, narrow slit and use another piece of tape to hold the glasses to your head.

EMERGENCY BLANKET

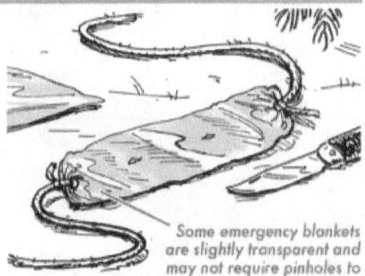

1: CUT a strip out of an emergency blanket about two inches wide and one foot long.

Some emergency blankets are slightly transparent and may not require pinholes to see through.

2: CUT two small holes to act as eyeholes and fasten the blanket strip around your head with cordage.

BIRCH BARK

Score the bark with a knife before peeling to create a clean strip.

1: PEEL a strip of birch bark off a tree, about 3 inches wide and 8 inches long.

2: CUT two slits for your eyes and a cutout to fit over your nose before tying around your head with cordage.

© Art of Manliness and Ted Slampyak. All Rights Reserved.

HOW TO LIGHT A FIRE WITH ONE MATCH

Ideal tinder includes dry bark, pine needles, sap-soaked twigs, etc.

1: GATHER plenty of tinder—about two big handfuls worth.

2: GATHER an armload of kindling in varying lengths and thicknesses. Break the kindling into 6" pieces.

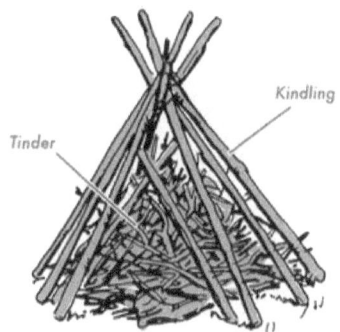

Tinder
Kindling

3: BUILD a teepee fire, with a big bundle of tinder as the base, and small pieces leaned together over it.

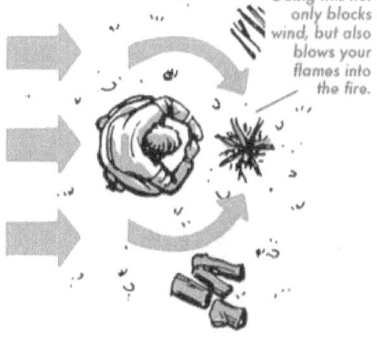

Doing this not only blocks wind, but also blows your flames into the fire.

4: BLOCK the wind by crouching or kneeling upwind of the fire.

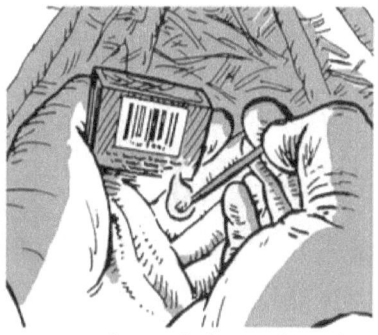

5: STRIKE the match close to the tinder, and protect the flame by cupping your hands around it.

Feed more tinder and kindling into the fire as needed, until you can add bigger sticks.

6: TRY to light the fire in three or four different spots, if possible. This gives you a greater chance of at least one spot catching.

© Art of Manliness and Ted Slampyak. All Rights Reserved.

पर्वतारोहण पुस्तिका

HOW TO CARRY FIRE

FUNGUS FIRE CARRY

1: FIND a bracket fungi — a type of hard fungus that grows on tree trunks.

2: BREAK off a chunk, hold it to an ember until it begins to smolder, then loosely wrap in moss to carry.

EMBER BOX

1: GATHER charcoal, moss, and a ventilated container like a tin can or even a seashell.

2: LINE the bottom of the container with moss, then add charcoal, and an ember. Cover with moss and close the container.

EMBER BUNDLE

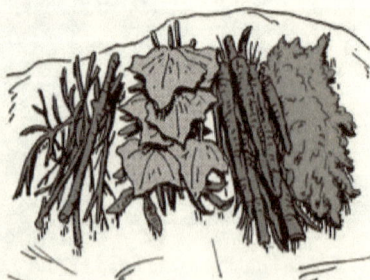

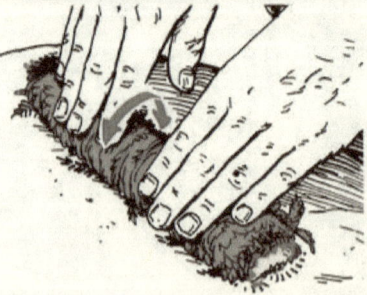

1: GATHER thin twigs, dry leaves, and other tinder, as well as strips of bark and moss.

2: PLACE an ember in the dry material and then wrap it tightly in the bark and moss like a cigar.

© Art of Manliness and Ted Slampyak. All Rights Reserved.

HOW TO MEASURE REMAINING DAYLIGHT WITH YOUR HAND

1: FACE the sun and extend your arm in front of you so that your palm faces toward you and fingers are parallel to horizon.

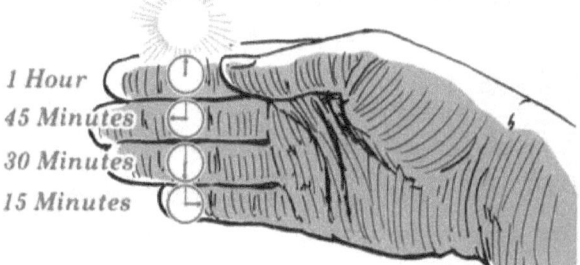

2: POSITION your index finger so that it rests just below the sun and your pinky parallel to the edge of the horizon.

3: COUNT the number of fingers it takes to reach from the sun to the horizon. Each ascending finger represents 15 minutes until the sun sets.

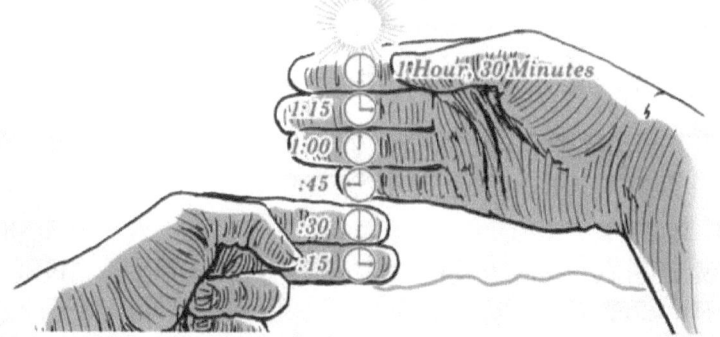

4: IF space allows, line up your other hand directly below and continue counting. Each hand represents approximately one hour.

Chapter 30

पहाडी दुर्घटनाबाट बच्न सावधानीहरू

हिउँद र गर्मीमा हिमालहरू मनोरञ्जन र व्यावसायिक पर्वतारोहीहरूका लागि लोकप्रिय गन्तव्य बन्छन्। तर, पहाडमा दुर्घटना हुन नदिन केही प्राथमिक सावधानी अपनाउनुपर्छ । पहाडमा हुने दुर्घटनाको उच्च प्रतिशत मानवीय त्रुटिका कारण हुने गर्दछ जुन लगभग सधैं बच्न सकिन्छ। दुर्घटनाको मुख्य कारण वातावरणको ज्ञानको कमी, बदलिँदो मौसमी अवस्था, अनुभवहीनता र अत्यधिक आत्मविश्वास हो।

त्यहाँ केहि कारणहरू छन् जुन अप्रत्याशित छन् जस्तै खराब मौसम र हिमपहिरोहरू, जो अपरिहार्य छन् यद्यपि तिनीहरूको प्रभाव सावधानी अपनाएर कम गर्न सकिन्छ।

भूभाग जान्नुहोस् र, यदि सम्भव छ भने, विशेषज्ञहरूसँग जानुहोस्। खतराबाट बच्न एक्लै नभई समूहमा हिमाल घुम्ने बानी बसाल्नुहोस्।

सुनिश्चित गर्नुहोस् कि तपाईलाई बाँच्नको प्रविधिहरू र पहाडमा कसरी सार्न सकिन्छ भन्ने थाहा छ। यी आधारभूत पर्वतारोहण पाठ्यक्रमहरू र पर्वतारोहण क्लबहरूद्वारा आयोजित निर्देशित आउटिङबाट सिक्न सकिन्छ।

निश्चित गर्नुहोस् कि तपाइँसँग तपाइँको छनौट गतिविधि को लागी पर्याप्त उपकरण छ। त्यहाँ जहिले पनि न्यूनतम उपकरणहरू छन् जुन मौसमको अवस्था (न्यानो लुगा, धूपको चश्मा, टोपी, वाटरप्रूफ ज्याकेट, पानीको बोतल, प्राथमिक उपचार किट, सुत्ने झोला, कम्पास र सुख्खा राशन) लिनु पर्छ।

तपाईंसँग आरोहणको लागि उपयुक्त शारीरिक प्रशिक्षण हुनुपर्छ। आरोहण गर्ने प्रयास शिखरमा समाप्त हुँदैन, किनकि झरना आरोहण जत्तिकै आवश्यक हुन सक्छ। फर्कने यात्राको लागि शक्ति बचत गर्न तपाईंले आफ्नो ऊर्जा आरक्षित गर्नुपर्छ। पहाडमा कहिल्यै हतार नगर्नुहोस्। यदि आवश्यक भएमा खराब मौसमको अवस्थामा समिट अघि फर्कनुहोस्। एक उचित कार्य छनौट गर्नुहोस्। गतिविधिहरू प्रयास नगर्नुहोस् जसको लागि तपाईं तयार हुनुहुन्न। परिवारका

सदस्यहरू वा तपाईंको यात्रा कार्यक्रम वा मार्गहरू र तपाईंले पालन गर्न चाहनुभएको समयका अधिकारीहरूलाई सल्लाह दिनुहोस्।

उपलब्ध सबैभन्दा स्थानीय र हालको मौसम पूर्वानुमान जाँच गर्नुहोस्। साइन पोष्टहरूमा ध्यान दिनुहोस्, विशेष गरी चेतावनी चिन्हहरू र प्रत्येक अवस्थामा संकेत गरिएका सावधानीहरूको ध्यान दिनुहोस्। नजिकैको प्रहरी स्टेशन र मेडिकल सेन्टरसँग प्रभावकारी सञ्चारका केही माध्यमहरू राख्नुहोस्। निश्चित गर्नुहोस् कि तपाइँसँग आधारभूत प्राथमिक सहायता ज्ञान छ।

सबैभन्दा पहिले नवीनतम मौसम पूर्वानुमान जान्नुहोस्। खाडलको फेदमा आँधीबेहरी, जब तपाईं भित्र हुनुहुन्छ फ्ल्याश बाढी उत्पन्न गर्न सक्छ, जसले तपाईंलाई टाढा लैजान सक्छ वा तपाईंको झरना रोक्न सक्छ।

सेट अप गर्नु अघि तपाईंले तल ओर्लनु भएको घाटको बारेमा जानकारी प्राप्त गर्नुहोस् (समय, कठिनाई, खतराहरू, उचाइ भिन्नता, आवश्यक सामग्री) र यदि त्यहाँ आवश्यक प्रविधिहरू छन् जुन तपाईंलाई थाहा हुनु आवश्यक छ। यदि तपाई खराब मौसम वा अन्य कुनै परिस्थितिको कारणबाट भाग्नु परेको खण्डमा घाटबाट भाग्ने मार्गहरू पहिचान गर्नुहोस्।

केही खाडलहरूमा पानीको धाराहरू छन्, जुन बाँधहरूबाट बग्दछ, जुन निश्चित समयमा खोल्न सकिन्छ। तपाईंले आफैलाई यो घटना र कुनै पनि बाँधहरू खोलिने समयको बारेमा सचेत बनाउनुपर्छ।

एक्लै खाडलमा कहिल्यै प्रवेश नगर्नुहोस्। पहाडमा जस्तै पार्टीमा न्यूनतम संख्या तीन हुनुपर्छ। विशेष गरी यदि तपाईंसँग मोबाइल फोन कभरेज छैन, जुन यस्तो परिस्थितिमा एक सामान्य सुविधा हुनुपर्छ।

हेलमेट, उपयुक्त जुत्ता, हार्नेस, डोरी, डिसेन्डर, क्याराबिनर, सीटी र चक्कु लगाएर लैजानुहोस्।

तपाईंले घाटीमा प्रवेश गर्न प्रयोग गर्ने डोरी सबैभन्दा ठूलो वंशको उचाइको दोब्बर लम्बाइ हुनुपर्छ। तपाईंले अतिरिक्त डोरी पनि बोक्नुपर्छ। तपाईंले र्यापल जाने ठाउँबाट सबै फिक्सिङ बिन्दुहरू जाँच गर्नुपर्छ र तपाईंले रिभेटिङ् ह्यामर, थुक्ने, प्लेटहरू, कर्डहरू र वेबिङहरू बोक्नुपर्छ, र तिनीहरू पर्याप्त छन् कि छैनन् भनी जाँच गर्नुहोस्।

तपाईंले पहिले जाँच नगरी पोखरीहरूमा हाम फाल्नुहुन्न तिनीहरू अवरोधहरू र खतरनाक धाराहरूबाट मुक्त छन्। एक सिजनदेखि अर्को सिजनसम्म, बाधाहरू नभएका पोखरीहरूमा ढुङ्गाहरू जम्मा भएका हुन सक्छन्।

तपाईंले समूहका सदस्यहरू बीचमा बग्ने पानीको आवाज माथि सञ्चार गर्नको लागि संकेत कोड स्थापना गर्नुपर्छ।

Chapter 31

चिसो चोटपटक, लक्षण, निदान र उपचार

परिचय

मानव शरीरमा छाला र तन्तुहरू हुन्छन्, जुन रक्त परिसंचरण र अन्य संयन्त्रहरूद्वारा स्थिर तापक्रम (लगभग 98.6 डिग्री फरेनहाइट वा 37 डिग्री सेल्सियस) मा राखिन्छ। रगतले यसको ताप मुख्यतया कोशिकाहरूद्वारा दिइने ऊर्जाबाट प्राप्त गर्दछ, जब तिनीहरूले खाना र अक्सिजनको स्थिर आपूर्ति चाहिने प्रक्रियामा खाना जलाउँछन् (चयापचय) गर्छन्। शरीरका सबै कोशिकाहरू र तन्तुहरूको उचित कार्यका लागि सामान्य शरीरको तापक्रम आवश्यक हुन्छ। कम शरीरको तापक्रम भएको व्यक्तिमा, अधिकांश अंगहरू, विशेष गरी हृदय र मस्तिष्क, सुस्त हुन्छन् र अन्ततः काम गर्न छोड्छन्।

छाला चिसो वातावरणमा पर्दा शरीरको तापक्रम घट्छ। तापक्रममा यो गिरावटको प्रतिक्रियामा, शरीरले अतिरिक्त गर्मी उत्पन्न गर्न धेरै सुरक्षात्मक संयन्त्रहरू प्रयोग गर्दछ। उदाहरण को लागी, मांसपेशिहरु काँप मार्फत अतिरिक्त गर्मी उत्पादन गर्दछ। यसबाहेक, छालामा रहेका साना रक्तनलीहरू साँघुरो (कन्स्ट्रिक्ट) हुन्छ, जसले गर्दा धेरै रगत मुटु र मस्तिष्क जस्ता महत्त्वपूर्ण अंगहरूमा पठाइन्छ। तर, छालामा कम न्यानो रगत पुग्दा औँला, औंला, कान र नाक जस्ता शरीरका अंगहरू छिटो चिसो हुन्छन्। यदि शरीरको तापमान लगभग 88 डिग्री फरेनहाइट वा 31 डिग्री सेल्सियस भन्दा कम हुन्छ भने, यी सुरक्षात्मक संयन्त्रहरूले काम गर्न छोड्छन्, र शरीर आफैलाई न्यानो गर्न सक्दैन। यदि शरीरको तापक्रम ८३ डिग्री फरेनहाइट वा २८ डिग्री सेल्सियसभन्दा कम भयो भने मृत्यु हुन सक्छ।

चिसो चोटहरूको जोखिम निम्न परिस्थितिहरूमा बढ्छ:

a) जब रगतको प्रवाह धेरै सुस्त हुन्छ।

b) जब खाना अपर्याप्त हुन्छ।

c) जब निर्जलीकरण वा थकान हुन्छ।

d)। जब वातावरण भिजेको हुन्छ वा जब शरीरको अंगले भिजेको चीजलाई सम्पर्क गर्दछ।

e) जब उच्च उचाइमा अपर्याप्त अक्सिजन उपलब्ध हुन्छ।

चिसो चोटहरूको रोकथाम

चिसो वातावरणमा न्यानो राख्नका लागि कपडाका धेरै तहहरू, प्राथमिकतामा ऊन वा सिन्थेटिकहरू जस्तै पोलीप्रोपाइलिन चाहिन्छ, किनभने यी सामग्रीहरू भिजेको अवस्थामा पनि इन्सुलेट हुन्छन्। शरीरले टाउकोबाट ठूलो मात्रामा तातो गुमाउने भएकोले न्यानो टोपी अनिवार्य छ। छाला, औंलाहरू, औंलाहरू, कान र नाकलाई राम्रोसँग सुरक्षित राखिएको खण्डमा अत्यधिक चिसो मौसममा चिसो चोटपटक लाग्ने सम्भावना कम हुन्छ।

पर्याप्त खाना खाने र पर्याप्त तरल पदार्थ पिउनाले (विशेष गरी तातो तरल पदार्थ) जलाउनको लागि इन्धन प्रदान गर्दछ र न्यानो तरल पदार्थले प्रत्यक्ष रूपमा तातो प्रदान गर्दछ र निर्जलीकरणलाई रोक्छ। अल्कोहलयुक्त पेय पदार्थहरू त्याग्नु पर्छ, किनकि रक्सीले छालामा रक्त नलीहरू फैलाउँछ, जसले शरीरलाई अस्थायी रूपमा न्यानो महसुस गराउँछ, तर वास्तवमा शरीरबाट बढी गर्मी बाहिर निस्कन अनुमति दिन्छ।

चिसो चोटहरू निम्न समावेश छन्:

A)। <u>फ्रस्टबाइट</u>।

B)। <u>हाइपोथर्मिया</u>।

C)। <u>ननफ्रिजिङ टिश्यु चोटहरू</u>।

A)। फ्रस्टबाइट

फ्रस्टबाइट एक चिसो चोट हो जसमा शरीरको कुनै भाग जमेको हुन्छ। अत्यधिक चिसोले तन्तुहरू जम्मा गर्न र तिनीहरूलाई नष्ट गर्न सक्छ। क्षेत्र सुन्न, सेतो, छाला वा कालो हुन सक्छ। चिसोभन्दा कम तापक्रमको सम्पर्कले शरीरको कुनै पनि भागलाई फ्रस्टबाइटको जोखिममा राख्छ। फ्रस्टबाइटको जोखिम यो कति चिसो छ र कति लामो भाग खुला थियो मा निर्भर गर्दछ। मधुमेह वा धमनीका कारण रक्तसञ्चार कम हुने, धुम्रपानका कारण रक्तनलीमा ऐंठन हुने वा पञ्जा वा जुत्ता धेरै टाइटले रगतको प्रवाहमा अवरोध हुने व्यक्तिहरूलाई फ्रस्टबाइट हुने सबैभन्दा बढी जोखिम हुन्छ। खुला हात, खुट्टा, अनुहार र कान फ्रस्टबाइटको लागि सबैभन्दा जोखिममा छन्।

फ्रोस्टबाइटका लक्षणहरू

फ्रोस्टबाइटका लक्षणहरू जमेको तन्तुको गहिराइ र मात्रा अनुसार भिन्न हुन्छन्। उथले फ्रस्टबाइटले छालाको सेतो भागको परिणाम दिन्छ जुन न्यानो भएपछि छाला हुन्छ। अलिकति गहिरो फ्रस्टबाइटले प्रभावित क्षेत्रको छाला र सुन्निन्छ। गहिरो चिसोले चरा सुन्न, चिसो र कडा महसुस गराउँछ। क्षेत्र बिस्तारै फिक्का र चिसो हुन्छ। छालाहरू अक्सर देखा पर्छन्। स्पष्ट तरल पदार्थले भरिएको छालाले रगतले दाग भएको तरल पदार्थले भरिएको छालाको तुलनामा हल्का क्षतिलाई जनाउँछ। खुट्टाको फ्रस्टबाइटमा, मृत तन्तुले चट्टान खैरो र नरम (भिजे ग्याङ्ग्रीन) हुन सक्छ र बिस्तारै जाँच नगरिएमा कालो हुन सक्छ। ग्याङ्ग्रीन शरीरको अन्य भागमा फैलिन नदिनको लागि प्रभावित क्षेत्रलाई काट्नु पर्ने हुन्छ।

फ्रोस्टबाइट को निदान

फ्रस्टबाइट यसको विशिष्ट उपस्थिति र चिसोको महत्त्वपूर्ण जोखिम पछि देखा पर्दा निदान गरिन्छ। कहिलेकाहीँ फ्रस्टबाइट पहिलो केही दिनको लागि ननफ्रिजिङ चोटहरू जस्तै देखिन्छ। समयको एक अवधि पछि, फ्रोस्टबिटेन टिस्युले विशेषताहरू विकास गर्दछ जसले यसलाई <u>ननफ्रिजिङ टिश्यु चोटहरूबाट</u> फरक पार्छ।

हिमालहरूमा फ्रस्टबाइटको पहिलो सहायता

फ्रस्टबाइट भएका मानिसहरूलाई न्यानो कम्बलले ढाक्नुपर्छ किनभने उनीहरूलाई <u>हाइपोथर्मिया</u> पनि हुन सक्छ। हिउँ परेको क्षेत्रको न्यानो तुरुन्तै सुरु गर्नुपर्छ। क्षेत्र तातो पानीमा डुबेको छ जुन प्रभावित आरोही (९८.६ डिग्री

देखि १०४ डिग्री फरेनहाइट वा लगभग ३७ डिग्री देखि ४० डिग्री सेल्सियस) द्वारा सहज रूपमा सहन सक्ने भन्दा तातो छैन। हिउँले क्षेत्र रगड्नबाट जोगिनु पर्छ, किनकि यसले थप तन्तुहरूलाई क्षति पुऱ्याउन सक्छ। यसबाहेक, यस क्षेत्रमा कुनै सनसनी नभएकोले, मानिसहरूले जलेको विकास भइरहेको छ कि भनेर भन्न सक्दैनन्। तसर्थ, आगोको अगाडि वा तताउने प्याड वा बिजुलीको कम्बलले क्षेत्रलाई न्यानो पार्नु हुँदैन।

यो जमेको रहन अनुमति दिनु भन्दा तन्तु पग्लन र फ्रिज गर्न धेरै हानिकारक छ। तसर्थ, यदि फ्रस्टबाइट भएका व्यक्तिहरू चिसो अवस्थाहरूमा पुनः उजागर हुनुपर्दछ, विशेष गरी यदि तिनीहरू फ्रस्टबाइटको खुट्टामा हिंड्नु पर्छ भने, टिस्यु पगालिनु हुँदैन। पग्लिएको खुट्टा हिँड्दा क्षति हुने सम्भावना बढी हुन्छ। यसबाहेक, क्षतिग्रस्त तन्तुलाई रगड्ने, संकुचन वा थप क्षतिबाट जोगाउन हरेक प्रयास गर्नुपर्छ। खुट्टा सामान्यतया सफा, सुकाइ र छोपिन्छ। मानिसहरूलाई न्यानो राखिन्छ र सकेसम्म चाँडो अस्पताल लगिन्छ।

अस्पतालमा फ्रस्टबाइटको उपचार

अस्पतालमा, वार्मिङ सुरु वा जारी छ। पूर्ण रिवार्मिङले लगभग 15 देखि 30 मिनेट लिन्छ। रिवार्मिङको समयमा, मानिसहरूलाई प्रभावित भागलाई बिस्तारै सार्न प्रोत्साहित गरिन्छ। हिउँ परेको क्षेत्र न्यानो हुँदा धेरै पीडादायी हुन्छ, त्यसैले ओपियोइड एनाल्जेसिकको इंजेक्शन आवश्यक हुन सक्छ। छाला भाँच्नु हुँदैन। यदि छाला फुट्यो भने, तिनीहरूलाई एन्टिबायोटिक मलमले छोप्नु पर्छ।

एक पटक टिस्यु न्यानो भएपछि, हिउँ परेको क्षेत्रलाई बिस्तारै धुनुपर्छ, सुकाउनु पर्छ, जीवाणुरहित ब्यान्डेजमा बेर्नु पर्छ, र संक्रमण रोक्न सावधानीपूर्वक सफा र सुक्खा राख्नु पर्छ। एन्टि-इन्फ्लेमेटरी ड्रग्स, जस्तै मुखबाट आइबुप्रोफेन वा एलोवेरा जेल बाहिरी रूपमा प्रयोग गर्दा सूजन कम गर्न मद्दत गर्न सक्छ। संक्रमणमा एन्टिबायोटिकको प्रयोग आवश्यक हुन्छ। केही डाक्टरहरूले प्रभावित क्षेत्रमा रक्तसंचार सुधार गर्न नस वा धमनीमा दिइएका औषधिहरू पनि प्रयोग गर्छन्।

फ्रस्टबाइटले ठुलो क्षेत्रलाई असर गरेको देखिन सक्ने हुनाले, उक्त क्षेत्र निको नहुन्जेल अंगविच्छेद गर्ने निर्णय सामान्यतया स्थगित गरिन्छ। कहिलेकाँही

इमेजिङ परीक्षण, जस्तै रेडियोन्यूक्लाइड स्क्यानिङ, माइक्रोवेभ थर्मोग्राफी, वा लेजर-डप्लर प्रवाह अध्ययनले कुन क्षेत्रहरू पुनः प्राप्ति हुन सक्छ र कुन हुँदैन भनेर निर्धारण गर्न मद्दत गर्दछ। पुनः प्राप्ति नहुने क्षेत्रहरूलाई विच्छेदन आवश्यक पर्दछ।

B) हाइपोथर्मिया

हाइपोथर्मिया एक चिकित्सा आपतकालीन अवस्था हो जुन तब हुन्छ, जब तपाईंको शरीरले ताप उत्पादन गर्न सक्ने भन्दा छिटो ताप गुमाउँछ, जसले गर्दा शरीरको तापक्रम खतरनाक रूपमा कम हुन्छ। हाइपोथर्मियालाई प्रायजसो चिसो चोटको रूपमा लिइन्छ, किनभने यो चिसो वातावरणको सम्पर्कबाट अझ खराब हुन सक्छ।

हाइपोथर्मिया को लक्षण

हाइपोथर्मियाको प्रारम्भिक लक्षणहरूमा तीव्र काँप्ने र दाँत बडबड गर्ने समावेश छ। शरीरको तापक्रम अझ घट्दै जाँदा, काँप्ने क्रम रोकिन सक्छ र आरोहीको चाल ढिलो र अनाड़ी हुन सक्छ र प्रतिक्रिया समय लामो हुँदै जान्छ। सबैभन्दा महत्त्वपूर्ण पक्ष यो हो कि निर्णय कमजोर हुन्छ र लक्षणहरू यति बिस्तारै विकसित हुन सक्छ कि प्रभावित पर्वतारोहीका साथीहरू लगायत मानिसहरूले के भइरहेको छ भनेर बुझ्दैनन्। प्रभावित व्यक्ति केवल पहाडमा घुम्न सक्छ।

जब काँपने रोकिन्छ, प्रभावित आरोही अझ सुस्त हुन्छ र कोमामा चिप्लिन्छ। मुटु र श्वासप्रश्वासको गति सुस्त र कमजोर हुन्छ। अन्ततः मुटु रोकिन्छ। शरीरको तापक्रम जति कम हुन्छ, मृत्युको जोखिम त्यति नै बढी हुन्छ । शरीरको तापक्रम ८३ डिग्री फरेनहाइट वा २८ डिग्री सेल्सियस पुगेमा मृत्यु हुन सक्छ।

हाइपोथर्मिया को निदान

शरीरको तापक्रम मापन हाइपोथर्मियाको निदान गर्ने उत्तम तरिका हो। सामान्यतया, शरीरको तापमान 95 डिग्री फरेनहाइट वा 35 डिग्री सेल्सियस भन्दा कम, हाइपोथर्मिया संकेत गर्दछ। परम्परागत थर्मोमिटरहरूले 95 डिग्री फारेनहाइट वा 35 डिग्री सेल्सियस भन्दा कम तापमान रेकर्ड गर्दैन। तसर्थ, गम्भीर हाइपोथर्मियामा तापक्रम नाप्न इलेक्ट्रोनिक थर्मोमिटर आवश्यक हुन्छ।

रगत र कहिलेकाहीँ अन्य परीक्षणहरू अन्य विकार वा संक्रमणहरू निदान गर्न गरिन्छ।

पहाडहरूमा हाइपोथर्मियाको पहिलो सहायता

दुई महत्त्वपूर्ण चरणहरू पहिलो रूपमा प्रभावित आरोहीलाई बाहिरबाट भिजेको कपडा हटाएर न्यानो कम्बलमा बेरेर सुख्खा र न्यानो पार्नु हो। दोस्रो, प्रभावित आरोहीका साथीहरूले पिउनलाई तातो तरल पदार्थ र कृत्रिम सास फेर्न तातो हावा दिएर भित्रबाट न्यानो राख्नु पर्छ। प्रभावित आरोहीलाई छिटोभन्दा छिटो अस्पताल लैजानुपर्छ ।

अस्पतालमा हाइपोथर्मियाको उपचार

अस्पतालमा, प्रभावित पर्वतारोहीलाई श्वासप्रश्वासद्वारा दिइने तातो अक्सिजन र नशाबाट दिइने तातो तरल पदार्थहरू वा ती क्षेत्रहरूमा घुसाइएको प्लास्टिकको ट्युबहरू मार्फत मूत्राशय, पेट, पेटको गुफा वा छाती गुफामा पठाइन्छ। थप रूपमा, रगतलाई हेमोडायलिसिस प्रक्रिया मार्फत न्यानो पार्न सकिन्छ जसमा रगतलाई तताउने एट्याचमेन्टको साथ फिल्टर मार्फत शरीरबाट बाहिर पम्प गरी शरीरमा फिर्ता पम्प गरिन्छ। कहिलेकाहीँ मुटुको फोक्सोको मेसिन प्रयोग गरिन्छ जसद्वारा रगतलाई शरीरबाट बाहिर निकालिन्छ, न्यानो पार्छ र अक्सिजन दिन्छ र शरीरमा फर्काइन्छ।

डाक्टरहरूले प्रभावित पर्वतारोहीलाई मुखबाट वाइन्डपाइप (एन्डोट्राचियल इन्ट्युबेशन) मा प्लास्टिकको सास फेर्न नली घुसाएर र मेकानिकल भेन्टिलेशन प्रयोग गरेर सास फेर्न मद्दत गर्न आवश्यक हुन सक्छ। यदि मुटु रोकिएको छ भने, कार्डियक अरेस्ट भएको दुई मिनेट भित्र CPR (कार्डियोपल्मोनरी रिसुसिटेशन) गर्नुपर्छ।

जबदेखि, हाइपोथर्मिया भएका व्यक्तिहरू, जो जीवनको कुनै लक्षण बिना अस्पताल पुगेका छन् निको भएका छन्; मुटुको धड्कन वा जीवनका अन्य लक्षणहरू नभए तापनि डाक्टरहरूले व्यक्ति न्यानो नभएसम्म पुनरुत्थान प्रयासहरू जारी राख्न सक्छन्। थप रूपमा, गम्भीर रूपमा हाइपोथर्मिक व्यक्तिलाई बिस्तारै ह्यान्डल गर्नुपर्छ, किनभने अचानक झटकाले हृदयको अनियमित ताल (एरिथमिया) हुन सक्छ जुन घातक हुन सक्छ।

C) नन-फ्रिजिङ टिश्यू चोटहरू

नन-फ्रिजिङ टिस्यु चोटहरूमा, छालाका भागहरू चिसो हुन्छन्, तर जमेको हुँदैन। त्यस्ता चोटहरूमा चिलब्लेन्स र केही अन्य समान प्रकारका चोटहरू हुन्छन्। चिलब्लेन्सले सामान्यतया स्थायी चोटपटक लाग्दैन, तर अवस्थाले संक्रमण निम्त्याउन सक्छ, जसले उपचार नगर्दा थप क्षति हुन सक्छ।

Chilblains को लक्षण

चिलब्लेन्स एक असामान्य प्रतिक्रिया हो जुन सुक्खा चिसोमा बारम्बार एक्सपोजरमा हुन सक्छ। लक्षणहरूमा चिलाउने, दुखाइ, रातो हुने, सुन्निने र केही अवस्थामा प्रभावित क्षेत्रमा रङ्ग वा छालाहरू हुन्छन्, सामान्यतया औंलाहरूको माथिल्लो सतह वा तल्लो खुट्टाको अगाडि। अवस्था असहज छ, तर गम्भीर छैन।

Chilblains को निदान

चिलब्लेन्स छालाको अवस्था हेरेर निदान गर्न सकिन्छ, जसमा सुन्निने, छालाको रंगमा परिवर्तन र छालाको अवस्था समावेश छ। प्रभावित आरोहीले प्रभावित क्षेत्रमा जलन र चिलाउने गुनासो गर्नेछन्।

पहाडमा Chilblains को पहिलो सहायता

उपचारको पहिलो पङ्क्ति हात, खुट्टा र अन्य प्रभावित क्षेत्रलाई न्यानो र सुख्खा राख्नु हो। ओसिलो पन्जा र मोजाहरू परिवर्तन गर्न आवश्यक छ। प्रभावित क्षेत्रलाई बिस्तारै पुनः तान्नु पर्छ, किनकि चिसो छालाको अचानक पुनः न्यानोपनले चिलब्लेनहरू बिग्रन सक्छ।

अस्पतालमा Chilblains को उपचार

डाक्टरले रक्तसञ्चार सुधार गर्नको लागि औषधि सिफारिस गर्न सक्छन् र कहिलेकाहीँ corticosteroid क्रीम चिलब्लेनले प्रभावित क्षेत्रमा लागू गर्न सकिन्छ घावहरू हटाउन मद्दत गर्न।

Chapter 32
सुधारिएको डोरी स्ट्रेचर

उपकरण

10 मिमी व्यासको 30 मिटर डोरी

स्थिति

तपाईंको टोली एक पहाड प्रशिक्षण अभ्यासको बीचमा छ, जब एक व्यक्ति चिप्लन्छ र उसको खुट्टामा चोट लाग्छ। तपाईंले उसलाई छिट्टै र सुरक्षित रूपमा नजिकको मेडिकल सेन्टरमा लैजानुपर्छ, जहाँ तपाईंले आपतकालीन चिकित्सा आपूर्तिहरू पाउनुहुनेछ। तपाईंको साथी हिड्न असमर्थ छ र एक सुधारिएको स्ट्रेचरमा मेडिकल सेन्टरमा लैजानुपर्छ। तपाईसँग उपलब्ध सबै 10 मिटर व्यासको आरोहण डोरी हो, तर तपाईलाई थाहा छ कि यो प्रयोग गरेर स्ट्रेचर बनाउन सकिन्छ। समय छोटो छ र तपाईंले सुरक्षित र आरामदायी स्ट्रेचर उत्पादन गर्न छिटो काम गर्नुपर्छ।

लक्ष्य

20 मिनेटमा डोरी स्ट्रेचर बनाउन जुन 100 मिटरसम्म जीवित डमी हताहत बोक्नेछ।

नियमहरू

1. जीवित डमी दुर्घटना मात्र बोक्न सकिन्छ। डोरी स्ट्रेचर मात्र बनाउनु पर्छ।

2. स्ट्रेचर बनाउन डोरी मात्र प्रयोग गर्न सकिन्छ।

3. स्ट्रेचरले जीवित डमी हताहतको लम्बाइमा समर्थन प्रदान गर्नुपर्छ।

4. स्ट्रेचर खोल्नु हुँदैन, जबकि जीवित डमी घाइतेलाई 100 मिटरसम्म लैजान्छ।

समाधान

डोरी स्ट्रेचर निर्माण गर्ने थुप्रै तरिकाहरू छन्। सबैभन्दा सरल क्लोभ हिच स्ट्रेचर हो, जुन निम्नानुसार निर्माण गरिएको छ:

a) स्ट्रेचरको ओछ्यान बनाउनको लागि डोरीको तेस्रो केन्द्रबाट 8-10 लूपहरू राख्नुहोस्। यो हताहतको रूपमा लामो र लगभग 25-30 सेन्टिमिटर चौडा हुन आवश्यक छ।

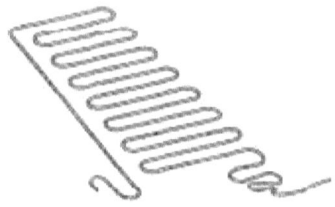

b) डोरीको लामो पुच्छरलाई एक छेउमा लिनुहोस्, र प्रत्येक लुपको छेउमा ल्वाङको हिचलाई बाँध्न प्रयोग गर्नुहोस्, 10 सेन्टिमिटरको लुपलाई ल्वाङको हिचभन्दा बाहिर टाँस्दै छोड्नुहोस्।

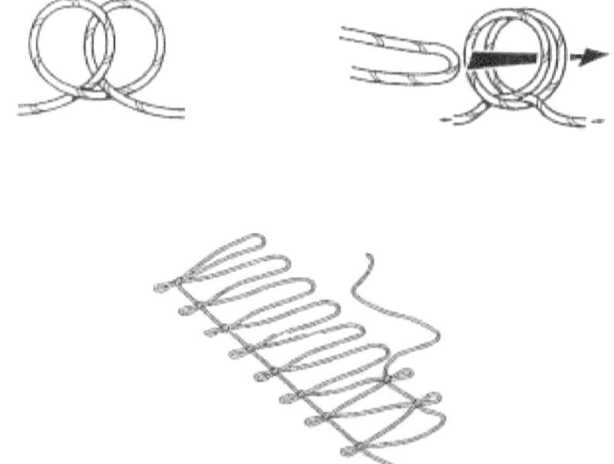

c) जब एक पक्ष पूरा हुन्छ, अर्को छेउमा दोहोर्‍याउनुहोस्।

d)। बाँकी डोरीको पुच्छरलाई सानो लूपहरू मार्फत थ्रेड गर्नुहोस्, जबसम्म कुनै पनि बाँकी रहँदैन।

e) ल्वाङ-हिचहरू अब साना लूपहरूमा डोरीको पुच्छरलाई जालमा बाहिर तान्न सकिन्छ।

f)। अन्तमा, सुनिश्चित गर्नुहोस् कि प्रत्येक ल्वाङको हिच कडा छ, र ट्रान्सभर्स डोरीहरूले दुर्घटनाको लागि समान समर्थन बनाउँछन्।

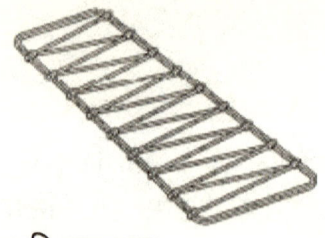

g)। स्ट्रेचर अब प्रयोगको लागि तयार छ।

Chapter 33
प्राथमिक उपचार किट

परिचय

यदि तपाईं पहाडमा आरोहण गर्दै हुनुहुन्छ भने, त्यहाँ सधैं आफूलाई वा तपाईंको आरोहण साझेदारहरूलाई चोटपटक लाग्ने सम्भावना रहन्छ। यदि तपाइँ राम्रोसँग संगठित प्राथमिक उपचार किट बोक्नुहुन्छ र चोटपटक कसरी मूल्याङ्कन गर्ने र तपाइँको प्राथमिक उपचार आपूर्तिहरू प्रयोग गर्न जान्नुहुन्छ भने, यसले आरोहीको सुरक्षामा ठूलो फरक पार्न सक्छ।

आरोहण गर्दा बाहिरी ठाउँमा दुर्घटना हुने गर्छ । तपाईं घुम्न र खुट्टा मोच्न सक्नुहुन्छ वा पतनबाट पीडित हुन सक्नुहुन्छ र खुट्टा वा हातमा गम्भीर चोट लाग्न सक्नुहुन्छ। तपाईं ढिलो ढुङ्गाले हिर्काउन सक्नुहुन्छ र टाउकोमा चोट लाग्न सक्छ। यदि तपाइँ तपाइँको आरोहण रक्स्याकमा प्राथमिक उपचार किट बोक्दै हुनुहुन्छ भने, तपाइँ यी चोटहरूबाट हुने क्षतिलाई कम गर्न सक्नुहुन्छ। तपाईं आफैलाई वा तपाईंको साथीलाई पर्याप्त रूपमा प्याच गर्न सक्षम हुनुहुनेछ, ताकि सबै कुरा जस्तो देखिन्छ जस्तो खराब नहोस्। तपाईं अस्पताल नपुग्दासम्म बाँच्न सक्षम हुनुहुनेछ।

प्राथमिक उपचार कक्षाहरू

तपाइँको प्राथमिक सहायता आपूर्तिहरू कसरी प्रयोग गर्ने भनेर जान्नु आवश्यक छ। तपाईले किन्न सक्नुहुने सबैभन्दा ठूलो प्राथमिक उपचार किट बोक्न सक्नुहुन्छ, तर यदि तपाईलाई प्राथमिक उपचार थाहा छैन भने यो कम प्रयोग भएको छ। यदि तपाईं गम्भीर र सक्षम पर्वतारोही बन्न जाँदै हुनुहुन्छ भने, तपाईंसँग प्राथमिक उपचारको पासिंग ज्ञान भन्दा बढी हुनु आवश्यक छ। प्राथमिक उपचार सिक्ने सबैभन्दा राम्रो र सजिलो तरिका भनेको सेन्ट जोन एम्बुलेन्स एसोसिएसन र इन्डियन रेड क्रस सोसाइटीद्वारा सञ्चालित प्राथमिक उपचारमा छोटो पाठ्यक्रम लिनु हो, जसले तपाईंलाई महत्त्वपूर्ण आपतकालिन अवस्थाहरूको सामना गर्न तयार गर्दछ।

आधारभूत पर्वतारोहण चोटहरू

आरोहण दुर्घटनाहरू सामान्यतया दुई प्रकारका हुन्छन्—सानो चोटपटक र ठूलो आपतकालीन अवस्था। तपाईंले बोक्ने आवश्यक प्राथमिक उपचार सामग्रीहरूले बीचको चोटहरू ढाक्नु पर्छ। तपाईंले सँगै राख्नु वा आफ्नो प्राथमिक उपचार किट किन्नु अघि, सामान्य आरोहण चोटहरूको बारेमा सोच्नु राम्रो विचार हो र त्यसपछि ती रोगहरूको उपचार गर्न आफ्नो किटमा आपूर्तिहरू भर्नुहोस्। सामान्यतया, तपाईले घाउ, रक्तस्राव, छाला, टाउको दुखाइ, र भाँचिएको हड्डीको उपचार गर्न सक्षम हुनुपर्दछ। तपाईंले बोक्ने आधारभूत आपूर्तिहरूद्वारा दर्दनाक चोटहरूको उपचार गर्न गाह्रो छ। पहाडमा यस्तो अवस्थामा आरोहीलाई तुरुन्तै नजिकको मेडिकल सेन्टर, ट्रमा सेन्टर वा अस्पतालमा लैजानु राम्रो हुन्छ।

प्राथमिक उपचार अत्यावश्यक आपूर्तिहरू

तपाईंले आफ्नो प्राथमिक उपचार किट सानो र हल्का राख्न आवश्यक छ, तर तपाईं गम्भीर चोटहरूको उपचार गर्न पर्याप्त चाहन सक्नुहुन्छ। त्यो सन्तुलन फेला पार्ने तपाईमा निर्भर छ। तपाईंले प्रीप्याकेज गरिएको प्राथमिक उपचार किटहरू किन्न सक्नुहुन्छ र तिनीहरू राम्रो छन्, तर तपाईंले आवश्यक पर्ने वस्तुहरू थपेर किटलाई निजीकृत गर्न पनि विचार गर्नुपर्छ। दिन-लामो आरोहण यात्राहरूको लागि, आफ्नो किट सानो राख्नुहोस्। शिखर चढाइहरू समावेश गर्ने लामो बहु-दिनको यात्राहरूको लागि, यो ठूलो किट बोक्न सल्लाह दिइन्छ, विशेष गरी तपाईं मद्दतबाट टाढा हुनुहुनेछ।

अभियानका लागि पहिलो सहायता किट सूची

यो अभियानको लागि ठूलो प्राथमिक उपचार किट हो। एक साहसिक चिकित्सा किट तपाईं वास्तवमा जाँदै हुनुहुन्छ यात्रा मा निर्भर गर्दछ। यो सूचीले तपाईंलाई कुनै पनि उजाड स्थान पदयात्रा वा अभियानको लागि आवश्यक पर्ने आफ्नै व्यक्तिगत मेडिकल किट विकास गर्न मद्दत गर्नेछ।

उपकरणहरू

1. थर्मोमिटर।

2. चिमटी - राम्रो बिन्दु र दाँत भएको।

3. कैंची तीव्र।

4. सुरक्षात्मक रबर ग्लोभ्स।

ड्रेसिङ र घाउको हेरचाह

1. ब्यान्ड-एड्स।

2. ब्लिस्टर ड्रेसिङ।

3. कपास कोप।

4. गज प्याड स्क्वायर 5 सेमी।

5. बाँझ नन-स्टिक ड्रेसिङ 10 सेमी।

6. ठूलो घाउ ड्रेसिंग।

7. सेनेटरी प्याड।

8. टाँसेको टेप ब्यान्डेज 10 सेमी x 2.5 सेमी।

9. त्रिकोणीय ब्यान्डेज।

10. कपास पट्टी 10 सेमी x 1.5 मिटर।

11. लोचदार ब्यान्डेजहरू 10 सेमी x 15 सेमी।

12. क्रेप ब्यान्डेजहरू 10 सेमी x 1.5 मिटर।

13. मेडिकल डक्ट टेप।

14. घाउ बन्द स्ट्रिप्स।

15. बेन्जोइन को टिंचर।

16. रक्सी स्वाब्स।

17. पेट्रोलियम जेली (भ्यासलिन)।

18. SAM स्प्लिन्ट (ठूलो)।

19. आँखा प्याड।

एलर्जी औषधिहरू

1. एलर्जी, एन्टिहिस्टामिन ट्याब्लेट (सेडेटिंग) जस्तै प्रोमेथाजिन 25 मिलीग्राम।

2. हाइड्रोकोर्टिसोन क्रीम 15 ग्राम ट्यूब।

3. क्यालामाइन क्रीम।

कीट विकर्षक

क्रीम र कोइल।

उचाई रोग

1. Acetazolamide 250 mg (Diamox)।

2. डेक्सामेथासोन 4 मिलीग्राम।

एन्टिबायोटिक्स

1. Flucloxacillin 250 mg (छाला संक्रमण)।

2. क्लेरिथ्रोमाइसिन 500 मिलीग्राम (छाती संक्रमण)।

3. मेट्रोनिडाजोल 750 मिलीग्राम (पेचिश)।

एन्टिबायोटिक / एन्टिफंगल छाला आवेदन

1. एन्टिबायोटिक मलम (Mupirocin वा Fucidin)।

2. एन्टिफंगल क्रीम (माइकोनाजोल)।

बर्न क्रीम

बर्न क्रीम (सिल्भर सल्फाडियाजिन वा एलोवेरा जेल)।

कब्जियत

रेचक (Bisacodyl)।

दन्त

1. ल्वाङको तेल।

2. अस्थायी भरिने सामग्री (Dentafix)।

3. फ्लोराइड वार्निश (दुरापत)।

4. मुख धुने।

पखाला

लोपेरामाइड।

कीटाणुनाशक

1. Savlon वा Dettol तरल पदार्थ र साबुन।

2. पानीको लागि कीटाणुनाशक।

3. क्लोरीन ट्याब्लेटहरू।

आँखाको संक्रमण/हिउँ ब्लाइन्डेस

1. सलाइन आँखा ड्रपहरू।

2. आँखाका लागि एन्टिबायोटिक मलम (क्लोरामेनिकोल)।

अपच

1. एन्टासिड (Gaviscon)।

2. Ranitidine 150 mg।

वाकवाकी र उल्टी

1. Prochlorperazine - Buccastem 3 mg।

2. स्टेमेटिल 5 मिलीग्राम।

दुखाइ निवारक (एनाल्जेसिक्स)

1. प्यारासिटामोल 500 मिलीग्राम।

2. इबुप्रोफेन 400 मिलीग्राम।

ओआरएस (ओरल रिहाइड्रेसन समाधान)

Diorylate, Gastrolyte, Electrobion l

Chapter 34
सगरमाथा सपना

सगरमाथाले तपाईंलाई ठूला सपनाहरू, डरहरूमाथि विजय प्राप्त गर्ने र सबैभन्दा निराश दृष्टिकोणको पछि लाग्ने विजयको अनुग्रह देखाउँदछ। यो पाठ सायद हामी सबैका लागि सगरमाथाको सबैभन्दा शक्तिशाली उपहार हो, चाहे हामी शिखरमा छौं वा आधार शिविरमा घुमिरहेका छौं। लेखकलाई व्यक्तिगत रूपमा परिचित चार सगरमाथाका संक्षिप्त कथाहरू तल दिइएको छ।

अंकुर बहल

एक उमेरमा, जब एक फुर्सदको जीवनलाई प्राथमिकता दिन्छ, अंकुर बहलले 55 वर्षको उमेरमा 8,849 मिटरमा 2016 मा विश्वको सर्वोच्च शिखर जित्नको लागि कठोर प्रतिकूल परिस्थितिहरूको सामना गरे र त्यसो गर्ने तेस्रो सबैभन्दा वृद्ध भारतीय बने।

गुडगाउँका निवासी र देहरादूनको द दून स्कूलका पूर्व विद्यार्थी, अंकुर यसअघि २०१५ मा बेस क्याम्पमा भएको हिमपहिरोमा मृत्युबाट बच्न सफल भएका थिए। आघात हुनुको सट्टा, उनको उमेरमा नसुनेको पर्वतारोहण शिखरमा पुग्ने उनको संकल्प बलियो भयो।

पीठमा १० किलोको भारी बोकेर आरोहण गर्न वर्षौंको तयारी, उचित आहार र तीव्र व्यायामको आवश्यकता पर्छ। अंकुर बहल वर्षौंदेखि यसमा छन्। उनले कडा नियम पालना गर्छन् र हरेक दिन पाँचदेखि छ घण्टासम्म व्यायाम गर्छन् र सगरमाथा आरोहण गर्नुअघि पाँच वर्षमा एकपटक पनि जिम जान छोडेका छैनन्। अंकुरका अनुसार आरोहणको लागि तयारी गर्न सकोस् भनेर शरीरलाई कन्डिसन गर्ने यही एक मात्र तरिका थियो।

2016 मा 55 वर्षको उमेरमा अंकुर, सगरमाथा (8,849 मिटर, एशिया), एकोन्कागुवा (6,961 मीटर, दक्षिण अमेरिका), म्याककिन्ले वा डेनाली (६,१९४ मिटर, उत्तरी अमेरिका), किलिमन्जारो (५,८९५ मिटर, अफ्रिका), एल्ब्रस (५,६४२ मिटर, युरोप), भिन्सन (४,८९२ मिटर, अन्टार्कटिका), कोसिउज्को (२,२२८ मिटर, अष्ट्रेलिया)।

यसबाहेक, 2018 मा उनले अर्को चुचुरोमा जाने निर्णय गरे, कार्सटेन्ज पिरामिड (4,884 मिटर, ओशिनिया) मेस्नर सूचीबाट उसलाई उसको उमेरमा एक मात्र भारतीय मध्येमा बनाइयो, जसले सबै आठ चुचुराहरू आरोहण गरेको छ। सोही वर्ष, 57 वर्षको उमेरमा, उनले दक्षिण ध्रुवको अन्तिम डिग्रीमा स्किइङ गर्ने सबैभन्दा वृद्ध भारतीय बने।

अंकुरले आफ्नो बाल्यकालकी प्रेमिका संगीतासँग विवाह गरे, जो 2018 मा 53 वर्षको उमेरमा सगरमाथा आरोहण गर्ने सबैभन्दा वृद्ध भारतीय महिला बनिन्। उनीहरु हाल विश्वको सर्वोच्च शिखर सगरमाथा जित्ने सबैभन्दा वृद्ध भारतीय जोडी हुन्। उनीहरुको एक छोरा अर्णव छन् ।

अंकुर बेलायतबाट प्रमाणित क्लास वन मास्टर मेरिनर हुन् र मर्चेन्ट नेवीमा १८ वर्ष सेवा गरेका छन्। उनले द दून स्कूल, देहरादून र सेन्ट स्टीफन्स कलेज, दिल्लीमा अध्ययन गरेका छन् र 1995 देखि ग्लोबास मरीन सर्भिसका निर्देशक हुनुहुन्छ।

हिमालप्रतिको प्रेम अंकुरको दून स्कूलमा पढाइको क्रममा जन्मिएको थियो, जहाँ उनलाई पहिलो साँचो भारतीय पर्वतारोही मानिने उपप्रमुख गुरुदियाल सिंहबाट भूगोल सिकाइएको थियो। स्कूलका दिनहरूमा केटाहरूले पहाडमा पदयात्रा वा साइकल चलाउने छनौट गर्थे। अंकुरले प्रायः पहिलो विकल्प रोजे, जसले उसको भविष्यका प्रयासहरूको लागि राम्रो जग बसाल्यो। वास्तवमा १३ वर्षको उमेरमा उनले गौमुख पदयात्रा गरेका थिए।

आफ्नो छोराको लागि अंकुर र संगीता दुबैले धेरै संयुक्त आरोहण पछि पर्वतारोहणमा गम्भीर जोखिमलाई ध्यानमा राखेर छुट्टाछुट्टै गर्ने निर्णय गरे।

अंकुरका अनुसार तपाईंले प्रत्येक आरोहणको लागि धेरै समय र पैसा लगानी गर्नुपर्छ, किनकि ती प्रत्येक फरक छन् र योजना चाहिन्छ। महिनौंको तयारी छ, एउटै आरोहण पछाडि जान्छ।

पर्वतारोहणले उसलाई कसरी बाँच्ने र हरेक दिन राम्रो तरिकाले रमाइलो गर्ने सिकाएको छ। अंकुरले पर्वतारोहणमा आफ्नो सफलताको श्रेय उच्च उचाइमा रहेको कठिन परिस्थितिको बाबजुद पनि रोगसँग लड्न सक्ने क्षमतालाई दिए।

62 वर्षको अंकुर, आफ्नो गौरवमा आराम गरिरहेको छैन र 2022 मा गोवामा उनको पहिलो ट्रायथलन प्रयास गर्दैछ, जसमा पौडी खेल्ने, साइकल चलाउने र निर्धारित समय सीमा भित्र क्रमशः दौडने समावेश छ। अंकुर बहलका लागि साँच्चै उमेर एउटा नम्बर हो।

रत्नेश पाण्डे

रत्नेश पाण्डेले मे २०१६ मा ३१ वर्षको उमेरमा सगरमाथा आरोहण गरेका थिए । दुर्लभ वातावरणले पर्वतारोहीलाई शिखरमा आफ्नो मास्क हटाउन अनुमति दिँदैन। तर रत्नेशले त्यसो गरे र भारतको राष्ट्रिय गान सुनाए!

उनले आफ्नो मोटरसाइकल स्टन्टको लागि गिनिज वर्ल्ड रेकर्ड पनि राखेका छन्। उनले नोभेम्बर २०१६ मा मध्य प्रदेश सरकारबाट खेल अलंकरण पुरस्कार प्राप्त गरे।

सेप्टेम्बर 2016 मा, रत्नेशले अन्तर्राष्ट्रिय पर्वतारोहण र पर्वतारोहण महासंघद्वारा आयोजित पर्वतारोहण अभियानमा इरानको सबैभन्दा अग्लो हिमाल, माउन्ट दमावन्द र यसको तेस्रो-अग्लो हिमाल सबालान चढे।

उभिएर मोटरसाइकलको सिटमा उभिएर ३२ दशमलव ३ किलोमिटरभन्दा लामो दूरी तय गरेर उनले गिनिज वर्ल्ड रेकर्ड कायम गरेका छन् । अगस्ट २०१८ मा, रत्नेशले दुई पटक माउन्ट एल्ब्रस (१८,५११ फिट) आरोहण गरे र भारतको झण्डा र मध्य प्रदेशको खेलकुद तथा युवा कल्याण विभागको झण्डा पूर्वी र पश्चिमी चुचुराहरूमा फहराए।

उनले निहाल सरकारसँग इटालीमा भएको UIAA आइस क्लाइम्बिङ वर्ल्ड कप २०१७ मा भारतको प्रतिनिधित्व गरेका थिए।

रत्नेश सतना , मध्य प्रदेशका हुन्। उनले अटल बिहारी वाजपेयी पर्वतारोहण र सहयोगी खेलकुद संस्थान , मनालीबाट आधारभूत, अग्रिम र प्रशिक्षकको पर्वतारोहण पाठ्यक्रम पूरा गरे।

अप्रिल २०१५ मा, रत्नेश सगरमाथाको २२,००० फिटको आरोहणमा सफल भए, तर नेपालमा आएको भूकम्पका कारण हिमपहिरो र २१ आरोहीको मृत्युका कारण सगरमाथाको चुचुरोमा पुग्न सकेनन्। भूकम्पपछि पहाडमा फसेका रत्नेशको उद्धार गरिएको थियो । उनी सन् २०१६ मा काम पूरा गर्न निडर भएर फर्किए।

उहाँ मध्य प्रदेश सरकारको सतना स्मार्ट सिटीको ब्रान्ड एम्बेसडर हुनुहुन्छ र राज्यका सरकारी विद्यालय र कलेजहरूसँग खेलकूद शिक्षामा केन्द्रित हुनुहुन्छ। अप्रिल २०१७ मा, उनलाई असम पर्यटन विकास निगमले अम्बुबची मेलाको ब्रान्ड एम्बेसडरको रूपमा नियुक्त गरेको थियो।

रत्नेशले ट्रान्सजेन्डर अधिकारका लागि समानता सशक्तिकरणका लागि शिक्षा प्रवर्द्धन, सचेतना अभियानका लागि रत्नेश पाण्डे फाउन्डेसन पनि स्थापना गरे। उनले आफ्नो टोलीसँगै राष्ट्रिय ट्रान्सजेन्डर आयोगबाट लक्ष्मीनारायण त्रिपाठी र आर्यन पाशासँगको सहकार्यमा २५ तेस्रोलिङ्गीलाई तालिम दिएका थिए । ट्रान्सजेन्डर टोलीले हिमाचल प्रदेशको माउन्ट फ्रेन्डशिप पीक (१७,३५३ फिट) लाई सफलतापूर्वक जितेर इतिहास रचेको छ।

सबैभन्दा प्रख्यात केन्द्रीय भारतीय विश्वविद्यालयका एक TEDx वक्ता, रत्नेशले भने कि जीवन एक चुनौती हो र हामीले यससँग लड्न आवश्यक छ, किनभने जीवन भनेको 'सर्वाइभल अफ द फिटेस्ट' हो। रत्नेश पाण्डे यस भनाइको उत्कृष्ट उदाहरण हुन्।

संगीता बहल

पदार्थको महिला। संगीता बहलले उमेरसँग सम्बन्धित धेरै मिथकहरूलाई खण्डन गरिसकेकी छिन् र आफ्नो जीवनमा विभिन्न क्षेत्रहरूमा लगातार नयाँ सीमाहरू तोडेकी छिन्। संगीता, 1985 मिस इन्डिया फाइनलमा 53 वर्षको उमेरमा मे 2018 मा सगरमाथा आरोहण गर्ने सबैभन्दा वृद्ध भारतीय महिला बनेर इतिहास रचे।

सन् २०११ मा पति अंकुरबाट संगीतालाई पर्वतारोहणको आइडिया आएको थियो । सन् २०१६ मा सगरमाथा आरोहण गरेका उनका श्रीमान् उनको पर्वतारोहण यात्राका लागि सबैभन्दा ठूलो प्रेरणादायी थिए। संगीताको दोस्रो ठूलो आरोहण उपलब्धि सात शिखरहरूको खोजी हो, जसले विश्वका सात महादेशका प्रत्येक अग्लो हिमाललाई जनाउँछ। सातवटै सगरमाथा आरोहण गर्नु भनेको पर्वतारोहणको चुनौती हो र संगीताले यसअघि नै माउन्ट किलिमन्जारो २०११ (अफ्रिका), माउन्ट एल्ब्रस २०१३ (युरोप), माउन्ट भिन्सन २०१४ (अण्टार्कटिका), माउन्ट अकोन्कागुवा २०१५ (दक्षिण अमेरिका), माउन्ट एकोन्कागुआ (दक्षिण अमेरिका) को आरोहण गरिसक्नुभएको छ। र माउन्ट

एभरेस्ट २०१६ (एसिया)। अब मापन गर्न बाँकी नै सातौं हो। यदि उनले यो पूरा गरिन् भने, उनी सबैभन्दा वृद्ध भारतीय महिला र जम्मू कश्मीरबाट सात शिखर सम्मेलनमा पुग्ने पहिलो हुनेछिन्।

संगीता बहल जम्मुमा जन्मिएकी थिइन् । सन् १९८५ मा संगीता फेमिना मिस इन्डिया प्रतियोगिताको फाइनलमा पुगेकी थिइन् । त्यसपछि, उनी उड्डयन क्षेत्रमा सामेल भइन्, जहाँ उनले कुवेत एयरवेज, थाई एयरवेज र एमिरेट्स जस्ता प्रमुख एयरलाइन्ससँग काम गरिन्, जहाँ उनी केबिन क्रू निर्देशक भइन्।

उनी पुरुष प्रधान उद्योगमा निडर रहिन् र कार्यकारी एमबीए कार्यक्रमको पछि लागे। लैङ्गिक स्टिरियोटाइपहरू तोड्दै, संगीताले गुरुग्राममा आधारित आफ्नो ब्रेन-चाइल्ड इम्प्याक्ट इमेज कन्सल्टेन्ट्स स्थापना गरे। मुख्य वक्ता र प्रशिक्षकको रूपमा, उनी व्यक्तिहरूलाई मार्गदर्शन र कोचिङ्मा माहिर छन्। उनी जुनसुकै काममा पनि ट्रेन्ड सेटर रहेकी छिन् । आफ्नो सगरमाथा आरोहणको क्रममा, उनले स्तन क्यान्सर छिट्टै पत्ता लगाउने र त्यसका लागि कोषको वकालत गर्ने ब्यानर बोकेकी थिइन्।

आज पनि संगीता लगभग दैनिक दौडन्छ र व्यायाम गर्छिन् र जीवनभर शारीरिक तन्दुरुस्तीको निरन्तर मात्रामा राख्नमा कट्टर विश्वासी छिन्।

उनको जीवनशैलीमा भर्खरैको अर्को परिवर्तन शाकाहारी बन्नु हो, किनकि उनी जनावरहरूमाथिको क्रूरता रोक्ने लक्ष्य राख्छिन्। संगीताले देहरादुनको वेल्हम ब्वाइज स्कूलमा बोर्ड सदस्यको रूपमा पनि काम गरिसकेकी छिन्। संगीता र अंकुरको एक छोरा अर्णव छन् ।

संगीता बहल एउटी महिला हुन्, जो सबै व्यापारको मालिक भइन् र शाब्दिक र रूपक रूपमा आफ्नो जीवनमा उत्कृष्ट उचाइहरू मापन गरिरहेकी छिन्। सायद, जीवनको तीतो विडम्बना मध्ये एक, भारतको एक प्रसिद्ध पर्वतारोहण संस्थानले संगीतालाई प्रतिष्ठित आधारभूत पर्वतारोहण कोर्समा भर्ना हुन अस्वीकार गर्‍यो, उनले सगरमाथा आरोहण गर्नुभन्दा केही वर्ष अघि, उनको उमेरको कारण!

दा डेन्डी शेर्पा

जीवनमा एकपटक सगरमाथा आरोहण गर्नुलाई निकै ठूलो उपलब्धि मानिन्छ। विश्वको सर्वोच्च शिखर सगरमाथामा पुग्ने प्रयास गर्न दश वर्ष तालिम लिएका धेरै छन्। दा डेन्डी शेर्पाले ४१ वर्षको उमेरमा अहिलेसम्म १४ पटक विश्वको सबैभन्दा अविश्वसनीय र अग्लो चुचुरो आरोहण गरिसकेका छन्। सम्भवतः उनले धेरै पटक सगरमाथा आरोहण गर्नुहुनेछ, किनकि उनले जापान, फ्रान्स, स्पेन र अमेरिकाका आरोहीहरूलाई ल्होत्से (४ पटक), मनास्लु (१२ पटक), चो ओयु (४ पटक) जस्ता विश्वका केही अग्लो चुचुराहरू आरोहण गर्न लगाउँछन्।, G2 पाकिस्तानमा (एक पटक) र K2 पाकिस्तानमा (एक पटक)। डा डेन्डीले आफ्नो कम्पनी ग्लेशियर हिमालय ट्रेक्स एन्ड एक्सपिडिसन २०१७ मा सुरु गरेका थिए।

दा डेन्डीको जन्म सन् १९८१ मा नेपालको सोलुखुम्बु जिल्लाको सफार्मामा भएको थियो। विडम्बनाको कुरा, जिल्लाको सबैभन्दा उच्च उचाइ सगरमाथा हो। बाल्यकालमा उनले कठिनाइहरूको सामना गरे र आफ्नो जीवन सुधार्ने सपना देखे। उनले आफ्नो समुदायका मानिसहरूबाट सिके, जो पहाडमा यात्रा गर्न गए र त्यसपछि धनी र प्रसिद्ध भए। उनी नेपालका आफ्ना दाजुभाइहरू जस्तै आराम र सम्मानका साथ जीवन बिताउन चाहन्थे। डा डेन्डीले चाँडै बुझे कि

पर्वतारोहण उनको मुख्य शक्ति हो जसको माध्यमबाट उनले प्रसिद्धि र भाग्य प्राप्त गर्न सक्छन्।

दस वर्षको उमेरमा, राम्रो लुगा लगाउन चाहने सानो दा डेन्डीले थोरै प्रयासमा 7,000 मिटरको चुचुरो आरोहण गरे। त्यो चरणमा, उनले महसुस गरे कि उनी विश्वको सर्वोच्च शिखरबाट केवल 2,000 मिटरको उचाइमा थिए। फर्केर हेर्ने कुरै भएन । दा डेन्डीले नेपालमा रहेका विश्वका केही अग्लो हिमाल आरोहण गर्न विदेशीहरूलाई लैजान थाले । उनी २०१७ मा आफ्नो कम्पनीको प्रबन्ध निर्देशक बने र नेपाल बाहिर पनि अभियानको नेतृत्व गरे।

पर्वतारोहण अभियान सञ्चालन गर्न डा डेन्डीकी श्रीमती मिङ्मा उनको ठूलो सहयोगी हुन्। दा डेन्डीले आफ्नो कम्पनीको प्राविधिक पक्षहरूमा ध्यान केन्द्रित गर्दा, मिङ्माले ग्राहकहरू र सँगी पर्वतारोहीहरू प्राप्त गर्ने र सफल अभियानहरू पछि विदाई पार्टीहरू व्यवस्थित गर्ने प्रशासनिक पक्षहरू हेर्छन्। उनले ताजा तरकारी र फलफूलको खरिदको सुपरिवेक्षण सहित खाद्य सामग्रीको भण्डारण अभियानका लागि सबै खरिद गर्छिन्। मिङ्माले ती आरोहीहरूको लागि जीवन बचाउने औषधि र अक्सिजन सिलिन्डरहरू उपलब्ध गराउने व्यवस्था गर्छ। उनले बिरामी आरोहीहरूलाई तत्काल अस्पतालमा भर्ना गर्ने व्यवस्था पनि गर्छिन्।

अफ सिजनको समयमा, दा डेन्डीले आफ्ना अभियान प्रशिक्षकहरूलाई विशेष प्रशिक्षण दिन्छन् र नयाँ उपकरणहरू खरिदका साथै क्षतिग्रस्त उपकरणहरूको मर्मत गर्छन्।

उनी लामो पैदल यात्राका साथै रक क्लाइम्बिङ गरेर आफूलाई शारीरिक रूपमा तन्दुरुस्त राख्छन्।

दा डेन्डी र मिङ्मा शेर्पा दुवैले आफ्नो पर्वतारोहण कम्पनीको हेरचाह गर्ने एक शक्तिशाली पति-पत्नी टोली बनाउँछन्।

Chapter 35
जलवायु परिवर्तन र दिगो पर्वतारोहण

सुजाई बनर्जी र अनुभूति भटनागर द्वारा (सुजाईले अलास्का फेयरबैंक विश्वविद्यालयबाट वातावरणीय रसायनशास्त्रमा एमएस गरेको छ। अनुभूतिले एम.टेक. TERI स्कूल अफ एडभान्स्ड स्टडीजबाट नवीकरणीय ऊर्जा इन्जिनियरिङ् र व्यवस्थापनमा)।

ग्लोबल वार्मिङ र जलवायु परिवर्तन आजकल बजवर्ड बनेको छ। प्रत्येक जिम्मेवार मिडिया आउटलेटमा यस अन्तरविषय क्षेत्रमा काम गर्ने विशेष समर्पित पत्रकार छन्, जुन पहिले लगभग सुनिएको थिएन। हिमाल र हिमनदीहरू जलवायु परिवर्तनको लागि अत्यधिक संवेदनशील छन् र मानव सभ्यतालाई आकार दिन सधैं महत्त्वपूर्ण भूमिका खेलेका छन्। तसर्थ, यो महत्त्वपूर्ण छ, अब पहिले भन्दा बढी, तिनीहरूको बारेमा कुरा गर्न।

यस लेखमा म मुख्यतया हिमालय क्षेत्रलाई समेट्नेछु। हिमालयन, काराकोरम र हिन्दुकुश (HKHK) पर्वत श‍ृङ्खलाहरू विश्वव्यापी औसत बरफको मात्रा भन्दा छिटो पग्लिरहेका छन्। HKHK पहाडी श‍ृङ्खलाहरूले ध्रुवहरू बाहिरको कुनै पनि क्षेत्रको तुलनामा धेरै मीठो पानी भण्डार गर्दछ र त्यसैले प्रायः 'थर्ड पोल' भनिन्छ। तिनीहरूले लगभग 55,000 ग्लेशियरहरू र 163 किमी ^{3} बरफ भण्डारहरू समावेश गर्दछ, जसले सिन्धु, गंगा र ब्रह्मपुत्र नदीहरूको 80% फीड गर्दछ। यी नदीहरूको बेसिनहरू 750 मिलियन मानिसहरूको घर हो र यो संसारको सबैभन्दा घनी जनसंख्या भएको क्षेत्र हो।

हिमनदीको महत्वलाई जति धेरै जोड दिन सकिँदैन। हिमनदीहरूले कृषि, मानव उपभोग र जलविद्युत उत्पादनको लागि पानी आपूर्तिलाई असर गर्छ। बोकर चु र चेमायुङडुङ जस्ता हिमनदीहरू सिन्धु र ब्रह्मपुत्र नदीहरूका लागि पानीको स्रोत हुन्, जुन संसारको सबैभन्दा लामो नदीहरू मध्ये एक हो। यो पानी भूराजनीतिको आधारमा क्षेत्रीय रूपमा वितरण गरिन्छ।

सिन्धु जल सन्धि एउटा उदाहरण हो। यसले तीन 'पूर्वी नदीहरू' - ब्यास, रावी र सतलजको नियन्त्रण दिन्छ, औसत वार्षिक 33 मिलियन एकर-फिट भारतलाई प्रवाह गर्दछ। जबकि तीन 'पश्चिमी नदीहरू' - सिन्धु, चेनाब र झेलम, पाकिस्तानमा औसत वार्षिक 80 मिलियन एकर फीट प्रवाह। तर हिमनदीहरू पानीको एक सौम्य बारहमासी स्रोत मात्र होइनन्। जलवायु परिवर्तन र हिमनदी पातलो हुने कारणले वर्षाको ढाँचामा परिवर्तनले 'ग्लेशियर लेक आउटबर्स्ट फ्लडिङ (GLOF)' भनेर चिनिने विनाशकारी फ्ल्याश बाढीमा योगदान पुर्‍याउँछ। उदाहरणका लागि, २०१३ को केदारनाथ बाढी चोरबारी हिमनदीको जीएलओएफको कारणले भएको अनुमान गरिएको छ। GLOF एक प्रकारको बाढी हो जहाँ ग्लेशियरमा रहेको पानीको शरीर, ग्लेशियर ओभरफ्लो हुन्छ र जलवायु परिवर्तनले त्यस्ता GLOF घटनाहरूको आवृत्ति र तीव्रता बढाउँछ। त्यहाँ एक बढ्दो सहमति छ कि ग्लेशियरहरू सम्बन्धी थप प्रकोपहरू पर्खिरहेका छन्। यद्यपि, जलवायु परिवर्तन HKHK क्षेत्रमा बढेको ग्लेशियर पग्लनुको मात्र कारण होइन।

दक्षिण एसिया विश्वमा वायु प्रदूषणको केन्द्रबिन्दु र भारत दक्षिण एसियामा वायु प्रदूषणको केन्द्रबिन्दु बनेको वायु प्रदूषणका कारण HKHK क्षेत्रमा बढेको ग्लेशियर पग्लन पनि बढ्दै गएको छ। उदाहरणका लागि, भारतमा राष्ट्रिय परिवेश वायु गुणस्तर मापदण्डले २४ घन्टा PM को लागि 60 μg m^{-3} मा सेट गरेको सीमा $_{2.5}$ एकाग्रता, पहिले नै 24-घण्टा PM को लागि 15 μg m^{-3} मा WHO द्वारा सिफारिस गरिएको सीमा भन्दा चार गुणा हो। $_{2.5}$ एकाग्रता। भारतमा वायु प्रदूषणको एक प्रमुख घटक ब्ल्याक कार्बन (बीसी) हो, जुन वायुमण्डलमा रासायनिक प्रजातिको रूपमा स्वतन्त्र रूपमा अवस्थित हुनुको साथै, पीएमको एक घटकको रूपमा पनि उपस्थित छ। $_{२.५}$मास।

वायुमण्डलमा BC कणहरू अपूर्ण दहन प्रक्रियाहरूको परिणाम हुन्। BC कणहरू प्रकृतिमा अत्यधिक प्रकाश अवशोषित हुन्छन् र CO_2 पछि ग्लोबल वार्मिङमा दोस्रो सबैभन्दा ठूलो एन्थ्रोपोजेनिक योगदानकर्ता मानिन्छ। बीसी कणहरूको वायुमण्डलीय जीवनकाल लगभग एक हप्ताको हुन्छ र साथै क्लाउड कन्डेन्सेसन न्यूक्लीको रूपमा कार्य गर्दछ र यी दुवै घटनाहरूले तीव्र

जलवायु प्रभावहरू छन् भनेर चिनिन्छ। पहाडहरूमा BC कणहरूको धेरै स्थानीय स्रोतहरू छैनन्, तर BC कणहरू भारत, चीन र पाकिस्तानका औद्योगिक र शहरी क्षेत्रहरूबाट वायुमण्डलीय यातायातका कारण HKHK क्षेत्र जस्ता दुर्गम वातावरणमा पाइन्छ। BC जलवायुको दृष्टिकोणबाट महत्त्वपूर्ण छ किनभने BC ले आगमन सौर्य विकिरणलाई अवशोषित गर्दछ, जसले गर्दा विकिरण बल घटाउँछ (W m -2 मा वायुमण्डलको ऊर्जा प्रवाहमा परिवर्तन) र यसरी, ग्रहलाई न्यानो बनाउँछ। BC को कुल विकिरण बलको लागि हालको अनुमान 0.09 देखि 1.2 W m $^{-2}$ सम्म छ। यसले देखाउँछ कि यद्यपि BC को कुल विकिरण बलमा उच्च स्तरको अनिश्चितता छ (मानहरूको यस्तो विस्तृत दायराको कारणले), दायरामा मानहरू सधैं सकारात्मक हुन्छन् (सकारात्मक मानहरूले वार्मिङलाई संकेत गर्दछ)।

यस बाहेक, BC ले हिउँले ढाकिएको सतहहरूको अल्बेडो (ताप प्रतिबिम्बित गर्ने क्षमता) लाई पनि घटाउँछ र तिब्बती पठारमा उच्च तापको स्रोत उत्पादन गरेर भारतका केही भागहरूमा वर्षामा कमीको कारण मानिन्छ। मेरिडिनल तापमान ढाँचा (30° -35° N बेल्ट र 50° -55° N बेल्ट बीचको सतहको तापमानमा भिन्नता) साथै अरब सागर र बंगालको खाडीको समुद्री सतहको तापक्रम।

सबैले भने र गरे, यो लेख जलवायु विनाशलाई बढावा दिने बारे होइन। हामी सबै खाना, पानी, र जीविकोपार्जनको सुरक्षा सुनिश्चित गर्न चाहन्छौं, र स्वस्थ हिमालहरूको आनन्ददायी आरामको आनन्द लिन चाहन्छौं। यी प्रतिस्पर्धात्मक रुचिहरू होइनन्। एक पर्वतारोहीको रूपमा, तपाईंले यी विशाल र कमजोर परिदृश्यहरूलाई थप क्षति नहोस् भनेर सुनिश्चित गर्न केही कदमहरू चाल्न सक्नुहुन्छ। यहाँ दिगो पर्वतारोहण अभ्यासहरू प्रवर्द्धन गर्न केही दिशानिर्देशहरू छन्।

1. कुनै ट्रेस छोड्नुहोस्

उपकरण र नेभिगेसन प्रविधिमा भएको सुधारका कारण अहिले ठूलो संख्यामा पर्वतारोहीहरूले सबैभन्दा चुनौतीपूर्ण चुचुरो आरोहण गरिरहेका छन् । तर मानिसहरूको यो बढ्दो आगमनले पुरानो परिदृश्यहरूमा फोहोरको मात्रा

बढेको छ। याद गर्नुहोस्, बायोडिग्रेडेबल रद्दीटोकरी पनि रद्दीटोकरी हो। तपाईंले यो पनि सुनिश्चित गर्नुपर्छ कि तपाईं मात्र होइन, तर तपाईंको टोलीका सदस्यहरूले पनि तिनीहरूको रद्दीटोकरी उठाउनुहुन्छ।

2. बिस्तारै उठ्नुहोस्

सम्भावित खतराहरूको लागि योजना बनाउँदा पर्वतारोहण गतिविधिहरूमा दुर्घटनाहरू रोक्न सक्छ, जसले पर्वतमा हुने क्षतिलाई रोक्न सक्छ। स्थानीय अधिकारीहरूले तोकेका दिशानिर्देशहरू पालना गर्नुहोस् र थप खतरनाक आरोहण गर्नु अघि आवश्यक प्रमाणपत्रहरू प्राप्त गर्नुहोस्। आफ्नो ट्रेलहरूमा अवैध गतिविधिहरूको लागि खोजी राख्नुहोस् र गैरजिम्मेवार व्यवहारको लागि सँगी हाइकरहरूलाई कल गर्नुहोस्।

3. आफ्नो स्रोत साझा गर्नुहोस्

यदि तपाईंले राम्रो खरिद निर्णय गर्नुभयो भने, सेकेन्ड-ह्यान्ड रिटेलरहरू प्रयोग गर्नुभयो र आफ्नो कार्बन फुटप्रिन्ट कम गर्नका लागि आफ्नो उपकरण अरूसँग साझा गर्नुभयो भने फोहोर रोक्न सम्भव छ।

4. सिक्न जारी राख्नुहोस्

हिमाली क्षेत्रमा हिमनदी पातलो हुनु र मानवीय गतिविधि बढ्दै गएका कारण स्थानीय समुदायले धेरै चुनौती सामना गरिरहेका छन् । यी क्षेत्रहरूमा अतिथिको रूपमा, तपाईंले तिनीहरूसँग संलग्न हुने प्रयास गर्नुपर्छ र यी अद्वितीय क्षेत्रहरूको जैविक विविधता बारे थप जान्नुपर्दछ।

अन्तमा, हामीले याद गर्न आवश्यक छ कि यी परिदृश्यहरू कुनै व्यक्तिसँग सम्बन्धित छैनन्। हामी सबैले दिगो अभ्यासमा भाग लिनुपर्छ र हिमालको वकालत गर्न सक्ने आरोहीहरूको समुदाय सिर्जना गर्नुपर्छ।

पर्वतारोहण सर्तहरूको शब्दावली

एक शेवेल

एक रब वा arête चढ्ने विधि जसमा आरोहीले arête को दुबै छेउमा खुट्टा राख्छ र आफ्नो हातले क्रेस्ट समात्छ।

Abseil वा Rappel वा रोपिङ डाउन

ठाडो चट्टान, हिउँ वा बरफमा एक छेउमा एङ्कर गरिएको एकल वा दोहोरो डोरी तल स्लाइड गरेर तल ओर्लने द्रुत विधि।

अनुकूलता

यो उचाइमा बानी बस्ने प्रक्रिया हो। मानव शरीरलाई उचाइमा अभ्यस्त हुन केही समय चाहिन्छ र यो व्यक्ति-व्यक्तिगत आधारमा निर्भर गर्दछ।

सक्रिय डोरी वा लाइभ डोरी

पहिलेको बेलेको लागि जिम्मेवार एक चलिरहेको आरोही र अर्को आरोही बीचको डोरीको लम्बाइ।

Aiguille

एउटा ठाडो पोइन्ट गरिएको पहाड, सामान्यतया तीखो र फरक रूपरेखाहरू सहित।

अल्प

आल्प्समा हिउँ रेखा मुनि घाँसे चराहरू तर उपत्यका माथि र गर्मी महिनाहरूमा जनावरहरूलाई खुवाउन लगिने ठाउँ।

वैकल्पिक नेतृत्व वा नेतृत्व मार्फत

ठाडो चट्टान चढ्ने एक विधि जसमा दुई डोरी आरोहीहरूले वैकल्पिक रूपमा पिचहरूको अग्रगामी साझेदारी गर्छन्।

एंकर

प्राकृतिक वा कृत्रिम स्पाइक वा प्रक्षेपण जसको वरिपरि पर्वतारोहीले डोरी वा गोफनले आफूलाई सुरक्षित गर्न सक्छ। बेलेको समर्थनको लागि डोरी लूप गर्न सकिन्छ।

अनोरक वा पार्का वा विन्ड-प्रूफ ज्याकेट

हुडको साथ जांघ लम्बाइको हावा-प्रूफ ट्युनिक।

दृष्टिकोण मार्च

आरोहण अभियानको शुरुवातमा हिड्ने बिन्दुमा जहाँ रोपड आरोहण सुरु हुन्छ।

अरेटे

चक्कुको किनार चट्टानी वा प्रेरणा। यो एक तीखो, ठाडो रिज सामान्यतया पहाडको मुख्य चट्टानहरू मध्ये एक हो।

कृत्रिम आरोहण

पाइटोन, भर्याङ, क्याराबिनर, स्लिङ्स इत्यादि बाहेक एन्ट्रीयरको प्रयोग र विशेष डोरी प्रविधिको प्रयोग गरी ठाडो चट्टान र बरफ चढ्ने।

हिमपहिरो

हिम, हिउँ, पृथ्वी र चट्टान को एक समूह एक पहाड बाट छिटो तल झर्दै।

एयरबोर्न हिमस्खलन

हावामा आफ्नो बाटो भएको हिउँ हिमस्खलन। त्यस्ता हिमपहिरोहरूको गति धेरै उच्च हुन्छ जुन २०० किलोमिटर/घण्टासम्म पुग्न सक्छ।

स्ल्याब हिमस्खलन

हिउँ स्ल्याबमा भाँचिएको कारणले हिउँ हिमस्खलन। त्यस्ता हिमपहिरोहरू सामान्यतया ढलानमा यात्रा गर्छन् र गति 40 देखि 60 किलोमिटर/घन्टा र हिउँको घनत्व लगभग 300 देखि 500 kg/m3 को दायरामा हुन्छ।

लूज हिउँ हिमस्खलन

तिनीहरू ठाडो ढलानमा रहेको हिउँ मासमा एकताको अभावको कारणले गर्दा हुन्छन्। तिनीहरूको औसत वेग 10 देखि 30 किमी/घन्टाको दायरामा र घनत्व

200 देखि 300 kg/m3 (सुक्खा हिउँ) र 400 देखि 500 kg/m3 (गीले हिउँ) को दायरामा छ।

हिमस्खलन को कृत्रिम रिलीज

विस्फोटक पदार्थ, स्कीयर, विमान, सुपरसोनिक बूम इत्यादिले कृत्रिम माध्यमबाट निकालिएको हिमपहिरो।

हिमस्खलन निर्माण क्षेत्र

ढलानको माथिल्लो क्षेत्रको क्षेत्र जहाँ जम्मा भएपछि हिउँ हिमपहिरोमा परिणत हुन्छ। त्यस्ता ढलानहरू सामान्यतया 30 देखि 55 डिग्रीको बीचमा हुन्छन्।

हिमस्खलन मध्य क्षेत्र / हिमस्खलन पथ

रन-आउट क्षेत्र र गठन क्षेत्र बीचको क्षेत्र जहाँ हिमस्खलन प्रारम्भ पछि बढ्न जारी छ। त्यस्ता ढलानहरू 12 डिग्री भन्दा बढी ठाडो हुन्छन्।

हिमस्खलन रनआउट क्षेत्र

हिमपहिरोको ढलानको तल्लो क्षेत्रमा रहेको क्षेत्र जहाँ हिमपहिरो हिउँले उच्च स्तरको घर्षणको सामना गर्छ र यसरी रोकिन्छ। त्यस्ता ढलानहरू 12 डिग्री भन्दा कम छन्।

हिमस्खलन रड

50 मिमी लामो टुक्राहरूका धेरै साना खण्डहरू जम्मा गरेर बनाइएको एउटा डण्डी जसमा हिउँमा सजिलै प्रवेश गर्नको लागि कोन भएको र सपाट गोलाकार टाउको भएको तल्लो सबैभन्दा रड। हिमपहिरोमा पुरिएका पीडितको खोजीमा रडको प्रयोग गरिन्छ।

हिमस्खलन सहानुभूति रिलीज

भौतिक रूपमा यात्रा नगर्ने छिमेकी हिमपहिरोको कारणले गर्दा हिमपहिरो आन्दोलनको गठन/प्रारम्भ। रिलीज पहिले जारी हिमस्खलन मा कम्पन बलहरु को कारण हो।

हिमस्खलन फुट्ने क्षेत्र

हिमपहिरोको निर्माण क्षेत्रको महत्वपूर्ण क्षेत्र जहाँबाट हिउँको आवरणमा भाँचिएको वा देख्न सकिन्छ।

पछाडि र खुट्टा वा ब्याक अप

एक छेउको पर्खाल र कसैको खुट्टा वा घुँडा (चिमनीको चौडाइमा निर्भर गर्दै) अर्को विरुद्धमा राखेर चिम्नी चढ्ने विधि।

बलिङ माथि

नरम, भिजेको हिउँ जुत्ताको तलवामा वा क्र्याम्पोनको स्पाइक्समा टाँसिएको।

बेले

झर्नेलाई गिरफ्तार गर्ने उद्देश्यले डोरीले आरोहीलाई सुरक्षित गर्ने विधि। यो प्राकृतिक वा कृत्रिम लंगर वा अर्को पर्वतारोहीको शरीर संग गर्न सकिन्छ।

डायनामिक बेले

शरीरको वरिपरि डोरीले घर्षण गरेर नेताको पतनलाई पक्राउ गर्ने विधि।

Belay **चलिरहेको छ**

एक नेताले आफ्नो लागि प्राय: आफ्नो डोरी क्याराबिनरबाट पार गरेर सुरक्षा प्रदान गर्दछ।

थ्रेड बेले

सेफगार्ड जसमा डोरी वा गोफन चेक-स्टोन वा चट्टानमा प्राकृतिक वा कृत्रिम निर्माणले बनेको प्वालबाट थ्रेड गरिएको छ।

नम्र

अँध्यारो भएपछि पहाडमा अलपत्र परेको अवस्था ।

Bergfall

ढुङ्गा र ढुङ्गा को पतन।

Bergschrund

ग्लेशियर उचित र माथिल्लो हिउँ अनुहार बीचको खाडल वा क्र्यास। बर्गस्चरुन्डको माथिल्लो ओठ तल्लो ओठको स्तरबाट धेरै उच्च हुन सक्छ।

बिभोक

पहाडी देशमा अस्थायी शिविर वा रातभरको हल वा पाल बिनाको पहाडमा उच्च।

बोलार्ड

ढुङ्गाको स्तम्भको टुक्रा जस्तो वा हिउँ वा बरफबाट लंगर बनाउनको लागि बनाइएको माथिको औंठा।

बोर ग्लेशियर

एउटा ग्लेशियर जसको सतह मलबे र मोरेनबाट मुक्त छ।

बोल्डरिङ

ढुङ्गा चढ्ने समस्याहरू; पर्वतारोहीहरू बीचको साझा खेल। आरोहणहरू सामान्यतया केही फिट अग्लो हुन्छन्, तर अत्यन्तै गाह्रो र राम्रो प्रविधिहरूको लागि कल।

ब्रेकिङ वा घर्षण बेले

बरफ कुल्हाडी प्रयोग गरेर ठाडो हिउँको ढलानमा खसेको गिरफ्तार गर्ने कार्य।

ब्रान्ड

फराकिलो घाँसेको गोलाकार रिज।

ब्रिजिङ

चिम्नी र कुना चढ्ने विधि। यो चट्टानको अनुहारमा माथिल्लो गतिको कुनै पनि शृङ्खला हुन सक्छ जब खुट्टा अस्ट्राइड हुन्छन् र खुट्टा दबाब होल्डमा प्रयोग भइरहेको हुन्छ।

बाल्टी चरण

कडा हिउँ र बरफमा पाइलाहरूको zig-zag रेखाको कुनामा काटिएको ठूलो पाइला।

बट्रेस

एउटा ठूलो चट्टानको मेरुदण्ड सामान्यतया चट्टानको बाँकी भागबाट दुबै छेउमा गुलीहरूद्वारा छुट्याइन्छ। यो एक प्रकारको रकवाल हो, धेरै ठाडो भएकोले चढ्न गाह्रो छ।

क्यापस्टोन

चिम्नी वा नालीको माथिको ढुङ्गा।
कारेन
उच्च उचाइमा झोपडी रातभर सुरक्षाको लागि प्रयोग गरिन्छ
केर्न
शिखर, स्थान उचाइ, पास र कहिलेकाहीँ मार्ग चिन्ह लगाउनको लागि खडा गरिएको ढुङ्गाको थुप्रो।
चिमनी
चट्टानको अनुहारमा एक दरार जसले आरोहीको शरीरलाई स्वीकार गर्नेछ, एक छेउमा खुला छ।
चकस्टोन
एउटा ढुङ्गा वा ढुङ्गा एक दरार वा फाट, चिम्नी वा नाली, प्राकृतिक वा जानाजानी, जो एक लंगर पनि प्रदान गर्न सक्छ।
घेरा
पहाडको छेउमा एउटा गहिरो खाल्डो, जुन हिउँ र बरफको आन्दोलनले मेटिएको र आकार दिएको छ। गोलाकारका पर्खालहरू गोलाकार छन् र तल ठाडो ढलानबाट त्यहाँ प्रवेशद्वार वा प्रवेशद्वार छ।
चट्टान
चट्टानको ठाडो अनुहार।
कर्नल
एक पास। यो सडक पास देखि पहाड मा एक पास सम्म भिन्न हुन सक्छ। पर्वत श्रृंखला को शिखर रेखा मा अवसाद; पहाड रिजमा तल्लो बिन्दु।
कंघी
छोटो साँघुरो भ्यालेट केही अवस्थामा सर्कल जस्तै, तर धेरै कोमल पक्षहरू र घाँसले ढाकिएको ढलानहरूसँग।
संयुक्त रणनीति
एक पर्वतारोहीले अर्कोलाई सपोर्ट गर्दै उचाइ हासिल गर्ने प्रविधि।

कर्निस

प्रचलित हावाले बनेको रिजको छेउमा प्रक्षेपण गरिरहेको हिउँको ठूलो मात्रा।

कुलोइर

पहाडको छेउमा रहेको गल्ली वा फरो, चट्टान, हिउँ वा बरफको हुन सक्छ जुन सामान्यतया माथि र तल दिशामा बनेको हुन्छ। यो दुई ठाडो ढलानहरू बीचको बाटो हो। सामान्यतया यसलाई नालाले लगाइन्छ।

क्रयाक

चट्टानमा फाटिएको, चिम्नी भन्दा साँघुरो।

क्रयाग्स

धेरै चट्टानहरू।

क्रयाम्पन्स

बरफ र बलियो हिउँको ढलानहरूमा पकड दिनको लागि जुत्ताहरूमा फिट गर्न सकिने स्टिलको स्पाइक फ्रेमहरू।

Crevasse

ग्लेशियरको सतहमा भएको दरार, जुन चौडा र धेरै गहिरो दुवै हुन सक्छ ग्लेशियरको गतिमा यसको ओछ्यानमा अनियमित आकारहरू माथि यसको पाठ्यक्रममा झुकावहरूको माध्यमबाट बनाइएको।

CWM वा Corrie

एक घेरा। उपत्यकाको टाउको वा छेउमा गहिरो गोलाकार खाल्डो।

मृत मानिस वा मृत केटा

सानो मिश्र धातु प्लेट, जसलाई फ्लुक एंकर जस्तै काम गर्न हिउँमा खनिन्छ, गहिरो खन्ने, यो कडा तानिन्छ।

गहिराई होर

लामो चिसो मन्त्रको समयमा हिउँको आवरणमा तापक्रम ढाँचाको कारण खोक्रो कप क्रिस्टलहरू बन्छन्। त्यस्ता क्रिस्टलहरू ढिलो कार्य हिमस्खलनहरू निम्त्याउन जिम्मेवार छन्।

विकर्ण काटन

हिउँ र बरफमा पाइलाहरूको लाइन काट्दै ढलानमा विकर्ण दिशामा। यो ठाडो ढलान चढ्ने सबैभन्दा सजिलो तरिका हो किनभने यसले पाइला काट्न सजिलो बनाउँछ।

प्रत्यक्ष बेले

गतिशील आरोहीलाई जोगाउन सक्रिय डोरी सीधै चट्टानको वरिपरि गुजर्यो। डोरीमा बढी तनाव लागू भएकोले सिफारिस गरिदैन।

संकट संकेत

एक दुर्घटना को घटना मा ध्यान आकर्षित गर्न को लागी एक संकेत। यसमा एक मिनेटमा सीटी बजाएर छवटा विस्फोट वा फ्ल्यास वा कराउने, त्यसपछि एक मिनेटको मौनता र ध्यान आकर्षित नभएसम्म दोहोर्याइएको हुन्छ। स्वीकृति भनेको एक मिनेटमा तीनवटा विस्फोट र एक मिनेटको मौनता र दोहोर्याइएको हो।

Duvet

डुभेट्स मूलतया भारी दोषी एनोरकहरू हुन् जुन ज्याकेट जस्तै अगाडि खोलिन्छ। तिनीहरू चरम चिसो विरुद्ध उत्तम इन्सुलेशन बनाउँछन्।

Etrier

2 देखि 4 पाइला भएको छोटो हल्का सीढी, 25 देखि 40 सेन्टिमिटरको दूरीमा कृत्रिम माध्यमबाट चिल्लो वा अत्याधिक चट्टानहरू चढ्न मद्दत गर्न प्रयोग गरिन्छ।

विस्तार बोल्ट

चट्टानमा कुनै दरार उपलब्ध नभएको अवस्थामा कृत्रिम आरोहणका लागि प्रयोग गरिने उपकरण र सहायता वा सुरक्षाको लागि पिटनको रूपमा काम गर्न विस्तार बोल्ट घुसाउनको लागि प्वाल ड्रिल गरिन्छ।

फर्न

ग्लेशियरमा परेको कडा हिउँ।

Noch Firn

अग्लो पहाडमा हिउँको मैदान।

फोहन

हावा चलिरहेको थियो र हिउँ नरम र खतरनाक बन्यो।

नि: शुल्क आरोहण

कृत्रिम सहायता बिना आरोहण।

अगाडि पोइन्टिङ

क्रयाम्पन्सको अगाडिको बिन्दुमा खनेर र आइस एक्सको साथ सन्तुलनलाई समर्थन गरेर सीधा ठाडो हिउँ वा बरफमा चढ्ने।

फ्रस्टबाइट

शरीरका तन्तुहरू चिसोले क्षति पुर्‍याउँछ जसले अक्सर पग्लँदा ग्याङ्ग्रीन हुन्छ। विशेष गरी आक्रमण हुन सक्ने अंगहरू औंलाहरू, औंलाहरू, नाक र कानहरू हुन्।

गब्रो

राम्रो घर्षण ग्रिप र skye cuillins को प्रमुख चट्टान प्रदान गर्ने अत्यन्तै नराम्रो चट्टान।

गेबेल

उच्च हिउँ रिजमा खाच।

Gendarme

एक प्रमुख शिखर वा चट्टानको टावर प्रायः चट्टानहरूमा पाइन्छ।

ग्लेशियर

बरफको नदी, केही सय मिटरदेखि धेरै किलोमिटर लम्बाइ, जुन हरेक वर्ष केही सेन्टिमिटरदेखि मिटरसम्म अगोचर दरमा बग्छ।

ग्लेशियर तालिका

ग्लेशियरमा बरफको पेडेस्टलमा समर्थित चट्टान।

ड्राई ग्लेशियर वा बेयर ग्लेशियर

जब ग्लेशियर हिउँ वा कुनै अन्य मलबे रहित छ।

ग्लेसिस

तेर्सोबाट ३०" सम्मको कुनै पनि चट्टान वा बरफको ढलान, जुन माथि हिँड्न सकिन्छ।

ग्लिसेड

एक स्वैच्छिक, हिउँको ढलानमा नियन्त्रित अवतरण उभिएर वा स्कैटिंग मुद्रामा खुट्टामा स्लाइडिङ र स्केटिङ गरेर।

घाटी

असामान्य रूपमा ठाडो पक्षहरू भएको गहिरो साँघुरो उपत्यका।

आरोहणको ग्रेडिङ

सजिलो, मध्यम, कठिन, धेरै गाह्रो, गम्भीर र धेरै गम्भीर।

गल्ली

चट्टान वा पहाडको अनुहारमा गहिरो फाट।

ह्यान्ड ट्र्याभर्स

चट्टानको फराकिलो फ्लेकमा क्षैतिज आन्दोलन, फ्लेकको छेउमा समात्ने हातहरूमा शरीरलाई पूर्ण रूपमा समर्थन गरिन्छ।

झुण्डिएको उपत्यका

एउटा सानो उपत्यका जुन पछिल्लाको ओछ्यान भन्दा माथि धेरै उचाइमा मुख्य उपत्यकामा मिल्छ।

हार्नेस

आरोहीलाई डोरीमा जोड्नको लागि एउटा उपकरण ताकि खसेको अवस्थामा, झटका र तनाव कम होस्।

आइस फल

एउटा ग्लेशियर ठाडो र असमान ढलानमा बग्दा र ब्लकहरू, चुचुराहरू र प्वालहरूको समूहमा टुक्रिँदा बन्ने सुविधा।

बरफ क्षेत्र

पर्वतारोहीद्वारा स्थानीय रूपमा प्रयोग गरिएको नाम या त हिमालको किनारा वा पर्खालले घेरिएको ग्लेशियरको ठूलो क्षेत्र वा एक वा बढी पहाडहरूको ठूलो शिखर पठारमा ढाकेका धेरै हिमनदीहरूको वर्णन गर्न।

आइस पिनाकलहरू

हिउँ/बरफको सतहमा अण्डुलेशन शंक्वाकार माथि र गोलाकार तल भएको। यो सामान्य क्षेत्रमा पग्लिएको पानीको उपस्थितिको कारण हो।

जुमार वा आरोहण

ठाडो स्थिर डोरीहरू आरोहणका लागि धातुको यन्त्र।

Karabiner वा Carabiner

Karabiner एक अंडाकार वा D आकारको धातु लिङ्क हो, जसको एक पक्ष वसन्तको माध्यमबाट खुल्छ। यो belays, धावक, abseiling र रोपिंग को लागी प्रयोग गरिन्छ र आरोहण को विश्वव्यापी संलग्न संयन्त्र हो।

Kletterschuh

हल्का तौल रक क्लाइम्बिङ बुट रबर सोलको साथ।

Knoll

सानो गोलाकार पहाड वा ढिस्को।

लेब्याक

क्र्याक र फ्लेक्सको किनारमा हातमा झुकेर चढ्ने विधि। हातहरूले किनारामा समात्छन् र खुट्टाहरू किनारको नजिक चट्टानमा समतल राखिन्छन्।

मार्फत नेतृत्व गर्दै

दुई पर्वतारोहीहरूले वैकल्पिक रूपमा आरोहणको पिचहरू माथि लैजाने अभ्यास।

लेज

चट्टानको अनुहार वा पहाडको छेउमा समतल वा थोरै ढलान भएको क्षेत्र।

Mentel शेल्फ

माथि हात नराखेको किनारमा चढ्ने कार्य।

मोराइन

ग्लेशियर द्वारा तल ढालिएको मलबे, ढुङ्गा, माटो र मलबे को संचय। पार्श्व, मध्यवर्ती र टर्मिनल गरी तीन प्रकारका हुन्छन्।

पर्वतीय रोग

केही व्यक्तिहरूमा उचाइको प्रभाव। जो सुस्त र अप्ठ्यारो महसुस गर्न थाल्छन्। गम्भीर टाउको दुखाइको साथमा। सामान्यतया 3,000 मिटर भन्दा माथि मात्र हुन्छ।

नेभ

बर्गस्चरुन्ड माथिको पहाडमा हिउँको ढलान। नेभले ग्लेशियरलाई ताजा हिउँ वा बरफ खुवाउँछ।

आला

चट्टानको अनुहारमा सानो विश्राम, जसले होल्ड, अडान वा बिभोकको लागि ठाउँ प्रदान गर्न सक्छ।

उद्देश्य खतराहरू

पर्वतारोहीको नियन्त्रण बाहिरका खतराहरू जस्तै असफल ढुङ्गाहरू, बरफको झरना, हिमपहिरो र दरारहरू।

ओभरह्याङ

लम्बाइभन्दा पर चट्टान र बरफ। आरोहण गर्न सकिन्छ यदि केहि होल्डहरू उपलब्ध छन् अन्यथा कृत्रिम विधिहरू द्वारा।

PA

क्यानभास अप्पर र टाइट-फिटिंग रबरको तलाउहरू भएको एउटा विशेष रक क्लाइम्बिङ बुट, जुन पियरे एलेनले मूल रूपमा विकास गरेका थिए।

पास

एउटा उपत्यकाबाट अर्को पहाडमा पुग्ने बाटो।

पेग
बेलेलाई समर्थन गर्न चट्टानको दरार वा बरफमा घुसाउनको लागि डिजाइन गरिएको धातुको टुक्रा।

पिकेट वा पियोलेट वा आइस एक्स
पर्वतारोहीहरूले पाइला काट्न प्रयोग गर्ने अक्ष।

स्तम्भ
समतल शिखर भएको मूल पहाडबाट बाहिर निस्केको चट्टानको अग्लो, साँघुरो स्तम्भ।

शिखर
तीक्ष्ण चुचुरो जुन चुचुरोको पृथक टावर हो।

पिच
दुई बेलहरू वा कठिन बरफ, हिउँ वा चट्टानको खण्ड, 3.05 मिटर देखि 36.6 मिटर उचाइ बीचको दूरी।

पिटन
धातुको टुक्रामा स्पाइक वा ब्लेड र प्वाल वा ढिलो रूपमा वेल्डेड रिंग भएको टाउको हुन्छ। यो कृत्रिम आरोहणमा सबै प्रकारका दरारहरूमा फिट गर्न विभिन्न मोटाई र चौडाइहरूमा बनाइन्छ।

पिटन ह्यामर
काठको ह्यान्डल र ब्लन्ट पिक समावेश भएको सानो हथौडा। टाउकोलाई दरार र बरफमा पिटन चलाउन प्रयोग गरिन्छ, र तिनीहरूलाई फेरि बाहिर निकाल्नको लागि पिक।

Prusik
खुट्टाको लूपको साथ प्रुसिक नटहरू, वा घर्षण हिचहरूको सहायताले डोरी सीधा आरोहण गर्ने विधि।

Pterodactyl

विशेष प्रकारको बरफ चढ्ने उपकरण।

अवकाश
चट्टानको अनुहारमा एउटा आला वा छोटो कुना।

रेक
ठाडो ढलान भएको अनुप्रस्थ किनारा वा साँघुरो गल्ली।

Rappel
एक abseil।

खोला
पहाडको छेउमा गहिरो फाट र उपत्यकाको भुइँ। यो खाडल भन्दा साँघुरो हुन चाहन्छ र यसको ठाडो पक्षहरू छन्।

शरण
पहाडी कुटी।

लय
हिड्ने र आरोहणमा नियन्त्रित, सन्तुलित चालहरू।

रिब
चट्टान, हिउँ वा बरफको अनुहारबाट बाहिर उभिएको पातलो रक रिज।

रिज
पहाडका दुई अनुहार मिल्ने रेखा।

रिमाये
Bergschrund।

रक्स्याक
काँधको पट्टा लगाएको र पछाडि बोक्नको लागि डिजाइन गरिएको झोला। फ्रेम संग वा बिना हुन सक्छ।

काठी वा सेटेल
फराकिलो रिजमा एक उथले अवसाद।

सस्त्रुगी

हावा द्वारा बनेको हिउँको कोनिकल संरचनाहरू। शंकुको शीर्षले धेरै प्रचलित हावाको दिशालाई देखाउँछ र शरीर हावाको दिशामा हुन्छ।

सुरक्षा डोरी

abselling अभ्यासको समयमा नौसिखियाहरूलाई जोगाउन माथिबाट समातिएको डोरी। पहाडको आरोहणमा abseils आवश्यक पर्दछ, एउटा छुट्टै abseil डोरी बोकिन्छ र त्यसपछि चढ्ने डोरीले नेता बाहेक सबै दलका लागि सुरक्षा डोरीको रूपमा काम गर्दछ, जो अन्तिममा ओर्लन्छ।

स्क्रिन

ढुङ्गाका ढुङ्गाहरू र ढुङ्गाहरू ठाडो चट्टानहरू मुनि ढलान ढाक्छन्।

स्क्रिन शूट

स्क्री स्लोप तल दौडिरहेको राम्रो ढुङ्गाहरूको रेखा।

सेराक

हिमपातमा बरफको शिखर वा टावर।

गोफन

नाइलन डोरी वा टेप को लुप belays, धावक, वा abseiling को लागी प्रयोग गरिन्छ र आरोही उपकरण को एक महत्वपूर्ण भाग।

ढिलो

दुई छेउछाउका आरोहीहरू बीचको डोरी खुकुलो पार्ने।

हिउँ अन्धोपन

हिउँको चमक र पराबैंगनी किरणहरूको कारणले हुने अस्थायी अन्धोपन।

हिउँ पुल

बर्गस्चरुन्ड, क्रेभासे वा पहाडको धारामा फैलिएको हिउँको पुल।

हिउँ क्रिस्टल

माथिल्लो वायुमण्डलमा बनेको हिउँको संरचना जस्तै ताराहरू हिमपातको समयमा खसेको देखिन्छ।

हिउँ रेखा

सामान्य स्तर (उचाई) जसमा हिमालहरूको दायरामा स्थायी रूपमा हिउँ पर्न थाल्छ।

स्पिन्ड्रिफ्ट

हावा वा सानो हिमपहिरो द्वारा बोकेको ढीला पाउडर हिउँ।

स्पायर

पहाड र पहाडको विस्तारित स्तन, बरु रिज जस्तै तर छोटो र ध्वनि।

स्पुर

पहाडको छेउमा चट्टान वा हिउँको रिब।

अडान

आरोहीले आफ्नो बेले बनाउने ठाउँ, उभिन वा बस्नको लागि उपयुक्त ठाउँ।

चरण

गल्ली वा रिजमा ठाडो वा छोटो ठाडो उकालो।

स्टिच प्लेट

गतिशील belaying सुधार गर्न Fritz Sticht द्वारा आविष्कार गरिएको एक उपकरण। घर्षणको लागि आरोहीको पछाडि घुम्ने डोरीको सट्टा, यो धातुको घर्षण प्लेटबाट जान्छ।

टेप

आरोहीहरूले धावकहरूका लागि विभिन्न मोटाइका नायलन टेपहरू प्रयोग गर्छन्
(qv) र etriers (qv)।

टार्बक गाँठ

नायलन बाँध्नका लागि प्रयोग गरिएको गाँठो; कम्मर ब्यान्डमा क्याराबिनरमा लुपद्वारा डोरी चढ्ने। यदि पतनले डोरीहरूमा तनाव उत्पन्न गर्छ भने, गाँठो बिस्तारै झटका कम गर्न सर्छ (केनेथ टार्बकको नाममा)।

टार्न

अग्लो पहाडको छेउमा रहेको पोखरी (पहाडी ताल)।

तनाव चढाई

कृत्रिम आरोहणको लागि वैकल्पिक नाम।

पार गर्नुहोस्

चट्टान वा हिउँको ढलानमा तेर्सो वा विकर्ण रूपमा सार्न। साथै विभिन्न मार्गहरूबाट पहाडको आरोहण र अवतरण।

ह्यान्ड ट्र्याभर्स

हातले बनाइएको क्रसिङ।

पेंडुलम ट्र्याभर्स क्रसिङ

यो एउटा क्रसिङ हो जसमा पर्वतारोही पेन्डुलम फेसनमा माथिको डोरीमा झुल्छन्।

तनाव ट्राभर्स

क्रसिङ जसमा आरोहीलाई चट्टानमा टाउको तेर्सो डोरीद्वारा समातिन्छ।

भरग्लास

चट्टानमा बरफको फिल्म पग्लिने हिउँ, वर्षाको चिसो वा धुवाँ सघन र चिसोले गर्दा।

वाटरशेड वा विभाजन

दुई नदी प्रणाली अलग गर्ने उच्च रिज।

पानीको बरफ

दबाबमा बनेको बरफको विपरीत, पानीको चिसोबाट सिधै बनेको बरफ।

वेज

काठ वा धातुको वेज-आकारको टुक्रा पिटनको लागि धेरै फराकिलो दरारहरूमा एङ्कर बनाउन प्रयोग गरिन्छ।

भिजेको हिउँ
रातमा चिसो हुनु अघि दिउँसो पग्लिने अवस्थामा हिउँ।

सेतो बाहिर
स्नोस्केपको एक अप्रिय घटना, जहाँ हिउँ परेको वा कुहिरो पनि, क्षितिजको पूर्ण हानि संग भूमि र आकाश मर्ज गर्न सक्छ।

Windslab हिमस्खलन
जब हावा-कम्प्याक्ट गरिएको हिउँले बनेको हिउँको तह पुरानो हिउँको माथि असुरक्षित रूपमा बस्छ र ठूलो ब्लक वा स्ल्याबहरूमा तल झर्छ तब हुन सक्छ।

पर्वतारोहणका साथीहरू जीवनका लागि हुन्

लेखकको बारेमा

सञ्जय बनर्जी

सञ्जय बनर्जी यसअघिका तीनवटा पुस्तकहरू क्रसिङ द फिनिस लाइन (रनिङ), द माउन्टेनियरिङ ह्यान्डबुक (माउन्टेनियरिङ), नोबडी डाइज टुनाइट (कोविड-१९ महामारीमा फिटनेस), र मा प्रकाशित एउटा लघुकथा 'गार्डियन्स अफ नाथु ला'का लेखक हुन्। भारत सिजन IV खण्ड । को कथाहरु मा अन्य लेखकहरु संग एक संग्रह। उहाँ एक CSR सल्लाहकार र जीवन शैली कोच हुनुहुन्छ। उनका धेरै लेख, लघुकथा र फोटो फिचर पत्रपत्रिकामा प्रकाशित छन् । सञ्जय बनर्जीले बीएससी (जुआलोजी) र एमबीए (उत्पादन) गरेका छन् र स्टिल, पेपर र सिमेन्ट क्षेत्रमा ३६ वर्षको अनुभवको साथ आफ्नो स्नातकोत्तर अध्ययनमा पत्रकारितामा स्वर्ण पदक प्राप्त गरेका छन्। उहाँले डिसेम्बर २०२० मा प्रिज्म जोन्सन लिमिटेडबाट महाप्रबन्धक-कर्पोरेट छविको रूपमा सेवानिवृत्त हुनुभयो। सन्जाईले सन् २००८ मा ४८ वर्षको उमेरमा दौडन थालेका थिए र विभिन्न भू-भागमा धेरै हाफ म्याराथन र अल्ट्रा दौडहरू: पहाड, मरुभूमि, जङ्गल, उच्च उचाइ, दौडने ट्र्याक र सडकहरूमा दौडिन थालेका छन्। जस्टिस अन द हिल्स उनको पहिलो उपन्यास हो।

www.ingramcontent.com/pod-product-compliance
Lightning Source LLC
LaVergne TN
LVHW091629070526
838199LV00044B/1002